毛集林场志

（1960～2020）

国有桐柏毛集林场志
编纂委员会　编

黄河水利出版社

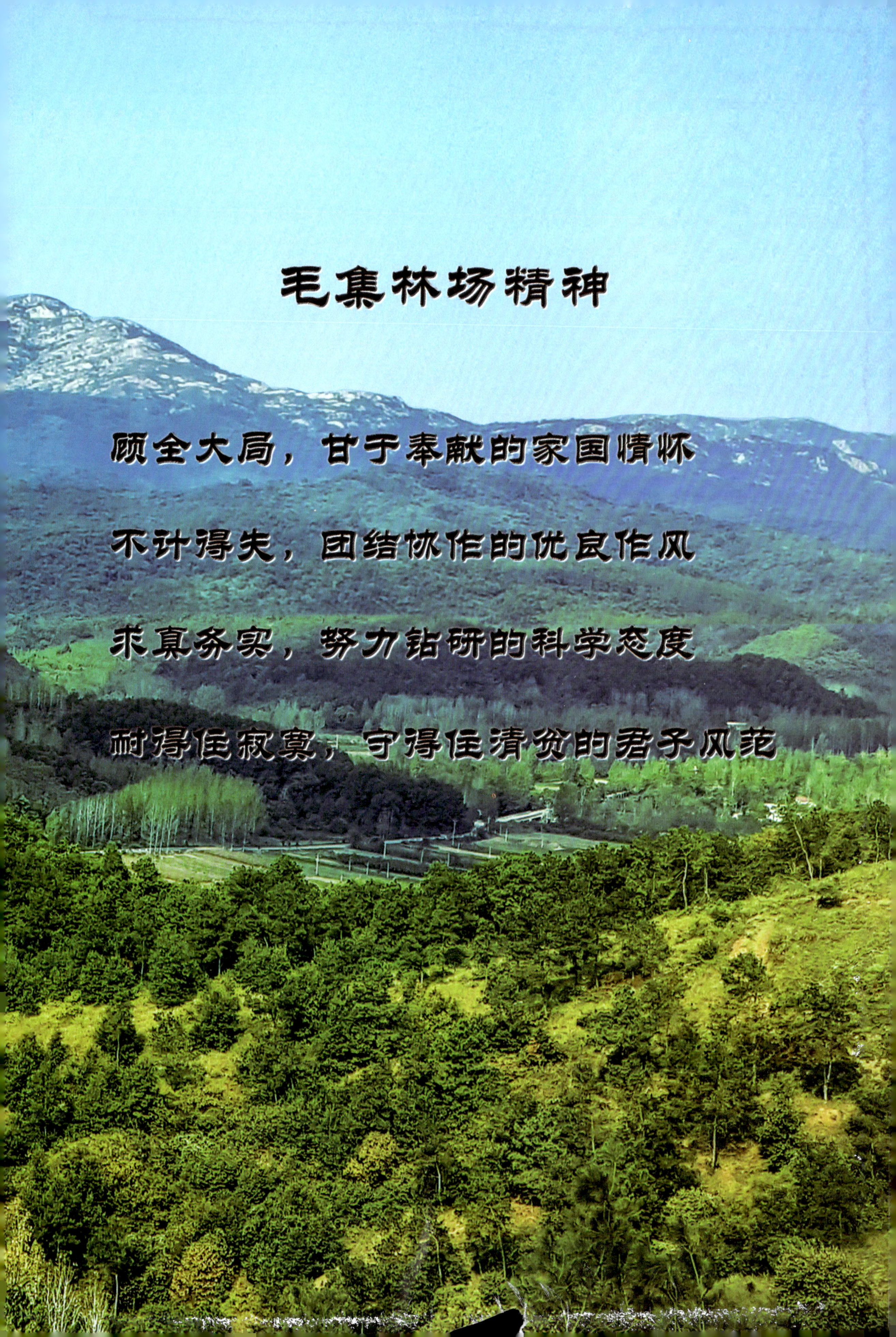

毛集林场精神

顾全大局，甘于奉献的家国情怀

不计得失，团结协作的优良作风

求真务实，努力钻研的科学态度

耐得住寂寞，守得住清贫的君子风范

《毛集林场志（1960～2020）》编纂委员会

1993 年，时任河南省省长李成玉（中右一）、林业厅厅长马兴高（右三）在桐柏县委书记燕振群（中左一）陪同下，到毛集林场视察“两松”基地，县林业局局长黄金钧（右四）在现场汇报

1982 年，时任河南省林业厅副厅长吴烈继（中）、南阳地区林业局局长赵国志（右）在场长黄金钧（左）的陪同下，到毛集林场指导工作

1983 年 3 月，时任南阳地委宣传部部长梁西坤（前一）、桐柏县委书记柳子林（左一）等，在毛集林场场长黄金钧（后中）陪同下，视察鸳鸯寺水库“两松”基地

1983 年，时任河南省林业厅副厅长王庭训（左十二）在毛集林场主持召开“两松”造林现场会，场长黄金钧（右二）陪同

1983 年，时任河南省林业厅副厅长王庭训（右一）在毛集林场主持召开“两松”苗圃现场观摩会议，场长黄金钧（右四）陪同

1985 年春，时任河南省林业厅造林处袁雷生工程师（右一）、市林业局郭拾显科长（左二）、县林业局副局长王长春（右二）等，在场长赵丰璞（后左二）陪同下，视察毛集林场白马岭“两松”基地

1987 年 8 月 6 日，时任河南农大校长、泡桐专家蒋建平教授（中）在县林业局局长黄金钧（左一）陪同下到毛集林场泡桐基因库观测泡桐生长情况

1993 年 10 月，时任桐柏县县长杜新亮（右三）、县委办主任田光军（左三）等，在场长王聚章（右二）陪同下到固县林区指导工作

1996 年 9 月，时任桐柏县林业局局长赵丰璞（右二）在田木湾林区板栗苗圃基地指导工作

1998 年春，时任桐柏县政府副县长张生起（中）、县林业局局长赵丰璞（右）到毛集林场指导造林工作

2000 年 7 月，时任河南省林业厅种苗站副站长唐秀军（左一）陪同国家林业局检查组在马尾松种子园指导工作

2005 年，时任国家林业部首席育种专家顾万春（右一）一行在马尾松种子园指导工作

2013 年，时任国家林业局贷款项目管理中心副主任黄采艺（中）、省林业厅速丰办副主任聂爱社（左一）等一行，在副场长韩涛（右一）陪同下，在国家储备林基地考察

2017 年 8 月，中国林场协会会长姚昌恬（左二）、秘书长付光华（右一）、林业厅保护处副处长郑红卫（右二）到林场视察工作，场长付明常（左一）陪同

2018 年 2 月，桐柏县委书记莫中厚（前右）、县环保局局长李勇（后中）等一行在林场场长付明常（前左）陪同下踏雪视察保护区

2018 年 2 月 23 日，桐柏县委书记莫中厚（右二）、县长贾松啸（右四）、常务副县长徐文磊（左一）、县林业局局长袁德海（左二）、县环保局局长李勇（左三）等到林场指导工作，场长付明常（右一）作现场汇报

2018 年夏，桐柏县县长贾松啸（右）、县林业局局长袁德海（中）在毛集林场场长付明常（左）陪同下到保护区指导植被恢复工作

2018 年 9 月，国家自然资源部领导、专家在副县长李悦旭（左二）、林场副场长韩涛（右一）陪同下到保护区检查指导工作

2018 年秋，桐柏县县长贾松啸（中）在县国土局局长严克杰（右）、林场场长付明常（左）陪同下，在高乐山国家级自然保护区考察植被恢复工作

2018 年 11 月 1 日，国家林业和草原局安丽丹处长（前左一）、省林业厅卓卫华处长（前左二）、赵新振科长（后左一）、市林业局吴子献副局长（前右一）等一行，在场长付明常（后右二）陪同下到高乐山国家级自然保护区视察

2019 年 4 月，桐柏县领导程远甫（右）在林场场长付明常（左）的陪同下到高乐山国家级自然保护区指导生态恢复工作

2019年4月28日，桐柏县政协主席赵丰璞（中）在场长付明常（右）等陪同下，到田木湾林区指导工作

2019年4月28日，桐柏县政协主席赵丰璞（左）在场长付明常（右）陪同下到良种基地指导工作

2019年5月，国家林草局林木种苗质量检测呼和浩特中心鲁智丛总工（前右一）、图雅女士（前右二）等人员组成的国家级专家组，在河南省经济林和林木种苗工作站副站长申洁梅（后右二）、南阳市林业局经济林林木种苗工作站站长毕学伟（后左二）、林场场长付明常（后右一）、副场长韩涛（左一）陪同下，对毛集林场国家马尾松林木良种基地工作进行检查验收

2019 年 5 月，南阳市林业局副局长吴子献（右二）、野保站站长王庆合（左二）等在场长付明常（右一）陪同下到林区指导工作

2020 年 4 月，桐柏县林业局局长袁德海（左）在林场场长付明常（右）的陪同下到高乐山国家级自然保护区检查生态恢复工作

2020 年 1 月 4 日，召开《毛集林场志》编纂工作座谈会。从左到右：岳宏伟（科协副主席）、王玉清（组织部副部长、老干局局长）、李书军（县人大副主任）、赵丰璞（县政协主席）、黄金钧（原场长）、王聚章（原场长）

党建工作

安排部署“不忘初心、牢记使命”主题教育活动

开展主题教育讲党课

组织党员开展主题党日活动

组织党员到桐柏革命纪念馆前重温入党誓词

组织党员开展革命传统教育活动

组织党员到桐柏革命纪念馆接受革命传统教育

召开主题教育专题组织生活会

召开“以案促改”工作动员会

召开“以案促改”专题组织生活会

林场场长付明常（右二）、支部书记张小河（左一）到贫困村走访慰问

林场场长付明常（右）、支部书记张小河（左）到毛集镇李楼村慰问贫困户

精神文明创建活动掠影

开展向先进典型学习活动

开展普法教育

文明礼仪规范培训

到毛集镇毛寨村小学开展关爱未成年人活动

到毛集镇敬老院送温暖

毛集林场志愿者到毛集镇敬老院开展志愿服务

毛集林场志愿者开展无偿献血活动

毛集林场志愿者开展移风易俗宣传活动

组织党员干部开展文明旅游宣誓活动

举办业务技能比武

举办文体比赛活动

团体拔河比赛

二人三足比赛（男子组）

二人三足比赛（女子组）

跳绳比赛

托球比赛

对弈

乒乓球比赛

跳棋比赛

为文体比赛优胜者颁奖

林场风光

中国林业
国有桐柏毛集林场庆祝中华人民共和国成立70周年
国有桐柏毛集林场
河南高乐山国家级自然保护区管理局
毛集林场支部委员会

场部外貌

高乐山主峰远眺

藏龙卧虎

万顷红叶

层峦叠嶂

苍茫祖师顶

杜鹃竞艳

秋景疏影

高乐山侧峰将军顶风光

五彩缤纷

双峰竞秀

层林尽染

人间正道

山花烂漫

雪山脚下大观园

群仙聚会

石瀑奔流

盘古奶山

金蛇出洞

八戒望月

惊雷劈石

小羊下山

石柱擎天

千年银杏

林场荣誉

奖给:一九九六年度
先进林木良种基地
河南省林业厅
一九九七年元月

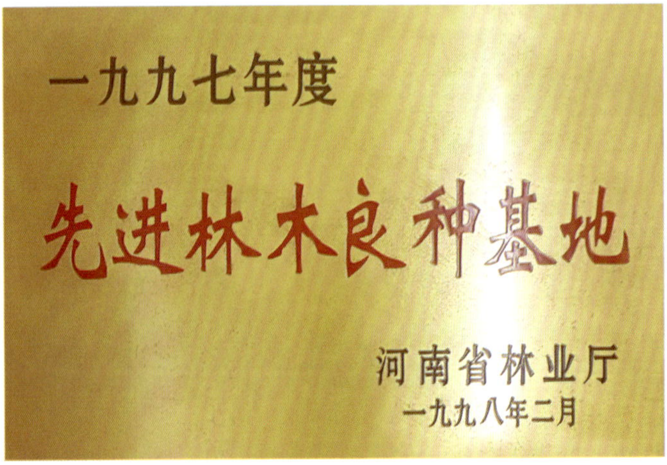
一九九七年度
先进林木良种基地
河南省林业厅
一九九八年二月

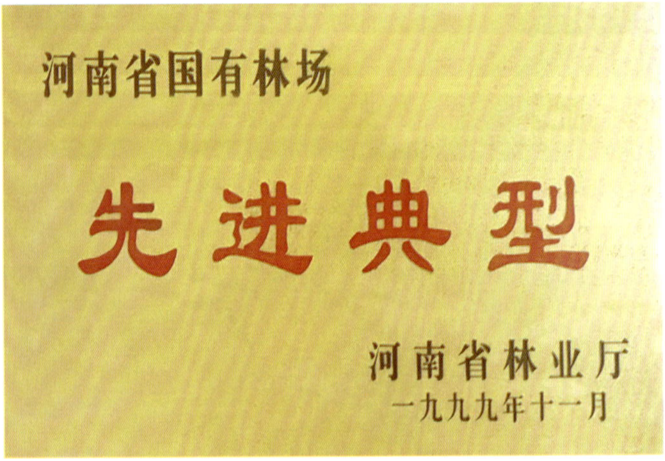
河南省国有林场
先进典型
河南省林业厅
一九九九年十一月

授予：河南省毛集林场
2000-2001年度全国林业系统合理化建议和技术革新
先进集体
国家林业局　中国农林水利工会全国委员会
二〇〇二年十二月十八日

荣誉证书
毛集林場党支部：
"五好"机关党组织

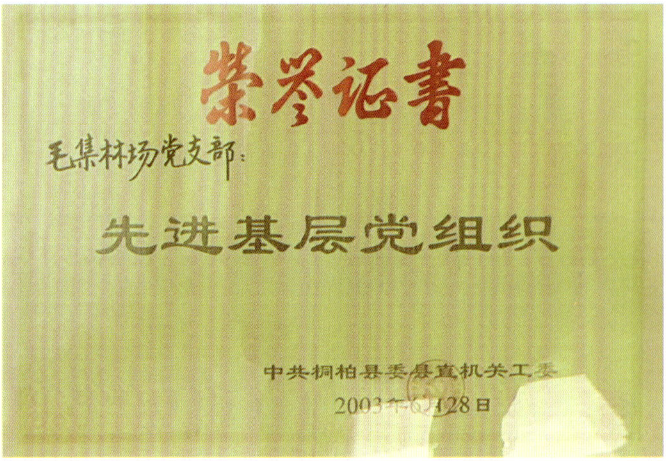
荣誉证书
毛集林场党支部：
先进基层党组织
中共桐柏县委县直机关工委

2004年度护林防火
先进单位
豫鄂两省九县市(区)
护林防火指挥部
二00四年十二月

授予:2006年度护林防火
先进单位
豫鄂两省九县市(区)
护林防火联防指挥部
二00六年十一月

授予:2007年度护林防火
先进单位
豫鄂两省九县市(区)
护林防火联防指挥部
二00七年十二月

授予：2008年度护林防火
先进单位
河南省桐柏山
护林防火联防委员会
二00八年十二月

授予二〇一一年度护林防火
先进单位
河南省桐柏山护林防火联防委员会
二〇一一年十二月

授予：二0一二年度
护林防火先进单位
河南省桐柏山护林
防火联防委员会
二0一二年十二月

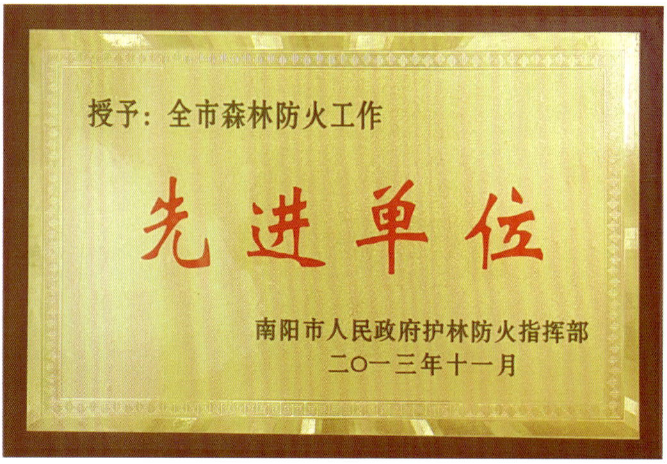
授予：全市森林防火工作
先进单位
南阳市人民政府护林防火指挥部
二〇一三年十一月

授予：国有毛集林场2013年度森林防火工作
先进单位
桐柏县人民政府
二〇一三年十一月

桐柏县2014年度森林防火工作
三等奖
奖励森林消防摩托车3辆

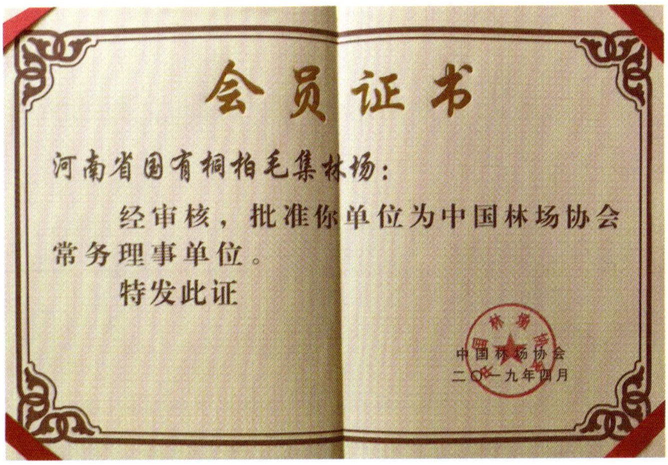
会员证书
河南省国有桐柏毛集林场：
经审核，批准你单位为中国林场协会常务理事单位。
特发此证
中国林场协会
二〇一九年四月

中国林场协会
林场文化专业委员会
委员单位
中国林场协会
2019年6月

授予：2019年度全市森林资源管理工作
先进单位
南阳市林业局
二〇二〇年四月二十三日

中国共产党桐柏县委员会

桐文〔2020〕19号

中共桐柏县委　桐柏县人民政府
关于命名2019年度县级文明单位文明村镇称号的决定

（2020年4月8日）

2019年，全县各级各部门以习近平新时代中国特色社会主义思想为指导，以培育和践行社会主义核心价值观为根本，紧紧围绕县委县政府中心工作，解放思想，实事求是，与时俱进，求真务实，扎实推进群众性精神文明创建活动，努力提高公民道德素质和社会文明程度，各项工作取得了新进展、新突破，涌现出一大批精神文明建设先进典型，有力地促进了“文明桐柏”建设。

为充分展示全县精神文明创建的丰硕成果，进一步调动全

— 1 —

附件

2019年度县级文明单位文明村镇名单

一、文明单位（12个）

桐柏县市场发展服务中心　　桐柏县水稻原种厂
桐柏化工产业集聚区管理委员会　　桐柏县赵庄灌区管理所
桐柏县水帘水库管理所　　桐柏县科学技术协会
桐柏县建设投资有限责任公司　　国有桐柏县毛集林场
桐柏县房产管理中心　　桐柏县环卫处
桐柏县教师进修学校
中国人民财产保险股份有限公司桐柏支公司

二、文明村镇（14个）

新集乡杨湾村　　新集乡新集村　　新集乡张畈村
平氏镇小河塘村　　平氏镇杨庄村　　平氏镇和庄村
黄岗镇枣树岗村　　黄岗镇刘庄村　　埠江镇付楼村
埠江镇水湖流村　　大河镇田口村　　大河镇黄庄村
吴城镇邓庄村　　吴城镇朝城村

— 3 —

河南省人民委员会
关于新建二十四个林场的通知

豫林字第 6 号

（签发人：赵文甫）

开封、洛阳、许昌、南阳、信阳专员公署，郑州市及各有关县、市人民委员会：

为了扩大国营造林，在全省国有山、沙荒地宜林地面积较大的地区，营造用材林、坑木林，以建立国家用材林基地，同意在兰考等 22 个县、市建立 24 个国营林场。建场时应注意以下几个问题：

一、宜林地的地权界限不清时，在不与公社争地不与农业争地的原则下，可建立国营或国、社合营林场。

二、建场时应本投资少，收效快的方针，选择适合当地生长的速生树种，大量营造速生丰产林，使其早日成材。各场应首先积极培育苗木。

三、贯彻“以用材林为主，开展多种经营”和“勤俭办场、自力更生、以场

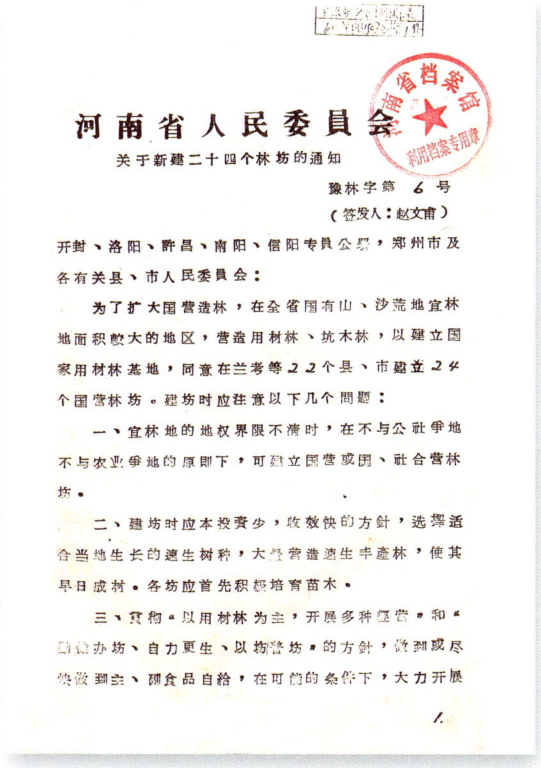

河南省人民委員会

关于新建二十四个林场的通知

豫林字第 6 号

（签发人：赵文甫）

开封、洛阳、許昌、南阳、信阳专員公署，郑州市及各有关县、市人民委員会：

为了扩大国营造林，在全省国有山、沙荒地宜林地面积較大的地区，营造用材林、坑木林，以建立国家用材林基地，同意在兰考等22个县、市建立24个国营林场。建场时应注意以下几个問題：

一、宜林地的地权界限不清时，在不与公社争地不与农业争地的原則下，可建立国营或国、社合营林场。

二、建场时应本投資少，收效快的方針，选擇适合当地生长的速生树种，大量营造速生丰產林，使其早日成材。各场应首先积极培育苗木。

三、貫彻“以用材林为主，开展多种經营”和“勤儉办场、自力更生、以场养场”的方針，做到或尽快做到主、副食品自給，在可能的条件下，大力开展

1

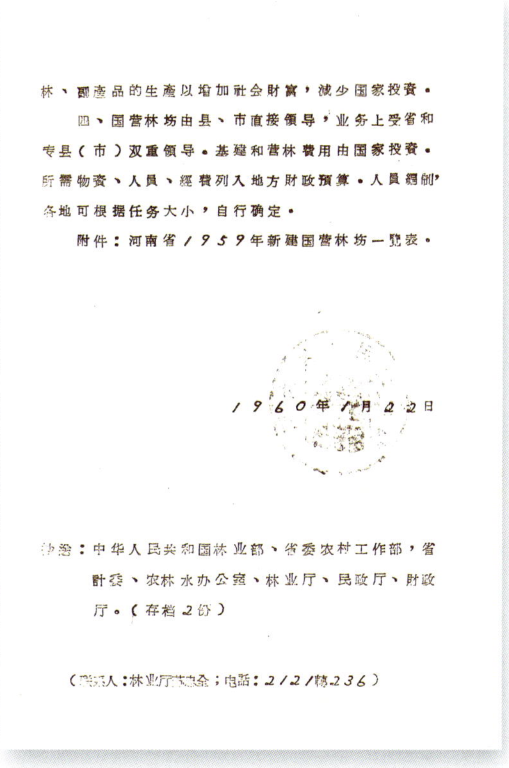

林、副產品的生產以增加社会財富，減少国家投資。

四、国营林场由县、市直接領导，业务上受省和专县（市）双重領导。基建和营林費用由国家投資。所需物資、人員、經費列入地方財政預算。人員編制，各地可根据任务大小，自行确定。

附件：河南省1959年新建国营林场一覽表。

1960年1月22日

抄送：中华人民共和国林业部、省委农村工作部，省計委、农林水办公室、林业厅、民政厅、財政厅。（存档2份）

（联系人：林业厅[illegible]；电話：2121轉236）

普场”的方针，做到或尽快做到主、副食品自给，在可能的条件下，大力开展林、副产品的生产以增加社会财富，减少国家投资。

四、国营林场由县、市直接领导，业务上受省和专县（市）双重领导。基建和营林费用由国家投资。所需物资、人员、经费列入地方财政预算。人员编制，各地可根据任务大小，自行确定。

河南省人民委员会

1960年1月22日

附件：河南省1959年新建国营林场一览表。

河南省1959年新建国营林场一览表

县名	批准建场地点	宜林面积	业务性质	备注
兰考	王尾集	50000	营造用材林	
东明	王保庄	30000	〃 〃	
郑州市	兰东寨	30000	〃 〃	
鲁山	昭平台	70000	〃 〃	
扶沟	白云公社	30000	〃 〃	
长葛	老鹳寨	50000	〃 〃	
桐柏	毛集	80000	〃 〃	
泌阳	马谷田	50000	〃 〃	
固始	杨集	80000	〃 〃	
内乡	青山	70000	〃 〃	
睢县	龙集屯	30000	〃 〃	
偃师	山张	70000	〃 〃	
三门峡市	[illegible]	40000	〃 〃	
唐河	大寺	40000	〃 〃	
南召	鸭河口	30000	〃 〃	
宜阳	官庄岭	50000	〃 〃	
新安	万寺	50000	〃 〃	
临汝	祖师庙	40000	营造用材林	
息县		60000	〃 〃	
开封	大[illegible]庙	50000	〃 〃	
洛宁	[illegible]关	30000	营造竹林	
西峡	蛇尾	3000	营造竹林	
西峡	西平鸡丁河	43000	营造经济林	
内乡	七里河	20000	营造竹林	
合计		1'096'000		

桐柏县人民委员会

关于新建国营桐柏县毛集林场的通知

（60）会人编字第 2 号

（签发人：隋俊德）

县直各单位、各人民公社：

为了加速林业的发展，更好的满足我国的社会主义建设用材需要，根据上级指示和我县自然条件和原有的基础，特在我县建立“国营桐柏县毛集林场”。人员、编制等后通知。

特此公布

桐柏县人民委员会

1960 年 2 月 16 日

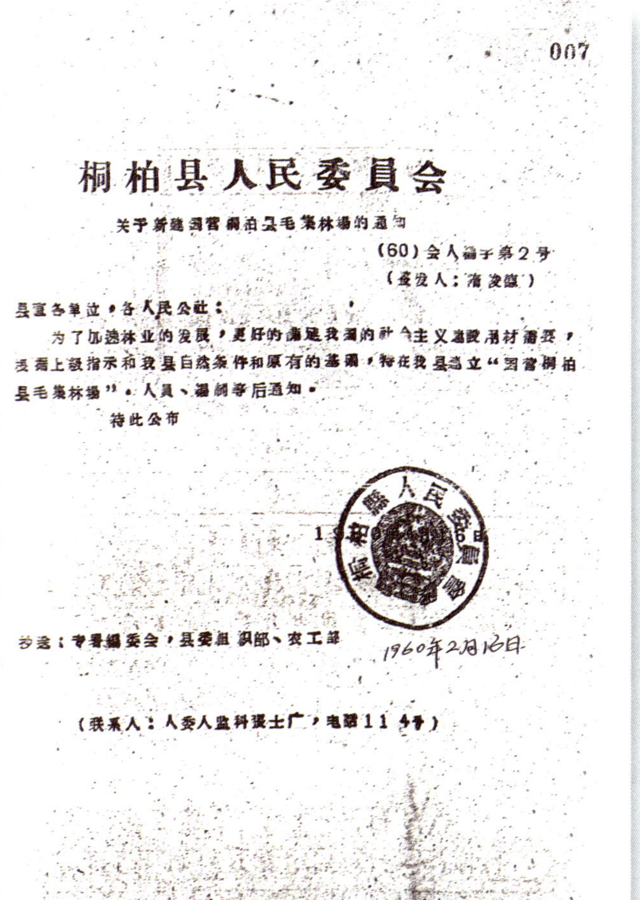

007

桐柏县人民委員会

关于新建国营桐柏县毛集林场的通知

（60）会人编字第2号

（签发人：隋俊德）

县直各单位，各人民公社：

为了加速林业的发展，更好的满足我国的社会主义建设用材需要，根据上级指示和我县自然条件和原有的基础，特在我县建立“国营桐柏县毛集林场”。人員、编制等后通知。

特此公布

桐柏縣人民委員會

1960年2月16日

抄送：专署编委会，县委组织部、农工部

（联系人：人委人监科张士广，电话11号）

桐柏县机构编制委员会文件

桐编〔2002〕02号

关于桐柏县毛集林场升格为正科级规格的批复

县林业局：

根据工作需要，经研究决定，同意将桐柏县毛集林场升格为正科级规格，原性质、编制、隶属关系及供给方式均不变。

桐柏县机构编制委员会

2002年3月18日

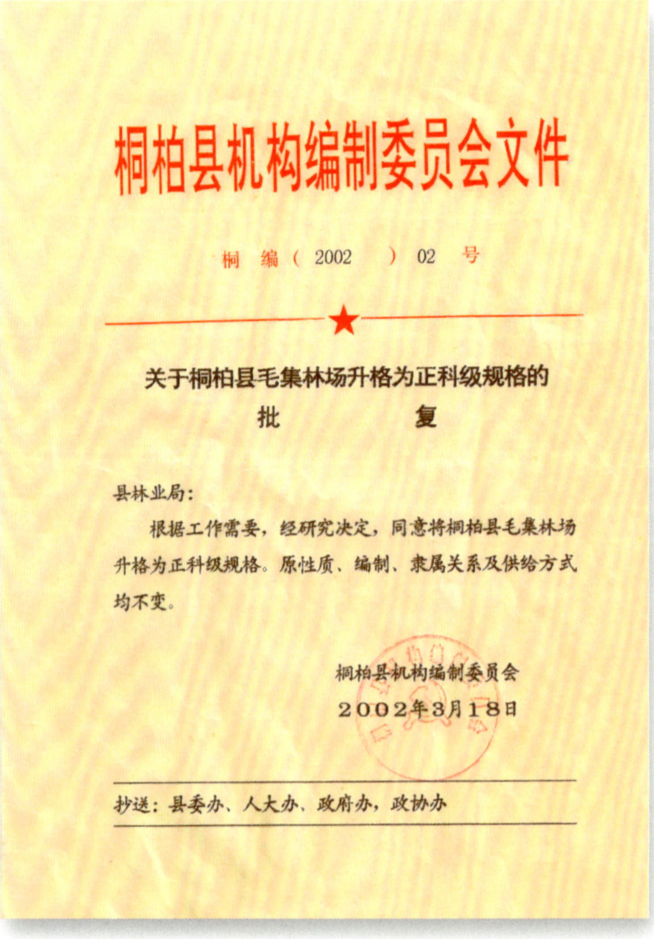

桐柏县机构编制委员会文件

桐编（2002）02号

关于桐柏县毛集林场升格为正科级规格的批复

县林业局：

根据工作需要，经研究决定，同意将桐柏县毛集林场升格为正科级规格。原性质、编制、隶属关系及供给方式均不变。

桐柏县机构编制委员会

2002年3月18日

抄送：县委办、人大办、政府办，政协办

桐柏县机构编制委员会文件

桐编〔2004〕8号

关于成立桐柏高乐山省级自然保护区管理局的通知

县林业局：

为进一步加强对淮河源头区域森林生态的保护，根据河南省人民政府豫政文〔2004〕33号文件精神，同意成立“桐柏高乐山省级自然保护区管理局”。正科级规格，事业性质，与毛集林场合署办公，编制、人员、经费管理形式均不变。

桐柏县机构编制委员会

2004年9月28日

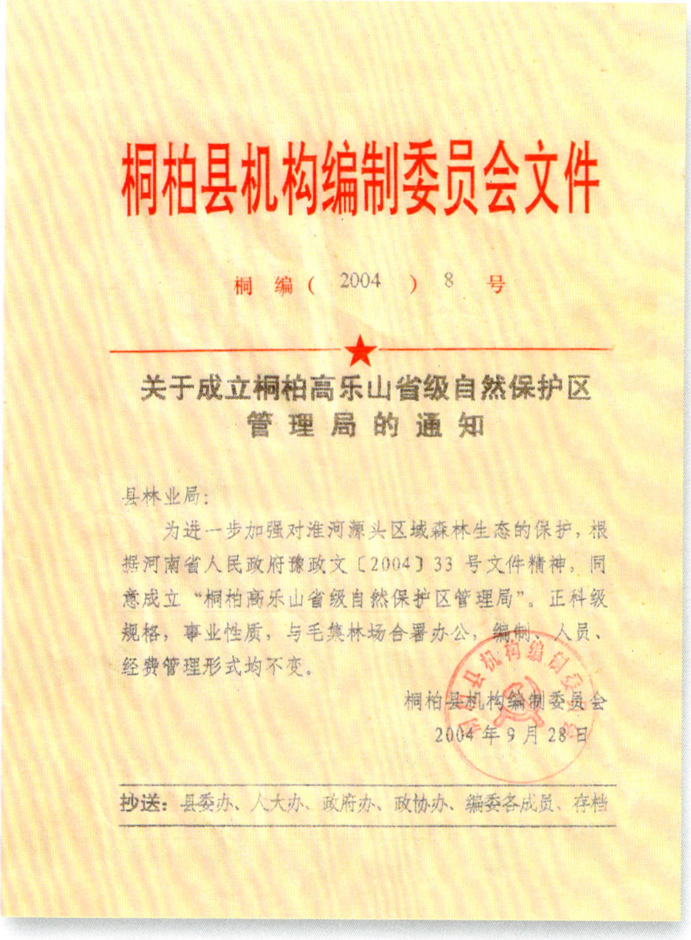

桐柏县机构编制委员会文件

桐编（2004）8号

关于成立桐柏高乐山省级自然保护区管理局的通知

县林业局：

为进一步加强对淮河源头区域森林生态的保护，根据河南省人民政府豫政文〔2004〕33号文件精神，同意成立“桐柏高乐山省级自然保护区管理局”。正科级规格，事业性质，与毛集林场合署办公，编制、人员、经费管理形式均不变。

桐柏县机构编制委员会

2004年9月28日

抄送：县委办、人大办、政府办、政协办、编委各成员、存档

桐 柏 县 机 构 编 制 委 员 会 文 件

桐 编〔2017〕46 号

桐柏县机构编制委员会
关于印发国有桐柏毛集林场(河南高乐山国家级自然保护区管理局)主要职责内设机构和人员编制规定的通知

县林业局:

根据《中共河南省委、河南省人民政府关于印发〈国有林场改革实施方案〉的通知》(豫发〔2016〕15 号)、《中共南阳市委、南阳市人民政府关于印发〈南阳市国有林场改革实施方案〉的通知》(宛发〔2017〕26 号)及《河南省机构编制委员会办公室关于印发〈全省国有林场改革有关机构编制的指导意见〉的通知》(豫编办〔2017〕162 号)精神,经编委会研究同意,现将国有桐柏毛集林场(河南高乐山国家级自然保护区管理局)机构设置方案通知如下:

一、机构名称及性质

原桐柏县毛集林场更名为国有桐柏毛集林场,与河南高乐山国家级自然保护区管理局一个机构两块牌子,正科级规格,隶属县林业局领导,为公益一类事业单位。

二、主要职责

1、在县委、县政府及上级主管部门的领导下,认真落实好党中央、国务院制定的各项林业方针、政策、法律、法规,及地方各级政府制定的各项条例。

2、依据《中华人民共和国森林法》《中华人民共和国森林法实施条例》等相关法律法规,以国有森林资源保护管理为核心,依法保护好国有林木、林地,严格执法,严厉打击偷砍盗伐、破坏动植物资源、毁林开垦、乱占林地等破坏国有森林资源的行为。

3、承担本场森林资源培育和野生动植物资源保护工作,组织实施本场森林资源调查、动态监测和统计工作;制定本场林业中长期发展规划和年度计划;做好国家重点公益林和省级重点公益林管理工作；做好国家马尾松重点林木良种基地工作；做好管护区域内森林资源林业有害生物防治工作；承担区域内林地、林权的管理和合理开发利用工作；承担林业科技项目的实施推广工作；组织开展植树造林、种苗培育和封山育林工作；组织实施国家林业重点工程等工作。

4、组织协调区内森林防火工作，预防和扑救森林火灾，确保国有森林资源不受损失。

5、承建高乐山国家级自然保护区项目，并做好自然保护区管理工作，确保林区社会安全稳定。

6、完成县委、县政府及上级主管部门交办的其他工作。

（其他事项略）

五、人员编制及领导职数

国有桐柏毛集林场核定事业编制 56 名，河南高乐山国家级自然保护区管理局核定事业编制 18 名，编制总数 74 名。其中：场长（局长）1 名、副场长（副局长）3 名、中层领导 14 名，经费实行财政全额预算管理。

桐柏县机构编制委员会

2017 年 12 月 7 日

桐柏县机构编制委员会文件

桐编（2017）46号

桐柏县机构编制委员会
关于印发国有桐柏毛集林场（河南高乐山国家级自然保护区管理局）主要职责内设机构和人员编制规定的通知

县林业局：

根据《中共河南省委、河南省人民政府关于印发〈国有林场改革实施方案〉的通知》（豫发[2016]15号）、《中共南阳市委、南阳市人民政府关于印发〈南阳市国有林场改革实施方案〉的通知》（宛发[2017]26号）及《河南省机构编制委员会办公室关于

-1-

印发〈全省国有林场改革有关机构编制的指导意见〉的通知》（豫编办[2017]162号）精神，经编委会研究同意，现将国有桐柏毛集林场（河南高乐山国家级自然保护区管理局）机构设置方案通知如下：

一、机构名称及性质

原桐柏县毛集林场更名为国有桐柏毛集林场，与河南高乐山国家级自然保护区管理局一个机构两块牌子，正科级规格，隶属县林业局领导，为公益一类事业单位。

二、主要职责

1、在县委、县政府及上级主管部门的领导下，认真落实好党中央、国务院制定的各项林业方针、政策、法律、法规，及地方各级政府制定的各项条例。

2、依据《中华人民共和国森林法》、《中华人民共和国森林法实施条例》等相关法律法规，以国有森林资源保护管理为核心，依法保护好国有林木、林地，严格执法，严厉打击偷砍盗伐、破坏动植物资源、毁林开垦、乱占林地等破坏国有森林资源的行为。

3、承担本场森林资源培育和野生动植物资源保护工作，组织实施本场森林资源调查、动态监测和统计工作；制定本场林业中长期发展规划和年度计划；做好国家重点公益林和省级重点公益林管理工作；做好国家马尾松重点林木良种基地工作；做好管护区域内森林资源林业有害生物防治工作；承担区域内林地、林权的管理和合理开发利用工作；承担林业科技项目的实施推广工

-2-

3、负责项目专项资金的报账审核审批工作；

4、负责人事、职工工资、职工社会保险等工作；

5、负责办理日常财务工作；

6、负责场属单位固定资产管理和保值增值的监督；

7、完成林场领导交办的其他工作任务。

四、下设单位

根据上述职责，国有桐柏毛集林场（河南高乐山国家级自然保护区管理局）9个下属单位

（一）国家级马尾松良种基地

1、承担林木良种科研攻关的组织实施，负责国家级林木良种基地的项目申报与管理实施工作，保证项目的顺利实施。

2、负责全场林木良种基地的中耕抚育、病虫害防治、种子采收、制种等各项日常管理工作。

3、组织指导林木良种培育管理技术，开展林木种苗培育、新技术、新成果的培训、推广、应用，承担引进、筛选培育适宜当地的林木种苗新品种、新树种、建好良种资源库。

4、负责组织二代种子园的建设任务，积极开展良种基地的建设和生产培训任务。

5、完成林场领导交办的其他工作任务。

（二）桐柏县第二森林消防队

1、负责全场森林防火宣传、业务培训和森林火灾的扑救。

2、负责森林火灾隐患排查，督查检查野外用火。

3、负责森林防火设施、设备的管理和维护。

4、负责森林防火专业队伍的日常管理和考核工作。

-6-

5、做好森林火灾统计工作，建立森林火灾档案。

6、承办林场交办的其它工作。

（三）回龙、马大庄、郭庄、黄岗、铁山、红卫、固县七个林区

1、负责辖区的护林防火宣传，加强辖区内巡山护林，确保林木、林地、野生动植物等资源安全。

2、负责辖区内护林员日常管理工作。

3、负责辖区内护林点、瞭望台管理工作。

4、负责协调周边村组关系，积极服务林场各项工作。

5、 组织和完成各部门下达的各项生产任务以及场安排布置的其他工作。

6、负责林区所属单位固定资产管理和保值增值的监督。

7、完成林场领导交办的其他工作任务。

五、人员编制及领导职数

国有桐柏毛集林场核定事业编制56名，河南高乐山国家级自然保护区管理局核定事业编制18名，编制总数74名，其中：场长（局长）1名、副场长（副局长）3名，中层领导14名，经费实行财政全额预算管理。

六、附则

本规定由县机构编制委员办公室负责解释，其调整由县机构编制委员会办公室按规定程序办理。

桐柏县机构编制委员会
2017年12月7日

-7-

序

“二月春耕昌杏密，百花次第争先出”。此值草长莺飞之际，喜闻《毛集林场志（1960 ~ 2020）》即将刊印，承蒙编委抬爱，邀我作序。

毛集林场已成立60年。60年是历史长河之一瞬，翻开场志，见证了毛集林场从丫丫学语、蹒跚学步到今天成长成才的不易，记录了一代又一代林场人披荆斩棘，在荒山野岭挥洒青春和汗水的艰辛。一本场志，刻录了林场不畏困难、艰苦创业的历史，为后人提供了镜鉴，也留下值得传承的荣光。

毛集林场建场之初，正值国家经济建设处于危难时期，全场干部职工在“以林为主、相应发展多种经营”的方针指导下，充分发扬“自力更生、勤俭办场”的奋斗精神，凭着“以场为家、终身干林业”的一腔热血，在生产生活条件极其艰难的日子里，谱写了一部可歌可泣的辉煌奋斗诗篇。毛集林场建设中期，经历了体制改革大潮，打破铁饭碗，走上了改革创新之路。林场人发扬“勇于创新、开拓进取”的拼搏精神，迎难而上，广开门路抓经营、促生产，取得了生产、经营双丰收。

随着国有林场改革的顺利完成，如今的林场人，以习近平新时代中国特色社会主义思想为指导，坚持人与自然和谐共生的理念，与时俱进，开拓创新，营林生产、资源保护、科学实验、国家级自然保护区建设等工作硕果累累，形成了生态效益和社会效益相互辉映的良好格局。可以说，毛集林场和全国许许多多林场一样浓缩了共和国60年国有林场发展的印记，这本场志，生动展示了60年来我国林场发展的沧桑历程。

林业建设是生态文明建设的重中之重，是推动绿色发展的基础性工作。今年，恰逢习近平总书记提出“两山”理论15周年，牢记“绿水青山就是金山银山”的发展理念，坚持人与自然和谐共生，是建设生态文明、建设美丽中国的具体路径。希望毛集林场站在新的历史起点，高举习近平新时代中国特色社会主义思想的伟大旗帜，在桐柏县委、县政府的正确领导下，“不忘初心、牢记使命”，继续砥砺前行，为生态富强和谐美丽桐柏的建设蓝图再增添一抹靓丽的绿意，为新时代中国林场建设的征程上再增添一块拙实的砖瓦。

由于工作的缘故，这些年对毛集林场的建设与发展多有关注和接触，又恰逢《毛集林场志（1960 ~ 2020）》付梓，借此作序之机，写上几句感言与大家分享，诚请大家批评指正。

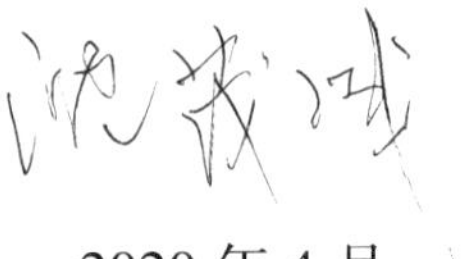

2020年4月

凡 例

一、本志定名为《毛集林场志（1960 ~ 2020）》。

二、本志以马克思列宁主义、毛泽东思想、邓小平理论、“三个代表”重要思想、科学发展观和习近平新时代中国特色社会主义思想为指导，实事求是地记述了林场自然和社会发展面貌，突出林场特点，力求达到思想性、科学性、资料真实性的统一。

三、本志体裁采用以志为主，述、记、志、传、图、表等，按章序志。本书共 12 章 46 节，另设序、凡例、概述、附表、附篇、特写、跋、编后记。还附有表格、重大史实照片，以求图文并茂，增加志书的可读性。

四、本志采用语体文记述体。除概述、章节引言、附篇、特写、跋外其余述而不论，据实记志。力求真实、贴近、直观、流畅。

五、本志人物章节设简介、名录、荣誉。简介排名按职级、到林场工作时间顺序排列；名录按进场工作先后时间排列；荣誉分集体和个人荣誉，集体荣誉按受奖级别顺序排列，个人荣誉按授奖时间顺序排列；同一奖项按职级排列。

六、本志纪年一律用公元纪年。数字使用、表格制作、标点符号和计量单位使用等，均按国家有关规定执行。

七、本志的资料来源于档案以及走访、座谈、回忆记录，不另注明出处。

目　录

概　述

河南省国有桐柏毛集林场于1960年1月22日，由河南省人民委员会(60)豫林字第6号文批准建立，当时全称为河南省国营桐柏县毛集林场，属省林业厅直管机械化试验林场。2017年12月7日，桐柏县机构编制委员会印发桐编〔2017〕46号文件，原桐柏县毛集林场更名为国有桐柏毛集林场。原场址建在毛集镇田木湾村部附近，1984年9月迁到毛集镇毛集大道312号。

白手起家建林场　艰苦奋斗创业绩（1960 ~ 1980年）

建场初期，毛集林场区域内到处是荒山秃岭，杂草丛生，“白天狼群围人转，夜晚狼声绕棚嗥”，林场干部职工常年生活在既荒凉又恐怖的环境中。面对艰难困苦，大家毫不畏惧，在党支部的领导下，贯彻执行“以林为主、林粮并举、多种经营、综合利用”的方针，坚定“以场为家、为革命造林、为人民造福、终身献于林业事业”的决心，发扬“自力更生、艰苦创业”的奋斗精神，在荒山野岭上摆下战场。一把镢头一把锨，镰刀别在腰后边；搭起草棚成为家，铺上稻草作为床；下班回来背捆草，业余时间砌坯墙。在这极其简陋艰苦的条件下，开始了“白手起家、艰苦创业、植树造林、绿化荒山”的伟大工程。生活虽苦，其心也乐，因为大家只有一个信念：“建设好林场，是自己的责任”！

20世纪70年代开始，林场根据中央“林木良种工作必须以选为主，选、育、引相结合”的精神，开展了马尾松育苗立枯病防治、马尾松毛虫生活史观察等科研项目，引种杉树、毛竹、云南松、柳杉、茶树等试验，引育美国火炬松、湿地松，建立母树林，均获得成功并推广应用。在搞好营林生产和科学试验的同时，加强对造林成果的保护和病虫害防治工作，参加了省农科院组织的“飞机喷洒白僵菌防治越冬代马尾松毛虫”试验协作组，在省、地、县领导的重视和省民航局大力协助下，利用飞机喷洒稀浓度DDT、白僵菌、青虫菌和苏云金杆菌等药剂，有效地控制了马尾松毛虫害的蔓延。

在上级业务部门的指导和支持下，林场成立虫情测报站，繁育赤眼蜂，设立松毛虫防治样板林，多次参加国家林科院及有关省、地业务部门组织的林木病虫害防治培训班和学术研讨会，发表了《毛集林场利用赤眼蜂防治马尾松毛虫的研究》《毛集林场松毛虫综合防治试验办法和效果》《毛集林场马尾松毛虫综合防治样板林是如何建立的》等多篇学术论文。林业部把毛集林场马尾松毛虫防治技术列为全国22个样板林之一宣传推广，新闻媒体把毛集林场黑光灯诱虫、赤眼蜂杀卵、菌类治虫、人工摘卵等生物防治应用技术，在中央广播电台、河南人民广播电台进行专题播放。中国科学院几位林业专家到桐柏考察时，对毛集林场发明的“灯光诱蛾、寄生蜂杀卵、多菌治虫”三步一条龙的方法大为赞叹，惊讶地说：“这项科研成果， 不仅是对中国的贡献，更是对世界的贡献，在病虫害防治史上是一个创举”。

正是有这样一支具有坚定信念和顽强拼搏精神的职工队伍，经过二十年的执着追求和艰苦奋斗，昔日的荒山秃岭披上了绿装，实现了“绿山林海一片片，荒山丘陵看不见”的宏伟目标，为桐柏山区林业建设开辟一片新天地，为林场的建设发展奠定了基础。

改革路上步维艰　创业征途闯难关（1981 ~ 2016年）

20世纪80年代初，根据林业部《关于国营林场、苗圃进行全面整顿的通知》精神，林场于1982年进入全面整顿阶段。随着改革大潮的逐步推动，林场由计划经济转向市场经济时代，上级逐渐减少了对林场的基建投资。在经历了十几年风风雨雨艰难困苦的历程后，刚过上几年安稳的日子，生活节奏又被打乱了。“铁饭碗”没有了，无米下锅怎么办？ 领导急，职工慌，生产、生活陷入困境。为了打破困局，林场贯彻执行“以林为主、多种经营、综合利用、以短养长”的方针，领导班子成员主动跑市场、抓信息、找门路，寻求上级资金扶持；动员大家搞养殖、跑运输；开矿、办厂，承包土地、办家庭林场等多渠道开展自救，稳定职工情绪，解决生活困难，提供经营平台。同时，坚持科技兴林，开展“两松”引育、针叶束育苗、马尾松无性系嫁接等科学试验，承担了《马尾松毛虫生命表的编制》《马尾松单株对松毛虫承受力的测定》等课题研究。建设马尾松林木良种基地，营造了河南省唯一一家泡桐基因库，各项指标达到基地技术要求，在专家、学者前来考察时，由衷地称赞道：“世界泡桐数中国，中国泡桐数河南，河南泡桐在毛集”。这是对毛集林场泡桐基因库建设的高度评价，为毛集林场科技兴林兴场起到了积极的推动作用。1989 年，在全省国营林场建场四十周年表彰会上被授予先进林场荣誉称号。

进入 20 世纪 90 年代后，林场彻底“断了奶”。面对种种困难和压力，林场领导班子排除万难，义无反顾，勇往直前。解放思想、改革创新、不断完善自我发展机制，充分挖掘内部潜力，广开资金来源，提高自身“造血”能力，努力实现增加森林资源储量，增强经济发展活力的目标。在上级领导的关心支持下，走上林、工、商一体化之路。采取“走出去、招进来”的办法，采用引资、合资、合股等模式，开办珠宝厂、松脂加工厂、葛根淀粉厂、林产品公司招待所、食用菌公司、丰茂公司等中外企业。虽有规模，但由于观念滞后、经营不善等多种原因，导致所经营的项目逐渐停滞，营林生产受经济制约也无力开展。

面对现实，林场人没有被困难所吓倒。在场领导班子的带领下，全场干部职工闯险滩、渡激流，迎难而上，在艰苦中创业、在困境中求生，积极争取高端建设项目。在没有上级资金投入的情况下，抓住世界银行贷款的机遇，开展火炬松世行贷款造林工程；采用籽苗嫁接发展桐柏县板栗育苗基地和桐柏县大枣种苗基地；建立火炬松容器育苗商品苗基地和银杏、美国黑核桃、黑樱桃等经济林木良种繁育基地；与部、省续建马尾松林木良种基地；营造生物防火林带和速生丰产林等。编制森林经营方案，组建森林消防队。推行职工竞争上岗制，实行定岗定员和一人多岗制。建立了统分结合的经营管理新体制，抓经济，上项目，以经济带动项目，以项目促进生产，林场渐渐走出困境。

2000 年以后，在继续经营好原有良种繁育的基础上，根据市场需求，大力发展和繁育多种花卉及绿化苗木。坚持以资源招商、靠资源突破，利用土地资源与上海奉植园林绿化公司合作发展绿化苗木，通过出租方式与四川一家药材公司联营栽植无患子；打造红色旅游革命纪念地榨楼和生态旅游景点黄岗林区红叶林；吸引外资建设多功能选矿厂；与湖北经销商合作成立木耳、香菇交易市场；以马尾松林木良种基地被评定为国家马尾松林木良种基地为契机，建立二代马尾松种子园。同时，开展了北非雪松和油籽牡丹等引种试验并获得成功。基础设施得到改善，办公楼和部分林区危房得以修缮加固，保障性安居工程顺利竣工。2016年5月2日，国务院办公厅国办发〔2016〕33号文件批准：高乐山省级自然保护区晋升为国家级自然保护区。在场领导班子的带领下，全体干部职工大胆创新，奋力拼搏，终于渡过难关，走进了新时代。

林场进入新时代　凝聚合力创未来（2017 ~ ）

借助国有林场改革和河南高乐山国家级自然保护区成立带来的机遇，新一届领导班子带领全场干部职工，认真学习贯彻习近平新时代中国特色社会主义思想和十九大精神，遵循“绿水青山就是金山银山”的发展理念，围绕林业经济建设工作重心，以加快林业生态体系和林业产业体系建设步伐，大力推进林业跨越式发展为重点，使命至上，勇于担当，凝心聚力，发奋进取，一张蓝图绘到底。

守护青山，保护森林资源是林业人的神圣使命。按照“加强党风建设，创建精神文明，建设生态林场，促进和谐发展”的工作总体方针，坚持以保护和培育森林资源为中心，统筹兼顾其他工作齐头并进。高乐山国家级自然保护区的成立为更好地保护动植物资源、维护生态平衡、创造良好的生态环境和增加社会生态效益起到了积极的推动作用。

2017年，以省林业厅联合下发《关于开展河南省“绿盾2017”国家级自然保护区监督检查专项行动的函》为契机，在县委、县政府的支持和公安、国土等部门的配合下，开展了打击“乱挖、乱采、滥伐”集中治理活动，完成了高乐山国家级自然保护区植被恢复工程和勘界立标工作，安装大型警示牌、遥感监测宣传牌、刷写墙体标语、栽立铁丝网围栏，为保护区建设设置了多道“防护墙”。2018年

11 月 1 日，国家林业和草原局安丽丹处长、李迪强教授、张宇科长、省林业厅卓卫华处长一行到保护区考察调研，对保护区管理工作给予高度评价并提出了指导性建议。保护区总体规划顺利通过评审，为保护区建设工程的开展创造了良好的开端。

为落实国家林业和草原局、河南省林业厅《桐柏县 2018 年生态省提升建设工程作业设计》要求，完成省级工程造林 2000 亩、争取到国家《2018 年度木材战略储备林基地》建设项目 3000 亩、2018 年度国家马尾松林木良种基地中央财政补贴 55 万元。二代种子园苗木定植完成，同时进行了松土、割草等后期管理，苗木生长良好。对种子园道路进行了硬化，为良种基地建设奠定了基础。

国有林场改革顺利完成。2018 年元月起，林场定性为公益一类事业单位，实行财政全额预算管理。

以德治场，凝心聚力。林场在发展建设的进程中，始终坚持党的领导和发挥党员模范带头作用，深入系统地学习党章和习近平总书记系列重要讲话精神，完善党内政治生活制度，开展“两学一做”学习教育活动。以“不忘初心、牢记使命”为主题，通过学党章、讲党课、座谈交流等多种形式，引导全场党员干部增强“四个意识”，坚定“四个自信”，做到“两个维护”，为林业发展培养中坚力量。

深入开展精神文明单位创建和爱国主义思想教育活动，组织党员干部到山东原山林场等地学习，多次到桐柏革命纪念馆、桐柏英雄纪念碑等红色革命教育基地，接受革命传统教育。举行“重温入党誓词”“文明旅游公约”等宣誓仪式，开展“学雷锋、树新风”、关心下一代、关爱老人等志愿者服务活动，积极主动为职工排忧解难，走访慰问离退休老同志和贫困职工，举办职工文体比赛等，丰富和活跃了职工的业余文化生活，增强了职工队伍的凝聚力和向心力，为林场事业的健康可持续发展提供强大动力。

在历史的长河里，六十年只是弹指一瞬间，但在人生的道路上，六十年足以让少年生出白发。六十年，三代人，一代又一代爱岗敬业、勇于奉献的林场职工，植树造林，守护青山，常年驻守在大山深处，青春甘守寂寞，呵护一方净土。在不同的历史时期，创造了感天动地、可歌可泣的事迹，为林场的建设发展做出了卓越的贡献。六十年，一幅画卷，记录了林场三代人为之奋斗的轨迹和成就。

新的征程，新的起点。毛集林场将在新的领导班子带领下，以习近平新时代中国特色社会主义思想为指导，充分发挥党支部的战斗堡垒和党员的先锋模范带头作用，凝聚起干事创业的强大动力，坚持“不忘初心，牢记使命”，发扬林场新时代精神，勇于担当、守正创新。牢固树立干大事、创大业的雄心壮志，苦干实干，努力创造无愧于新时代的工作业绩，再续林场新篇章。

第一章　自然与社会状况

第一节　自然环境

一、地理位置

毛集林场位于桐柏县东北部，地理坐标为东经113° 32’33” 至113° 48’12”，北纬32° 25’55” 至32° 42’40”。东临信阳市平桥区、北接驻马店市确山县、西与驻马店市泌阳县接壤、南与湖北省随州市隔河相望，距桐柏县城36千米。地跨毛集、固县、黄岗、回龙四个乡镇，南北长达32千米，东西宽约30千米，呈掌状分布，与群林犬牙交错。

二、林区规划

按照森林经营管理规定和林业生产需要，毛集林场设置总场、林区、林班、小班四级区划。依据1983年河南省林业厅勘察设计院勘察规划设计（见表），毛集林场共分8个营林区、50个林班、1556个小班。根据2012年森林资源普查数据，现总经营面积13826.8公顷。大多为生态公益林，部分为用材林。其中有林地12742公顷、未成林地164.2公顷、宜林荒山荒地901.3公顷、苗圃用地4.9公顷、其他用地14.4公顷。

毛集林场林业用地规划表

营林区	林班（个）	小班（个）	面积（公顷）
田木湾	2	46	557.1
固　县	2	43	344.9
铁　山	3	31	430.2
汪大庄	12	367	1127
黄　岗	5	157	2136.5
马大庄	11	376	4497.9

营林区	林班（个）	小班（个）	面积（公顷）
回　龙	9	324	3639.9
红　卫	6	212	1093.3
合　计	50	1556	13826.8

三、气候特征

【特征】毛集林场位于河南省南部，属暖温带与北亚热带过渡区，以淮河干流为界，北部为暖温带季风型气候，南部为北亚热带季风型气候，四季分明。春季空气干燥，降水少，气温回升快，常有干旱霜冻等灾害；夏季高温湿热，降水量集中且多雷雨大风；秋季凉爽，天气晴朗多趋稳定，气温下降，雨量减少；冬季干燥寒冷，雨雪少，偏北风居多。（见表一）

桐柏县四季天气表（表一）

单位：℃

四季名称	春　季	夏　季	秋　季	冬　季
日均最高气温	12	28	31	16
日均最低气温	2	18	23	6
历史最高气温	31	37	39	32
历史最低气温	-10	2	11	-7

桐柏县气象局提供

【气温】

桐柏县全年每月日平均气温表（表二）

单位：℃

月　份	最低日均气温	最高日均气温	日均气温
一	-2	8	3
二	1	11	6
三	7	17	12
四	13	24	18
五	18	29	23
六	22	31	26
七	25	33	29
八	24	32	28
九	19	27	23
十	12	22	17
十一	6	15	10
十二	0	9	4

桐柏县气象局提供

桐柏县（2009 ~ 2019）年月平均气温一览表（表三）

单位：℃

年份 平均气温 月份	2009年	2010年	2011年	2012年	2013年	2014年	2015年	2016年	2017年	2018年	2019年
1月	2.1	2.8	–0.8	1.2	1.2	4.8	4.4	1.4	4.5	–0.1	1.9
2月	6.8	5	4.7	3	4.4	2.8	5.4	6.5	6.2	5	2.9
3月	10.6	9.5	9.8	8.9	12	12.9	11.4	11.9	10.3	12.8	12.5
4月	16.3	14.4	17.9	18.3	16.8	16.5	15.7	18.5	17.8	17.8	16.8
5月	20.1	20.9	21.7	21.9	22.6	22	21.9	20.8	23.1	21.8	21.6
6月	26.3	25.1	26	26.2	26	24.9	23.9	25.1	24.8	26.4	26.1
7月	27.2	27.4	27.8	28.8	29.9	27.6	26.4	28.3	29.1	27.9	28.5
8月	25.6	27.5	24.9	26.1	29.5	24.5	26.7	27.5	27.4	27.8	27.7
9月	21.1	22	19.7	21.3	21.5	21	22.6	24	21.7	22.1	23.2
10月	18.4	15.6	15.6	17	16.6	17.5	17.3	16	14.9	16.2	16.7
11月	6.8	11.2	11.2	8.8	9.6	10.4	8.5	9.6	10.5	10.3	12
12月	3.9	5.8	3	2	3.4	4.2	4.9	6.3	5.1	3.6	5.2

桐柏县气象局提供

【降水】雨热同期，雨量充沛，主要集中在 7、8、9 三个月，年平均降水量 900 ~ 1200 毫米。（见表四）

桐柏县（2009 ~ 2019）年月平均降水量一览表（表四）

单位：mm

年份 平均降水量 月份	2009年	2010年	2011年	2012年	2013年	2014年	2015年	2016年	2017年	2018年	2019年
1月	6.9	5.1	3.7	14.5	27.5	7.1	25	14.1	45.9	101.3	41
2月	63.3	45.4	58	5.4	24.6	70.4	26.2	12.5	28.3	20.1	20.3
3月	39.6	80.2	23.9	39.4	34.1	6.9	61.2	33.2	45.2	84.5	30.3
4月	94.6	56.6	31.7	58.4	27.4	108.4	117.5	110.1	85.7	64.3	85.2
5月	118.2	100.8	60.4	63.6	102.4	61.9	143.4	111.2	84.3	152.4	11.4
6月	140.3	55.8	139.9	94.8	109.3	136	240.1	175.5	117.4	69.7	232
7月	145.6	386.1	165.7	62.2	98.9	115.8	109.5	136.7	213.1	222.4	122.9
8月	208.8	82.5	135.8	179.2	214.8	188.4	102	80	93.5	34.6	160
9月	40	137.1	56	217.7	107.3	449.8	35.8	61	263.8	79.2	12.8
10月	24.5	17.2	63.5	14	19.9	70.3	48.1	169.5	256	10	79.2
11月	55.2	9.9	98.9	31.4	23.4	80.2	94.2	70.2	19.2	70.8	19.3
12月	30.2	3.9	17.9	39.5	0.1	0.6	8.6	32.5	3.7	30.9	7.9

桐柏县气象局提供

【湿度】空气相对湿度 74%（见表五）

桐柏县（2009 ~ 2019）年月平均相对湿度一览表（表五）

单位：%

年份 / 平均湿度 / 月份	2009 年	2010 年	2011 年	2012 年	2013 年	2014 年	2015 年	2016 年	2017 年	2018 年	2019 年
1 月	59	60	50	72	69	60	65	73	70	73	72
2 月	79	73	62	62	73	80	71	56	66	61	75
3 月	69	63	55	64	56	61	68	58	65	67	56
4 月	69	62	50	59	52	71	69	69	62	65	67
5 月	70	69	58	69	62	66	74	66	62	73	59
6 月	69	71	70	63	67	76	80	73	73	67	68
7 月	76	82	75	71	68	74	80	78	74	80	73
8 月	80	76	82	74	64	81	77	78	78	76	76
9 月	81	84	84	74	79	88	76	65	84	75	71
10 月	72	74	79	67	69	78	71	83	85	61	78
11 月	71	60	80	65	72	76	86	80	66	73	64
12 月	68	53	69	66	60	57	70	72	57	69	73

桐柏县气象局提供

【蒸发量】年平均蒸发量 1662.2 毫米。

【无霜期】年平均无霜期 217 ~ 228 天。

【日照数】年平均日照数 2027 小时。

【风速】年平均风速 3.0 米 / 秒。

四、水库河流

毛集林场区域内有较大河流四条，属于淮河水系。除了发源于太白顶北麓淮河干流外，还有多条淮河一级支流，如五里河、毛集河、明河、柳河等，流水常年不断，水源丰富。其中回龙林区还是众多水库的汇水区，周边比较大的水库有尖山、响水河、赵庄、包庄等水库 10 余座。

五、地质、地貌、土壤特征

【地质】毛集林场经营区域内，主要有麻岩、砂岩、页岩、云母片岩、千绮岩、板页岩风化母质和第四纪黄土母质等几种类型的分布。随着长期人为活动及自然演变熟化而成。

【地貌】毛集林场坐落于桐柏山支脉，属中低山丘陵区，总的山脉走向西北—东南，总的地势为西北高，东南低。北部为浅山地貌，南部为丘陵岗地，多属浅山丘陵区，地势平坦，土壤肥沃。最高海拔为黄岗与泌阳交界处的高乐山，主峰启母顶海拔 758 米。平均海拔为 200 ~ 300 米，相对高差达 600 ~ 700 米。林区坡度在 35° 以上的林地占全场总面积的 24%，35° 以下的林地占全场总面积的 64%，其他林地占全场总面积的 12%，平均坡度 28° 。

【土壤】全场土壤主要分为两大类：在海拔 300 ~ 500 米以上分布着黄棕壤，300 ~ 500 米以下分布着黄褐土，土层厚 20 ~ 40 厘米，pH 值 5.5 ~ 6.5，呈微酸性反应。沟谷缓坡土层厚度 40 厘米以上，砾石含量少，多为团粒结构，湿润肥沃，理化性能好，适宜林业生产。

六、生态资源

【土地】毛集林场北与东多处于高山丘陵区，与信阳市平桥区、驻马店市确山县、泌阳县交界，山峦起伏，地形复杂，自上而下多以砂石砾土壤为主，土壤瘠薄，不耐干旱；西与南基本在本县境内，属浅山丘陵区；东南紧靠淮河与湖北省隔河相望，多属丘陵区，土层较厚。

【森林】根据 2018 年森林资源调查数据，毛集林场活立木蓄积量为 45.5 万立方米，森林覆盖率为 95%。其中：马尾松蓄积量为 10.23 万立方米、国外松蓄积量为 0.76 万立方米、栎类蓄积量为 13.68 万立方米、松栎混交蓄积量为 14.63 万立方米、阔叶林蓄积量为 6.2 万立方米。

【植被】毛集林场属于桐柏——大别山地区丘陵常绿阔叶落叶林区。由于山势低缓，地处亚热带向暖温带过渡地带，因此，该区南北植物种类兼有，主要植被类型有：常绿叶针叶林、落叶阔叶林、针阔混交林、常绿叶混交林、常绿叶灌丛及草丛。植物种类主要有：马尾松、麻栎、栓皮栎、刺槐、杨树、泡桐、油松、木瓜、化香、合欢、五角枫、酸枣、软枣、山胡椒、山葡萄、野蔷薇、映山红、猕猴桃、柳树、黄连木、葛藤、黑松、连翘、杏树、桃树、兰草、紫藤、湿地松、盐肤木、杉树、槲栎、望春玉兰、山楂、雪柳、牛鼻栓、青桐、杜仲、山白树、桑树、构树、榆树、朴树、苦糖果、山核桃、黄栌、水杉等。植物资源十分丰富，种类繁多，据调查共有植物160多科1800多种。其中银杏、水杉、粗榧、山核桃、杜仲、青檀、八角莲、望春花、金钱槭、白楠、大叶楠、河南杜鹃、厚壳树、三尖杉等被列为国家级、省级重点保护植物。

马尾松

麻栎

栓皮栎

刺槐

杨树

泡桐

油松

木瓜

化香

合欢

五角枫

酸枣

软枣

山胡椒

山葡萄

野蔷薇

映山红

猕猴桃

柳树

黄连木

葛藤

黑松

连翘

杏树

桃树

兰草

紫藤

湿地松

盐肤木

杉树

槲栎

望春玉兰

山楂

雪柳

牛鼻栓

青桐

杜仲

山白树

桑树

构树

榆树

朴树

苦糖果

山核桃

黄栌

水杉

【野生动物】自建场以来，在“封山育林”的基础上，加大对林场辖区内动物物种的保护力度，并采取严格的保护措施。经过六十年的精心管护，动物资源得到有效保存。常见的动物有棕头鸦雀、啄木鸟、黄雀、斑尾鹃鸠、翠鸟、画眉鸟、云雀、大山雀、松雀鹰、四声杜鹃、野鸭、小鸊鷉、中华秋沙鸭、白鹭、池鹭 、红脚鹬、鸿雁、苦恶鸟、花脸鸭、棉凫、灰鹤、红隼、猫头鹰、野山鸡、白冠长尾雉、黄缘盒龟、灰鼩鼱、刺猬、青羊、野兔、松鼠、黄鼠狼、野猪、水獭、猪獾子、穿山甲、狗獾子、林麝、豺、狼等200多种。现已知的哺乳类动物有560余种，其中属国家重点保护的哺乳类动物有穿山甲、水獭、青羊等，属河南省重点保护的哺乳类动物有10多种。已知的禽鸟类动物有316余种，其中属国家级保护的有灰鹤、白冠长尾雉、鹰隼、雀类、山斑鸠、雨燕和家燕等。

棕头鸦雀

啄木鸟

黄雀

斑尾鹃鸠

翠鸟

画眉鸟

云雀

大山雀

松雀鹰

四声杜鹃

野鸭

小䴙䴘

中华秋沙鸭

白鹭

池鹭

红脚鹬

鸿雁

苦恶鸟

花脸鸭

棉凫

灰鹤

红隼

猫头鹰

野山鸡

白冠长尾雉

黄缘盒龟

灰鼩鼱

刺猬

青羊

野兔

松鼠

黄鼠狼

野猪

水獭

猪獾子

穿山甲

狗獾子

林麝

豺

狼

【矿物】

林区内分布着多种矿物资源，主要是非金属矿物，有蓝晶石矿、石灰石、石英石矿、大理石矿、陶土矿等，其中石灰石储量大，全林场区域均有分布。还有铁矿、锰矿等金属矿。资源丰富，贮量较大，根据国家相关政策规定，现全部关闭。

第二节　社会状况

一、交通

毛集林场场部驻在桐柏县东北部的毛集镇，距县城 36 千米。交 312 国道，与南阳、信阳相连；通往明港镇交 107 国道，与信阳、确山相通。区内沪陕高速经毛集，东去信阳连接京广高速，西至泌阳连接焦桐高速。毛集西去泌阳、北去确山、东去信阳、南往县城的班车来往频繁，出行十分便利。全场 8 个林区都有省道或地方道路相通，林区内均已通简易公路，部分林点内修建了水泥路，基本上能满足林场生产、生活和管理工作的需求。

二、供水供电及通信

毛集林场场部建有自己的供水系统，各林区均安装了供水设备（如图），建有卫生间、冲澡房、热水器等基础设施。场部及林区均有国家电网覆盖（如图），

林区安装的供水设备

场部专用变压设施

中国移动、联通、电信等移动信号接收塔各林区均有分布，基本上保证了通信的正常使用。

三、经营状况

毛集林场现有在职干部职工 74 人，为公益一类事业单位，经费实行财政全额预算管理。河南高乐山国家级自然保护区管理局与毛集林场合署办公，内设 5 个股室（综合办公室、科技业务股、资源保护股、生产经营股、计划财务股）。下设两个直属单位（国家马尾松林木良种基地和桐柏县第二森林消防中队）和 8 个林区（回龙林区、马大庄林区、黄岗林区、红卫林区、田木湾林区、固县林区、铁山林区、汪大庄林区）。

第二章　行政体制

第一节　沿革

毛集林场筹建于1959年，根据1960年1月22日河南省人民委员会《关于新建二十四个林场的通知》（豫林字第6号）精神，桐柏县人民委员会于2月16日印发《关于新建国营桐柏县毛集林场的通知》〔（60）会人编第2号〕，4月，由时任桐柏县委组织部李部长到场宣布正式成立。原场部建址在毛集镇田木湾村部附近，隶属省林业厅直属。主要经营毛集、回龙、黄岗、朱庄、吴城、固县区域的部分荒山宜林地。由于大部分林地为丘陵浅山区，适宜机械化作业，因此，同年度被国家林业部定为河南省国营桐柏机械化试验林场，并下文到省林业厅，是当时全国三个机械化林场之一。1961 ~ 1963年，省林业厅委派周佩军、刘喜田等，代表省林业厅常驻毛集林场指导全面工作。1964 ~ 1965年，周佩军等因工作需要回原单位，省厅委托南阳行署下派工作组进驻林场，并由行署任命地区林业局国营林科科长郑芬清为毛集林场场长。经过工作组的整顿并报上级批准，1965年7月，由南阳行署安排安庆章（南召县书记处书记、县长）任毛集林场支部书记兼场长，赵善元（淅川县副县长）为毛集林场副场长，林场为副处级规格。后因“文化大革命”冲击，组织机构与单位级别均发生改变，机械化林场筹备工作也随之停止运作。

1972 ~ 1974年，由时任毛集公社书记李正谦调任毛集林场革委会主任，林场随之由副处级变为正科级。1976年底，时任林场革委会主任魏荣宽调离，由李光钧（时任桐柏县农林水小组副组长）调任林场革委会副主任，随着领导级别的变化，林场级别也自动降为股级。1984年9月，根据工作管理的需要，将场部迁到毛集镇毛集大道312号。2002年3月18日，桐柏县机构编制委员会桐编〔2002〕02

号文件批复，桐柏县毛集林场升格为正科级规格。2004年2月26日，经河南省人民政府豫政文〔2004〕33号文件批复，批准建立桐柏高乐山省级自然保护区。同年9月28日，桐柏县机构编制委员会桐编〔2004〕8号文件，批准成立桐柏高乐山省级自然保护区管理局。2016年5月2日，国务院办公厅国办发〔2016〕33号文件公布晋升为河南高乐山国家级自然保护区。2017年12月7日，桐柏县机构编制委员会桐编〔2017〕46号文件明确：原桐柏县毛集林场更名为国有桐柏毛集林场。

建场60年来，重点进行育苗、整地、造林、间伐、抚育、科研、病虫害防治等生产经营活动，现为以资源管护、营林生产、科研培育为主的公益一类事业单位。

第二节　机构设置

毛集林场现有职工168人（含退休人员、企业工），有高级职称3人，中级职称9人，初级职称18人。在职干部职工中，按专业技术分：有中专以上毕业生51人，助理工程师13人，技术员6人。林场现有的管理机构：内设5个股室（综合办公室、科技业务股、资源保护股、生产经营股、计划财务股）。下设两个直属单位（国家马尾松林木良种基地和桐柏县第二森林消防队）和8个林区（回龙林区、马大庄林区、黄岗林区、红卫林区、田木湾林区、固县林区、铁山林区、汪大庄林区）。

第三节　管理机制

毛集林场现为正科级事业单位，实行场长负责制。场长、支部书记、副场长各负其责。决策实行民主集中制，重要事项、大项开支由班子会议研究决定。

2004年，高乐山省级自然保护区成立以来，与毛集林场实行两个牌子、一班人员管理的经营模式，在人事、财务、后勤、护林防火、营林生产、保护区管理等方面制定了完善的规章制度。尤其是在2016年晋升为国家级自然保护区后，在资源管护上制定更严格的措施，确保保护区管理制度化、规范化、常态化。

第四节　单位体制

建场初期，属省林业厅直管林场，为财政全供事业单位，基建和营林费用由国家投资，所需物资、人员、经费列入地方财政预算。全称为河南省国营桐柏县毛集林场，规格为副处级。

建场中期，随着国家经济体制的改革，根据林业部《关于国营林场、苗圃进行全面整顿的通知》和省委《关于企业整顿安排问题的通知》精神，林场随之进行了经济体制和管理体制的改革。1983 年起，实行场长负责制，经费由原地方财政全额预算转变为事业单位企业化管理的自主经营自负盈亏，林场的规格也由原副处级、正科级自动降为股级。直到 2002 年 3 月，经桐柏县机构编制委员会批准，重新恢复为正科级事业单位。

2012 年以来，全场职工在场领导班子的带领下，艰苦奋斗，开源节流，度过了林场历史上艰难的岁月，林场各项工作有序开展，并得到了上级的认同和表彰。危旧房改造工程的竣工，使职工住房有了保障。林场在县城设立了办事处，信息传达、外联工作更加便捷。

2018 年，全面完成了国有林场的改革任务，事业编制人员全部纳入县财政全额预算管理。新成立桐柏县兴林农林有限公司，将企业工全部纳入公司管理，进行了妥善安置。

第三章　森林培育与经营

第一节　森林培育综述

森林培育是林场的主要生产任务，是营造森林和改造森林的重要环节，是森林经营的基础。通过开展苗木培育、森林营造、森林抚育、主伐更新、天然林改造、良种繁育、公益林建设等经营活动，培育和发展商品林、生态公益林、防护林、特种用途林。不仅为地方经济、社会发展和人民生活的用材供给做出积极贡献，而且在维持生态平衡、调节气候、保持水土、吸烟滞尘、净化空气、涵养水源等方面发挥着至关重要的作用。

随着我国社会生产力的不断发展和国家对林业的日趋重视，林业建设进入了新的快速发展时期。毛集林场始终坚持“以林为主，生态优先，分类经营，持续发展”的经营方针，立足林场，积极培育优质的林木良种和更多速生丰产的商品林，充分发挥林场在森林后备资源培育中的骨干作用，逐步成为生态建设的主力军。

第二节　苗木培育与营造

一、育苗

林业育苗是造林绿化的物质基础，而优良壮苗则是造林最理想的选择。使用壮苗造林后能较早恢复创伤，而且造林成活率高，幼林生长快。因此，优良苗木的培育对林业的快速发展起到重要作用，是保证造林质量、扩大造林面积、提高林木蓄积量和森林覆盖率的重要环节。

建场以来，毛集林场始终坚持育苗、造林、抚育、管护一条龙生产模式，以育优良壮苗为前提，满足造林需要为目标，积极做好育苗方案，造什么林育什么苗，造多少林育多少苗。为缩短造林运苗时间，根据造林地点就近增建苗圃地，以减少路途损伤，提高造林成活率。多年来，使用实生苗、营养繁殖苗和移植苗的方法，培育了马尾松、油松、黑松、侧柏、落叶松、杉树、杨树、柳杉、刺槐、泡桐、湿地松、火炬松、栎类等优质苗木，不但满足了毛集林场造林用苗的需要，同时还为周边县、乡植树造林提供了苗源。

近年来，随着国家林业政策的转变和市场对苗木的需求，毛集林场组织专业育苗人员，培育湿地松、火炬松、马尾松、黑松、油松、杨树、麻栎等用材苗木400万株，培育油桐、油茶、板栗、大枣等经济作物苗木400万株，培育无患子、女贞、雪松、合欢等绿化苗木1980万株。既解决了职工就业，又增加了经济效益。种苗生产正逐步走向市场化、规模化。曾多次获得省、市、县种苗先进单位荣誉称号。

二、整地

造林地的整理是在整地前清除杂草、灌木和采伐迹地残留物，改善环境条件的一道主要工序。清除地表杂灌后，便于整地生产。通过整地改变了土壤物理性，有利于土壤微生物活动，加速营养物质分解，促进幼林生长；有利于造林施工，提高整地质量和造林成活率。因此，整地方式和整地质量尤其重要，必须把握好整地季节，提前备好造林基地。

（一）整地规划。整地前先行调查摸底，根据不同的地质地形、土壤结构等做好规划设计，制订施工方案。

（二）整地方式。多采用全面整地和局部整地。

1. 全面整地：主要在平坦和缓坡地带使用机械全面耕复。20世纪70年代初，陈楼、梁老庄、大包子、铁山等林区大部分均为机耕造林，既省时又省工，造林成活率高，便于后期管理。

2. 局部整地：分为带状整地和块状整地。

（1）带状整地。一般采用反坡梯田法。规格为深0.4米，宽1.5 ~ 2.0米，水平线绕山转，上下间距随山势灵活掌握，平坦地形也使用机耕整地法。20世纪70

年代后期，在铁山、吴山、回龙孙庄、榨楼、田木湾转山、五道岗等林区、林班处均使用带状整地，便于幼林抚育和管理。

（2）块状整地。灵活、方便，对因整地而破坏植被所引起的水土流失的危险性小，但改善立地条件的作用相对较差。因此，毛集林场根据不同的林地特点，采用了鱼鳞坑和穴状等灵活机动的整地方式。

【鱼鳞坑】亦称暗穴，一般规格为长 0.8 ~ 1.0 米、宽 0.5 ~ 1.0 米、深 0.3 ~ 0.5 米，主要用在红卫林区、回龙林区大部、黄岗林区北部的地形破碎、土层薄、坡度大的石质山地。

【穴状】亦称明穴，分为大穴和小穴。

大穴：技术规格为长 1.0 米、宽 1.0 米、深 0.5 米，多在平坦缓坡、浅山丘陵区开挖，使用于泡桐、杨树等大苗栽植和优良树种的培育。

小穴：技术规格为长 0.7 米、宽 0.7 米、深 0.4 米，毛集林场的固县、铁山、田木湾、葛老庄、陈楼等林区土壤肥沃，坡度平缓的山岗丘陵地均使用此方式整地。

毛集林场自 20 世纪 70 年代中期开展引种引育科研工作以来，在葛老庄引种湿地松试验林、白马岭“两松”基地、田木湾板栗园、马尾松种子园、姜坡马尾松试验林、转山精品园、回龙栗树泡桐基因库、火炬松工程造林基地、板桥二代马尾松种子园等大型重点项目，均按大穴规格标准整地，以促使苗木快速生长，尽快达到各项工程预期目标。

三、营造

根据“适地适树”原则，选择适于当地生长快、经济价值高、防护效益好的乡土树种和引种外来的速生树种，按照山地的高、低、阴、阳、脊、谷等不同部位和土壤情况，分别营造适生树种的人工纯林、营造人工片林与原存天然林相结合的针阔混交林。为实行科学造林，提高造林质量，严格按照“林权不确定不造、不规划设计不造、不整地不造、三级苗不造、不速生丰产不造”的五不造规定，根据不同立地条件、不同树种、不同目的等选择优良壮苗，优化品种结构，实行有规划、有目标的合理种植。使用镢头、植树锹等工具，采取一镢松、挖明穴的直苗造林和直播、飞播等多项举措，组织职工和民工，按照“埋深、砸实、根伸直”植树要点，营造人工林近 10 万亩，改造次生林 10 余万亩。不但为社会提供了大量木材，而且还在一定程度上增加了森林生态效益。目前，毛集林场已逐步实现林木良种化生产，在培育用材林的同时，也向市场提供优良种子，以达到经济效益与社会效益的同步提高、森林蓄积与森林覆盖率同步增长的双赢目标。

第三节 公益林建设

毛集林场地处淮河源头，自 2004 年开始，区划界定为国家级重点公益林面积 13.82 万亩、省级公益林面积 1.02 万亩。随后又积极争取国家级重点公益林 1152 亩、省级公益林 28349 亩。在公益林管理上，毛集林场认真落实国家和省公益林的有关规定，重点加强公益林管护工作，切实提高公益林建设成效，基本实现了公益林区无乱砍滥伐林木、乱采乱挖野生植物、非法捕猎野生动物、无森林病虫害灾情、无森林火灾发生的“三无”目标。

一、强化日常管理，落实管护责任

为加强公益林管理，全场划分为八个护林区，成立了保护股、督察队、消防队，制定并完善《国有桐柏毛集林场护林员管理办法》等十二项规章制度。

一是强化护林员培训。主要培训《森林法》及实施条例、护林员管理办法以及有关森林防火、有害生物防治等知识，增强护林员管护技能。

二是对护林员统一管理。配备了服装、袖章、胸章、护林员工作日志，要求全体护林人员做到文明上岗、学法懂法，处理好周边关系，每天如实填写巡护日志，每月写出小结。

三是制定了护林员考核管理办法。要求护林人员吃住在林区，每月出勤不低于 25 天。由林区主任统一管理，场里提供工作生活用品。每天上午 8:00、下午 2:00 进行视频签到，每天上午、下午各巡护一次。防火期期间要求必须执行 24 小时值班和日常报告制，每天早 8:00 和晚 5:30 各通报一次，有火报火，无火报平安。对擅离职守、迟到、早退、发生毁林案件知情不报等行为都制定了严格的处罚规定。

四是坚持督查制度。对各林区实行不定期督查管理办法，随机确定督查时间、路线、内容。对督查发现的问题，一律通报并严格按规章制度进行奖惩，当月兑现，以有效提高和强化护林员的工作积极性和责任心。

二、加强生物防火林带建设，确保森林资源安全

2004 年以来，毛集林场坚持“全面规划、突出重点、分期实施、稳步推进”的原则，高标准、高质量组织实施了桐柏县重点公益林区生物防火林带建设项目。林场连续四年投入专项资金 41 万元，共建设了红卫、榨楼、马大庄三个区域的生物防火林带，总长 35 千米，其中主带 20 条、副带 70 条。新造防火林带面积 1350 亩，苗木成活率达到 96.7%，有效阻止了林场境外森林火灾的进入和蔓延，取得了良好的社会效益、生态效益和经济效益。2008 年 8 月，全省公益林工作现场会在毛集林场红卫林区召开，场领导在大会上作了典型发言，介绍了毛集林场利用生物防火林带防火取得的显著成效和成功经验，受到省林业厅的充分肯定和表扬。

第四节　林木良种基地建设

一、基地概述

毛集林场马尾松林木良种基地筹建于 1980 年，1984 年被定为部省联营林木良种基地项目。1986 年，林木良种基地在国家林业部、河南省林业厅、省林科院等部门的指导下，经对南方马尾松生长集中的湖南、江西、浙江、湖北、贵州、广西等省实地考察、研究对比后，选出 14 个优良种源和桐柏本地一个种源，正式建立马尾松良种繁育基地，各种配套工程随之展开。2009 年国家林业局印发《关于公布第一批国家重点林木良种基地的通知》〔2009〕11 号文件：桐柏县毛集林场马尾松林木良种基地被确定为全国 131 处之一（如图）。

1984 年以来，先后营建了 6000 亩各类良种繁育林分，其中包括马尾松种子园 700 亩、试验林 1671 亩、母树林 1545 亩、种质资源收集区 30 亩、马尾松采穗

毛集林场国家马尾松林木良种基地

圃 50 亩、良种示范区 1990.5 亩、非生产用地 13.5 亩。各类良种繁育林分、种质资源保存完好，为良种基地建立了种检实验室，扩建了种实晒棚、晒场、种子库，添置了一批先进采种及种检设备，完善了良种基地水、电、防火等基础设施。

1998 ~ 2005 年，进行种子园单亲谱系子代测定试验。在家系遗传分析的基础上，以树高、胸径、材积作为评价指标对所参试的家系的生产力进行全面评价。根据遗传稳定性和材积，经多指标聚类分析，选出适合在河南省推广的优良家系 50 个，同时选出全同胞子代优树 37 个。通过对基地马尾松进行品种选优，选育出了“毛集林场种子园种子”马尾松优质品种，并于 2008 年 2 月通过河南省林木良种委员会审定（如图）。

良种基地所生产的种子和苗木，以其优良速生的习性快速投放市场并得到广泛认可，带动当地苗木种植大户的定购欲望和积极性。在创造良好的经济效益的同时，也为社会提供了良好的生态效益。同时为豫南地区及我国南部的荒山造林

林木良种证

和园林绿化推广应用做出了积极的贡献。

为保障马尾松林木良种基地的可持续发展，在建设好马尾松二代种子园的同时，结合国有桐柏毛集林场国家马尾松林木良种基地结构现状，调整实施方案，不断优化良种基地的树种结构，改善良种供应品种，推进基地可持续发展，实现良种的集约化经营管理。

毛集林场国家马尾松良种基地马尾松二代种子园已初步完成定植，无性系种子园的种源家系共 37 个无性系，以浙江姥山林场马尾松二代无性系（遗传背景为偏北产地）为主，同时收集定植 13 个毛集林场优良无性系，3 个湖北二代无性系，5 个安徽优良无性系。

二、取得的科研成果和荣誉

在马尾松林木良种基地培育和科研过程中，通过不断学习、实践、总结经验，发表的《马尾松优良种源及豫南优良林分遗传基因收集、保存与利用研究》论文，于 1990 年被南阳市人民政府评为“科技进步二等奖”。林木良种基地建设工作取得明显成效，1996 年被国家林业部评为“全国林木良种基地先进单位”，1997 年 1 月被省林业厅评为“1996 年度先进林木良种基地”，1998 年 2 月被省林业厅评为“1997 年度先进林木良种基地”。

2011 年，在对林木良种基地进一步实践探索的基础上，汇集资料编写了《马尾松优良种源选育技术》,该论文于2012年被南阳市人民政府评为科技进步二等奖。

在北非雪松优良种源引种栽培过程中，针对外来树种，采取不同的土壤、温度、和肥水等管理方法，进行了反复试验。在精心培育下，北非雪松在本场栽培成功，并总结编写了《北非雪松引种栽培技术》论文，2014 年被南阳市科技局评为“科技进步二等奖”。这些成就的取得为林木良种基地建设和发展奠定了坚实的基础。

三、新建培育工程设计

（1）新建马尾松良种基地。在初级种子园子代中选择优良家系中的优良单株建立二代种子园，完成二代实生种源种子园 375 亩，无性系种子园 75 亩。新建马尾松试验林 75 亩、优树收集区 75 亩、采穗圃 43.5 亩、良种示范区 210 亩。

（2）建立麻栎良种基地 200 亩。基地改建麻栎母树林 100 亩，新建麻栎种质资源收集区 50 亩、试验示范林 50 亩。

（3）新建木瓜良种基地 70 亩。新建木瓜采穗圃 20 亩、种质资源收集区 30 亩、试验示范林 20 亩。

四、基地管理

（1）加强全国范围内及当地种质资源的收集与保存。

（2）加强无性和有性优良品种的繁育，保证繁育种质的优良性状。

（3）加强各功能区的中耕除草、病虫害防治、肥水管理等规范化生产，保证良种苗木植株健壮。

（4）加强育种资源研究及数据信息保存，对收集的资源和现有的优良种源做好系统研究，定期观察，建立完整档案。

（5）加强与中国林科院亚林所、河南省经济林和林木种苗工作站、河南农业大学林学院教学单位的技术合作。

（6）做好中长期运行规划，配备业务熟练、事业心强的精干技术队伍，采取有效的技术管理措施，保证基地各类良种苗木及良种林分正常发育和健康生长。

五、生态效应

国家马尾松林木良种项目实施后，已生产了大量优质的种子和苗木，为造林绿化、美化环境，增加森林生态效应，特别是对林业“两大体系”的培育、覆盖率及蓄积量“双增”目标的实现做出了重要贡献。

随着各类林木良种林分蓄积量的提高，在直接增加森林面积、增大森林蓄积总量的同时，又充分发挥了森林的涵养水源、保持水土、防风固沙、净化空气、固碳释氧等生态作用。森林资源质量的显著提高，进而有效地改善了生态环境。固碳释氧能力的增强，从而使森林蓄积资源和质量得到更大提高，并在科技创新、科教兴林战略中起着重要作用，为林场林木良种基地建设有序开展和可持续发展目标的实现，奠定了内在的物质基础。

六、社会效益

马尾松良种生产的社会效益是广泛多样的，影响也是深远的。根据国家林木良种项目实际内容，可将马尾松林木良种基地建设所产生的社会效益归纳为以下几个方面：

（1）马尾松种苗应用的社会性，为社会财富的积累奠定了物质基础。良种基地建成后，可为整个豫南山区以及湖北、安徽等省区提供数量充足、质优价廉的马尾松种子，为优质高产高效的马尾松丰产林基地建设以及生态环境建设打好坚实的物质基础。依据毛集林场已经建成的马尾松种子园种子遗传增益测定，与当地马尾松品种相比，立木材积增加 30%。据郑天汉《马尾松种子园优良家系选择研究》（福建林学院学报 2003.23（2）：150 ~ 154），马尾松种子园子代测定林材积、胸径、树高三个性状生长量明显大于对照的品种，材积性状比对照增长 40%，平均遗传增益达 27%，最高家系材积增长率达 126%，遗传增益达 86%。这标志着如果使用本基地生产的良种，推广 10 万公顷马尾松用材林的造林面积，当 40 年主伐时，若按 27% 的遗传增益计算，可比当地一般商品种子造林多生长森林蓄积 162 万立方米，多生产木材 105.3 万立方米，增加木材总产值 7.37 亿元，对增加林农收入、带动木材加工和第三产业的发展起到重要作用。同时吸收大量二氧化碳，为节能减排、生态系统优化做出重大贡献。

（2）良种基地的建立，集科研、生产、管理、推广于一体，对加大科技创新力度、有效实施科教兴林战略、推进现代林业建设势必起到示范、辐射和带动作用。为河南省良种生产工作跃上新台阶树立了新样板，同时也为对外交流起到窗口和展示作用，有利于桐柏林业经济繁荣和可持续发展目标的实现。

（3）良种基地的建设，为当地林业和社会经济发展提供良好机遇，大大激发了当地群众经营林业的积极性。通过合理配置资源，优化了产业结构，增加了地方财政收入，加速了地方经济的发展。从而提高了人民群众物质和文化生活水平，促进了社会的安定和谐。

（4）良种基地的建设，有利于推进桐柏县林木种苗的标准化生产，提高了河南省种苗生产的科技含量，对河南省林业科技推广具有示范引领作用。

第五节　天然林改造

天然林改造是采取封山育林的方法，利用森林的更新能力，在自然条件适宜的山区，采取定期封山、禁止垦荒、放牧、砍柴等人为的破坏活动，又通过人工修枝抚育等措施，以达到恢复森林植被的一种主要育林方法，是传统培育森林资源的一种重要营林方式。具有用工少、成本低、见效快、效益高等特点，对加快绿化速度，扩大森林面积，提高森林封山育林质量，促进社会经济发展发挥着重要作用。

通过封山育林可促进林分植被种类增多，生物多样性增加，涵养水源、保持水土的能力增强，森林病虫害减轻，林分质量提高。原来的疏林地、灌木林地、具备封育条件的荒山荒地等经过 5 ~ 10 年的封育，大多成为了有林地，而封育成本仅为人工造林的 1/5 ~ 1/10。实行封山育林，有利于保护原有的树种资源，又能自然形成多种混交林，是保护珍惜树种和生物多样性的重要途经。

自生态省建设项目实施以来，林场放眼于长远，立足于现实。根据实际状况，合理运用国家的扶持资金，选择在生长速度慢、林分未郁闭、人为活动频繁的生态脆弱地带（多是生长了 10 年以上的中幼林或 3 ~ 5 年的幼苗幼树），进行 2 ~ 3 年全封闭和 3 ~ 5 年半封闭的封山育林。共封育林分近 80000 余亩。现已逐步完成封育任务。封育后的林分从生长速度、郁闭情况到林分结构都得到了明显的加快和改善。

第六节　森林抚育

一、森林抚育

为了保证幼林成活率，促进林木生长，改善林木组成和品质，提高森林生产率，毛集林场对造林后的中幼龄林、成熟林，每年度根据不同林龄和树种采取不同的抚育措施，组织营林专业队开展抚育作业。一般多采用幼林抚育、间伐抚育等综合抚育的方法进行。

（一）幼林抚育

幼林抚育：包括人工修枝、割灌除草。主要针对中幼龄林生长过程中开展的修枝、清除杂草灌木、施肥等管理措施，多在林分郁闭前进行。特别是在造林后的头几年，常常因树体矮小，根系入土浅，生长缓慢，易遭到外界不良环境因素的侵害，造成成活率的下降。因此，积极采取相应的抚育措施，及时进行幼林的抚育管理，才能促使幼林快速生长郁闭，保护和巩固造林成果。

（1）人工修枝：在幼龄林中，主要在自然整枝不良、通风透光不畅的林分中进行。修去枯死枝和树冠下部 1 ～ 2 轮活枝，一般采取平切法，重点针对枝条、死枝过多的林木。幼龄林阶段修枝后，保留冠长不低于树高的 2/3，枝桩尽量修平，剪口不能伤害树干的韧皮部和木质部；中龄林阶段修枝后，保留冠长不低于树高的 1/2，枝桩尽量修平，剪口不能伤害树干的韧皮部和木质部。根据省级财政补贴森林抚育的要求，人工修枝面积不超过计划面积的 30%。

（2）割灌除草：在老灌木生长旺盛、与林木生长争水争肥严重的山区中幼龄林中进行。采取机割或人割、全面割或局部割等不同方式，清除妨碍树木生长的灌木、藤条和杂草。属幼龄林的，则割除幼树周边 1 米左右范围的灌木、杂草。为便于集水，同时进行培埂、扩穴，以促进幼树的正常生长。设计割灌除草时，结合当地实际，综合考虑，按照防止水土流失、促进天然更新、保护生物多样性等原则，科学设计抚育强度，保护珍稀珍贵植物品种，保留天然更新目的树种的幼苗和幼树，保留林缘灌和孤立灌等。

（二）间伐抚育：包括疏伐、卫生伐、透光伐

间伐抚育：20 世纪 70 年代后期，毛集林场开始了少量的森林采伐试验，主要在同龄林、未成熟林中进行。按照抚育间伐技术规程，定期伐去一部分生长不良、培育潜力小的林木，为保留木创造良好的生长条件。1979 年，在固县林区采取透光伐，开始规模性间伐，生产一些椽杆和少数檩条。1985 年，在红卫林区开始了以生产商品木材为主的采伐，自 2000 年以后，这种采伐逐步减少直至全部停止，林场结束了多年来靠采伐木材为主的历史，转变成以生态公益保护为主的生态公益型林场。

（1）疏伐：在特用林和防护林的中龄林中进行。将林木划分为若干植生组，按照有利于林冠林木分梯级郁闭、主林层和次林层立木都能受光的要求，在每组内将林木分为优良木、有益木和有害木。伐除有害木，保留优质木、有益木和适量的灌木。根据采伐后的郁闭度不低于 0.7，而且一次采伐郁闭度不下降 0.2 以上的原则，使采伐后的郁闭度保持在 0.7。间伐中兼顾修枝割灌除草，采取合理有效的采伐方法对林分进行抚育，以改善林分结构，加快林分郁闭进程，增进森林更大的生态、社会效益。

（2）卫生伐：主要在林木遭受病虫害、风折、雪灾等自然灾害达到 10% 的林分中进行，清除生态功能明显降低的枯死木、受害木和丧失培育前途的林木，同时结合林分实地情况兼顾修枝割灌。坡度大于 25° 的防护林原则上只进行卫生伐，伐除受害林木。

（3）透光伐：林分密度大、丛生株多、幼苗幼树更新频度大、杂灌丛生的林区，由于目标幼树生长受限，林下立木、植被受光困难，林木生长竞争激烈，分化特别明显，已严重影响林分中幼龄林生长的整体质量。在林分郁闭后的幼龄阶段，通过伐除上层或侧方遮荫的劣质林木、霸王树、萌芽条、大灌木、蔓藤等，调整林分树种、年龄、空间等结构，实现了去劣留优，改善了保留木的生长条件，加快了林木的高速生长。根据树种树龄等采用多种抚育方式相结合的综合抚育措施，清除林中杂灌，保证作业质量，切实保障目标幼苗、幼树的安全正常成长。

自2010年开始，毛集林场实施了森林抚育补贴工程，逐年对林区内森林进行抚育。根据项目施工要求，采用生态疏伐、卫生伐、定向抚育、割灌除草等抚育方式，累计抚育森林面积10余万亩，其中：2013 ~ 2017年，幼龄林（未成林造林地）抚育面积为1136.2公顷、中龄林抚育面积为1941.2公顷；2018 ~ 2020年，幼龄林（未成林造林地）抚育面积为1333.8公顷、中龄林抚育面积为2470.98公顷。在各项施工工程中，严格按照技术规程，确保森林抚育工作健康、规范、有序，顺利通过国家和省市验收。通过抚育，大大改善了林分的生长环境和条件，促进了林木的快速生长，为国家木材战略储备林建设奠定了基础。

二、主伐更新

为改善林分结构，增加林地透光度，加快林木快速生长，培育更多商品林，以获取更大的经济效益和提高各种防护效果，毛集林场根据国家审批采伐计划，对成林或部分中成林进行主伐。主伐后开展森林更新，扩大再生产，使森林成为可持续利用的资源。

20世纪70年代末，逐步进行了渐伐、择伐作业。80年代中期，按照中国“森林和采伐更新管理办法”规定，制订了具体的采伐更新实施方案。根据上级批准的采伐更新计划，严格按照技术规程操作。完成采伐作业后，及时在采伐迹地、林间空隙地，采取人工更新和自然更新方式，当年或次年完成更新造林。1987 ~ 2012年更新造林面积为3.5万亩；2013 ~ 2017年更新造林面积为9078亩；2018 ~ 2020年更新造林面积为6241.5亩。

三、重点培育工程

1. 良种基地保护管理工程，面积为170.1公顷；

2. 木材战略储备建设工程，面积为3552.7公顷；

3. 森林抚育工程，面积为6341.98公顷；

4. 生态保护工程，高乐山保护区域9060公顷；

5. 马尾松二代种子园建设工程，面积为13.3公顷。

第七节　森林经营方案的编制

1961年11月，毛集林场编制了《国营桐柏县毛集林场七年规划（1962～1968）草案》。

1964年9月22日，毛集林场编制了《国营桐柏毛集林场基本建设设计任务书》。

1971年9月30日，黄金钧同志主编了《桐柏县毛集林场第四个五年计划林业发展规划（草案）》。

1986年12月，由赵丰璞同志执笔，编写了《中国国营林场“分论”部分（国营河南省桐柏毛集林场情况的报告）》。

1989年12月，由王家田同志执笔，编写了《河南省国营桐柏毛集林场森林经营方案》（1990～1999）。

2019年，由韩涛同志执笔，编写了《国有桐柏毛集林场森林经营方案》（2019～2029）。

第四章　森林资源保护

第一节　森林资源简述

毛集林场土地所有权属为国有林地，土地总面积为13826.8公顷，其中有林地12742公顷、未成林地164.2公顷、宜林荒山荒地901.3公顷、苗圃地4.9公顷、其他14.4公顷。活立木蓄积45.5万立方米，森林覆盖率为95%。林场经营范围内，分布有高等维管束植物共182科796属1971种，其中蕨类植物26科59属136种、种子植物156科737属1835种。种子植物中又包括：裸子植物150科728属1820种。野生动物现有：哺乳动物6目17科45种，鸟类17目39科170种，爬行纲3目7科28种，两栖纲2目6科15种，鱼类4目10科28种。

第二节　森林病虫害防治

毛集林场始终坚持“预防为主，防重于治”的方针，以完善森林体系为基础，以提高自身抵御病虫害能力为中心，以先进防治技术为手段，以营林和生物相结合为主要防治措施，切实做好病虫害的综防工作。同时建立了病虫害防治监测中心（如图），配备了化验检疫、标本制作、监测及器械设备等。加强预测预报，采取生

病虫害防治监测中心

采取多项措施防治病虫害

物、营林、物理、化学药剂等综合措施（如图），预防和控制病虫害的发生和蔓延。多年来，林区内尽管曾发生过疫情，但都得到了有效控制。20世纪70年代，在开展飞机喷洒化学药剂试验的同时，还进行了赤眼蜂繁育、黑光灯诱蛾和菌类治虫三步一条龙的防治科研试验，为综合防治马尾松毛虫提供了可靠的依据和有效的防范措施，并在多种场合、多家刊物上发表了演讲和论文，多次得到国家、省、市、县等有关部门的表彰与赞誉。

第三节　自然保护区建设

河南高乐山国家级自然保护区，位于毛集林场回龙林区和黄岗林区的西北部，是在国有桐柏毛集林场的基础上建立起来的。2002年，依据《自然保护区条例》规定的申报程序，由桐柏县人民政府逐级上报至河南省人民政府，请示建立桐柏高乐山省级自然保护区；2003年，省环保局组织专家进行评审；2004年3月1日，省人民政府以豫政〔2004〕33号文批准成立桐柏高乐山省级自然保护区；2016年5月2日，国务院办公厅以国办发〔2016〕33号文批准晋升为“河南高乐山国家级自然保护区”。

河南高乐山国家级自然保护区位于河南省南阳市桐柏县东北部，地理坐标为东经113° 35′ 22″ ~ 113° 48′ 29″，北纬32° 34′ 01″ ~ 32° 42′ 56″。东邻信阳市平桥区，北接驻马店市确山县，西与驻马店市泌阳县接壤，总面积为10612公顷，其中：核心区面积3663.5公顷、缓冲区面积3093.5公顷、实验区面积3855公顷。保护区是以暖温带南缘、桐柏山北支的典型原生植被、林麝、榉树等珍稀濒危野生动植物及其栖息地和淮河源头区的水源涵养森林为主要保护对象，是森林生态系统类型的自然保护区。

河南高乐山国家级自然保护区，既是淮河源头区重要的水源涵养地，又是秦岭—伏牛山和桐柏山—大别山生物基因交流的通道和桥梁，也是南阳盆地和黄淮海平原的天然屏障和北亚热带与南暖温带的过渡区。区位价值极为重要，生态景观多样，植被类型众多，珍稀濒危保护物种丰富。保护区内分布有国家重点保护野生动物53种，其中国家Ⅰ级重点保护野生动物5种，分别是林麝、东方白鹳、白鹤、中华秋沙鸭和金雕；国家Ⅱ级重点保护野生动物48种，包括兽类6种、鸟类40种和两栖类2种。保护区被列入CITES公约附录物种46种。还分布有国家重点保护及其他珍稀濒危野生植物16种，其中国家Ⅱ级重点保护野生植物8种。既是生物多样性的聚集区，也是物种的基因库。

2004年以来，保护区在各级政府及主管部门的重视支持下，基础设施从无到有，监测和科研设备逐步完善，管理水平有了明显提高。然而，与国内一流的自然保护区相比，仍存在着一定的差距，各方面的工作尚未完全步入规范化、科学化、现代化发展轨道。管护工作还没有形成完整的体系，自身的资源优势还没有发挥作用，生态旅游产业发展处在起步阶段。在区划布局、管理权属、保护设施、科研设备、人才培养、机构设置等方面有待进一步提高和改进。

目前国有林场改革已经完成，国有桐柏毛集林场定性为“公益一类事业单位”，74 名事业编制人员全部纳入财政全额供给。高乐山国家级自然保护区管理局下设：综合办办公室、人事教育股、业务科技股、资源保护股、经营管理股五个股室，回龙、马大庄、榨楼、黄岗四个保护站和一个森林消防中队、一个林政稽查中队、一个森防站和野生动植物保护站，专业技术人员 26 人。

自然保护区自建立以来，始终秉持“绿水青山就是金山银山”的发展理念，围绕习近平总书记关于生态文明建设的重要论述，对标“四个意识”，进一步增强政治自觉。围绕《自然保护区条例》等法律法规，根据国家级自然保护区管理职责，进一步增强认识自觉。结合自然保护区总体规划，坚持整体推进和巩固提升相结合，在总结经验教训的基础上，进一步明确任务，不断加大工作力度，采取多项措施，确保保护区建设管理有序开展。一是加强宣传工作，扩大宣传范围，加强与当地政府的协调沟通，增强人民群众的生态保护意识，实现保护区与地方经济的和谐发展；二是建立严格的管理制度，不断加大林区管理巡护力度，强化林业工作人员责任心；三是重点部位设立巡查点，建关设卡，实行 24 小时全天候坚守。有效地保护了辖区内的野生动植物资源，保护区管理工作步入规范化。

第四节　野生动植物保护

野生动植物保护是建立自然保护区的主要目标之一。依托保护区，最大范围地对辖区内的野生动植物繁衍、生存、成长加强保护，同时建立相应的恢复工程。按照自然规律积极增殖物种资源，扩大野生种群数量，对趋于灭绝的物种有计划地采取拯救措施。毛集林场位于桐柏山余脉的东北部，地形复杂，海拔相对偏差较大，人工林和天然林相互交错，具有适宜的生长环境条件。林区内各种动植物种类繁多，分布着国家重点保护的野生植物，如银杏、香果树、连香树、水青树、润楠、厚朴、榉树等，还有许多灌木植物和草本植物。珍稀动物有白冠长尾雉等均得到了有效的保护。常见的兽类有獾子、野猪、野兔等；鸟类有雉鸡、猫头鹰等，保护对象数量有了快速增长。为维护生物多样性，林场采取多项积极措施，树立标牌，普及宣传，林区及保护区内珍稀动植物资源得到有效保护。

第五节　森林防火

森林防火是林场森林资源保护的重要环节。毛集林场辖区现涉及四个乡（镇），东南与湖北随州市隔河相望，北、西与驻马店市确山、泌阳县分水相连，东与信阳平桥区天目山林场山岭接壤。由于交通便利，流动人员往返频繁，群情复杂且居住分散，生产、生活用火难以掌控。因此，林场将森林防火和资源保护纳入首要工作，场领导多次现场考察，拟订工作方案（如图）。经长期的防火实践，总结经验，制定了完善的保护管理体制和具体的防火措施。

场领导在生物防火林带实地考察，拟订整改方案

一、建立健全护林防火组织

（1）成立护林防火指挥部，场长任指挥长，由分管森林防火的副场长、派出所长任副指挥长。实行统一调度，在不断细化的防火管理中，逐步完善了相关制度与资源的配置。

（2）设立防火值班室，归指挥部办公室直属领导。实行 24 小时值班制，节假日正常值守，接到火情及时上报，并通知森林消防队迅速扑救。

（3）加强护林队伍的目标管理。场与林区、林区与护林员层层签订森林防火责任书。护林员实行“山头地块到人”的管理办法，划区包片，各负其责。加强对林区护林员的监督与考核，奖罚分明，调动和促进护林员工作的积极性、主动性，以此提高护林队伍的团结意识和战斗力（如图）。

（4）加大火灾隐患排除力度。要求各林区护林员对辖区周边经常性进行火灾隐患排查工作，做好日常巡护。对林区内的闲散人员和无证用火等行为，一旦发现立即制止并带离林区，防止一切不当行为引起森林火灾的发生，达到“防患于

桐柏县第二森林消防中队在训练中

未然”的目的。

二、加强地区间联防共治　提高综合防治能力

（1）与相邻省、市、县（区）成立护林联防组织。实行信息、经验等资源共享，跨区域联防共治，协同做好区界的森林保护工作。

（2）与周边的乡镇林业工作站加强协作。实行装备、队伍战时共享，协同建立防火联防组织，跨权属联防共治，做好火情监测、互通情报、积极扑救等协防工作。

（3）与林区内行政村组，建立防火信息网。安排信息联络员，保障信息及时准确，特别是加强对偏远村组信息员的安插与培养，确保第一时间得到准确信息，并积极主动组织村民及时扑救。

三、加强重点区域和人为因素的整治

（1）在重点区域和主要道口设置瞭望台和检查站，对进山人员、车辆等进行检查登记，对携带的火源一律没收，对野外用火严格控制，对违章用火从重处罚。

（2）对烧青放牧人员上门劝导，宣讲保护森林的意义和防火的重要性。并在森林高火险期间对放牧区周边蹲守布控。

（3）在春节、清明节等重要节假日期间，对发生山火频率高的区域，加强巡护，严防重守。并组织扑火专业队伍，严阵以待，随时出征。

（4）加强对群众的防火教育与管理。在农闲期间，通过亲朋关系网，在村组的配合下，向村民讲解林业法律法规，加强群众对保护林业重要性和防火必要性的认识，增强群众护林防火的自觉性。从源头上抓起，在管理上布控，严格火源管理，对故意烧荒、烧田埂地边等人为放火行为，一经发现从重从快严厉打击。

四、预防为主　加强宣传

（1）加强森林防火知识的宣传教育，提高群众的森林防火意识，从源头上管好火种，预防和减少火警火灾的发生。

（2）充分利用制作横幅、标语、宣传牌和发放传单等方式，深入乡村、街道、林区、学校开展多层次的宣传活动。在主要道口建立防火检查站，防止进山人员带火种进入林区。

（3）制订森林防火预案和护林工作方案。在春节、清明节等重要节假日，科学合理地制定相应的防护措施，从管理型转向服务型，利用各种方式和场所，向群众讲解保护森林的重要性和野外用火的风险及危害性。对林区内生活用火，提前做好防火预案，在可控的前提下，尽力为群众提供方便。

（4）充分利用农村的黑板报、宣传栏、墙壁等明显位置，广泛宣传森林防火知识，加大宣传力度，扩大宣传范围。采取多种方式，制定各项措施，以宣传教育为主，做好森林防火工作。

五、建立瞭望台　筑建隔离带

在重点林区设置瞭望台，派专人24小时值班，瞭望面积达90%（如图）。在火险易发区和区域接壤处采用筑建隔离带、点烧防火道等措施，有效防控火灾的发生和蔓延。

七十年代在重点林区设置瞭望台

六、建立专业扑火队

自1996年桐柏县第二森林消防队成立以来，长期坚守在第一线，生产防火两手抓。实行军事化管理，闲时学习、训练，用时“召之即来、来之能战、战之必胜”，实现了防火队伍专业化，是桐柏县域东部及毛集林场护林防火工作的重要力量和坚强的后盾。

2016年，改革森林扑火管理体制，实行属地管理，即哪一个林区发生火灾哪个林区负责扑救。如发生大的火灾相关林区扑救不了的，由场派专职森林消防队救援，但需扣除林区防火经费。此办法的实施有效增强了各林区防护责任心。经过全场上下通力协作，护林防火工作取得了较好的成绩，连续多年被评为省、市、县森林防火先进单位。

七、做好基础设备保障

为提高快速高效应急和扑火作战的能力，改建了扑火物资储备库，购置了森林消防车、洒水车、摩托车，配备了风力灭火机、各类型号扑火工具，配发了防火服、水壶、手电筒等装备，定期对所有设备检查、维修、更新和补充。

第六节　林场法制与林政管理

一、林场派出所

1964年7月，经河南省公安厅、林业厅联合下发文件，批准建立毛集林场公安派出所。经过一年的筹备，于1965年7月正式成立，首任所长由桐柏县公安局选派的刘长青同志担任，“文化大革命”中期派出所自动解散。1981年9月7日，河南省公安厅、林业厅下发《关于在重点国营林场恢复和建立林业公安派出所的联合通知》〔（81）豫公（治）字70号〕文件，毛集林场公安派出所于1982年恢复成立。成立之后，在宣传林业法律法规、处理各种林业案件、保护森林资源中发挥了重要作用。2013年，毛集林场派出所被桐柏县森林公安局收回人员及编制。

二、林政管理

1984年，根据上级精神，国营林场改革后，属事业单位企业化管理。按照《行政处罚法》的有关规定，毛集林场作为林业一线的管理与经营者，既不拥有委托执法的身份，也不具备执法能力，发生案件需逐级交由县林业行政主管部门处理，而这些职能分散在县级林业主管部门的林政股、林政稽查队、森林公安局、野生动物保护站、森林防火办、森防站和木材检查站等多个内设的专门机构中，没有形成统一的执法机构，林场上报的案件不能得到及时处理。导致林场在管理上举步维艰，与周边村组产生的林权纠纷越来越尖锐，以致严重影响了林场生产的秩序稳定和发展。

高乐山国家级自然保护区的成立，给林场的建设、发展与管理带来了机遇：

（1）在上级领导重视和关切下，依托县林业局成立了毛集林场林政稽查中队，专职负责林场辖区内发生涉林案件的处理和资源保护工作（如图）。

（2）成立资源保护股，具体负责保护区资源保护工作。在上级有关部门的主导协调下，毛集林场与当地政府以已有的林权边界协议为基础，双方现场勘察确认，经过多次反复的实地图文、面积比对，勘察结果得到了当地政府与群众的支持和认可，林场边界的认定更加清楚、林地面积更加精准。保护区建立后，在上级政

林场稽查中队在保护区踏雪巡护

府和有关职能部门的支持配合下，辖区内的厂、矿全部关闭，荒山荒地得到了绿化，裸露的厂矿废址植被得到了恢复，管护工作正常化，生产秩序稳定，保护区建设正健康有序地向前发展。

（3）合并林点建立林区（保护站）。林场将过去分散的护林点整合为八大林区（保护站），建设护林房，增添生产生活设施，工作人员集中吃住在林区。增强管护力量，确保能及时发现并处理辖区的火情、案情，积极做好林业法律法规的宣传、贯彻与落实，为有效实施林场森林资源保护管理工作打下坚实的基础。

三、调查规划

（一）森林资源普查

经过1983年、1990年、2013年的多次勘察规划，制订了《国有桐柏毛集林场经营方案》。2016年，根据《河南省森林资源连续清查外业调查技术操作细则》，在上级业务部门的指导下，组织专业普查队伍，连续对全场森林资源进行摸底普查。普查结果显示：林场经营总面积为13826.8公顷，其中有林地面积为12742公顷、疏林地164.2公顷、宜林荒山荒地901.3公顷、苗圃地4.9公顷、其他用地14.4公顷。活立木蓄积45.5万立方米，森林覆盖率为95%。

（二）植物资源调查

根据上级主管部门的要求，结合林区分布状况，2004年设计调查线路十余条，设置样地十余个。通过调查汇总，野生林木种质资源共156科737属1835种，在全场八大林区均有分布。

（三）林地规划

根据省、市、县统一部署，在上级业务部门的支持下，1983年林场组建专业调查规划队伍，对全场宜林荒山造林面积、分布、立地条件进行全面的调查规划，按照“适地适树”原则，确定造林地、林种、树种的选择和培育，各项林业生产按照规划设计有条不紊的实施中。

第五章　森林工业与林业产业

毛集林场自建场以来，始终坚持“以林为主、多种经营、综合发展”的方针，紧紧围绕“山”字做文章，狠抓速生丰产林和高效经济林基地建设，培育后备森林资源，创办绿色银行。大力营造火炬松丰产林，营建板栗、辛夷经济林；积极开办种植业、养殖业、加工业、服务业；横向联合创办珠宝公司、南阳丰茂公司等多种经济实体，探索经济增收、职工富裕之路。

第一节　森林采伐

为了加强森林管理，优化林分结构，改善林木生长环境，促进林木健康生长发育，提高森林生态、经济和社会效益，及时在成熟林区开展森林采伐生产活动。伐除林分中的枯立木、濒死木、被压木、弯曲木，伐除生长不良、质量低劣、非目标树和干扰树，合理调整林分结构和树种组成。改善林木生长条件，逐步清除其他阔杂树种，提高林分质量和生长量，培育优质、高效的大径材目标树种，以加快森林的蓄积生长。

森林采伐是对森林和林木所进行的一项经营管理活动，包括主伐、抚育采伐、更新采伐、低产（效）林改造采伐四种类型。森林采伐也是森林更新作业的开始。采伐时因地因林制宜确定采伐方式，坚持合理采伐，避免单纯取材、砍好留坏、破坏森林资源。森林采伐即森林的主伐方式，可归纳为择伐、皆伐和渐伐三种方式。采伐时根据林种、土质、地形、更新方式和经营目的进行选择。

在伐区资源调查的基础上，森林采伐制订严格的技术要求，因林因地制宜，设计出合理的采伐方式、更新方式和各项生产工艺措施。森林采伐前，把林场一年的作业区域划为伐区。伐区区划以有利于一沟一坡全面经营和合理集运材为原则，其界线尽可能与森林经营调查区划相结合。在伐区内按集材系统，把一个装车场吸引的范围划为作业区。在作业区内，把立地条件、林分因子、采伐方式、经营措施相同和集材系统一致的林分划为小班。采伐过程中始终认真执行国家《森林法》及《森林采伐更新规程》所规定的采伐方式及有关规定，因林因地制宜，不强求一律。在充分掌握伐区资源分布、采伐与更新方式、立地条件和自然流向的基础上，设计适宜的集材方式和选用相应的集材机具。集材道的设计，以吸引木材多、集材距离近和作业安全为原则。在选定运材岔线的基础上，根据资源分布、吸引木材数量、集材流向、尽量缩短集材距离等条件，选设在地势干燥地方。为改善迹地卫生环境、防止森林火灾及病虫害的发生，充分利用采伐剩余物，并对采伐迹地进行清理。

毛集林场自建场以来，全场干部职工坚定大力发展林业事业的目标和信心，把大面积的荒山、草坡变成了苍翠欲滴、树木阴郁、鸟鸣山涧的绿水青山。森林资源蓄积不断增长，生态环境持续提升。为科学合理开发利用森林资源，实现森林资源的可持续发展奠定了基础。20 世纪 80 年代初，林场逐步开始对森林资源进行试验性的采伐。林木采伐严格执行采伐审批手续和严谨的作业规程。林场从开始林木采伐到现在，采伐树种基本上为马尾松、栎树、湿地松、杉树等。采伐作业方式基本上为间伐。累计采伐木材 5.2 万立方米，其中森林抚育采伐 0.45 万立方米、因风倒木、雪灾采伐的林木有 0.07 万立方米、林业项目建设采伐林木 0.2 万立方米，其他为商品木采伐。林场从采伐林木、大力发展商品木材，到保护森林、建设防护林、大力发展生态公益林，林场的林业建设发展理念也随着社会的发展不断转变。到 2004 年，毛集林场二十多万亩森林面积中，公益林总面积达到 17.6 万亩，占林场总面积的 85.5%。

近年来，毛集林场建设以习近平总书记“绿水青山就是金山银山”思想为指导，通过对公益林的划定、森林抚育、保护区的健康发展等林业生态工程项目的持续投入，提高了林场以生态优先为目的，增强发展林业的积极性，管护好国家森林资源，加快提升森林的生态效益和社会效益。努力推进林业发展新局面，提高桐柏林业资源总量、质量和均量，提升全县绿化美化水平和人民群众的幸福指数，为打造天蓝、地绿、水净、宜居的绿色桐柏，做出了积极贡献。

第二节　木材加工

1981年，林场开始采伐马尾松小径材。利用自身优势在毛集街职工家属区，扩改建立了中型木材加工厂，拥有比较齐全的带锯、圆盘锯等加工设备。利用檩头椽尾，加工桌、椅、门窗、衣柜、办公桌等简单生活用品和半成品家具，每年向林场上缴利润1.2万元。1985年，参加了省厅组织的林产品展样订货会。1995年，场内通过重新招标，由懂业务的职工竞标加工厂。自主经营，场里提供资金扶持，利润分成。并添置新设备、调整新思路、引进新技术，年产利润5万元，上缴利润3万元。通过加工提高了木材利用率、增加了木材附加值。2004年，根据国家林业政策，木材加工厂停止生产，并予撤销。

第三节　林业产业

认真贯彻落实“积极培育森林资源，重点抓好速生丰产林基地建设和山区林业综合开发”的精神，沿着“绿起来、活起来、富起来”的路子，依靠资源优势和优惠政策，以市场为导向，立足资源抓开发，既增加了整体效益，又带动了职工创业的积极性。

一、以林为本综合开发，大力兴办经济实体

1985年开始，林场利用自身优势，先后办起木材综合加工厂、白石厂、锰矿、苗圃场、停车场、林产品公司、林业大酒店、林业招待所等多种经营项目，种植椴木天麻、香菇、木耳、袋料香菇，培育观赏药用木灵芝盆景，建立观赏月季园等。开办的企业中均由场里先行垫资，与承包经营方签订承包合同，按合同规定期限

归还垫底金，并按年向林场上缴利润分成。但大部分企业因交通、季节、管理方式、经营理念落后等因素，逐渐关闭。

二、八方交友，招商引资

自 1993 年开始，依靠优惠政策，多途径引进外地资金、技术和先进管理经验，相继创办了联营松脂加工厂、人造肉“美乐福”厂、葛根橡仁淀粉厂、珠宝公司、食用菌公司等；联合开发双头山锰矿、固县萤石矿、白石矿、蓝晶石矿；与上海奉植园林绿化公司合作经营花卉苗木；与韩国长安商社、韩国南阊商事株式会社合作投资承办中外合资南阳丰茂农产品有限公司等产业。形成以林为本，林、工、商、贸一体化的格局和林茂场富的良性循环。在这些企业中，大都采用引资、合股等经营方式，因急于求成，有好多项目由于考察草率、市场信息闭塞、合资资金不到位、技术人才欠缺、管理不善等诸多不利因素，造成大部分企业半途而废。随着国家政策的变革和国有林场经营体制的转化，场属企业逐个关、停、并、转。毛集林场开始转向以林木良种基地建设为主，大力培育速生丰产苗木和绿化风景苗木，营造经济林、防护林和生态公益林为一体的经营发展轨道。

第六章　森林旅游与森林文化

随着经济社会的不断发展，社会对森林的需求已从单一的木材供应，上升到要求提供多样化服务，特别是对森林自然原生态的需求越来越迫切。林场自 1960 年建立以来，主要担负着绿化荒山、培育资源的责任。经过 60 年的建设不仅为社会提供了大量木材，还为维持生态平衡、改善生态环境起到重要作用，形成了许多极具旅游开发潜力的森林景观资源。

第一节　山地景观

有“小武当”之称的林区第一高峰——高乐山，处于南阳市桐柏县与驻马店市泌阳县、确山县两市三县交界处，山峦重叠，郁郁葱葱，山势陡峭，怪石嶙峋，气势壮观。主要景点有惊雷劈石、小羊下山、石柱擎天、八戒望月、群仙聚会、石瀑奔流、盘古奶山、金蛇出洞、落落石、纱帽石、启母顶、蛤蟆望月等。

林区内第二高峰——祖师顶，位于南阳市桐柏县、驻马店市确山县与信阳市平桥区三市两县一区交界处，山峰凌立，植被茂盛。周边有仙人洞、熊洞、十八拐、跑马岭等游玩景点。歪头山、万家寨的古城墙遗址更是令人咂口称赞，红卫林区牤牛洞已经开发，为远近游客提供一游玩去处。

第二节　植被景观

经过林场三代人的努力奋斗，全场森林资源林况良好，植被丰富，区系复杂，种类繁多，主要有：常绿落叶阔叶混交林、针阔混交林等植物群落，形成了具有独特观赏价值的过渡带植被景观。桃李花随处可见，野果树遍布山间，春有杜鹃红，秋有菊花黄。特别是高乐山下两千公顷的红叶林，已成为远近游客晚秋初冬的观赏胜地。丰富的植物群落，鲜红夺目的红叶，令观赏旅游者络绎不绝，为林场的旅游事业搭建了良好的平台。

第三节　人文景观

高乐山国家级自然保护区内的回龙乡榨楼村，在土地革命战争时期，曾是中国共产党鄂豫边省委机关所在地（如图）。又是南方八省十五块红色根据地之一——鄂豫边游击区的核心活动区域，旧址保存完整。2006 年，被评为"省级文物保护单位"。

1936 年 9 月，原鄂豫边省委书记张星江牺牲后，王国华继任省委书记，领导游击队在确山、信阳、桐柏、唐河、泌阳等县境内开展革命斗争。1938 年相继建立中共榨楼工委、中共信桐特区委、信桐县委。抗日战争时期，是中央中原局所

红色革命纪念地回龙乡榨楼村

红色革命老区榨楼新貌

全国主题教育示范基地

在地——确山竹沟的大后方。刘少奇、李先念、彭雪枫、全中玉、王国华等老一辈无产阶级革命家，都曾在此领导红色老区人民进行过革命斗争。

中华人民共和国成立后，在上级政府重视下，曾多次对革命旧址进行修缮（如图），整修了出行道路，如今旧址保存完好。现在是全国主题教育示范基地（如图），也是游客参观游览、教育休闲的理想之地。既丰富了毛集林场森林旅游资源，又提升了森林旅游文化内涵。

在高乐山国家级自然保护区的山涧幽谷内，清初建有一座寺庙，极盛时吸引方圆 250 千米的香客前来敬拜。山寺耸立，云蒸雾蔼，香气缭绕，很有名山与古刹之气派，现存遗址，正在计划修复中。

第四节　森林文化建设

在林场建设发展过程中，始终注重促进环境与经济的双赢、人与自然的和谐，为人们了解森林、认识生态、探索大自然提供了场所，是生物多样性的教育实践基地。

一、加大森林生态建设的宣传力度，普及林业和生态知识，提高全社会的生态建设、生态安全和生态文明意识

利用多种形式积极宣传森林资源保护的重大意义，加大森林资源保护的宣传力度。在林区要道口树立大型宣传牌、张贴发放宣传单 4 万多份，在醒目位置悬挂、

刷写墙体宣传标语，在林区设置防护围栏、栽界桩等。采取多种形式，从多个角度、多层次地大力宣传有关森林生态保护的法律法规，深入开展广泛的宣传教育工作。邀请相关媒体的新闻记者前来拍摄、采访，向公众展示保护者工作面貌、保护对象的状况及保护区工作成就的报道。联合报纸、杂志创办或合办专刊专栏，增强森林资源保护在社会上的影响力。通过采取多种措施，一方面扩大林场在外界的影响和知名度，另一方面增强人们对林场保护区及自然保护的认识，提高民众的环境保护意识和热爱自然的意识。从而形成“保护森林就是保护人类”“绿水青山就是金山银山”的良好舆论氛围和社会风尚，让“生态”二字逐渐进入千家万户。

由于毛集林场森林覆盖率逐年提高，茂密的森林为各种动物提供了天然的生存和繁衍场所，是动物的最佳栖息地。林场工作人员经常深入保护区村庄山间，开展保护野生动植物的宣传教育活动，大力宣传保护野生动植物的法律知识。开展关注鸟类、保护自然的“爱鸟周”主题活动。通过这些活动的开展，让广大群众明白受到法律保护的动植物种类及其名称，知道乱采滥挖、非法收购、贩卖野生动植物的法律后果。逐步形成了林场与辖区群众相互理解，相互促进，共同关注野保的可喜局面。

二、大力加强林业生态建设，不断提高生态支撑能力

抓林区造林绿化重点项目，共完成造林绿化 1 万余亩。实施生态公益林建设，共 18 万亩，其中国家公益林 14 万亩、省级公益林 4 万亩。通过实施生态公益林建设，公益林区内自然环境逐渐恢复，野生动物随处可见，大部分水系水土流失现象得到较好控制。同时生态公益林对保护森林资源、提高林分质量具有明显作用，公益林自身抗灾抗病虫能力显著增强。全社会保护生态的认识和自觉参与公益林建设的意识明显增强，林区群众主动制止和举报毁林案件明显增多，生态公益林乱砍滥伐得到有效控制，森林火灾受害率明显下降。

三、开展森林旅游项目

黄岗林区红叶为桐柏县特色旅游资源，现已将其打造成国内红叶观赏的著名景区。在保护好景区生态原貌的前提下，建设了相关配套设施，完成环山公路建

革命旧址

设及原有景观的改造提升。适当增加植物品种，力求多样性，使景区一年四季都有不同的景色。搞好服务接待，发展农家乐、农家宾馆等服务项目。将景区规模做大，将服务设施、服务质量做强。

保护区内的榨楼鄂豫边省委旧址（如图），曾是中原局、信桐确工委、信桐确泌县委所在地，是革命的发源地之一（如图）。是鄂豫边省委和红军游击队的核心活动区域，无数革命先烈在此战斗过。现留存有鄂豫边省委和信确桐县委革命旧址，是红色革命纪念地和青少年德育教育基地。

保护区内的苏区红色文化遗址——石院旧址是当年鄂豫边红军游击队牛德胜、王国华、王国平等领导开展革命斗争时留下来的革命遗址。

1936 年 3 月 18 日，鄂豫边省委曾在桐柏县黄岗郭竹园召开会议，现有郭竹园革命纪念碑遗址。该景点周边遗迹众多，有义和寨、祖师庙、穿云寺等建筑遗址。

四、发展林下经济，探索多种经营

利用林下资源，尝试发展林下经济。先后在田木湾良种基地喂养土鸡，种植油牡丹、芍药等中药材，绿化苗木繁育等，并取得较好的示范效应。

第七章 基础设施建设

第一节 道路与住房

建场以来，前期的基础设施建设已具备了一定的规模，但随着林场的进一步发展还远远不能满足生产、生活及时代发展的要求。尤其是部分林区护林房，由于当初条件有限，大都是自力更生建造的土墙木架草房，低矮潮湿、通风不畅、光线昏暗、破烂不堪、年久失修、设施陈旧，直接影响日常生产、生活（如图）。各林区道路都是当年根据生产需要人工修筑的土公路，夏秋季节一旦下雨很多路面都会被冲毁；冬春季节遇到雨雪天气，泥泞难行，部分路段甚至不能通车，严重影响生产经营活动。

2011 年，根据国家相关政策，经过积极争取，层层申报，林场危旧房改造工程项目批准启动。

2015 年，县城内原林产品公司院内的危旧房改造工程竣工，干部职工住进了期盼已久的新居，解除了多年来新老职工出行难、子女就学难的困境。林区管护房也逐步进行了维修和改建。

2017 年 4 月，依据《河南省国有贫困林场扶贫资金非经营性项目标准》规定，毛集林场申报了《桐柏县国有林场扶贫资金护林道路修建工程项目》。经南阳市财政局、林业局审核批准，由桐柏县交通局负责设计、施工，县林业局监督管理，在田木湾林区硬化了宽 2 米、长 5000 米的林区道路。之后，随着国家村村通道路建设的推进，各林区大部分路面得到了硬化，为林区生产、生活提供了便利条件。

第二节　供电通信

毛集林场场部设在毛集镇，由国家电网毛集镇供电所供电，电信、联通、移动网络均有，条件较好。

各林区职工大都分散居住在深山密林处的护林点内，面宽路远，供电线路又长，再加上变压器老化等原因，导致部分林区电能不稳。林区虽建有信号塔，因山高林密信号时有时无，对学习、生产、生活、管理等造成一定影响。随着国家经济的快速发展，基础设施的投资逐年加大。现在各林区的供电、通信设施正逐步改善，林场职工的学习、生活和工作环境将会越来越好。

第八章　科学技术推广和营林试验

第一节　技术推广

1972年，根据《一九七二年全国农村科技重大协作项目》第十三项的要求和全国林木优良品种协作会议制订的《选择和培育速生用材树种的优良品种》协作计划，林场参与了林木引种驯化的研究，并建立马尾松母树林100亩、优良单株5亩、种子园10亩。

1973年，在南阳地区林技站的支持和指导下，毛集林场开展的“育蜂治虫”科研试验取得成功，为利用生物防治马尾松毛虫奠定了基础。

1974年，毛集林场从湖北白竹园寺国营林场引进美国湿地松种子2.5千克，经育苗管护，于1975年在红卫林区鸳鸯寺水库坝西处栽植，引育引种成功。

1976年，毛集林场繁育赤眼蜂、人工摘卵、黑光灯诱杀、菌类治虫等生物防治试验取得成功，得到全面推广应用。

1978年，根据1979 ~ 1980年南方十三省防治松毛虫科研协作课题任务，主持“提高赤眼蜂生活力及防治效果研究和黑卵峰、赤眼蜂人工填充寄主及营养和松毛虫测报技术的研究”。

1980年，林场引进马尾松无性系繁育试验，先后利用无性系嫁接和扦插，初获成功。并引进马尾松种源实验，为建立无性系种子园及种源建立开辟了新途径。

1986年，引进全国南方六省市和桐柏筛选出的14个马尾松种源，挑选出优良单株进行实验，并从中筛选出抗逆性强、生长快、材质优良、种子饱满、含树脂量大、纤维长的用材、采脂、纸浆兼用树种。

1989年，进行了《马尾松毛虫防治与生命表的编制》和《马尾松单株对松毛

田木湾林区雪松实验基地

虫承受力的测定》等课题项目研究。

2013 年，引进凤丹白牡丹，进行种子繁育及种苗栽培试验，获得成功。

2015 年，开展北非雪松育苗试验研究、引种栽培，试验成功（如图）。

第二节　营林试验

1965 年，开展了马尾松育苗、立枯病化学药剂防治、造林最佳时间安排等项目的试验，获得成功，并掌握了第一手资料。

1974 年，开展马尾松育苗技术攻关，开展湿地松引种、育蜂治虫、引种造林、育苗等科学研究试验项目，获得成功。

1975 年，开展湿地松育苗、造林引种试验，获得成功。

1984 年，开展了湿地松芽苗移栽、柳杉引育试验和国外松针叶束水培育苗等技术的研究，取得成功，并推广应用。

1987 年，进行马尾松营养钵育苗试验，获得成功。

1989 年，进行国外松器盘育苗，试验成功。

1991 年,进行了“ABT”生根粉在育苗中应用的试验。并在生产中进行化学除草、幼林抚育试验。

第九章　林场精神与文明建设

第一节　林场精神

【建场初期林场精神】白手起家、勤俭办场；自力更生、奋发图强；踏实苦干、艰苦创业。

毛集林场建场初期，在上级政府的安排和动员下，一批批十几岁朝气蓬勃的青年学生，为响应国家号召，背着简易的行囊、哼着欢快的歌曲，满怀激情地奔赴林场。在一无所有的荒野里，搭起草棚为房，铺上稻草当床。在到处长满黄孛草的荒山野岭上，掀起了建设林场的高潮。

初来乍到，一眼望去，到处一片荒凉。让一部分怀揣梦想的年青人产生了畏难失望情绪，极个别的以请假为借口，一去不复返。鉴于这种情况，场领导白天领着生产，晚上召开座谈会，一对一地做思想工作，讲林场眼前短暂的困境，展望林场未来发展前景。经过苦口婆心地劝说，同志们波动的思想渐渐稳定下来。

毛集林场刚开始筹建，基本上是白手起家。缺乏先进的生产劳动工具，全部家当就是铁锨、镢头和镰刀，生产全靠手提、肩挑和背扛。“一手镢头一手锨，镰刀别在腰后边，上班趟着露水走，下班山草扛在肩”，这就是建场初期真实的场景。为了早日实现“荒山变绿林，房屋一排排”，大家响应上级号召，自己动手，勤俭办场。当时下班回来，女同志捡柴、男同志割草，利用休息时间砌墙盖房，凭着林业工人的一腔热情和对林场建设前景的展望，开始踏上艰难的创业之路。

在创业过程中，积极贯彻执行国营林场“以林为主、林副结合、综合经营、永续作业”的方针，遵循“适地适树，细致整地；良种壮苗，适当密植；抚育保护，工具改革”的技术规则，树立“为革命造林，为人民服务，终身献于林业事业”的决心和信心，发扬“见困难就上、见荣誉就让、见先进就学、见落后就帮”的优良传统，最终实现了“绿山林海一片片，荒山丘陵看不见”的奋斗目标。

【建场中期林场精神】 改革创新、勇攀高峰；开拓进取、与时俱进；爱岗敬业、无私奉献。

改革开放期间，毛集林场始终坚持“改革、开放、搞活”的总方针，以“以林为主、多种经营、立足林业、面向市场”为原则，大力推进“多种经营、振兴林场”的发展思路，坚持“以种植业、加工业为龙头，走林、工、商全面发展”的道路，健全完善经营承包责任制。林场职工在“打破铁饭碗，自找米下锅”新形势下，积极响应上级号召，主动投入到林业产业建设的热潮中。大家虽然大都收入低微，但始终发扬“改革创新、勇攀高峰、开拓进取、与时俱进”的精神，树立“以场为家、献身林业，爱岗敬业、无私奉献”的人生价值观。经过干部职工努力拼搏，终于达到了“高山远山森林山，低山近山花果山；山坡背荫种柏杉，村左村右果木园；枫杨栽满河道边，公路两旁树成行；浓荫护夏林荫道，河道水库有林环；沿河荒滩成绿地，荒山秃岭变林田；红叶迎秋梨枣柿，四季常青松柏杉；山清水秀风光好，丰收果实堆成山”的目的，实现了木材蓄积增长和多种经营增收的目标。

【新时代林场精神】顾全大局、甘于奉献的家国情怀；不计得失、团结协作的优良作风；求真务实、努力钻研的科学态度；耐得住寂寞、守得住清贫的君子风范

一、顾全大局、甘于奉献的家国情怀

毛集林场进入新时代。全体员工在场班子的带领下，都能在大事上讲原则、小事上讲风格；从大局着眼、从小处着手，立足本职工作，把平凡的事做好。无论是工作上还是生活上，大家都有甘于奉献的精神，做到了多为他人着想，不计个人得失。在日常工作中坦诚做人、安心做事、服从大局、任劳任怨，把林场利益放在第一位，全心全意做出自己的贡献。只讲奉献，不求索取，用实际行动服务社会、回报社会、奉献社会。

二、不计得失、团结协作的优良作风

近年来，作为林场人，长期在深山丛林中工作，远离了市井的喧嚣与热闹、远离了光怪陆离的夜色繁华，不免心生孤寂，倍感失落，以致产生了不安浮躁情绪。但是，有失必有得，我们也许失去了个人优越的工作环境、也许失去了多彩的物质生活，但我们保护了国家森林资源的安全，为社会提供了财富，为改善生态环境做出了贡献，尽到了自己应有的职责，拥有了他人所不具备的精神文化内涵。

团结协作事关全局，是干好工作的保证，是工作作风的具体表现，是一切事业成功的基础。个人和集体只有依靠团结的力量，才有合力，才能把个人的愿望和团队的目标结合起来，产生 1 + 1 > 2 的效果。在工作实践中，林场进一步强化协作意识，坚持“互帮互助、团结奋进”的团队精神，以极大的热情，凝心聚力，在集体奉献中实现自己的人生价值。在生产生活过程中，同志们逐步建立起和谐的信赖关系，营造出相互尊重的人际关系、相互理解的工作氛围，形成宽松的工作环境，提高了工作效率。林场经常组织干部职工参加集体活动，弘扬团结协作精神，在目标一致的前提下团结起来，进而产生协作效应，携手奋进。

团结和进取是毛集林场人一直以来引以为傲的品质。努力争先，精诚团结，群策群力，发扬不计得失、团结协作的优良传统；传承中华民族自强不息的奉献精神，为毛集林场林业建设、健康发展做出了贡献。

三、求真务实、努力钻研的科学态度

求真务实是我们党的一贯作风，也是贯彻党的实事求是思想路线的必然要求。求真，就是要坚持一切从实际出发，讲真话、报真情；务实，就是把科学的发展观和正确的政绩观贯穿于工作中，落实在行动上，办实事、求实效。在实际工作中既能遵循客观规律，坚持严谨的科学态度、扎扎实实的工作作风，又能在实事求是的前提下，充分发挥主观能动性，发扬大胆的创新精神。始终保持旺盛的干劲、高度的责任感；倡导说实话、办实事、真抓实干，很好地转变了工作作风。

大家以实干振奋精神，以实干凝聚合力，营造出勤奋学习、努力钻研之风。大家都能严格要求自己，一步一个脚印、踏踏实实地做人做事；都能以认真学习的态度，掌握科学理论并形成较完善的知识结构，不断汲取最新技术和最新理论；都能始终端正工作态度，保持兢兢业业、脚踏实地的工作作风，真正实现了创新先进技术、提高业务技能、攀登科学高峰的目标。

四、耐得住寂寞、守得住清贫的君子风范

林业人最辛苦的是一线管护员。常年独守深山，艰苦朴素，默默奉献在绿化河山、保护森林资源的最前沿，与孤独相伴、与寂寞为伍。在缺水少电、交通不便的环境下工作生活，需要耐得住寂寞、守得住清贫、稳得住心神、经得起考验。大家在工作生活中，深刻地认识到林场为大家提供了工作平台和稳定的经济收入，让大家没有了后顾之忧，都能够做到清清白白做人、认认真真做事，踏踏实实地、一步一个脚印地做好本职工作，以坚强的意志抵御住物质主义和拜金主义的诱惑，很好地弘扬了吃苦耐劳、清正廉洁的品质和精神。把人做好，把工作干好，在利益面前，能把得住心神、守得住清贫，耐得住寂寞，抵得住诱惑。

【社会主义核心价值观】富强、民主、文明、和谐，自由、平等、公正、法治，爱国、敬业、诚信、友善。

二十四字核心价值观分别从国家、社会和公民个人三个层面提出社会主义核心价值观的价值目标、价值取向和价值准则。凝聚着全党全社会的价值共识，是中国特色社会主义的内在要求，需大力倡导，更需努力践行。

毛集林场通过开展学雷锋志愿服务，学习道德模范先进感人事迹，开展爱国主义教育。结对帮扶贫困乡村，关爱孤寡老人、留守儿童，组织无偿献血，弘扬传统节日文化等公益活动。倡导绿色生活，开展讲文明、树新风以及六个文明创建的宣传活动，使社会主义核心价值观在全场干部职工中深入人心，充分起到凝聚共识、引领风尚、规范行为的作用。

第二节　文明建设

为加强职工职业道德建设，促进精神文明建设再上新台阶，制定了《毛集林场员工守则》。

毛集林场员工守则

为加强内部管理，不断提高职工素质。根据毛集林场有关规章制度，特制定本守则。希望广大职工共同遵守。

一、热爱集体，爱护公物，不损害、破坏、浪费、侵占公私财物。

二、遵纪守法，遵守单位的各项规章制度。

三、爱岗敬业，热爱自己的本职工作，勤钻业务，不断提高自己的工作能力和技术水平。

四、按时上、下班，不迟到，不早退，不旷工。有事、有病须请假，事后销假。

五、讲文明，讲礼貌，积极参加单位开展的各项集体活动。

六、团结同志、关心同志，助人为乐，互相帮助，不拉帮结派，不打架斗殴，不迷信。

七、服从领导，服从工作安排。按时、保质、保量完成自己的工作任务。

八、不说粗话、脏话，穿戴整洁，朝气蓬勃，保持良好的精神面貌。

九、开展批评和自我批评，敢于向不正之风作斗争。

十、吃苦耐劳，发扬艰苦朴素的工作作风。全体职工团结一致发展毛集林场经济，创造美好未来。

十一、牢固树立“安全第一”的意识，认真负责做好护林防火、防汛、防盗等安全工作。

十二、树立以场为家的思想，发扬敢想、敢干、敢于同坏人、坏事作斗争的精神，积极宣传林业政策，并对场里工作提合理化建议。

【道德风尚】

（一）社会公德

人类社会是一个纷繁复杂的综合体。在改革开放和社会主义市场经济的新形势下，随着经济大潮的冲击、域外文化的渗入、负面典型的影响，违背社会主义道德的现象随处可遇。一个人，如果没有坚强的道德意志，就不能在日常生活中、工作实践中区别优劣、辨别真伪；就不能坚持善良和正义、抵制邪恶和私欲。细节决定成败，人人都自觉遵守公共道德，社会将变得更加美好。在德育建设方面，毛集林场开办了道德法律讲堂，集中开展政治思想和业务理论学习；组织职工外出观摩取经，听取先进事迹宣讲；观看典范事例，自我演讲故事。开展争做“文明礼貌、助人为乐、爱护公物、保护环境、遵纪守法”道德模范活动，全场干部职工精神面貌大为改观。大家都能从点点滴滴的小事做起。平时，进办公室的时候，记得敲门；出去时，记得关门；下班时，记着关灯。注意公共卫生，不乱扔垃圾；爱护植物，不乱摘花草树木；争当一个合格的公民、争做对社会和他人有贡献的人。

（二）职业道德

“十年树木、百年树人”。遵循和倡导“诚实守信、爱岗敬业、办事公道、热心服务、奉献社会”的理念，建立具有高度敬业精神和优良行为素质的林业队伍，这是我们事业取得成功的保证。诚实守信，是中华民族的传统美德。诚信是为人处世的基本原则，小到为人诚实不说谎，大到对事业、对祖国的忠诚。为人诚实，言而有信，既能得到别人的信任，也是自身道德的升华。爱岗敬业，就是热爱本职工作、忠于职守。一个人在平凡的岗位上实现了个人的人生价值，也就做到了爱岗敬业。办事公道、公正是几千年来为人所称道的职业操守。要做到办事公道，首先要热爱真理，追求正义；其次要坚持原则，不徇私情；再则要不谋私利，反腐倡廉；最后要有一定的识别能力，明确是非标准，分辨善恶美丑，这样才能做到公道办事。热心服务，对待每一件事，每一个人都要认真地、同等的去做，不推诿，不嫌麻烦，像对待亲人般献出爱心。奉献是一种崇高的精神追求，是一种高尚的情操，更是一种不求回报的给予。大到国家小至我们平时的日常生活，如在公交车上给老人、孕妇、残疾人让个座等。国家有难（地震、洪涝等），需要我们伸出援助之手时，捐款、捐物、做志愿者。奉献不在大小，只要你留意，处处都会变成奉献者，成为构建和谐社会的支柱。

（三）家庭美德

“夫妻和睦、相敬如宾；孝敬长辈、善待父母 ；关爱孩子、正确引导；邻里团结、礼让在先；崇尚节约，勤俭持家”是中华民族的优良传统。“家和万事兴”，处理好家庭事务才能静下心来干好本职工作。家庭是船，事业是帆，船带帆走，帆推船行。生活千头万绪，内外都需兼顾。相濡以沫人生路，关心、体贴、尊重、幽默是维系夫妻关系的主轴，多给夫妻之间添加点浪漫，让对方感受到家庭的安全和温馨。在家多倾听父母的意见，在他们能接受的范围内耐心商量，让老人有一种成功感。教育孩子自觉遵守公共道德，尊重老师、尊重家长，和同学好好相处，从小使孩子树立一颗爱心和正义感。做到与邻里和睦相处，见面微笑打招呼，邻里有事主动相帮，爱家人、邻里、同事、朋友，勤俭节约，反对浪费，为营建和谐社会大家庭从点滴做起。

（四）个人品德

每个人都是社会大家庭中的成员，都处在一定的人际交往中，人与人之间需要相互关心、相互帮助、相互友爱，要把帮助别人看成是自己应该做的事情、看作是自己的快乐。加强个人道德修养、锤炼个人品德，保持"友善互助、正直宽容、明礼守信、热情诚恳、自强自立"的优秀品质。在实际生活中，从小事做起，勤于学习、取长补短，学习先进、效仿榜样，从而塑造自己优良的个人品德。在工作中要勤于实践，把外部的道德教育转化为个人内在的道德品质，从身边做起，从自己做起，不断培养和加深自己的道德情感。还要慎独自律，当个人独处无人监督时，也坚守自己的道德信念，对自己的言行小心谨慎，自觉按道德要求做事，寻找自己的差距，拔出心灵杂草，品悟道德力量，提升个人品德，提高道德境界。

【创建活动】

根据上级指示精神，毛集林场积极开展"两大"文明建设创建活动，多年来，先后获得全国林业系统合理化建议和技术革新先进集体、全国林木良种基地先进单位、河南省国有林场先进典型和桐柏县文明单位等荣誉称号。

（一）帮扶活动

自 1985 年以来，毛集林场积极开展创建精神文明单位活动，多次到田木湾、毛营、毛集中心小学、毛集一初中等学校送去课桌、椅凳和建筑材料等，受到各界好评。1986 ~ 1989 年，在桐柏县开展的"五讲四美三热爱"活动中，连续获得桐柏县直文明单位光荣称号。特别是 2017 年以来，为帮扶农村尽快脱贫，毛集林场选派三名党员担任毛集镇毛寨村、李楼村和田木湾村第一书记，切实落实好国家的各项扶贫政策，帮助早日脱贫。场领导多次到所帮扶的村看望慰问贫困户，给予物资和资金上的帮扶，积极助力全县脱贫攻坚任务目标早日实现。2019 年 6 月 1 日，林场组织机关全体党员干部，到毛寨小学开展关爱未成年人活动，与孩子们进行交流、互动，并向全校学生每人捐赠校服一套。以实际行动将帮扶活动进行得有声有色。

（二）奉献爱心

1984 年 1 月 23 日，在县委、县政府的号召下，毛集林场动员职工为桐柏县建设民兵大楼捐款物计 350 元。1991 年全场开展干部、职工、家属为灾区捐款、捐物献爱心活动，出纳员王惠云同志献出自己亲手编织的毛衣毛裤，并替出差在外的爱人捐献了棉裤、西服、棉被等；吴明义同志当时在林区护林，不在家，打电话叫家人献出自己的棉大衣；其他同志也踊跃捐款捐物。

2008 年 5 月，汶川大地震，毛集林场组织干部职工，采取捐款、捐物、交纳特殊党费的方式积极参加献爱心活动，全场集中捐款三千元，受到中国林场协会公开赞扬，并颁发了捐款证书。党支部书记张永记同志一次性交纳特殊党费 200 元，受到中共桐柏县委组织部的表彰。随后，场领导班子延续爱心，年年为贫困家庭献爱心，体现党的温暖和关怀。

2019 年 6 月 4 日，林场组织机关全体党员干部，到毛集镇敬老院开展志愿者服务活动，送去米、面、鸡蛋、食用油等，帮助老人们叠被子、打扫卫生、洗头、洗衣、修指甲，并早早送上端午节的问候和祝福。

第十章 党组织建设与场务管理

第一节 党支部建设

一、主要成员及任期时间（自 1960 年 6 月党支部成立至 2020 年 4 月）

第一任：（1960 ~ 1962 年）党支部书记：李良灿（原月河公社副书记）。支部委员：樊俊德（副场长）、陈本有（退伍老红军）、刘运成（工人）。

第二任：（1962 ~ 1965 年）党支部书记：郑庭周（原回龙公社书记、调任省直沙子岗牧场副书记、副场长转任毛集林场支部书记）。支部委员：卢和勇（场长、原林业局局长）、樊俊德（副场长）、张建周（抗美援朝转业）、刘全山（工人、原南阳菜队支书）。

第三任：（1965 ~ 1967 年）党支部书记兼场长：安庆章（原南召县书记处书记、县长），副书记：赵善元（原淅川县副县长）。支部委员：樊俊德（副场长）、王长春（原大河公社副社长）、刘全山（工人、原南阳菜队支书）。

1968 ~ 1972 年成立革委会，党支部暂停工作。

第四任：（1972 ~ 1973 年）党支部书记：李正谦（原林业局局长）兼任林场革委会主任。支部委员：樊俊德（副主任）、刘全山（工人、副主任）。（1973 ~ 1974 年，李正谦和毛集公社书记安庆章对调，安庆章回林场任支部书记兼革委会主任）

第五任：（1974 ~ 1976 年）党支部书记：魏荣宽（安棚公社书记）兼任林场革委会主任。支部委员：李光钧（县农、林、水领导小组副组长）、刘全山（副主任）。

第六任：1976 年魏荣宽调任县林业局局长，由李光钧任支部书记、副主任，主持全面工作（1977 ~ 1978 年）。苗恩惠（女）、刘全山为支部委员。1978 年春，李光钧辞去支部书记职务。

第七任：（1979 ~ 1981 年）党支部书记：侯金堂（转业军人、林业局副局长）。支部委员：胡志运（副场长、原回龙公社副书记）、李光钧（副场长）。

第八任：（1981 ~ 1985 年）党支部书记：李光钧（工程师）。支部委员：黄金钧（1982 年入党、工程师、县人大副主任兼场长）、韩富华（综合办公室主任）。1984 年 10 月，黄金钧调任县林业局局长。

1985 ~ 1991 年，支部委员中除韩富华外，新选入金明霞（工程师、副场长）、桂景新（工程师、副场长）为新一届委员。1989 年，金明霞调林产品公司，王聚章任派出所副所长并增补为支部委员。

1994 年 10 月，王聚章（场长）调离，任县林业局林政股股长，增选马文晓（场长）、孙长青（副场长）为支部委员。

第九任：1995 年 9 月，张永记任支部书记。支部委员：朱西献（副场长、会计）、韩富华（综合办公室主任）、王家田（1995 年 7 月入党、工程师、副场长）为候补委员。

1998 年 11 月 5 日，支部委员韩富华退休，新选入韩涛（副场长）、门战帝（派出所长）为支部委员。

2002 年 9 月 13 日，换届增设副书记，王家田（场长）任副书记，组织委员为韩涛（副场长），宣传委员为王联营（综合办公室主任），纪检委员为朱西献（副场长、会计）。

2008 年，王联营调任固县镇综治办主任，郑国辉（综合办公室主任）任宣传委员。

2011 年，朱西献退休，朱广建（会计）选任纪检委员。

2013 年 4 月 7 日，张永记调任桐柏县森林公安局正科级侦察员。

第十任：2013 年 4 月 7 日，张小河任毛集林场党支部书记。副书记：王家田（场长）。组织委员：韩涛（副场长），宣传委员：郑国辉（综合办公室主任），纪检委员：朱广建（会计）。

2015 年 6 月，换届选举，支部书记：张小河。副书记：韩涛（副场长），组织委员：郑国辉（综合办公室主任），纪检委员：朱广建（会计），新选入郭其东（马大庄保护站站长）为宣传委员。

2019 年 6 月 27 日，换届选举，党支部书记：张小河。组织委员：郑国辉（副场长），宣传、纪检委员：朱广建（计财股长）。

二、内设机构：党务办公室、创建文明单位办公室

【党务办公室职责】

（1）负责组织、安排党支部各种会议及主要活动，撰写会议纪要或编辑工作简报；

（2）起草党支部各种文件（工作计划、总结、报告、通知、信函及电报等）；

（3）协调和督促各党小组、各部门贯彻执行党支部决议、决定，并及时将有关情况向党支部领导汇报；

（4）根据党支部的工作意图和要求，开展调查研究，了解情况，综合分析，向党支部或党支部领导提出建议，起到参谋和助手作用；

（5）对上级发来的党内文件提出拟办意见，按领导批示安排贯彻落实；

（6）协调党、群各部门及各股、室、林区的关系，围绕党支部各阶段的中心任务开展好各项工作，促进党支部领导核心作用的充分发挥；

（7）负责接待、联系上级党组织和外单位党组织及其他需由党支部接待的领导、来宾，受理群众来信来访、做好信访工作；

（8）负责以党支部名义上报、下发的各种文件的文字审核工作；

（9）管理、使用党支部介绍信和印章，做好党内文件的编号、整理、清退、归档工作；

（10）负责党员大会的筹备工作，指导各党小组的日常工作；

（11）负责做好党的保密工作和党务公开工作；

（12）负责党员教育、管理、考核、评议、党费收缴，做好党员发展工作；

（13）做好党支部民主生活会、组织生活会和创建“四好”领导班子日常工作；

（14）完成党支部和上级部门交办的其他工作。

【创建文明单位办公室职责】

（1）安排部署创建文明单位的重大决策及各项活动，并承担协调、督促、检查等工作；

（2）研究制定创建工作中遇到的突出问题的具体措施；

（3）负责与创建精神文明工作主管单位的汇报、协调工作；

（4）负责起草和印发建设工作活动方案、实施细则、文件材料、总结报告；

（5）做好协调、联系工作，及时掌握工作进度，上传下达，反馈信息；

（6）组织开展形式多样的文明单位创建活动和自评工作；

（7）编印创建工作简报，及时通报信息，反映存在问题；

（8）做好各种记录及资料收集、整理、归档工作；

（9）负责接待上级文明单位组织的检查、验收、评比；

（10）制订创建宣传教育工作方案，在全场范围内开展形式多样的宣传教育活动；

（11）负责向媒体撰写稿件，及时宣传、报道毛集林场创建工作经验、动态及先进典型；

（12）制订开展健康有益的文体活动计划，并组织实施；

（13）督促、检查、落实各项文明创建任务，发现问题及时反馈；

（14）制订职工政治、时事学习计划及职业道德教育计划；

（15）开展对全场干部职工的思想政治教育、公民道德及主题教育活动。

第二节　组织建设

一、党员统计表（部分）

时　间	党员数量（名）	备　注
1960 年	4	
1961 年	4	
1965 年	10	

时　间	党员数量（名）	备　注
1979年	8	
1984年	6	
1987年	9	
1994年	13	
2002年	17	
2005年	25	
2007年	23	
2013年	27	
2019年	31	2019.12统计

二、党员专题活动

（一）积极开展学习贯彻习近平新时代中国特色社会主义思想和党的十九大精神活动

2019年2月20日，毛集林场党支部召开全体党员职工大会，号召全场干部职工，要把深入学习贯彻习近平新时代中国特色社会主义思想和党的十九大精神，作为当前和今后一个时期的首要政治任务。通过党支部、党小组示范带动，引领全场干部职工兴起学习的热潮，坚定不移用习近平新时代中国特色社会主义思想武装头脑、指导实践、推动工作。制定学习制度和日程表，采取集中学习和自学相结合的方式，确定每周一的集中学习由党支部委员、领导班子成员、党小组组长轮流主讲领学，每两周集中一次，其他时间由场党办安排学习，并按要求做好学习笔记，不定时开展学习心得交流。在抓好理论学习的同时，认真开展每月的主题党日活动，把主题党日活动作为实践习近平新时代中国特色社会主义思想和十九大精神的具体行动。

（二）创先争优、模范引领活动

根据全省先锋引领行动的安排部署，按照“五项争创”活动内容的基本要求，深入开展创先争优和党员志愿者活动，培养、表彰和宣传先进典型，形成学习先进、崇尚先进、争当先进的良好氛围，引导党员争做推动发展、服务群众、凝聚人心、促进和谐的先锋模范。

（三）党务公开、廉政自律活动

实行党务公开制度，加强党风廉政建设。坚持以习近平新时代中国特色社会主义思想为指导，全面贯彻党的十九大、十九届三中全会精神，重点学习《中国共产党廉洁自律准则》《中国共产党纪律处分条例》和《中国共产党党员权利保障条例》等规章制度。除依照法律法规需要保密的事项外，要求能公开的就依法公开，增加党建工作和党内事务的透明度。注重抓小抓早，通过廉政教育、廉政警示、廉政考试、廉政谈话、节假日提醒、廉政短信等方式，经常性强调廉洁自律的有关要求，教育引导党员干部职工始终把纪律和规矩挺在前面，继承和发扬党的光荣传统和优良作风。严格遵守党的政治纪律、组织纪律、廉洁纪律、群众纪律、工作纪律、生活纪律，严格依法办事。

（四）“两学一做”学习教育活动

在全体党员干部中深入开展“学党章党规，学系列讲话，做合格党员”学习教育，做到制度化、常态化。自开展“两学一做”学习教育活动以来，毛集林场党支部始终站在中央协调推进全面建成小康社会、全面深化改革、全面依法治国、全面从严治党“四个全面”战略布局的高度来深入推进学习教育活动。秉持全面从严治党永远在路上，坚持思想建党和制度建党紧密结合，把全面从严治党落实到每个干部、每名党员。全场每个人都积极参与到“两学一做”学习教育，坚定信仰，忠心耿耿，不和党有二心、相背离；坚守宗旨，忠诚奉献，不让党损形象、失民心；坚持操守、忠诚守纪，不给党乱章法、惹事端，争做一个让党放心、群众信任、合格的好党员。

（五）作风效能建设活动

2019 年，毛集林场以文明单位创建为载体，进一步加强作风效能建设。严明工作纪律，改进工作作风，提高工作效能。毛集林场多措并举，先后在理想信念教育、践行社会主义核心价值观、思想道德建设、诚信守法行动、文明风尚行动、学雷锋志愿服务、保障员工权益、履行社会责任、建设学习型、服务型单位等方面，开展形式多样的主题教育宣传活动和实践活动。

为庆祝中华人民共和国成立70周年，毛集林场举办了业务技能知识竞赛比武大会；开展以案促改警示教育、党风廉政教育；利用传统文化节日，践行社会主义核心价值观，开展爱国主义教育；开展学法用法、诚信守法教育；弘扬移风易俗、文明上网，倡导绿色生活、加强勤俭节约教育宣传活动；开展关爱孤寡老人、未成年人、留守儿童，参加无偿献血、环境卫生整治等学雷锋志愿服务活动；支援贫困乡村，助力脱贫攻坚；开展社会公德、职业道德、家庭美德、个人品德教育，弘扬传承优良家风等。

通过在思想、工作、生活各方面进行的一系列教育实践活动，改进了单位干部职工工作作风、学习学风、生活作风，增强了全场党员干部职工服务意识和工作热情，促进了全场干部职工自觉改进作风，扎实推进作风大转变，行政效能大提速，为实现“决胜全面小康，中华民族伟大复兴”提供坚强的纪律和作风保障。

（六）开展“不忘初心，牢记使命”主题教育活动

为深入贯彻落实党的十九大、十九届三中全会精神，结合“两学一做”学习教育制度化常态化开展，进一步加强党员干部党性修养，激发开拓进取的工作热情，毛集林场深入开展“不忘初心、牢记使命”主题教育活动。以增强“四个意识”、坚定“四个自信”、做到“两个维护”为主线，围绕“守初心、担使命、找差距、抓落实”的要求，组织全场党员干部深入细致学习习近平新时代中国特色社会主义思想及“不忘初心，牢记使命”重要论述，做到读原文、看原著、悟原理。并通过重温入党誓词、学习先进典型、接受红色革命传统教育等活动，找不足，促整改，牢记使命，发挥党员干部先锋模范带头作用。推动全面从严治党向纵深发展，切实做到入心入脑，指导实践，促进工作，为推动单位全面建设，奋力谱写毛集林场新篇章奠定坚实的思想基础，激励全场党员干部职工更加自觉地为新时代党的伟大事业而不懈努力奋斗。

第三节　会议制度

一、会议要求

（1）会议由支部书记或副书记主持；

（2）制订学习计划，定期集中学习，领学与自学相结合；

（3）实行学习签到制度，遵守课堂学习纪律；

（4）全体党员要准时参加，因事不能到会要提前请假；

（5）严格组织纪律，不得擅自外泄未有公布的会议内容；

（6）每次会议要认真做好记录并及时归档。

二、会议内容

（1）传达学习中央、省、市、县指示精神；

（2）贯彻落实上级各项方针政策；

（3）加强党的思想、组织、作风和制度建设；

（4）审定林场年度党、政规划，确定思想政治工作的指导思想及方法；

（5）积极开展纪检、工会、共青团专项活动；

（6）研究职工思想动态、研究发展新党员；

（7）讨论决定受表彰的模范党员和先进工作者；

（8）讨论研究林场其他重大问题和重大事项。

第四节　离退休管理

【管理机构】离退休工作室，成立于2006年，由党支部牵头，场办公室、财务室协同负责全场离退休干部职工的管理服务工作，经常了解他们的家庭和身体状况，上门征求意见和建议，倾听他们合理的诉求，确属家庭困难需要帮扶的，经场班子研究及时予以解决。

【待遇办理】为让离退休干部职工免除后顾之忧，积极为他们办理医疗保险，按时领取退休金，确实做到有求必应，及时解决，竭力保障他们老有所养，病有所医，颐养天年。

【老年活动】为了方便离、退休职工集体活动，场里除了成立管理室，还腾出房间作为他们学习交流、文体娱乐的场所。每年定期安排一次定项体检，不定期的组织召开老年工作座谈会，实地参观林场建设发展成果，重阳节日举办茶话会，以节俭朴实的方式，浓厚和谐的氛围，让他们从中感受到组织的关怀，近距离地了解林场的发展动态，见证林场发展历程，分享林场取得的发展成果。

第五节 机构沿革

1960 年 1 月 22 日，河南省人民委员会《关于新建二十四个林场的通知》〔豫林字第 6 号〕，批准建立国营桐柏县毛集林场。1960 年 2 月 16 日，桐柏县人民委员会《关于新建国营桐柏县毛集林场的通知》（60）会人编字第 2 号发至县直各单位、各人民公社，1960 年 4 月正式建立。1983 年更名为国营桐柏毛集林场。2004 年 3 月 1 日，河南省人民政府豫政字〔2004〕33 号批复：同意建立桐柏高乐山省级自然保护区。9 月 28 日，桐柏县机构编制委员会桐编〔2004〕8 号：同意成立桐柏高乐山省级自然保护区管理局。2013 年 12 月 10 日，南阳市人民政府宛政文〔2013〕114 号《关于河南桐柏高乐山省级自然保护区晋升为国家级自然保护区的请示》，报至河南省人民政府。2014 年 1 月，河南省人民政府同意河南高乐山自然保护区申报建立国家级自然保护区，报至国家环境保护总局。2016 年 5 月 2 日，国务院办公厅国办发〔2016〕33 号批准晋升为河南高乐山国家级自然保护区。2017 年 12 月 7 日，桐柏县机构编制委员会〔桐编（2017）46 号〕《关于印发国有桐柏毛集林场（河南高乐山国家级自然保护区管理局）主要职责内设机构和人员编制规定的通知》：原国营桐柏毛集林场更名为国有桐柏毛集林场，与河南高乐山国家级自然保护区管理局一个机构两块牌子，正科级规格，隶属于县林业局领导，为公益一类事业单位。

第六节　机构组成

毛集林场机构由班子成员、各股（室）和林区（保护站）人员组成

毛集林场班子成员及中层人员任职表

姓　名	职　务	职　称	任职时间
付明常	县林业局党组成员、场长	七级职员	2017 年 8 月
张小河	支部书记	七级职员	2013 年 4 月
韩　涛	副场长	高级工程师	2008 年 1 月
郑国辉	副场长	高级工程师	2016 年 4 月
龚爱玲	良种基地主任	高级工程师	2018 年 1 月
景建华	党务办公室主任	工程师	2019 年 1 月
赵　磊	科技业务股长	工程师	2008 年 1 月
朱广建	计划财务股长	工程师	2010 年 1 月
仝云东	资源保护股长	助理工程师	2018 年 1 月
戴　维	综合办公室主任	助理工程师	2018 年 1 月
葛新伟	信访、工会办主任	二级技师	2018 年 1 月
李　喆	生产经营股副股长	工程师	2018 年 1 月
刘玉强	森林消防队队长	二级技师	2018 年 1 月
惠先军	回龙林区主任	高级工	2018 年 1 月
郭其东	马大庄林区主任	高级工	2018 年 1 月
马长东	黄岗林区主任	高级工	2018 年 1 月
徐　彬	铁山林区主任	高级工	2018 年 1 月
朱林海	红卫林区主任	二级技师	2018 年 1 月
葛新文	田木湾林区主任	高级工	2018 年 1 月
朱桂林	固县林区主任	高级工	2018 年 1 月
高云生	汪大庄林区主任	二级技师	2018 年 1 月

第七节　机构内设

2017年12月7日，桐柏县机构编制委员会下发《关于印发国有桐柏毛集林场（河南高乐山国家级自然保护区管理局）主要职责内设机构和人员编制规定的通知》（桐编〔2017〕46号）。

一、毛集林场内设5个机构

（一）综合办公室

1. 负责信息的传达、修订和完善各项管理制度，起草各类文件和有关材料；负责会议安排，做好会议记录和来文收发登记工作。

2. 负责工会、共青团、妇联、计划生育、公共安全综合治理工作；做好本场的纪检、信访、文秘、档案、信息、保密工作。

3. 负责内外部工作的联系和本单位内设机构的综合协调及后勤接待、车辆管理、环境卫生等服务工作。

4. 完成林场领导交办的其他工作任务。

（二）科技业务股

1. 制定本场林业中长期发展规划和年度计划；指导检查全场林业生产任务的落实。

2. 负责全场各类项目的调查、规划、设计、申报、检查验收及技术培训；组织实施全场森林资源调查、动态监测和项目技术指导工作。

3. 开展林业科学技术的推广和应用，协调林场技术职称人员的申报管理工作；承办林业科技公关项目的组织指导和申报工作；林业技术监督和有关珍稀动植物品种的调查建档管理工作。

（三）资源保护股

1. 负责全场森林资源管护工作；组织实施天然林保护；做好国家重点公益林和省级重点公益林管理、森林资源的监测和调查统计工作。

2. 负责监督管理护林员的日常巡护和工作完成情况，组织召开护林员例会；

考核护林员的出勤和年终考评。

3. 组织调查处理山林权属纠纷，协助有关部门做好辖区内各类林业案件的侦破工作；开展普法宣传教育；维护林区正常生产秩序和社会治安稳定。

4. 完成林场交办的其他工作任务。

（四）生产经营股

1. 贯彻和执行国家、省、市、县及林场制定的各类生态工程建设的各项政策和管理制度；制定林场中长期经济社会发展规划和产业开发计划的组织协调。

2. 负责组织实施全场各类项目的生产建设工作，积极完成林场下达的各项年度任务，抓好各项生产质量的自查验收和资金核算。

3. 负责开拓经营创收渠道，增强自我发展能力，提高职工收入和林场经济实力，协助抓好招商引资，开展区内经济合作。

4. 完成林场交办的其他工作任务。

（五）计划财务股

1. 贯彻执行《会计法》，按照财务会计制度规定认真办理各项业务；负责编制经费收支预算、各类人员工资发放工作。

2. 负责项目专项资金的报帐审核审批、日常财务工作。

3. 负责人事、职工工资、职工社会保险、单位固定资产管理和保值的监督等工作。

4. 完成林场领导交办的其他工作任务。

二、根据管理职责及需要，国有桐柏毛集林场（河南高乐山国家级自然保护区管理局）下设两个直属单位和八个林区

（一）国家级马尾松林木良种基地

1. 承担林木良种科研攻关的组织实施，负责国家级林木良种基地的项目申报与管理实施工作，组织指导林木良种培育管理技术，开展林木种苗培育新技术、新成果的培训、推广和应用。

2. 承担引进、筛选、培育适宜当地生长的林木种苗新品种、新树种，建好良

种资源库，负责建设二代种子园，积极开展良种基地的建设和生产培训任务。

3. 负责全场林木良种基地的中耕抚育、病虫害防治、种子采收、制种、种子收藏等日常管理工作。

4. 完成林场领导交办的其他工作任务。

（二）桐柏县第二森林消防队

1. 负责全场森林防火宣传、业务培训和森林火灾的扑救，排查火灾隐患、督查野外用火。

2. 负责森林防火设施、设备的管理和维护，认真做好消防队伍的日常管理和考核工作。

3. 指挥协调辖区内的护林防火工作，开展护林防火宣传教育，做好森林火灾统计工作，建立森林火灾档案。

4. 承办林场交办的其他工作。

（三）八个林区

1. 负责辖区的护林防火宣传，加强辖区内巡山管护，确保林木、林地、野生动植物等资源安全。

2. 负责协调周边村民关系，积极配合林场各项工作，组织完成各项生产任务。

3. 认真学习贯彻《森林法》及林业法律法规，做好巡护日志和日常管理工作。

4. 完成林场领导交办的其他工作任务。

第八节 工作会议及规章制度

一、工作会议

1. 场长办公会：每周召开一次，部署全场总体工作，对重要事务进行决策。由场长召集，场班子成员参加，办公室组织并做好会议记录。

2. 护林员例会：每月召开一次，由主管场长召集，听取各林区、管理股、稽查队和护林员工作汇报，查摆问题，征求建议，制定措施，积极改进。

3. 职代会：由职工代表、工会会员、技术人员、管理人员、领导干部组成，每三年召开一次。由场工会委员会负责召集，在场班子的领导下，对场里工作进行评议，提出建议，形成决议，表决通过。

4. 工作总结会：每一年召开一次，由场长办公会召集，全场职工参加。总结全年工作、颂扬成绩、分析不足、激励先进、敦促后进，促进下一年工作的顺利开展。

二、规章制度

（一）学习制度

1. 坚持每周一学习制度（集中学习和自学相结合，每一周自学一次，两周集中学习一次），内容包括时事政治、业务理论、相关法律法规。

2. 学习实行签到制，有事必须提前向主管领导请假，无故不得请假、迟到、早退。按时写出心得体会。

（二）财务管理制度

1. 严格遵守各项财经纪律，所有财务收支必须符合财务审批签字流程，严禁坐收坐支，禁止私设“小金库”。

2. 严格经费管理，在保证机关办公和其他正常开支外，未经批准擅自采购、外赊签欠的一律不予结算。

3. 严格固定资产管理，林场所有产权内的各种公共设施和其他符合固定资产管理的资产，均由办公室统一管理。

4. 严格遵守党风廉政建设制度，除人社部门审批的工资、津贴和国家规定的奖金、补贴外，禁止以任何形式重复发放。

（三）请销假制度

1. 有事必须请假，任何情况下请假均需写出请假条，在假前交场办公室，作为考勤依据。假满回岗当天向办公室考勤人员销假。

2. 因病休假的应附有定点医疗机构的证明和相关休假手续，经领导同意后方可休假，违规者按旷工处理。

3. 审批权限及程序：一般同志请假一天的，由主任（股长）批准；主任（股长）

和一般同志请假3天以内的，由主管领导批准，3天以上的由场长批准；班子成员请假，因公出差、出县须经场长批准同意。

（四）绩效管理制度

1. 工作人员病事假期间工资待遇，依据豫人社薪〔2014〕6号文件执行。

2. 工作人员当月请事假3～5天、请病假10～15天，扣发当月绩效工资的三分之一；当月请事假6～10天、请病假16～20天，扣发当月绩效工资的三分之二；当月事假超过10天、病假超过20天的绩效工资停发。当年事假累计超过30天的，停发当年绩效工资。当年病假累计超过三个月的，扣发半年的绩效工资；超过六个月的，停发全年绩效工资。

3. 工作人员全勤，经考核优秀的给予奖励。

（五）车辆管理制度

1. 车辆由办公室统一管理、调度，实行定点、定里程、限号加油制度。工作需要用车，应提前报请，经场长批准同意，由办公室协调安排并做好出入登记，司机如实填写出车记录。

2. 司机要定期保养车辆，需要维修保养时，必须事前由办公室造预算报主管领导签批，场长同意方可实施，违者费用自理。

3. 司机必须坚守工作岗位，未经批准，不得随意脱岗；因工作需要进行岗位调整时，必须服从场里安排。

4. 严禁公车私用，私自用车造成的事故与损失，由司机个人承担责任和费用。严格遵守纪律，不得违反廉洁自律的有关规定，违者后果自负。

（六）公务接待制度

1. 上级领导检查工作、指导生产、业务往来、特殊情况接待等就餐，须经场长同意批准，认真填写来客登记表，由场办公室统一安排。

2. 实行定点、对口招待，坚持节俭原则，杜绝铺张浪费、超标准招待和一客多陪现象。

3. 机关人员加班或出席工作会议原则上不安排就餐，特殊情况须经场长同意后，由办公室统一安排工作餐，未经同意和办公室安排的，费用自理。

（七）办公用品管理制度

1. 场属办公用品购置，均需由办公室会同财务部门统一编造计划，报经场长批准后，由办公室统一购置，个人未经批准不得擅自购置任何办公用具。

2. 严格领用手续和公物管理，各股室需用的物品，由办公室登记造册、领用人员签字后方可领取；对一些价值较大的办公用具要立账建卡，由专人逐项登记造册，妥善保管使用。

3. 实行林区、股室负责人公物管理负责制，严格执行“谁使用、谁保管”，如有损坏或丢失，由负责人负责赔偿或追回。

4. 公物不得擅自外借或个人占用，确需外借使用的，应经场长批准后，出具借用手续，并按期追回；人员调动离开单位时，必须及时办理公物移交、财务清算等手续之后，方可办理调离手续。

（八）安全管理制度

1. 全体工作人员必须树立安全防范意识，严格遵守保密纪律；经常进行防火、防盗及安全生产教育；严防失密、泄密和火灾、触电等事故的发生。

2. 各股室下班前、节假日期间，要将门、窗、柜、电器等关闭后离开；机关内一切电力线路、电气设备的安装、改造等，一律经场长或主管机关事务领导同意后，由办公室负责安排，未经批准私自行动造成的损失由当事人自己负责。

3. 门卫人员要坚守岗位，不得擅离职守，禁止闲杂人员进入机关影响正常工作；节假日值班人员要履行值班制度，严守岗位，不允许出现脱岗、早退等现象，如有事故发生追究值班人员的责任。

4. 工作人员应遵守安全生产管理制度和员工守则，严禁酗酒闹事和聚众寻衅滋事，扰乱机关正常工作生活秩序，损坏公共财物。上下班遵守交通规章，安全出行。

（九）印章管理制度

1. 凡需使用林场印签办理内部文件或下发的各类文件、考核表、证照、职称评审、工资晋升材料；上报的各类文件、重要函件、统计报表等，必须经分管场长审核后报场长批准签字盖印。

2. 场印鉴由办公室主任管理，盖印前先登记，重要事项的用章要留存底稿备档。特殊情况外出需携带印章时，须经场长批准。

（十）档案管理制度

1. 场内部一切文件、计划、合同等资料均须建立档案，由专职档案管理员负责整理归档，编制目录，分类存放，醒目标记，以便查阅。

2. 所有档案资料应妥善保管，禁止私自查阅，确需查阅资料的须经主管领导同意，凭相关有效证件登记后方可，需带出使用的，要写明借出用途和时间，按时归档。

（十一）请示汇报制度

1. 一般工作人员向股室、林区负责人汇报，由负责人向分管领导汇报，通常情况下，不得越级汇报。

2. 各股室、林区需汇报工作的，先向各分管领导汇报，由分管领导决定是否向主要领导请示、汇报；重大问题和紧急情况，负责人可直接向主要领导汇报。

3. 凡各类重大突发性事件、紧急灾情以及其他重大事项，必须在第一时间迅速、准确的逐级上报，并及时续报事态进展、处置情况等。全局性工作或长时间的汇报，应形成书面材料。

（十二）护林员管理制度

1. 认真负责管护辖区内森林资源，发现盗伐滥伐、乱占滥用林地、毁林开垦开矿、擅自移动或者毁坏护林相关标志设施等违法违规行为，应及时制止并上报领导。

2. 坚持每天视频签到制度。每月不定期巡护 25 天以上，如实记录巡护日记。严禁以权谋私、监守自盗、弄虚作假、知情不报、脱岗或不作为等行为，认真学习宣传贯彻林业相关法律法规，文明执法，禁止乱作为。

3. 每月不定期对护林员和林区工作全面督查。护林员要履行职责，服从分配、遵守纪律，熟记林区四址边界，尽职尽责做好森林资源保护工作。

（十三）森林防火制度

1. 宣传和贯彻实施森林防火法律、法规等规章制度，增强公民的森林防火安全意识。

2. 实行防火值班制度。一是领导带班制，二是 24 小时值班制，三是防火日报制，四是请销假制。

3. 消防队和护林员防火期间无节假日，严防死守，整装以待，发现或接到火情应及时扑救并上报，严禁瞒报、迟报、漏报或贻误扑火时机，避免大的火灾发生。

（十四）公务灶管理制度

1. 安全、卫生，用料适当，文明用餐，凭票就餐，严禁铺张浪费。

2. 厨房和餐厅应保持干净、整洁，饭、菜新鲜，循环调节。

第九节　人事管理

【考核任免】自 20 世纪 90 年代起，全场实行森林管护日志自记考勤，按照上级主管部门的要求和公益林管理办法，每年对职工思想、业务进行年度考核，严格执行国家的有关规定和程序。

【人才招录】近年来通过上级分配、公开招聘、定向培养等方式录用大专以上多科专业技术人员 30 名。其中：中、高级工程师 12 名，为林场的持续健康发展储备人才。为充实森林消防队，接受安置 10 余名转业士官，增添了森林消防工作的后备力量和活力。

【人员聘用】按照事业单位人事管理条例的相关规定及程序，自 2002 年以来，与全体在职在编人员签订事业单位工作人员聘用合同，每三年一续签。2008 ~ 2018 年晋升为高级工程师 3 人，中级工程师 10 人，初级工程师 18 人。

【晋升薪级】根据国家、省、市、县事业单位人事制度改革的相关政策，完成事业单位工作人员晋升薪级、职务变动、基本工资，离退休人员津贴补贴、退休费、基本养老金调整工作。根据《中共河南省委、河南省人民政府关于印发〈国有林场改革实施方案〉的通知》（豫发〔2016〕15号）、《中共南阳市委、南阳市人民政府关于印发〈南阳市国有林场改革实施方案〉的通知》（宛发〔2017〕26号）及桐柏县机构编制委员会《关于印发国有桐柏毛集林场（河南高乐山国家级自然保护区管理局）主要职责内设机构和人员编制规定的通知》，自2018年1月1日起，人员经费纳入县财政全额供给，全体事业编制人员工资全额由县财政发放。

【工资待遇】2008年以前，在职职工年人均岗位工资为4800元；2008～2017年，工资调动13次，年人均岗位工资8400元；2018年1月1日起，人员经费纳入县财政全供，在职职工年人均岗位工资为34100元。

【基本保障】2011年起，全场职工加入了医疗保险、工伤保险、失业保险。2012年起，按照国家、省、市、县机关事业单位养老保险改革相关政策规定，先后多次调整单位保险费基数及缴费比例。2018年1月1日起，为全体在职在编人员缴纳职业年金及住房公积金。

【计划生育】认真贯彻执行计划生育基本国策。毛集林场成立了计划生育工作指导办公室，安排专职人员负责对育龄妇女宣传教育、督促落实节育措施、证件办理等服务工作，确保计划生育政策落到实处，全场合法生育率达到100%。

第十节　群工团体

【工会】毛集林场工会委员会成立于1960年6月，“文化大革命”期间机构解散，1979年4月恢复，现有工会会员68人。每年召开一次全体会员大会，每年举办一次集中的文体竞赛活动。根据林场规章制度制定工会工作制度，在上级工会组织和林场班子领导下，开展日常工作。

【职工代表大会】成立于1981年，有职工代表26人，每届有正副组长三人，至2019年底共有职工代表38人。

【共青团】成立于1960年6月，“文化大革命”期间机构解散，恢复于1979年4月，至2019年底，共有团员38人，其中女团员16人。

第十一章　人物与荣誉

第一节　人物简介

（以 1959 ~ 2019 年参加毛集林场建设的时间、职务为序）

李良灿　桐柏县人，1949 年参加工作，汉族，中共党员，曾任月河公社副书记。1960 年 5 月调任毛集林场党支部书记，1962 年 11 月调出。

樊俊德　1934 年出生，唐河县城郊乡人，汉族，1956 年参加工作，1959 年加入中国共产党，初中毕业，曾任陈庄林场副场长。1960 年任毛集林场副场长、革委会副主任等职，1975 年调林业局任办公室主任。

郑庭周　1927 年出生，桐柏县平氏镇人，汉族，1951 年参加工作，1952 年加入中国共产党，初中毕业。1963 年调毛集林场任党支部书记，1965 年调离。

卢和勇　1920 年出生，桐柏县人，汉族，1948 年参加工作，1950 年加入中国共产党，初中文化。1963 年调入毛集林场任场长，1965 年调离。

杨炳文　1927 年出生，唐河县人，汉族，1948 年参加工作，1950 年加入中国共产党，初中文化。1964 年任毛集林场副场长，1965 年调离。

安庆章　1924 年出生，河北衡水县人，汉族，1945 年参加工作，1950 年加入中国共产党，初中文化。1965 年调入毛集林场任支部书记兼场长，1967 ~ 1970 年遭到错误批判，1974 年调任桐柏县生产指挥部副指挥长，1979 年 1 月平反。

赵善元　1925 年出生，山西省平定县人，汉族，1947 年参加工作，1952 年加入中国共产党，初中文化。1965 年任毛集林场副场长。1967 年 1 月调任南阳地区国社合作林总场副场长，“文化大革命”期间遭到错误批判，1968 年 11 月 19 日在武汉市医院含冤而死，1982 年 12 月 27 日平反。

刘长青 1930年出生，桐柏县人，汉族，1950年参加工作，1953年加入中国共产党，初中文化。1965年调入毛集林场任派出所所长，“文化大革命”中派出所受到冲击被迫解散，随后调回原单位。

刘方贤 桐柏县毛集镇人，汉族，民主人士，1948年参加工作，曾任桐柏县政府副县长，“文化大革命”中遭受错误批判。1972年下放到毛集林场任革委会副主任，1974年调回任桐柏县生产指挥部成员。

李正谦 桐柏县人，汉族，中共党员，曾任公社书记、林业局长。1973年调任毛集林场革委会主任，1974年调出。

魏荣宽 桐柏县人，汉族，中共党员，曾任县生产指挥部成员、公社书记等职。1975年调任毛集林场革委会主任，1977年调出。

黄金钧 1937年出生，洛阳市灵宝人，汉族，1959年8月毕业于洛阳林校，分配到毛集林场工作，任技术员、工程师。1981年5月当选为第六届桐柏县人大常委会副主任兼毛集林场场长，1982年加入中国共产党，1984年任林业局局长。

李光钧 1936年出生，洛阳市偃师县人，汉族，1958年8月毕业于洛阳林校，分配到陈庄林场工作，1965年加入中国共产党。技术员、工程师。1977年调入毛集林场，任副主任、副场长，1981年任毛集林场党支部书记。

侯金堂 桐柏县淮源镇人，转业军人，汉族，中共党员，1979年转业到桐柏县林业局任副局长兼任毛集林场支部书记，1981年调回林业局任副局长。

胡志运 桐柏县吴城镇人，转业军人，汉族，中共党员，曾任陈庄林场场长、回龙公社副书记等职。1979年调任毛集林场副场长，1982年调任林业局种子站站长。

桂景新 1941年出生，确山县石磙河人，汉族，1964年8月毕业于汝南林校，分配到毛集林场工作，技术员、工程师，1984年加入中国共产党，1982年任副场长，1995年退居二线。

赵丰璞 1963年出生，唐河县人，汉族，中共党员，1982年毕业于信阳林校，分配到桐柏县林业局工作。1984年调任毛集林场场长，技术员，工程师，1991年调任林业局常务副局长。

金明霞 1933年出生，唐河县人，汉族，1955年毕业于洛阳林校，分配到陈庄林场工作，中共党员，技术员，工程师，1984年调任毛集林场副场长，1989年调林产品经销公司任经理。

孙长青 1951年出生，桐柏县回龙乡人，汉族，1975年参加工作，1985年加入中国共产党，大专文化，工程师，曾任鸿仪河乡副乡长。1987年调任毛集林场副场长，1992年因病退居二线。

王明庚 1963年出生，唐河县人，汉族，1983年洛阳林校毕业，分配到开封市民权林场，1985年调桐柏县林业局工作。1986年10月调任毛集林场副场长，1989年调任林业局业务股长。

王聚章 1947年出生，南阳市人，汉族，1963年参加工作，1984年入党，大专文化，历任通讯员、营林队长、林警，1989年10月任林场派出所副所长，1990年4月任毛集林场副场长，1991年任场长兼派出所指导员，1994年10月调入林业局任林政股长兼林业保卫股指导员。

张永记 1959年出生，桐柏县埠江镇人，汉族，1977年参加工作，1991年加入中国共产党。1995年9月任党支部书记兼林场派出所指导员，2013年4月调任桐柏县森林公安局正科级侦查员。

王家田 1967年出生，桐柏县新集乡人，汉族，1987年毕业于信阳林校，分配到毛集林场工作，1991年任副场长，1995年5月任副场长主持全面工作，同年7月加入中国共产党，高级工程师，1996年5月～2014年5月任场长。

朱西献 1952年出生，桐柏县安棚乡人，汉族，1971年参加工作。1984年调入毛集林场任财务会计，大专文化，1991年加入中国共产党，1995年任会计、副场长、工会主席，2012年退休。

王联营 1972年出生，确山县石磙河人，汉族，1996年8月毕业于河南农业大学经济系，分配到毛集林场工作。1998年任综合办公室主任，工程师。2000年3月加入中国共产党，2002～2008年任党支部宣传委员，同年3月调任固县镇综治办公室主任。

付明常　1966 年 8 月出生，桐柏县朱庄镇人，1989 年参加工作，1993 年 7 月加入中国共产党，汉族，大学本科学历。曾任桐柏县科委副主任科员、黄岗乡副书记、大河镇人大主席、交通局正科级副局长、公路局党总支书记。2017 年 8 月调任林业局党组成员、毛集林场场长。

张小河 1971 年 11 月出生，桐柏县淮源镇人，1992 年 9 月参加工作，1997 年加入中国共产党，汉族，大学本科学历 。曾任淮源景区管委会副主任、外事旅游局副局长、大河镇人大主席。2013 年 4 月任毛集林场党支部书记。

韩 涛　1973 年 10 月出生，桐柏县平氏镇人，1993 年 6 月参加工作，1995 年加入中国共产党，汉族，大学本科学历，高级工程师，1998 年任毛集林场党支部组织委员、副场长。

郑国辉　1977 年 8 月出生，驻马店市遂平县人，1998 年 9 月参加工作，2003 年 8 月加入中国共产党，汉族，大学本科学历，高级工程师，2008 年任毛集林场办公室主任，2016 年 4 月任党支部组织委员、副场长。

毛集林场派出所恢复后历任所长（1982 ～ 2013 年）

郑兰明　1982 年 3 月任毛集林场派出所长，1985 年 7 月调任固县镇派出所长。

邢 重　1985 年 7 月任毛集林场派出所长，1988 年 6 月调任林业公安派出所长。

田中明　1988 年 6 月任毛集林场派出所长，1991 年 5 月调任回龙派出所长。

门战帝　1991 年 8 月 ～ 1994 年任毛集林场派出所副所长，1998 ～ 2003 年任所长。

禹功亮　1994 年任毛集林场派出所长，1998 年调任桐柏县公安局预审股股长。

张国朝　2003 年任毛集林场派出所长，2013 年调回森林公安局工作。

第二节　名录

1960 ~ 2019 年 12 月职工花名册（以参加毛集林场工作时间顺序排列）

姓　名	性别	参加工作时间	职别	民族	籍　贯	备　注
李良灿	男	1949.05	支书	汉	南阳市桐柏县	1960. 任
樊俊德	男	1956.07	副场长	汉	南阳市唐河县	1960. 任
郑庭周	男	1951.03	支书	汉	南阳市桐柏县	1963. 任
卢和勇	男	1948.06	场长	汉	山东省祁蔡县	1963. 任
黄金钧	男	1959.08	场长	汉	洛阳市灵宝县	1981. 任
刘庭发	男	1959.08	会计	汉	漯河市舞钢区	
杨玉芝	女	1958.06	护士	汉	南阳市唐河县	
李少周	男	1961.08	干部	汉	开封市中牟县	
涂钦祥	男	1964.09	干部	汉	南阳市唐河县	
杨炳文	男	1948.10	干部	汉	南阳市唐河县	
彭承禹	男	1956.08	干部	汉	驻马店市泌阳县	
高正芝	女	1955.01	干部	汉	南阳市桐柏县	
李万臣	男	1955.01	医生	汉	新乡市获嘉县	
景兴成	男	1958.08	工人	汉	南阳市桐柏县	
彭双成	男	1959.12	工人	汉	南阳市桐柏县	
葛应保	男	1959.12	工人	汉	南阳市桐柏县	
王秀武	男	1959.12	工人	汉	南阳市桐柏县	
徐加快	男	1959.12	工人	汉	南阳市桐柏县	
罗金友	男	1959.12	工人	汉	南阳市桐柏县	
刘荣安	男	1959.12	工人	汉	南阳市桐柏县	
陈本有	男	1936.09	干部	汉	南阳市桐柏县	
朱道业	男	1958.07	工人	汉	南阳市邓州市	

姓　名	性别	参加工作时间	职别	民族	籍　　贯	备　注
段长庆	男	1963.06	工人	汉	南阳市	
兰国强	男	1960.06	工人	汉	南阳市镇平县	
崔长德	男	1960.06	工人	汉	南阳市镇平县	
仵国庆	男	1960.06	工人	汉	南阳市镇平县	
谭景雷	男	1961.01	工人	汉	南阳市镇平县	
杨丰春	男	1960.06	工人	汉	南阳市镇平县	
刘三德	男	1960.06	工人	汉	南阳市镇平县	
党丰魁	男	1960.06	工人	汉	南阳市	
张建洲	男	1963.06	工人	汉	南阳市	
李德常	男	1963.09	工人	汉	南阳市唐河县	
翟有聚	男	1949.10	干部	汉	周口市商水县	
李绍民	男	1963.06	工人	汉	南阳市	
孟少连	男	1963.06	工人	汉	南阳市	
邓建强	男	1963.06	工人	汉	南阳市	
张元良	男	1963.06	工人	汉	南阳市	
谢云婷	女	1963.06	工人	汉	南阳市	
唐金德	男	1963.06	工人	汉	南阳市	
张建武	男	1963.06	工人	汉	南阳市	
李宝珠	男	1963.06	工人	汉	南阳市	
赵宝政	男	1963.06	工人	汉	南阳市	
李义合	男	1960.06	工人	汉	南阳市	
刘士贵	男	1960.06	炊事员	汉	南阳市	
赵荣先	男	1960.06	工人	汉	南阳市唐河县	
惠大云	男	1960.06	工人	汉	南阳市唐河县	
任顺景	男	1958.11	工人	汉	南阳市唐河县	

姓　名	性别	参加工作时间	职别	民族	籍　贯	备　注
梁付聚	男	1960.06	工人	汉	南阳市方城县	
张文彦	男	1960.06	工人	汉	南阳市唐河县	
张光元	男	1960.06	工人	汉	驻马店市遂平县	
仵乾文	男	1960.06	工人	汉	南阳市镇平县	
丁长武	男	1961.03	工人	汉	南阳市镇平县	
秦炎华	男	1961.03	工人	汉	南阳市镇平县	
景永成	男	1958.08	工人	汉	南阳市桐柏县	
门胜先	男	1960.06	工人	汉	南阳市镇平县	
陈炳政	男	1960.07	工人	汉	南阳市	
仵文献	男	1962.11	工人	汉	南阳市镇平县	
仵保增	男	1960.06	工人	汉	南阳市镇平县	
门红久	男	1964.10	工人	汉	南阳市镇平县	
门德玉	男	1960.06	工人	汉	南阳市镇平县	
仵保昌	男	1960.06	工人	汉	南阳市镇平县	
朱政均	男	1960.06	工人	汉	南阳市镇平县	
刘运成	男	1951.04	工人	汉	南阳市桐柏县	
宋生玉	男	1957.11	工人	汉	南阳市桐柏县	
门红才	男	1964.10	工人	汉	南阳市镇平县	
王玉梅	女	1964.10	工人	汉	南阳市镇平县	
秦桂先	女	1064.10	工人	汉	南阳市镇平县	
郑延洲	男	1962.10	工人	汉	南阳市内乡县	
张秀珍	女	1962.10	工人	汉	南阳市内乡县	
关纪章	男	1962.06	工人	汉	南阳市内乡县	
张学义	男	1960.06	炊事员	汉	南阳市镇平县	
姚中林	男	1960.06	工人	汉	南阳市唐河县	

姓　名	性别	参加工作时间	职别	民族	籍　　贯	备　　注
孙广斌	男	1958.05	工人	汉	南阳市唐河县	
陈俊峰	男	1963.06	工人	回	南阳市	
梁聚生	男	1963.06	工人	汉	南阳市	
吕文玉	男	1963.06	工人	汉	南阳市	
李秀云	女	1963.06	工人	汉	南阳市	
丁文庆	男	1963.06	工人	汉	南阳市	
王文武	男	1963.06	工人	汉	南阳市	
程子光	男	1963.06	工人	汉	南阳市	
潘自富	男	1960.06	工人	汉	南阳市	
尚建林	男	1960.06	工人	汉	南阳市	
刘桂英	女	1960.06	工人	汉	南阳市	
关明英	女	1960.06	工人	汉	南阳市	
周玉荣	女	1960.06	工人	汉	南阳市	
周淑芳	女	1963.06	工人	汉	南阳市	
芦连云	女	1963.06	工人	汉	南阳市	
尹淑玉	女	1958.06	工人	汉	南阳市桐柏县	
蔡长新	男	1960.06	工人	汉	南阳市唐河县	
史淑琴	女	1960.06	工人	汉	南阳市	
徐淑琴	女	1960.06	工人	汉	南阳市	
孙清荣	女	1960.06	工人	汉	南阳市	
王成琴	女	1960.06	工人	汉	南阳市	
梁秀兰	女	1963.06	工人	汉	南阳市	
李玉荣	女	1963.06	工人	汉	南阳市	
李国芝	女	1963.06	工人	回	南阳市	
耿菊花	女	1963.06	工人	汉	南阳市镇平县	

姓　名	性别	参加工作时间	职别	民族	籍　　贯	备　　注
李新民	男	1963.06	工人	汉	南阳市镇平县	
门秀云	女	1963.06	工人	汉	南阳市镇平县	
仵惠兰	女	1963.06	工人	汉	南阳市镇平县	
赵付德	男	1963.06	工人	汉	南阳市	
候国春	男	1963.06	工人	汉	南阳市	
王成信	男	1963.06	工人	汉	南阳市	
徐付贵	男	1963.06	工人	汉	南阳市	
张建斌	男	1963.06	工人	汉	南阳市	
张学建	男	1963.11	工人	汉	南阳市	
常继武	男	1963.11	工人	汉	南阳市	
兰大顺	男	1963.11	工人	汉	南阳市	
姬全永	男	1963.11	工人	汉	南阳市	
赵连成	男	1963.11	工人	汉	南阳市	
胡国庆	男	1963.11	工人	汉	南阳市	
王聚章	男	1963.11	场长	汉	南阳市	1991. 任
黄顺明	男	1963.11	工人	汉	南阳市	
包兆林	男	1963.11	工人	汉	南阳市	
斗吉高	男	1963.11	工人	汉	南阳市	
孙清发	男	1963.11	工人	汉	南阳市	
李全录	男	1963.11	林警	汉	南阳市	1982. 任
夏聚山	男	1963.11	工人	汉	南阳市	
赵海俊	男	1963.11	工人	汉	南阳市	
方玉荣	女	1963.11	工人	汉	南阳市	
梁玉珍	女	1963.11	工人	汉	南阳市	
庄明玉	女	1963.11	工人	汉	南阳市	

姓　名	性别	参加工作时间	职别	民族	籍　　贯	备　注
郝玉珍	女	1963.11	工人	汉	南阳市	
乔天珍	女	1963.11	工人	汉	南阳市	
陶炳珍	女	1963.11	工人	汉	南阳市	
冯富贵	女	1963.11	工人	汉	南阳市	
刘洪芳	女	1963.11	工人	汉	南阳市	
黄付芝	女	1963.11	工人	汉	南阳市	
张玉爱	女	1963.11	工人	汉	南阳市	
孟凡琴	女	1963.11	工人	汉	南阳市	
孙秀琴	女	1963.11	工人	汉	南阳市	
陈芝兰	女	1963.11	工人	汉	南阳市	
孟瑞林	女	1963.11	工人	汉	南阳市	
杨桂荣	女	1963.11	工人	汉	南阳市	
杨洪梅	女	1963.11	工人	汉	南阳市	
杨华钦	男	1957.12	工人	汉	南阳市内乡县	
张学发	男	1960.06	工人	汉	南阳市镇平县	
安庆章	男	1945.06	支书、场长	汉	河北省衡水市	1965. 任
赵善元	男	1947.08	副场长	汉	山西省平定县	1965. 任
刘长清	男	1950.11	派出所长	汉	南阳市桐柏县	1965. 任
巩世杨	男	1963.08	干部	汉	驻马店市确山县	
王爱梅	女	1963.08	干部	汉	新郑市	
党茂勤	男	1949.10	干部	汉	周口市商水县	
左凤良	男	1951.08	干部	汉	开封市	
陈道金	男	1956.04	干部	汉	南阳市桐柏县	
吴长运	男	1949.03	干部	汉	南阳市桐柏县	
翟凤祥	男	1950.06	干部	汉	南阳市唐河县	

姓　名	性别	参加工作时间	职别	民族	籍　　贯	备　　注
杨玉莲	女	1961.09	技术员	汉	南阳市桐柏县	
刘凤英	女	1951.09	干部	汉	南阳市淅川县	
黄中立	男	1950.08	干部	汉	南阳市桐柏县	
朱学亭	男	1952.08	会计	汉	南阳市唐河县	
王长春	男	1955.08	秘书	汉	平顶山市舞钢区	
王金章	男	1955.09	干部	汉	南阳市桐柏县	
张有年	男	1965.01	干部	汉	南阳市淅川县	
周付谦	男	1965.01	干部	汉	南阳市淅川县	
陈国聘	男	1965.01	干部	汉	南阳市内乡县	
黄纪中	男	1956.03	干部	汉	南阳市镇平县	
何玉成	男	1964.01	工人	汉	南阳市	
李新甫	男	1964.01	工人	汉	南阳市	
赵英才	男	1964.01	工人	汉	南阳市	
张录景	男	1958.05	工人	汉	南阳市桐柏县	
罗克芳	女	1958.05	工人	汉	南阳市桐柏县	
苏运山	男	1964.01	工人	汉	南阳市	
何玉欣	男	1964.01	工人	汉	南阳市	
雷胜芝	男	1960.06	工人	汉	南阳市桐柏县	
王慧云	女	1964.01	工人	汉	南阳市	
张顺合	男	1964.01	工人	汉	南阳市	
苏付群	男	1964.01	工人	汉	南阳市	
刘保合	男	1964.01	工人	汉	南阳市	
刘吉祥	男	1964.01	工人	汉	南阳市	
张明跃	男	1964.01	工人	汉	南阳市	
孙景春	男	1964.01	工人	汉	南阳市	

姓 名	性别	参加工作时间	职别	民族	籍 贯	备 注
赤云鹏	男	1964.01	工人	汉	南阳市	
刘全山	男	1964.01	工人	汉	南阳市	
刘寅甫	男	1956.03	工人	汉	南阳市	
张丰林	男	1964.01	工人	汉	南阳市	
胡桂荣	女	1963.06	拖拉机手	汉	开封市	
秦重民	男	1958.03	医生	汉	南阳市	
韩玉恒	男	1960.06	工人	汉	南阳市唐河县	
岳保甲	男	1965.01	工人	汉	南阳市	
田光合	男	1965.01	干部	汉	南阳市内乡县	
崔万聚	男	1964.01	工人	汉	南阳市	
刘清义	男	1953.06	干部	汉	南阳市邓州市	
米 波	男	1960.09	工人	汉	南阳市桐柏县	
葛振生	男	1956.08	工人	汉	南阳市南召县	
王子俊	男	1957.07	工人	汉	南阳市南召县	
张明甫	男	1958.02	工人	汉	南阳市南召县	
王遂章	男	1958.10	工人	汉	南阳市唐河县	
苗万生	男	1954.05	工人	汉	南阳市南召县	
张江林	男	1958.10	工人	汉	南阳市南召县	
王宝玉	男	1958.10	工人	汉	南阳市南召县	
甘六庆	男	1958.10	工人	汉	南阳市	
李中仁	男	1963.06	工人	汉	南阳市	
高留远	男	1950.08	拖拉机手	汉	南阳市桐柏县	
马建基	男	1958.07	汽车司机	汉	南阳市内乡县	
史玉显	男	1958.06	拖拉机手	汉	南阳市唐河县	
韩永亭	男	1952.06	工人	汉	南阳市唐河县	

姓　名	性别	参加工作时间	职别	民族	籍　　贯	备　注
陈翠云	女	1965.08	干部	汉	南阳市	
程远兰	女	1965.08	工人	汉	南阳市	
刘方贤	男	1948.06	主持工作	汉	南阳市桐柏县	副县长
李正谦	男	1953.08	主持工作	汉	南阳市桐柏县	林业局长
魏永宽	男	1955.09	主持工作	汉	南阳市桐柏县	县委下派
李光均	男	1958.09	支书	汉	洛阳市偃师县	1982. 任
侯金堂	男	1956.11	支书	汉	南阳市桐柏县	1979. 任
胡志运	男	1948.06	副场长	汉	南阳市桐柏县	1979. 任
段立俊	男	1964.09	医生	汉	南阳市桐柏县	
张干臣	男	1965.09	医生	汉	南阳市桐柏县	
胡新良	男	1961.10	干部	汉	驻马店市泌阳县	
桂景新	男	1964.09	副场长	汉	驻马店市确山县	1985. 任
韩富华	男	1958.06	秘书	汉	南阳市桐柏县	
苗恩惠	女	1964.05	工人	汉	南阳市	
苏敬堂	男	1958.01	工人	汉	南阳市桐柏县	
仝保有	男	1960.10	汽车司机	汉	南阳市唐河县	
高华远	男	1964.01	汽车司机	汉	南阳市桐柏县	
张荣新	女	1977.09	工人	汉	南阳市桐柏县	
张永记	男	1977.09	支书	汉	南阳市桐柏县	1995. 任
景建明	女	1977.09	工人	汉	南阳市桐柏县	
刘　荣	女	1977.09	工人	汉	南阳市桐柏县	
朱桂霞	女	1977.09	工人	汉	南阳市邓州市	
李凤兰	女	1977.09	工人	汉	南阳市	
葛淑芳	女	1977.09	工人	汉	南阳市南召县	
王俊杰	女	1977.09	工人	汉	南阳市南召县	

姓　名	性别	参加工作时间	职别	民族	籍　贯	备　注
王俊华	女	1977.09	工人	汉	南阳市南召县	
王爱琴	女	1977.09	工人	汉	信阳市明港镇	
王　伟	男	1977.09	林警	汉	南阳市桐柏县	1982. 任
刘　松	男	1977.09	工人	汉	南阳市桐柏县	
杨炳洲	男	1977.01	工人	汉	南阳市镇平县	
张国金	男	1976.01	工人	汉	南阳市桐柏县	
崔占京	男	1977.09	工人	汉	南阳市镇平县	
仵文成	男	1977.09	工人	汉	南阳市镇平县	
姚义芬	女	1977.09	工人	汉	南阳市唐河县	
刘　云	女	1978.10	工人	汉	南阳市桐柏县	
杨春茂	男	1978.10	工人	汉	南阳市桐柏县	
宫锡桐	男	1978.10	工人	汉	南阳市桐柏县	
翟国义	男	1978.12	工人	汉	南阳市桐柏县	
李玉国	男	1978.12	工人	汉	南阳市桐柏县	
李素霞	女	1978.12	工人	汉	洛阳市偃师县	
任得凤	女	1978.12	工人	汉	南阳市桐柏县	
刘建伟	男	1978.12	工人	汉	南阳市邓州市	
李义山	男	1978.12	工人	汉	南阳市桐柏县	
姚义春	男	1978.12	工人	汉	南阳市唐河县	
甘献甫	男	1978.12	工人	汉	南阳市石桥镇	
黄超峰	男	1978.12	工人	汉	洛阳市灵宝县	
付书端	女	1978.12	工人	汉	南阳市南召县	
王素英	女	1978.12	工人	汉	信阳市淮滨县	
韩保成	男	1978.12	工人	汉	南阳市唐河县	
安建恒	男	1978.12	工人	汉	南阳市桐柏县	

姓　名	性别	参加工作时间	职别	民族	籍　贯	备　注
何世喜	男	1978.12	工人	汉	南阳市桐柏县	
郑古云	女	1978.12	工人	汉	南阳市桐柏县	
胡士珍	女	1978.12	工人	汉	南阳市桐柏县	
樊　霞	女	1978.12	工人	汉	开封市	
吴明义	男	1956.09	工人	汉	南阳市桐柏县	
马玉保	男	1971.03	工人	汉	南阳市唐河县	
张书典	男	1958.05	会计	汉	南阳市桐柏县	
崔　挺	男	1981.06	工人	汉	南阳市镇平县	
门占帝	男	1981.02	派出所长	汉	南阳市镇平县	1998. 任
田光荣	男	1981.03	林警	汉	南阳市桐柏县	1987. 任
马玉龙	男	1981.03	工人	回	南阳市桐柏县	
王新林	男	1981.03	工人	汉	南阳市桐柏县	
岳宏伟	男	1981.03	干部	汉	南阳市唐河县	
王玉清	男	1983.08	干部	汉	南阳市唐河县	
逯发道	男	1965.07	工人	汉	南阳市唐河县	
张大胜	男	1982.02	工人	汉	信阳市王岗乡	
刘付莲	女	1982.02	工人	汉	南阳市	
韩保东	男	1985.03	林警	汉	南阳市唐河县	1990. 任
曹兴奎	男	1983.09	干部	汉	南阳市唐河县	
杨龙洲	男	1982.03	工人	汉	南阳市镇平县	
王爱群	男	1982.03	工人	汉	信阳市明港镇	
苏清建	男	1982.03	工人	汉	南阳市桐柏县	
杨云洲	男	1982.03	工人	汉	南阳市镇平县	
门玉勤	男	1982.03	工人	汉	南阳市镇平县	
吴亮明	男	1982.03	工人	汉	南阳市桐柏县	

姓　名	性别	参加工作时间	职别	民族	籍　　贯	备　注
杨　云	女	1982.03	工人	汉	南阳市镇平县	
徐华平	女	1982.03	工人	汉	南阳市桐柏县	
惠　林	女	1982.03	工人	汉	南阳市唐河县	
彭家勤	女	1982.03	工人	汉	南阳市桐柏县	
吴亮枝	女	1982.03	工人	汉	南阳市桐柏县	
葛书华	女	1982.03	工人	汉	南阳市南召县	
吴亮琴	女	1982.03	工人	汉	南阳市桐柏县	
惠　玉	女	1982.03	工人	汉	南阳市唐河县	
甘献平	女	1982.03	工人	汉	南阳市南召县	
宋跃琴	女	1982.03	工人	汉	南阳市桐柏县	
葛书平	女	1982.03	工人	汉	南阳市南召县	
张荣杰	女	1982.03	工人	汉	南阳市桐柏县	
郑兰明	男	1968.12	派出所长	汉	南阳市桐柏县	1982. 任
韩书秀	女	1982.03	工人	汉	南阳市桐柏县	
李　冬	女	1982.03	工人	汉	南阳市桐柏县	
赵丰璞	男	1982.08	场长	汉	南阳市唐河县	1984.9 任
金明霞	男	1956.09	副场长	汉	南阳市唐河县	1984.9 任
朱西献	男	1971.12	会计	汉	南阳市桐柏县	1984.9 任
谭玉辉	男	1966.08	工人	汉	上海市松江县	
魏芳珍	女	1978.10	工人	汉	南阳市桐柏县	
饶文好	男	1973.12	炊事员	汉	南阳市唐河县	
邢　众	男	1970.12	派出所长	汉	南阳市桐柏县	1985.8 任
张瑞娟	女	1986.12	工人	汉	南阳市桐柏县	
李华林	男	1985.06	工人	汉	湖北省襄樊市	
芦西梅	女	1985.06	工人	汉	南阳市桐柏县	

姓　名	性别	参加工作时间	职别	民族	籍　贯	备　注
葛新文	男	1985.06	工人	汉	南阳市南召县	
吴亮兵	男	1985.06	工人	汉	南阳市桐柏县	
张永红	女	1985.06	工人	汉	南阳市桐柏县	
桂开启	男	1985.06	工人	汉	驻马店市确山县	
逯其志	男	1985.06	工人	汉	南阳市唐河县	
李碧波	男	1952.01	干部	汉	南阳市唐河县	
石美玲	女	1985.07	工人	汉	南阳市桐柏县	
朱桂林	男	1986.02	工人	汉	南阳市邓州市	
仵桂平	女	1986.10	工人	汉	南阳市镇平县	
葛新伟	男	1987.02	工人	汉	南阳市南召县	
侯殿臣	男	1974.09	工人	汉	黑龙江省淮安市	
孙长青	男	1975.03	副场长	汉	南阳市桐柏县	1987. 任
王明庚	男	1983.08	副场长	汉	南阳市唐河县	1987. 任
王家田	男	1987.08	场长	汉	南阳市桐柏县	1996. 任
李学义	男	1987.05	林警	汉	洛阳市偃师县	1987. 任
王树怀	男	1978.05	工人	汉	南阳市唐河县	
金保梅	女	1978.08	干部	汉	南阳市唐河县	
高广梅	女	1988.09	干部	汉	南阳市桐柏县	
高明丽	女	1989.03	干部	汉	南阳市桐柏县	
田中明	男	1972.05	派出所长	汉	南阳市桐柏县	1987. 任
刘道娟	女	1986.05	工人	汉	南阳市桐柏县	
吴元珍	女	1989.08	工人	汉	南阳市桐柏县	
张习武	女	1980.12	工人	汉	南阳市桐柏县	
徐恩群	男	1971.11	工人	汉	南阳市桐柏县	
刘桂莲	女	1971.11	工人	汉	南阳市桐柏县	

姓　名	性别	参加工作时间	职别	民族	籍　贯	备　注
杨清江	男	1975.01	工人	汉	南阳市桐柏县	
徐永江	男	1975.01	工人	汉	南阳市桐柏县	
蔡惠明	男	1971.12	工人	汉	南阳市桐柏县	
赵明娥	女	1958.06	工人	汉	南阳市桐柏县	
焦玉斌	女	1956.08	工人	汉	南阳市桐柏县	
殷秀英	女	1956.08	工人	汉	南阳市桐柏县	
陈有珍	女	1956.08	工人	汉	南阳市桐柏县	
牛新碧	女	1968.08	工人	汉	南阳市桐柏县	
曾照国	男	1949.02	干部	汉	南阳市桐柏县	
刘合法	男	1955.06	干部	汉	南阳市桐柏县	
肖淑华	女	1963.05	工人	汉	南阳市桐柏县	
王新义	男	1974.03	工人	汉	南阳市桐柏县	
熊德勤	女	1975.06	工人	汉	南阳市桐柏县	
石学花	女	1975.06	工人	汉	南阳市桐柏县	
芦西荣	女	1975.06	工人	汉	南阳市桐柏县	
党梅平	女	1985.06	工人	汉	南阳市桐柏县	
崔东丽	女	1991.09	工人	汉	南阳市桐柏县	
景建华	女	1991.05	干部	汉	南阳市桐柏县	
马长东	男	1991.05	工人	汉	南阳市桐柏县	
李雪霞	女	1991.05	干部	汉	洛阳市偃师县	
金保全	男	1991.05	干部	汉	南阳市唐河县	
郑　惠	女	1991.05	工人	汉	南阳市桐柏县	
桂陆建	男	1991.05	工人	汉	驻马店市确山县	
王文玲	女	1991.05	干部	汉	南阳市桐柏县	
王　惠	女	1991.05	工人	汉	南阳市桐柏县	

姓　名	性别	参加工作时间	职别	民族	籍　　贯	备　　注
孙宏伟	女	1991.05	工人	汉	南阳市桐柏县	
彭家杰	女	1991.05	工人	汉	南阳市桐柏县	
惠东红	男	1991.05	工人	汉	南阳市唐河县	
刘玉强	男	1991.05	工人	汉	南阳市桐柏县	
逯其文	男	1991.06	工人	汉	南阳市唐河县	
朱林海	男	1991.05	工人	汉	南阳市邓州市	
董玉芝	女	1991.06	工人	汉	驻马店市确山县	
逯其才	男	1991.05	工人	汉	南阳市唐河县	
刘　峰	女	1992.03	干部	汉	南阳市	
朱新艳	女	1992.03	干部	汉	南阳市桐柏县	
仝云东	男	1992.03	干部	汉	南阳市唐河县	
韩　省	男	1992.03	工人	汉	南阳市桐柏县	
葛三玉	女	1992.03	工人	汉	南阳市桐柏县	
马淑玲	女	1992.03	工人	汉	南阳市桐柏县	
任中芝	女	1992.07	工人	汉	南阳市桐柏县	
高永生	男	1992.07	工人	汉	南阳市桐柏县	
葛俊三	男	1992.10	工人	汉	南阳市桐柏县	
刘　宇	男	1992.11	工人	汉	南阳市桐柏县	
张　磊	男	1992.12	工人	汉	南阳市镇平县	
许　奎	男	1992.12	工人	汉	南阳市桐柏县	
仝云爽	男	1993.07	工人	汉	南阳市唐河县	
刘景梅	女	1993.07	工人	汉	南阳市镇平县	
韩　涛	男	1993.08	副场长	汉	南阳市桐柏县	1998. 任
龚爱玲	女	1993.08	干部	汉	三门峡市渑池县	
郑海中	男	1993.12	工人	汉	南阳市桐柏县	

姓　名	性别	参加工作时间	职别	民族	籍　　贯	备　注
惠先军	男	1993.12	工人	汉	南阳市唐河县	
郭其冬	男	1994.12	工人	汉	南阳市桐柏县	
吴　龙	男	1994.12	工人	汉	南阳市桐柏县	
赵　勇	女	1995.01	工人	汉	南阳市桐柏县	
彭　辉	男	1995.06	工人	汉	南阳市桐柏县	
马文晓	男	1984.07	场长	汉	南阳市新野县	1994. 任
禹功亮	男	1968.09	派出所长	汉	驻马店市泌阳县	1994. 任
田作申	男	1995.07	工人	汉	南阳市桐柏县	
高云生	男	1990.12	工人	汉	南阳市桐柏县	
仵　明	男	1996.03	工人	汉	南阳市镇平县	
刘　景	男	1996.08	工人	汉	南阳市桐柏县	
王联营	男	1997.10	干部	汉	驻马店市确山县	
王宣华	男	1997.12	工人	汉	南阳市桐柏县	
孙长乐	女	1998.05	干部	汉	南阳市桐柏县	
赵　静	女	1998.04	工人	汉	南阳市桐柏县	
赵云峰	女	1998.06	干部	汉	南阳市唐河县	
郑国辉	男	1998.09	副场长	汉	驻马店市遂平县	2016. 任
仵　煜	男	1998.10	工人	汉	南阳市镇平县	
王　丽	女	1998.12	干部	汉	南阳市桐柏县	
陈　莉	女	1998.12	干部	汉	南阳市桐柏县	
李天才	男	1998.12	工人	汉	南阳市桐柏县	
郭　婕	女	1998.12	干部	汉	南阳市桐柏县	
徐　彬	男	1999.03	工人	汉	南阳市桐柏县	
葛三燕	女	1999.12	工人	汉	南阳市桐柏县	
仝云玲	女	2000.01	工人	汉	南阳市唐河县	

姓　名	性别	参加工作时间	职别	民族	籍　　贯	备　注
朱广建	男	2002.07	会计	汉	南阳市桐柏县	
王　娟	女	2003.03	干部	蒙	焦作市	
苏晓丽	女	2003.03	工人	汉	南阳市唐河县	
李　喆	男	2003.07	干部	汉	南阳市桐柏县	
张国朝	男	1995.08	派出所长	汉	南阳市新野县	2003. 任
赵　磊	男	2003.12	干部	汉	南阳市桐柏县	
陈　卓	男	2003.12	干部	汉	南阳市桐柏县	
张小河	男	1992.09	支书	汉	南阳市桐柏县	2013. 任
付明常	男	1989.07	场长	汉	南阳市桐柏县	2017. 任
孙　科	男	2007.12	工人	汉	南阳市桐柏县	
王　炼	男	2007.12	工人	回	南阳市桐柏县	
戴　维	男	2010.12	干部	汉	南阳市桐柏县	
王文豪	男	2010.12	干部	汉	南阳市桐柏县	
马卿桐	男	2010.12	工人	汉	南阳市桐柏县	
余得水	男	2010.12	工人	回	南阳市桐柏县	
刘俊涛	男	2010.12	工人	汉	南阳市桐柏县	
阙年博	男	2010.12	工人	汉	南阳市桐柏县	

企业工人人员名单

姓 名	性 别	年 龄	姓 名	性 别	年龄	姓 名	性 别	年 龄
薛　明	女	31	刘甲飞	男	30	闫　冬	女	29
葛润乐	男	31	杨天强	男	44	马真真	女	29
蔡　双	男	33	张　霞	女	49	余海霞	女	34
高书琴	女	44	杨黎明	男	32	韩　杰	女	34
马淑青	女	41	杨天祥	男	34	田　甜	女	36

姓 名	性 别	年 龄	姓 名	性 别	年龄	姓 名	性 别	年 龄
毛大中	男	32	王　锋	女	26	孙　涛	男	45
葛三平	女	50	饶海金	男	45	黄敦锋	男	42
王海生	男	32	张　新	女	43	门文桂	女	34
赵　慧	女	36	冯广玲	女	50	门　红	女	39
苏照伟	女	32	罗盈盈	女	34	门　莉	女	41
叶本霞	女	48	杨德泉	男	32	吴海涛	男	33
朱　晓	女	26	刘　晖	男	42	甘志新	男	36
王家封	男	47	惠诺寒	女	34	陈　兵	男	46
刘　禹	男	48	张西修	男	48	李　轲	女	26
苏清昌	男	46	毛　婕	女	46	李言林	男	33
马书平	女	47	魏丹丹	女	37	张　闯	男	33
门秀春	女	49	刘　斌	男	30	张先贺	男	42

第三节　集体荣誉

一、获得奖项

1. 国家及国家部门级荣誉

时　间	获　奖　名　称	颁　奖　部　门
1978 年 10 月 16 日	1978 年南方十三省防治松毛虫科学研究协作组	中国科学院南方十三省防治松毛虫研究所
1979 年 12 月 29 日	卤灯试验经验座谈会	林业部南方森林植物检验所
1982 年	《南方十三省防治松毛虫科学研究》评为优秀论文	中国科学院南方十三省防治松毛虫研究所
1986 年 11 月	国家科技重点攻关项目课题《林木病虫害综合防治技术》研究	中国科学院动物研究所
1987 年 9 月 22 日	林业部“七五”科技攻关项目《马尾松经营体系模型的研究》	林业部科技司 中南林学院
1990 年	泡桐基因保存获得科技成果三等奖	国家科学技术部

时　间	获　奖　名　称	颁　奖　部　门
1992 年	湿地松、火炬松引种与推广研究评为国家科技进步三等奖	国家科学技术委员会
1992 年	湿地松、火炬松引种与推广研究评为林业部科技进步二等奖	国家林业部
1996 年	授予毛集林场全国林木良种基地	中华人民共和国林业部
2002 年 12 月 28 日	2000 ～ 2001 年度全国林业系统合理化建议和技术革新先进集体	国家林业局、中国农林水利工会全国委员会
2003 年 9 月 25 日	中国林场协会团体会员	中国林场协会
2009 年 1 月 15 日	桐柏县毛集林场国家马尾松林木良种基地	国家林业局
2019 年 4 月	中国林场协会常务理事单位	中国林场协会

2. 省、市及部门级荣誉

时　间	获　奖　名　称	颁　奖　部　门
1965 年 7 月	先进单位	河南省林业厅
1965 年 12 月	护林防火先进单位	豫鄂两省八县护林防火联防指挥部
1973 年 5 月 2 日	利用赤眼蜂防治林园害虫协作组	南阳地区林业科学研究所
1973 年 7 月 7 日	飞机喷洒白僵菌防治越冬代马尾松毛虫试验研究协作组	河南省林业厅
1977 年 9 月 14 日	林木、果树病虫测报先进单位	南阳地区林业局
1980 年 10 月 6 日	护林防火先进单位	豫鄂两省八县护林联防指挥部
1981 年	马尾松毛虫防治科技成果三等奖	河南省林业厅
1981 年	马尾松毛虫防治科技成果二等奖	南阳地区林业局
1983 年 1 月	河南省农业劳动模范先进单位	河南省人民政府
1983 年 12 月 22 日	湿地松、火炬松引种试验获得技术成果鉴定证书	河南省科学技术鉴定委员会
1984 年	河南省先进集体单位	河南省人民政府
1984 年 9 月	泡桐速生丰产栽培、泡桐基因库营造的课题研究	南阳地区泡桐协作组
1986 年 12 月 18 日	毛集林场派出所护林防火先进单位	豫鄂两省八县护林防火联防指挥部

时 间	获 奖 名 称	颁 奖 部 门
1987 年	《泡桐基因库建立与推广》论文获得省政府科技成果二等奖	河南省人民政府
1987 年 12 月 20 日	毛集林场派出所护林防火先进单位	豫鄂两省八县护林防火联防指挥部
1988 年 10 月 6 日	南阳地区马尾松优良种源和豫南优良林分的遗传资源保存与利用研究和科技成果三等奖	河南省南阳地区行政公署
1988 年 12 月	毛集林场派出所护林防火先进单位	豫鄂两省八县护林防火联防指挥部
1989 年 2 月 28 日	毛集林场派出所护林防火先进单位	豫鄂两省八县（市）护林防火联防指挥部
1989 年 9 月	全省国营林场四十年表彰会被评为先进林场。	河南省林业厅
1992 年 11 月	1992 年度一级信用企业。	中国农业银行河南省分行企业审定委员会
1992 年 12 月	毛集林场派出所护林防火先进单位	豫鄂两省八县（市）护林防火联防指挥部
1993 年 11 月	河南省 1990 ～ 1992 年度森林防火先进单位	河南省人民政府护林防火指挥部
1993 年 12 月	护林防火先进单位	豫鄂两省八县（市）护林防火联防指挥部
1995 年 12 月	护林防火先进单位	豫鄂两省八县（市）护林防火联防指挥部
1997 年 1 月	1996 年度先进林木良种基地称号	河南省林业厅
1997 年 3 月 5 日	河南省林业产业协会团体会员单位	河南省林业产业协会
1998 年 2 月	1997 年度先进林木良种基地称号	河南省林业厅
1998 年 11 月 10 日	南阳市生物防火林带规划与营造技术应用研究二等奖	南阳市人民政府
1999 年 11 月	河南省国有林场先进单位	河南省林业厅
2000 年	先进测报站	河南省林业厅
2002 年 12 月	毛集林场 2002 年度护林防火先进单位	豫鄂两省九县市（区）护林防火联防指挥部
2003 年 11 月 25 日	南阳市第五次森林资源连续清查工作先进集体	南阳市人民政府
2004 年 12 月	2004 年度护林防火先进单位	豫鄂两省九县市（区）护林防火联防指挥部
2005 年 12 月	2005 年度护林防火先进单位	河南省桐柏山护林防火联防委员会

时　间	获　奖　名　称	颁　奖　部　门
2006年11月	2006年度护林防火先进单位	豫鄂两省九县市（区）护林防火联防指挥部
2007年12月	2007年度护林防火先进单位	豫鄂两省九县市（区）护林防火联防指挥部
2008年12月	2008年度护林防火先进单位	河南省桐柏山护林防火联防委员会
2011年	《板栗丰产栽培技术》荣获南阳市科技成果二等奖第五名	南阳市人民政府
2011年12月	2011年度护林防火先进单位	河南省桐柏山护林防火联防委员会
2012年12月	2012年度护林防火先进单位	河南省桐柏山护林防火联防委员会
2013年1月16日	2012年度国有林场林下经济先进单位	南阳市林业局
2013年11月	全省森林防火先进单位	河南省人民政府护林防火指挥部
2013年11月	全市森林防火工作先进单位	南阳市人民政府护林防火指挥部
2014年2月16日	2013年度国有林场危旧房改造先进单位	南阳市林业局
2014年10月10日	富精油树种北非雪松优良种源和定向培育技术引进获得科技进步一等奖	河南省林业厅科学技术进步奖评审委员会
2015年	《北非雪松引种育苗试验研究》荣获南阳市科技成果二等奖第三名。	南阳市人民政府
2019年	全市森林资源管理工作先进单位	南阳市人民政府

3. 县及县直部门荣誉

时　间	获　奖　名　称	颁　奖　部　门
1982年	先进党支部	桐柏县林业局
1983年1月31日	先进单位	桐柏县林业局
1983年1月31日	毛集林场派出所先进集体	桐柏县林业局
1984年	桐柏县公安战线团结战斗的先进单位	桐柏县公安局
1984年	积极率领职工进行两大文明建设的先进工会小组	桐柏县总工会
1985年1月30日	毛集林场派出所先进单位	桐柏县公安局
1985年2月8日	1984年开展“争先创优”活动先进党支部	桐柏县委组织部

时 间	获 奖 名 称	颁 奖 部 门
1987 年 2 月 15 日	1986 年开展“五四三”活动先进单位	桐柏县文明委
1987 年 7 月 15 日	毛集林场派出所文明单位	桐柏县公安局
1991 年 3 月 30 日	文明单位复查验收合格证	桐柏县文明单位建设指导委员会
1996 年 1 月 31 日	毛集林场派出所连续三年无违法无违纪基层单位	桐柏县公安局
1999 年 3 月 30 日	1998 年度安全生产先进单位	桐柏县安全生产委员会
2001 年 6 月	先进基层党组织	中共桐柏县委员会
2003 年 1 月	先进党支部	桐柏县林业局
2003 年 6 月 28 日	党支部先进基层党组织	中共桐柏县委县直机关工作委员会
2003 年 6 月 28 日	“五好”机关党组织	中共桐柏县委员会
2003 年 11 月	森林防火三等奖 奖金两万元	桐柏县人民政府
2004 年 6 月 25 日	先进党支部	中共桐柏县林业局总支委员会
2005 年 12 月	桐柏县第一批先进性教育先进单位	中共桐柏县委员会
2009 年 12 月 8 日	森林资源管护先进单位	桐柏县人民政府
2013 年 12 月	2013 年度护林防火工作三等奖，奖金两万元	桐柏县人民政府
2014 年 12 月	2014 年度护林防火工作三等奖，奖品森林消防摩托车三辆	桐柏县人民政府
2015 年 12 月	2015 年度护林防火工作二等奖，奖金两万元	桐柏县人民政府
2016 年 12 月	2016 年度护林防火工作二等奖，奖金两万元	桐柏县人民政府
2017 年 12 月	2017 年度护林防火工作二等奖，奖金两万元	桐柏县人民政府
2018 年 12 月	2018 年度护林防火工作二等奖，奖金两万元	桐柏县人民政府
2019 年 12 月	2019 年度护林防火工作二等奖，奖金两万元	桐柏县人民政府

二、发表的论文

时 间	名 称	单位或个人
1977 年 12 月 8 日	利用赤眼蜂防治马尾松毛虫的研究	毛集林场

时　间	名　　　　称	单位或个人
1978 年 10 月 8 日	马尾松毛虫防治样板林是如何建立起来的	毛集林场
1980 年 12 月 1 日	促进森林生态平衡、综合防治马尾松毛虫	黄金钧
1981 年 2 月 28 日	湿地松生长、开花、结实规律观察	黄金钧
1984 年	马尾松毛虫种群数量变动规律及其预测预报的研究	黄金钧、岳宏伟
1986 年 9 月 15 日	整顿出成果，改革见成效	李光钧
1987 年	《泡桐基因库建立与推广》	赵丰璞、王玉清
1990 年	《河南省国营桐柏毛集林场森林经营方案》	方明举、赵丰璞、李光均、王家田、高明丽等组织、调查制图编写
2008 年 8 月	《优质木瓜无公害丰产栽培技术》黄河水利出版社	朱新艳等参与编写
2012 年 5 月 25 日	《浅谈核桃栽培技术》山东省科学技术协会主办的《科技致富向导》第 15 期	郑国辉、韩涛、龚爱玲编写
2012 年 7 月	《湿地松育苗技术》吉林省社会科学院主办的《华章》杂志第 19 期	韩涛、龚爱玲、郑国辉编写
2012 年 7 月	《浅谈马尾松的育种与管理》四川省科技信息研究所主办的《技术与市场》第 7 期书刊	龚爱玲、郑国辉、韩涛合编
2012 年 8 月	《河南省桐柏高乐山自然保护区科学考察报告》黄河水利出版社出版发行	韩涛、郑国辉主编，副主编：龚爱玲、赵磊、李喆等
2013 年 3 月	《麻栎育苗技术》吉林人民出版社主办的（世界家苑）杂志第 3 期	李喆、赵磊
2013 年 5 月	《北非雪松育苗技术》四川省科学技术信息研究所主办的《技术与市场》第五期	赵磊、李喆
2014 年 11 月	河南科学技术出版社出版发行《河南高乐山自然保护区科学考察集》	叶永忠（河南农业大学教授）、王家田、韩涛主编，副主编：郑国辉、龚爱玲、景建华
2015 年 5 月	《木瓜枝接育苗技术》中国农业科学院特产研究所主办《特种经济动植物》第五期	朱广建、李全兴
2016 年 7 月	《河南省鸟类原色图鉴》郑州中州古籍出版社出版	龚爱玲参与编写
2016 年 8 月	《生态公益林管理之浅谈》中国兴川战略促进中心主办第八期	王文玲、朱广建

时 间	名 称	单位或个人
2016年10月	《如何发展林下经济之浅谈》环球新闻出版实业有限公司主办第十期	朱广建、王文玲
2017年7月	《桐柏树木志》黄河水利出版社	副主编 朱新艳

第四节 个人荣誉

（按获奖时间顺序排列）

雷胜芝 1964 ~ 1965年，被河南省林业厅评为全省林业系统学习毛主席著作先进个人。

黄金钧 1979年，松毛虫防治荣获南阳地区科技成果二等奖，奖金300元。

杨春茂 1980年10月6日，被豫鄂两省八县护林联防指挥部评为护林防火先进个人。

黄金钧 1983年1月，获得河南省人民政府颁发的全省农业劳动模范先进个人荣誉证书。

邢 重 1986年1月30日，被桐柏县政法委员会评为出席县劳模大会政法先进工作者。

桂景新 1986年2月28日，被中共桐柏县直机关委员会评为1985年度优秀共产党员。

王聚章 1987年3月，被南阳地区公安处评为三年严打战役先进工作者。

王聚章 1987年7月1日，被中共桐柏县直机关委员会评为优秀共产党员。

朱西献 1988年1月，在1986 ~ 1987年度工作中，荣获南阳地区林业会计报表一等奖。

孙长青 1988年2月16日，被中共桐柏县直机关委员会评为1987年度优秀共产党员。

王明庚 1988年12月，获得桐柏县薪炭林能源现状和营造技术的研究三等奖。

王明庚　1989 年 9 月，被河南省林业厅授予国营林场建设先进工作者。

王家田　1989 年 9 月，被河南省林业厅授予国营林场建设先进工作者。

韩富华　1989 年 12 月，被中共桐柏县直机关委员会评为优秀共产党员。

朱西献　1991 年 1 月，荣获 1989 ~ 1990 年度全区林业财务决算一等奖。

高明丽　1992 年 12 月 8 日，被河南省林业厅评为省级先进测报员。

王聚章　1994 年 4 月 23 日，被河南省林业厅评为 1993 年度林产工业及多种经营工作先进工作者。

刘 荣　1995 年 3 月 7 日，在九四年度工作中，被桐柏县总工会评为“赵春娥式女职工”。

王家田　1996 年 3 月，荣获共青团中央、全国绿委、林业部联合颁发的全国青少年绿化祖国先进个人荣誉称号。

朱西献　1996 年 4 月 12 日，被桐柏县总工会评为 1995 年度工会财务工作先进个人。

张永记　1996 年 7 月 1 日，在九五年“创先争优”活动中，被中共桐柏县直机关委员会评为 1995 年度优秀共产党员。

王家田　1997 年 7 月 3 日，荣获桐柏县人民政府颁发的 1996 年度全县食用菌开发“十大种植状元”称号。

王家田　1998 年 1 月 30 日，在九七年度林业系统两大文明建设工作中，被评为先进工作者。

张永记　1998 年 1 月 30 日，在九七年度林业系统两大文明建设工作中，被评为先进工作者。

刘玉强　1998 年 1 月 30 日，在九七年度林业系统两大文明建设工作中，被评为先进工作者。

李玉国　1998 年 1 月 30 日，在九七年度林业系统两大文明建设工作中，被评为先进工作者。

朱西献　1998 年 1 月 30 日，在九七年度林业系统两大文明建设工作中，被评为先进工作者。

门战帝　1998 年 1 月 30 日，在九七年度林业系统两大文明建设工作中，被评为先进工作者。

高永生　1998 年 1 月 30 日，在九七年度林业系统两大文明建设工作中，被评为先进工作者。

杨云洲　1998 年 1 月 30 日，在九七年度林业系统两大文明建设工作中，被评为先进工作者。

仝云东　1998 年 1 月 30 日，在九七年度林业系统两大文明建设工作中，被评为先进工作者。

李学义　1998 年 1 月 30 日，在九七年度林业系统两大文明建设工作中，被评为先进工作者。

王爱勤　1998 年 1 月 30 日，在九七年度林业系统两大文明建设工作中，被评为先进工作者。

王淑英　1998 年 1 月 30 日，在九七年度林业系统两大文明建设工作中，被评为先进工作者。

李素霞　1998 年 1 月 30 日，在九七年度林业系统两大文明建设工作中，被评为先进工作者。

仵文献　1998 年 1 月 30 日，在九七年度林业系统两大文明建设工作中，被评为先进工作者。

仵文成　1998 年 1 月 30 日，在九七年度林业系统两大文明建设工作中，被评为先进工作者。

甘献平　1998 年 1 月 30 日，在九七年度林业系统两大文明建设工作中，被评为先进工作者。

惠　林　1998 年 1 月 30 日，在九七年度林业系统两大文明建设工作中，被评为先进工作者。

刘付莲　1998 年 1 月 30 日，在九七年度林业系统两大文明建设工作中，被评为先进工作者。

吴亮枝　1998 年 1 月 30 日，在九七年度林业系统两大文明建设工作中，被评为先进工作者。

吴亮明　1998 年 1 月 30 日，在九七年度林业系统两大文明建设工作中，被评为先进工作者。

张丰林　1998 年 1 月 30 日，在九七年度林业系统两大文明建设工作中，被评为先进工作者。

马长东　1998 年 1 月 30 日，在九七年度林业系统两大文明建设工作中，被评为先进工作者。

张大胜　1998 年 1 月 30 日，在九七年度林业系统两大文明建设工作中，被评为先进工作者。

逯其才　1998 年 1 月 30 日，在九七年度林业系统两大文明建设工作中，被评为先进工作者。

朱桂霞　1998 年 1 月 30 日，在九七年度林业系统两大文明建设工作中，被评为先进工作者。

杨龙洲　1998 年 1 月 30 日，在九七年度林业系统两大文明建设工作中，被评为先进工作者。

谭玉辉　1998 年 1 月 30 日，在九七年度林业系统两大文明建设工作中，被评为先进工作者。

张永记　1998 年 7 月 1 日，在九七年“创先争优”活动中，被中共桐柏县直机关委员会评为 1997 年度优秀党务工作者。

王家田　1998 年 7 月 23 日，在全市首次大中专毕业生建功立业优秀人才评选活动中，被南阳市人民政府办公室评为优秀大中专毕业生。

王家田　1998 年 9 月，在河南马尾松松脂资源与采脂技术研究中，荣获河南省林业科技进步奖评审委员会颁发的科技进步二等奖第二名。

王家田　1998 年 11 月 10 日，荣获南阳市人民政府颁发的南阳市生物防火林带规划与营造技术应用研究工作科技进步二等奖第十三名。

朱西献 1999年3月，在1998年度工会工作中，荣获全县财务工作先进个人。

张永记 1999年7月1日，在九八年“创先争优”活动中，被中共桐柏县直机关委员会评为1998年度优秀共产党员。

王家田 1999年10月28日，在河南马尾松松脂资源与采脂研究中，获得河南省星火奖评审委员会颁发的科技技术进步二等奖第十五名。

刘玉强 1999年11月，河南省林业厅授予“国有林场建设优秀职工”称号。

仝云东 1999年11月25日，荣获桐柏县人民政府一九九八年度护林防火先进工作者荣誉称号。

韩 涛 2000年，获得南阳市林业局森林资源规划设计调查工作先进个人。

王家田 2001年1月10日，被豫鄂两省九县（市、区）护林防火联防指挥部评为先进工作者。

王家田 2001年6月27日，被中共桐柏县直机关委员会评为优秀共产党员。

张永记 2001年6月27日，被中共桐柏县直机关委员会评为优秀党务工作者。

韩 涛 2001年12月10日，获得南阳市林业局营林生产先进个人。

韩 涛 2002年8月10日，获得南阳市林业局1993～2002年设计、组织抚育间伐先进个人。

王家田 2003年3月，被河南省林业厅评为全省林木种苗工作先进个人。

仝云东 2003年6月，被桐柏县防非领导办公室评为先进个人。

张永记 2003年6月28日，被中共桐柏县直机关委员会评为优秀党务工作者。

韩 涛 2003年12月13日，被评为桐柏山护林防火联防区二〇〇三年度护林防火先进工作者。

张永记 2005年6月，在第一批先进性教育活动中，被中共桐柏县直机关委员会评为“五好”共产党员。

韩 涛 2005年12月，被评为桐柏山护林防火联防区二〇〇五年度护林防火先进工作者。

张永记　2006年6月27日，被中共桐柏县直机关委员会授予优秀党务工作者称号。

韩　涛　2006年6月27日，被中共桐柏县直机关委员会授予优秀共产党员称号。

朱西献　2008年3月，荣获桐柏县总工会颁发的2007年度工会工作先进个人。

赵　磊　2008年10月，在2008年度承担完成的“全国第七次森林资源连续清查”河南区域工作，经国家组织验收合格，获得河南省林业厅颁发的荣誉证书。

朱广建　2008年10月，在2008年度承担完成的“全国第七次森林资源连续清查”河南区域工作，经国家组织验收合格，获得河南省林业厅颁发的荣誉证书。

王家田　2009年12月，在河南省国土绿化事业中成绩显著，获得河南省绿化委员会颁发的河南省绿化奖章。

郑国辉　2009年12月8日，被桐柏县人民政府评为林业生态县建设工作先进个人。

王家田　2010年2月4日，被南阳市林业局评为优质苗术培育先进个人。

王家田　2010年2月4日，被南阳市林业局评为2009年度优质种苗培育先进工作者。

王家田　2010年2月6日，在2009年度ABT与GGR系列研究与推广工作中成绩突出，荣获推广获得国家林业局科学技术委员会颁发的二等奖。

王家田　2011年8月8日，获得南阳市人民政府颁发的板栗丰产栽培技术研究工作科学进步二等奖第一名。

韩　涛　2011年8月8日，获得南阳市人民政府颁发的板栗丰产栽培技术研究工作科学进步二等奖第二名。

郑国辉　2011年8月8日，获得南阳市人民政府颁发的板栗丰产栽培技术研究工作科学进步二等奖第三名。

龚爱玲　2011年8月8日，获得南阳市人民政府颁发的板栗丰产栽培技术研究工作科学进步二等奖第五名。

景建华 2011 年 8 月 8 日，获得南阳市人民政府颁发的板栗丰产栽培技术研究工作科学进步二等奖第六名。

韩 涛 2012 年 3 月 26 日，获得南阳市人民政府颁发的南阳楸树优良种质资源苗期测定、及早期选择研究二等奖第二名。

朱西献 2012 年 3 月 30 日，荣获桐柏县 2011 年度工会工作先进个人。

韩 涛 2012 年 12 月 14 日，获得南阳市委组织部、社会保障局、科学技术学会颁发的南阳市第八届青年科技奖。

郑国辉 2013 年 3 月 7 日，在桐柏县人民政府组织的“2012 年度‘三农’基本建设工作”考评中，获得林业工作先进个人。

赵 磊 2013 年 3 月 7 日，在桐柏县人民政府组织的“2012 年度‘三农’基本建设工作”考评中，获得林业工作先进个人。

王家田 2013 年 4 月，在植树造林、绿化祖国事业中成绩卓著，获得全国绿化委员会颁发的荣誉证书“全国绿化奖章”。

赵 磊 2013 年 9 月，在 2013 年全国第八次森林资源清查（河南区域）工作中，经国家林业局组织验收，调查成果符合国家规定的标准要求，获得河南省林业厅颁发的荣誉证书。

王家田 2014 年 3 月 7 日，在马尾松良种选育技术研究工作中，被南阳市人民政府评为科技进步二等奖第一名。

韩 涛 2014 年 3 月 7 日，在马尾松良种选育技术研究工作中，被南阳市人民政府评为科学进步二等奖第二名。

郑国辉 2014 年 3 月 7 日，在马尾松良种选育技术研究工作中，被南阳市人民政府评为科学进步二等奖第三名。

郑国辉 2014 年 3 月 28 日，被桐柏县林业局评为 2013 年度林业工作先进个人。

王家田 2014 年 10 月 10 日，获得河南省林业厅富精油树种北非雪松优良种源和定向培育技术引进科技进步一等奖。

韩 涛 2014 年 10 月 10 日，获得河南省林业厅富精油树种北非雪松优良种源和定向培育技术引进科技进步一等奖。

王　丽　2014 年 10 月 10 日，获得河南省林业厅富精油树种北非雪松优良种源和定向培育技术引进科技进步一等奖。

朱广建　2015 年 4 月，被桐柏县林业局评为 2014 年度林业工作先进个人。

韩　涛　2015 年 5 月 13 日，在北非雪松引种育苗试验研究工作中，获得南阳市人民政府颁发的科学技术进步二等奖第一名。

郑国辉　2015 年 5 月 13 日，在北非雪松引种育苗试验研究工作中，获得南阳市人民政府颁发的科学技术进步二等奖第二名。

赵　磊　2015 年 5 月 13 日，在北非雪松引种育苗试验研究工作中，获得南阳市人民政府颁发的科学技术进步二等奖第八名。

朱广建　2015 年 5 月 13 日，在北非雪松引种育苗试验研究工作中，获得南阳市人民政府颁发的科学技术进步二等奖第十名。

朱新艳　2016 年 3 月 2 日，在桐柏山区茶叶有害生物检测调查与优势种群研究中，获得南阳市人民政府颁发的奖励证书（二等奖）科技进步奖第二名。

赵　磊　2016 年 9 月，在 2015 ~ 2016 年河南省林地变更调查工作（省级重点工程项目）中，经国家林业局组织验收，调查成果符合国家规定的标准要求，河南省林业厅颁发了证书。

赵　磊　2018 年 11 月，在 2017 年河南省国家级和省级公益林落界（变更调查）工作中，经省级检查验收，落界（调查）成果符合国家林业局和省林业厅有关建设要求，河南省林业厅颁发了证书。

郑国辉　2018 年 12 月 25 日，被豫鄂两省十一县（市、区）护林防火联防指挥部授予 2018 年度护林防火工作突出个人称号。

朱新艳　2019 年 10 月 9 日，获得河南省林业厅颁发的茶小绿叶综合防治技术研究与应用科技进步二等奖第五名。

第十二章　六十年征程回顾

毛集林场筹建于1959年，是在桐柏县国社合作林场的基础上建立的。1958年，在党中央提出的全党全民办林业的号召下，桐柏县在固县周边造了万亩以上的国社合作林，国社合作林虽有规模但管理不善。当时在县城以西的陈庄已于1955年建立了国营林场，全称为国营桐柏县陈庄林场，全县荒山均划归该林场经营管理。经过4年的摸索、实践，各项工作已有了稳定良好的基础。

为了迅速扩大国营造林面积，1959年，经县人委研究同意，陈庄林场抽调景兴成、葛应保、彭双成、徐家快、王秀武等，到固县八一场设立县城东部造林点，并接管了国社合作林场。上级领导多次前往关心指导，在考察国社合作林场生产过程中，发现固县周边的地理条件好，适合种植马尾松、麻栎、刺槐等用材林，并且可以大面积连片造林，便商议增建国营林场，进一步扩大国有林区。于是县人委组织技术人员勘察测量，经反复论证后决定以毛集为中心，划固县、毛集、吴城、朱庄、回龙、黄岗六个公社的宜林荒山归属新建林场经营。随之由桐柏县人委报至河南省人民委员会，申请建立丘陵平原机械化林业试验林场。

同期，县委抽调副县长刘方贤、林业局局长卢和勇、干部高正祥和陈庄林场安排到固县建林点的景兴成、葛应保、彭双成、徐家快、王秀武等同志一起，到原毛集公社田木湾大队做新建林场的筹备工作。景兴成等接到通知后二话不说，挑着行李翻山越岭从固县林点经白马岭、大坡寨到达原毛集公社的田木湾大队部，租住在群众家里。11月，经县委安排，樊俊德同志从陈庄林场调任毛集林场副场长，主持全面工作。

在县委、县人委的领导和当地公社政府的支持下，各项工作顺利展开。在积极筹建工作的同时，组织当地民工和来自黄岗公社的民工队，在固县、毛集部分浅山区营造马尾松 2800 亩，为林场的长足发展建立了根据地。

一九六〇年

毛集林场是在党的社会主义建设总路线的光辉照耀下，在党中央提出的全党全民办林业和林业三化战略的号召下，1960 年 4 月由桐柏县时任县委组织部李部长到场宣布成立。场址设在原毛集公社田木湾大队部附近，全称为河南省国营桐柏县毛集林场。县委调时任月河公社副书记李良灿同志到毛集林场任党支部书记，樊俊德、陈本有、刘运成同志为支部委员。

初建场时白手起家，一切尚缺。在县委、县人委直接领导下，由副县长夏春荣主管，副县长刘方贤主抓，先后从各公社抽调合同工 29 人，留下在造林中表现突出、由老红军陈本有带领的黄岗公社自发组织的民工队 30 人，接受上级安排来自镇平三个水库周边淹没区搬迁过来的移民职工、家属 80 余人。队伍得到了壮大和发展，全场人口达到 137 人，其中：职工 79 人、干部 5 人、家属 53 人。全场有党员 4 人，团员 9 人，工会会员 17 人。上级党委对林场工作非常重视和关心，县委书记张立山、县长梁增运、副县长刘方贤，当地公社党委书记以及林业局卢和勇局长，曾多次到场或住场指导工作，对全场职工鼓舞很大，政治觉悟空前高涨，人人精神奋发，个个斗志昂扬，有力地促进和掀起了全场声势浩大、兢兢业业、扎扎实实的林业生产高潮。由于领导干部经常深入到实际工作中，倾听群众意见，关心职工生活，改进工作作风，鼓舞带动了全场干部职工建设林场的积极性，促使林业生产获得了全面丰收，实现林场良好开局。

一、营林生产

认真贯彻执行上级林业生产的方针、政策，在“以林为主、相应发展多种经营”的方针指导下，采取了长准备、短突击和集中优势兵力打歼灭战的办法，抓时间、抓季节、抓关键、抓组织、抓思想教育等方式，出色地完成了育苗 60.5 亩，造林 1772.5 亩，整地 1812 亩，幼林抚育 3940 亩，采种 11270 千克的可喜成绩。

二、开展多种经营

在“以林为主、以林养林、以事业养事业”的方针指导下，开展多种经营，逐步达到部分自给或全部自给。充分利用空闲余地开展农业生产，全年收入粮食3242.5千克，种植花生、瓜果、蔬菜，喂养马牛羊、鸡鸭鹅，结合林木抚育、割山草、拾柴17550千克，经济收入2506.22元。

三、政治、业务、文化三大丰收

在上级党委的正确领导下，林场党支部十分重视对全体职工的政治、业务、文化学习。利用生产空余时间，分别给职工上党课、团课，贯彻党的方针、政策，开展社会主义教育，宣讲林业的发展远景，努力提高职工爱场爱林业的积极性，树立以场为家的信心和决心。通过不断地思想教育，全场党员干部职工斗志昂扬，干劲倍增，生产效率明显提高。不少同志争做好人好事，如工人罗金友、刘荣安、门胜先等同志，看到场内缺工具、炊具、菜种菜苗等，主动拿出自己的给场里用。每个职工都订出了个人的红专规划。场里不但重视政治思想教育，而且还对业务文化学习也安排了足够的空间，全场职工团结在党、团组织周围，积极工作，要求进步，许多同志写入党、入团、入工会申请书，其中有12位同志被批准为工会会员，同时培养多名积极分子。在业务方面，部分同志学会了果树嫁接、育苗、造林、整地、抚育等技术规程，思想觉悟和业务水平不断提高。全场经常开展评比、检查站队活动，大家学、比、赶、帮，做到四见，即“见荣誉就让、见困难就上、见先进就学、见落后就帮”的四见运动，通过评比战队，选拔标兵，树立旗帜，从而涌现了很多的优秀人物和可钦可佩的模范事迹。年终评比中，罗金友等同志被评为先进工作者，成为全场学习的标兵。

四、建立健全组织、制定规章制度

根据生产需要把全场职工划分为一个生产队和营林、苗圃、综合三个排。为了搞好各项工作，经过全体职工讨论通过，制定了会议学习、评比检查、奖惩、请假、值班、职工福利、工具使用保管、伙食管理等规章制度。在党支部的统一领导下建立了场委、生活福利、学习、劳动竞赛、治安保卫、科学研究等委员会。根据工作性质和业务范围，妥善安排生产，定期检查计划，把任务分配到排、班及个人，坚持五天一评比，十天一站队，天天有提高，一天一变样。不断进行评功选模，开展排与排、班与班的劳动红旗竞赛，大家你追我赶，有力推动了各项生产快速开展。

五、自力更生兴建基础设施

在场领导的带动下，全场职工自己动手打土墙、拓土坯、盖草房、打水井、修水渠。大家干活不讲价钱，任劳任怨。在苗圃地抗旱保苗工作中，用水全部是靠人工一担担的从河里挑，不但生产效率低，而且杯水车薪难以保证苗木生长需求，急需修建机灌站抽水浇苗。但由于资金困难，无钱购买砖、石灰等材料。场里就号召职工自己动手修水渠，从毛集河内人工引水浇苗。在缺少资金和工具的困难条件下，大家发扬艰苦奋斗的精神，挖的挖、担的担、抬的抬，你追我赶挖沟筑堤。为了堤埂坚固，土法上马做木夯，几人一组抬着木夯喊着号子一起一落，一步步并排地前行，奋战四十余天，土筑引水渠顺利通水。

随着人员的增多，生活用水放在了首位。原来用水是洗菜去河里，烧茶、做饭到农村水井挑，遇到雨雪天用水极为困难，党支部决定自己打井。经过技术人员的勘察和听取大家的建议后，选址在场院内靠近厨房处。没有机械设备，就用木头做简易三角吊架，靠人力一锨一镢的挖、一筐一篮的吊，砌井用的石头是工人们从山上一块块捡来的。为防止夜里井内渗水影响工期，同志们就连夜换班干，提前完成打井任务，终于解决了用水难题。通过一年来全场上下的共同奋斗，各项生产设施渐渐完善，为下步的工作开展奠定了良好的基础。

一九六一年

随着祖国社会主义建设事业突飞猛进的高速发展和国民经济的持续跃进，给林业建设奠定了良好的物质基础。根据国民经济“以农业为基础、全党全民大办农业、大办粮食”的方针和中央指示的“调整、巩固、充实、提高”的精神，在上级党委和各级林业部门的直接领导下，通过整风整场和深入贯彻学习中共中央12条及省委15条指示，使全体干部职工政治思想觉悟普遍提高，为进一步搞好毛集林场林业生产创造了有利条件。在党支部的领导和干部职工的艰苦奋斗下，各项工作均取得了显著成绩。

一、坚持政治挂帅，注重思想教育

以党支部为中心，深入学习贯彻党的各项方针、政策，经常以林场发展远景和工人阶级远大前途等进行思想教育，从而使全场职工认识到搞好林场的重大意义，树立“以场为家，终身搞林业”的决心和信心，职工情绪高昂，争先进、做模范。如工人刘运成同志（共产党员），处处为林场着想，事事为大家服务，总是起早睡晚，上班在前、下班在后，不怕脏、不叫累，受到大家赞扬。群众反映说“刘运成是个好同志，劳动生产干劲足，他是我们的好榜样，决心向他学习当模范”。在他的带动下，涌现出了不少学先进的实例，如仵永祥、葛应保等同志也是如此，既能搞好自己分内工作又去帮助他人。在先进典型的带领下，全场职工政治思想觉悟普遍提高，大家都积极要求进步，使党、团、工会组织得到快速壮大，为林场增添了新生的骨干力量，有力地促进了林业事业发展。

二、以林为主，抓好营林生产

认真贯彻执行“以林为主、林粮并举、多种经营、综合利用”的方针，在全场掀起“造林、育苗、幼林抚育、苗木管理、林粮间作、农、林、牧、副业”等生产高潮。在以营造用材林为主的前提下，开展科学试验，大力发展速生丰产林、经济林、木本粮油等。全年造林2500亩，其中：用材林2100亩、经济林400亩。育苗106.4亩，产合格苗138万株。整地4000亩，其中：水平线带状整地2500

亩、鱼鳞坑整地500亩、穴状整地1000亩。幼林抚育3900亩，采种750千克。在搞好营林生产的同时，大搞林粮间作，全年收入粮食6256.5千克，发展养殖收入500元，割山草、拾柴收入1880元。改变了生产模式，改善了职工物质生活。同时，自力更生、白手起家盖房25间，职工住房得到保障，基本实现经费、粮、肉、油、菜、柴、草的“七自给”目标。

三、制定生产管理措施，加强劳动管理，提高工作效率

突出以政治教育为主，采取了基本工资加奖励和评工记分、按劳取酬、定额包工、超额奖励等办法，场对队包工定额，队对组实行分片包干，通过评比站队，开展劳动竞赛，从而出现了组组相争、人人对比，争工具、争积肥，争上游、争当先进的新气象。

四、制定完善的学习和生产规章制度

在贯彻学习中央12条、60条和省委15条政策以后，随着农村整风整社运动的开展，毛集林场也进入整场工作。在上级指导下，采取了一手抓生产、一手抓整顿，边整边改边生产的办法，通过整改从而使大家辨明了是非、提高了觉悟、加强了组织建设、改进了工作作风、促进了生产全面发展。全场出现了人人争先进 、事事有标兵的新局面。同时建立健全了生产、生活、财务、学习、请假、奖惩等制度。领导、干部划区包队，深入生产一线，和工人同吃、同住、同劳动、同商量，掀起“政治进食堂、干部下伙房”的热潮，从而鼓起了广大职工的劳动热情，提高了思想认识，明确了前进方向，增强了“以场为家、以林为业”的决心和信心，为搞好林业生产起到了积极的推动作用。

9月20日，根据南阳专属林场会议精神，毛集林场编写了《国营桐柏县毛集林场对贯彻和执行专林场场长会议实现“七自给”及今冬造林规划和行动情况》报告，报至南阳专员公署。10月4日，南阳专员公署林业局（61）林营字第37号《关于转发国营桐柏县毛集林场开展自给及今冬造林规划和行动情况报告的通知》，通知指出：“国营桐柏县毛集林场，对贯彻和执行专林场场长会议实现七自给及今冬造林和行动情况报告，我们认为计划是比较适时、细致、扎实的，同时也是可行的，为了交流这方面的经验，特附通知转发各国营林场参考学习”。专署林业局发出的通知，极大的鼓舞了全场士气，场属各单位按照规划部署，在县委、县人委以及场党支部的直接领导下，全场干部职工团结一心，克服困难，在大家的共同努力下，超额完成上级下达的各项任务指标，夺取了当年生产全面胜利。

一九六二年

在总路线、大跃进、人民公社三面红旗的光辉照耀下，全场干部职工深入贯彻“发展国民经济，以农业为基础，以工业为主导，农、林、牧、副、渔全面发展”的总方针，掀起了以速生丰产林为中心的采种、育苗、造林、抚育管理、林粮间作、多种经营的林业生产高潮。通过对中央林业政策十八条的学习讨论，在上级党委以及林业主管部门的直接指导下，林场规模发展迅速，取得了很大成绩，得到了县人委的支持、关怀和重视。县委葛书记、刘书记、王书记、李部长、夏县长、刘县长等，亲自到场帮助解决苗圃地经营、生产管理和办场的一切重大事情，专、县林业局领导经常派人到场检查指导工作，对全场干部职工鼓舞很大，纷纷表示要“以场为家、以林为业、终身献于林业事业”，有力的促进和推动了整个工作的顺利开展。

一、林权及林地规划确定

根据省林业厅规划方案和设计要求，在县人委和当地政府的支持协调下，毛集林场先期同毛集、固县、回龙三个公社的相关生产队，签订了《国有荒山宜林地边界议定书》。划分工作中，由于耐心对群众讲清政策，说明林地划分的目的、方法和意义，所以生产队根据自己荒山的多少，留足了自留坡、牧坡和集体坡以后，把剩余的所有大面积荒山划给了国家，明确了边界，订立了合同。据统计，毛集公社划为国家的有 4 万余亩，固县公社有 1.2 万多亩，回龙公社有 15 万多亩，总面积约 21 万亩。

为了便于施工和经营管理，林业厅规划院委派由 5 人组成的规划小组进驻毛集林场调查设计，根据面积分布、交通状况、行政区划、山脉、河流等自然地形，把整个林场区域划成若干个小区，绘制了毛集林场林权边界图。

按照上级提出的“以营造速生丰产林为主，适当地发展防护用材和经济林，并积极开展多种经营，实现经费、粮、肉、油、菜、柴、草等自给有余”的经营方针，制订了毛集林场（1962 ~ 1968 年）七年规划草案，为下一步林场生产和发展制定了具体目标。

二、林业生产

根据上级“以林为主，引育结合，勤俭办场，永续利用”的指示精神，积极营造速生丰产林，加强次生林的改造、培育，相应的发展果树和木本粮油经济树种。本着以乡土树种为主，积极引进外来树种的原则，采取有计划早安排、长准备短突击、抓季节定措施等一套行之有效的办法开展林业生产。

1. 造林 1895 亩，其中：用材林 1297 亩、经济林 598 亩。同时还支援群众造林 40000 株。

2. 育苗 80 亩。其中：针叶苗 25.5 亩、阔叶苗 54.5 亩。

3. 采种 2300 千克，挖采根条 2900 千克。

4. 幼林抚育 1730 亩，穴状整地 1000 亩。

三、多种经营

在国家连续几年遭受自然灾害的年代里，林场响应上级号召勤俭节约，克服困难，广开资源，增加收入，减少国家开支，支援社会主义建设。特别是在当时粮食指标低的情况下，如何达到多生产一些粮食，这是稳定职工思想，办好国营林场的首要问题。因而场成立了农业队，大搞林粮间作，当年收获粮食 9000 千克，油料 75 千克，蔬菜 15000 千克，养殖家畜家禽 35 头（只），总计收入 4460 元，基本保证了自给。

金秋时节，时任河南省副省长王国华一行驱车前往红色革命老区——桐柏视察，在南阳地区林业局局长陆鹏飞、桐柏县委书记葛敬禄等陪同下，来到毛集林场检查林业生产。县林业局局长卢和勇、陈庄林场场长胡志运等一同随行，在毛集林场党支部书记郑庭周、副场长樊俊德同志的引领下，视察了修建的沿河道路、河滩造林、苗圃管理、基础建设等。看到自己在革命年代曾经战斗过的地方，发生这样可喜的巨大变化，给予了充分肯定、鼓励和表扬。特别指出培育板栗、枣、桃树苗等发展多种经营的思路正确，是增加林场收入的好办法，并当场表态要向全省国营林场介绍推广毛集林场自力更生、艰苦创业开展“七自给”的先进经验，为毛集林场林业发展起到了积极的推动作用。

8 月 15 日，南阳劳动人事局分配来自南召鸭河水利工程队刘士贵等 15 人到毛集林场工作，全场总人口增至 182 人，其中：干部 11 人、职工 89 人、家属 82 人。

一九六三年

在党的八届十中全会精神鼓舞下，在1962年工作成绩的基础上，制定了1963年生产规划。在场党支部的直接领导下，加强政治学习，认真开展社会主义教育运动，广泛深入地学习党的八届十中全会精神和党的方针政策以及发展林业的重要意义。通过学习，使全场干部职工树立了“以场为家、以林为业”的事业心和责任感，以崇高的革命热情投身于林业事业建设的高潮中。

根据林场生产的需要，南阳市人民委员会劳动科，于6月、11月，分配王聚章等两批南阳市社会富余劳力和青年学生到毛集林场参加工作，全场职工总人数达到178人。

为尽快实现林业机械化，省林业厅分配给毛集林场一部南京—嘎斯汽车、东方红—54匹链轨拖拉机两台和机引五铧犁、机引缺口重耙各两架（如图），60匹马力柴油机两部，自购架子车三部，牛车一辆，其他各类工具基本齐全，为满足林场机械化生产奠定了基础。

一、林业生产

为加快绿化步伐，根据上级关于“以用材林为主，大力营造速生丰产林，相

链轨拖拉机

机引三铧犁

嘎斯汽车

应发展经济树种和外地树种的引进”林业发展方针，制定了生产规划。

1. 造林：拟订造林方案，按照“不调查设计不造林，不整好林地不造林，不速生丰产不造林”原则。经过踏察决定：在固县分区造林 800 亩、田木湾分区造林 1700 亩。其中：用材林 2300 亩、经济林 200 亩。

2. 育苗：拟订育苗方案，造什么林育什么苗，造多少林育多少苗。育苗 75 亩，其中：用材林 67 亩、经济林 8 亩。

3. 其他生产：完成整地 2500 亩，抚育 1500 亩，采种 1500 千克，建设机灌站一座，修建苗圃灌渠一条 1.5 千米。

二、开展多种经营

在搞好林业生产的前提下，发展多种经营增加副业收入，逐步达到“以林养林、以短养长、以事业养事业”的目标。本着先整地后造林的精神，大力开垦荒地、荒坡、荒滩（先种庄稼后栽树）80 亩，生产粮食 6000 千克，林粮间作 60 亩，产粮 3600 千克，粮食收入 1536 元，养殖收入 2500 元。为增创收入，毛集林场机灌站用于浇水的动力机，在不影响苗圃用水的前提下，又配套米面加工设备，对外粮食加工，以解决周围群众吃米面问题，年收入 3000 余元。

三、科学试验研究工作

1. 营造母树丰产林 200 亩，其中：马尾松 100 亩、刺槐 100 亩。

2. 培育优壮马尾松苗 0.5 亩，标准要求：苗高 18 ~ 25 厘米、地径粗 0.2 厘米。

3. 林粮间作 2.0 亩，进行不同树种、粮种、密度的对比试验。

四、基础设施建设

随着人员数量的增加，急需解决职工住房问题，经向上级申请，12 月 28 日，河南省南阳专员公署下发（63）署财字第 84 号《关于解决毛集林场住房问题的通知》：“经研究决定，将原专营毛集钢铁厂党委办公室后边 5 排共 48 间房转售给国营毛集林场，作价 39000 元，由毛集林场和钢铁厂直接办理产权转拨手续，所付价款由专林业局与专财政局一次结算付清”。按照专署通知，毛集林场积极与毛集钢铁厂取得联系，在县人委的安排协调下年底顺利交接使用。

随着林业生产发展的需要，决定在毛集公社毛楼大队关帝庙处，设置林区和苗圃基地。经与当地政府、大队、生产队协调，社员非常欢迎建立林区。11月19日，经多方协商一致同意，向老庄大队王庄生产队售出耕地45亩，作为林区基建和苗圃用地，林场按国家有关规定办理征用协议和补偿手续。

在林业生产中，由于各项工作成绩突出，得到了有关上级领导的关心、重视和支持。3月，南阳地区林业局营林科张科长从桐柏步行来到毛集林场指导工作，林场干部职工受到极大的鼓舞。

6月，县委书记葛敬禄坐马车专程来毛集林场了解考察林业生产，夜宿林场会议室。在场考察期间，副场长樊俊德昼夜相伴。为了首长安全，夜里不睡觉守在外间，真诚的善举感动了葛书记，直夸林场有这样忠诚踏实的领导，一定会把林场带好。并代表县委当场表态全力支持毛集林场各项建设，随时协调、帮助解决实际困难。领导的讲话稳定了人心，鼓舞了士气，对毛集林场的林业发展起到了积极的推动作用。

一九六四年

在上级党委、政府的正确领导和省林业厅、专、县林业局直接指导下，认真贯彻执行国营林场“以林为主、林副结合、综合经营、永续作业”的方针及中央提出的“种苗第一、质量第一、养护第一”的要求，深入学习毛主席著作和大庆油田职工革命化思想以及解放军政治工作经验，从而提高了全场职工的政治思想觉悟，促进了思想革命化，树立了“以林为业、以场为家”的林业事业心。大家精神饱满，干劲十足，全年造林、育苗、抚育等林业生产和基础设施建设全面丰收。

截至1964年底，全场总人口177人，其中：干部19人、职工158人。房屋179间，其中：瓦房72间、草房107间。汽车一部。动力机四部，其中：汽油机两部、柴油机两部，东方红–54型拖拉机三台，马车三辆，架子车三辆，自行车一辆，大小生产工具一千多件。牲畜十四头，其中：骡两头、马两头、驴三头、牛七头。经营范围有回龙、毛集、固县三个公社（其他公社还未进行）。为便利开展生产，场部下设固县、田木湾两个营林区和关帝庙、毛集、回龙、铁山四个营林点，全场工人分成营林队、苗圃队、农业专业队，各司其职，同步开展各项生产。

一、加强政治思想教育

随着上级调配和新招人员的增加，不同程度地出现了一些思想问题，尤其是来自南阳市区的青年学生思想矛盾相当突出。当时去南阳招工时介绍了毛集林场机械作业的美好前景，可是青年学生来到场区一下车，看到到处是满山的黄孛草、住的是茅草棚、睡的是土坯床，心理落差较大，当场就有人蹲在地上哭了起来。不到几天时间个别意志不够坚强的职工托词请假回家，一去不复返。针对这一现状，党支部以“树木先树人，思想要领先”为主题，展开面对面、一帮一谈心，倡导“以场为家，林业光荣，为革命植树，为人民造林”的人生观，编唱“告别母亲、背上行装、奔向山区林场；山上风雷当战鼓，我们的战歌多么嘹亮”的振奋人心的歌曲，共同描绘林场发展蓝图。一句句豪言壮语，一首首激昂奋进的歌曲，增强了广大职工献身林业的决心，坚定了为人民服务的信念。在“溜跑的是逃兵，留下的是精英”的感召声中，开展了林业生产大比武，争标兵、当模范的劳动竞赛。不少同志被评为五好职工、劳动模范、先进工作者。女职工雷胜芝同志在学习毛主席著作的运动中，获得河南省林业系统学习毛主席著作积极分子。并在河南省林业厅的组织下，分别到豫东的开封、豫西的卢氏、豫北的新乡等地巡回宣讲活学活用毛主席著作的先进事迹。

二、开展比、学、赶、帮运动

深入开展学习毛主席著作和大庆油田的“三老”“四严”“四个一样”和解放军的“四个第一”“三八作风”运动，从而提高了每个职工的政治思想觉悟，促进了思想革命化，增强了建设林场的信心，树立和发扬了“以林为业、以场为家”的奋斗精神。通过比成绩、找差距，掀起了区与区、队与队、人与人之间的大比大学竞赛高潮。全场职工个个精神饱满，干劲冲天。红卫林区通过学习提高了思想觉悟，干活时生龙活虎、歌声嘹亮、朝气蓬勃，好似一群下山的猛虎奋力争先。田木湾林区刘运成、张丰林，固县林区刘桂英、赵英才，毛集林区张学义、葛应保，回龙林区宋生云、苏付群等同志，起早贪黑、埋头苦干、忘我劳动、不计报酬，好人好事层出不穷。领导干部通过学习，工作比以前更深入了，如副场长樊俊德、技术员黄金钧、干部吴长运、党茂勤、翟凤祥等同志，在育苗期间与工人同吃同住，带头劳动。注重调查研究，密切群众关系，大大推动了毛集林场林业生产的快速发展，全场面貌发生了根本性变化。在支部书记郑庭周、场长卢和勇、副场长杨炳文、樊俊德等带领下，取得可喜成绩，各项生产任务顺利完成。

三、抓好营林生产，制定施工方案

1. 造林：根据国营造林的要求，按照“适地、适时、适树”的原则，在全场干部职工的奋斗下，造林 1125.5 亩。

（1）严格执行技术操作规程。为切实保质保量的完成各项任务，制订了年度施工方案，按照操作技术细则，认真做到不整地不造林，不蘸浆不栽植，强调质量第一，严格检查验收。

（2）集中优势兵力打歼灭战。根据毛集林场生产任务大、战线长、树种多、人员分散的特点，采取各点分植、重点突击，从而保证了造林任务的按时完成。

（3）分片包干，明确责任。为保证质量，在提高职工思想认识的同时，还采取了以营林区、队为单位，划山头，分片包干，明确责任，严格检查验收制度，并且做到了“起苗根系完整、细致分级、妥善包装运输”，认真掌握栽植技术，严把苗木质量关，大大提高了造林质量和成活率。

由于本场育苗技术不够成熟、土壤结构不良等原因，造成了出苗率低，不能满足本场造林需求，只有到外地调苗。有次当苗子运回时，正逢傍晚，天还下着雨，车辆无法进山，只好把苗子卸在沙子岗，离造林工地有七八里之遥。吃过晚饭，男女职工去沙子岗背苗子，雾锁山岭、天气阴沉、小雨沥沥，道路泥泞湿滑。干部职工背着蘸了泥浆的树苗，经雨水一浇，泥水雨水汗水浸透里外衣服，雨水淋得眼睛睁不开。当时，天气比较寒冷，在那个雨水、汗水、泥水交加的夜晚，职工们绕着山路转来转去，转了大半夜也找不到工地，同志们淋着雨、忍着泪，也没舍得丢弃苗子，直到天蒙蒙亮才回到驻地。就是这样艰苦，同志们没叫一声累，没说一句怨言，擦干雨水汗水又投入到紧张的造林生产工作中。在大家艰辛的奋斗下，保质保量完成了3500亩的造林任务。这种吃苦耐劳的壮举，充分体现了林业工人以场为家、艰苦创业、迎难而上、战天斗地的大无畏的林场人精神。

2.育苗：根据上级指示的“造多少林育多少苗，在哪里造林在哪里育苗”的精神。就近发展苗圃，经过2月份的充分准备，从3月10日到25日止，共育苗67.67亩。通过一年的精细管理，年产合格苗70万株，除供本场造林用苗外，还支援群众造林苗木2.5万株。

3.抚育：为了巩固造林成果，加快林木生长速度，在造林、育苗结束后，除留足苗圃管理人员外，组织充足劳力，大力开展幼林抚育工作。全年幼林抚育3800亩，其中：松土除草3300亩、修枝抹芽500亩。

4.整地：为提前打好造林基础，在8 ~ 9月份，利用农闲良机，采取了以雇用社会劳力为主，以生产大队为单位，在场统一领导下，按照规划要求，完成整地1874亩，其中：人工大穴整地1374亩、机械带状整地（穴面0.5米 ×0.3米）

500亩。

四、护林防火

在上级有关部门的协调下，毛集林场加入豫鄂两省八县护林防火联防组织。按照“三分造、七分管”的要求，加大对造林成果的管护力度。除分派专职干部管理和固定护林员巡视外，充分发动群众，密切群众关系，经常向林区群众宣传普及“森林保护条例”和“护林防火、人人有责”等林业法律法规，增强群众爱林护林意识。由于措施得当工作扎实，全年基本上未发生森林火灾及破坏林木的案件。

五、多种经营

本着“厉行节约、勤俭办场”的精神，处处精打细算，反对铺张浪费。在不影响主业的前提下，积极开展粮食、蔬菜、加工等生产经营活动，全年收入粮食5105.5千克，油料838千克，棉花178.5千克，各类蔬菜3亩，米面加工等其他各项收入共计15078.69元。

六、基础设施建设

为改变毛集林场住房不足、交通不便的状况，决定扩建职工住房和护林房，修筑林场场部到毛集街公路。9月，向省林业厅申请，决定沿毛集河边修筑田木湾至毛集简易公路5千米，并得到批准。在当地政府支持协调下，征收沿途河滩地并按规定办理相关手续。组织本场职工自己动手，打钎放炮、炸山劈石，大干三个月，年底便建成通行。同时，修建了关帝庙林区苗圃灌溉的拦河坝蓄水工程。修建过程中，虽然没有上级投资，缺少工具和建筑材料，但全场上下发扬自力更生、艰苦奋斗精神，没有石头自己炸，没有车运就靠人工，抬的抬、搬的搬、扛的扛。老党员刘运成带头跳入水中作业，夜晚主动留下看守工地，为年轻职工成长进步树立了榜样。同年固县林区成立，安排干部职工20人，在八一场建造职工住房10余间。

七、病虫害防治

为有效防治马尾松毛虫的发生和蔓延，在固县林区开展马尾松毛虫人工防治和药械防治相结合的综合试验，通过人工扑打和药物喷洒对比试验，提供了可靠数据和有效防范措施，奠定了毛集林场综合防治松毛虫的基础。

八、林地规划和建设

1 月 4 日，南阳专员公署为解决毛集林场育苗土地问题，下发（64）署办字第 1 号通知："为了适应桐柏山区林业建设的需要，决定将专署毛集钢铁厂院内礼堂以南、汽油库以北的 27 亩土地，拨给毛集林场作育苗地。具体由毛集钢铁厂和林场办理交接手续，其中群众借种的土地，待庄稼收割后交给林场使用"。在县人委刘县长、李县长的协助下顺利交接使用，随即毛集林区苗圃、机务队成立。

5 月 11 日，在固县政府协调下，征收魏岗大队八一场生产队土地 30 亩，作为育苗地，并签订征地协议和使用手续。同时，征收毛集公社田木湾大队田木湾生产队土地 158 亩为苗圃用地，根据国家规定办理相关手续和经济补偿证明。

7 月 25 日，河南省公安厅、林业厅下发《关于在国营林场建立公安派出所的联合通知》，批准毛集林场成立林业公安派出所。

8 月 18 日，桐柏县人民委员会下发《为扩大毛集国营林区划定山权界限绿化桐柏荒山的意见》（64）会林字第 5 号文件，重点提出："尽最大努力完成或提前完成全县绿化任务，继续贯彻'以国营造林为重点，全面发展造林事业'的方针，划出毛集、回龙、黄岗、朱庄、吴城、固县公社一部分生产队的宜林荒山，通过山权划分，连贯起来，构成国有林区，面积大约 35 万亩"。毛集林场按照上级部署和规划要求，在前期征收宜林荒山荒地的基础上，积极展开工作。在相关社队的共同参与中，经协商同意双方签订了宜林荒山林权边界议定书。经河南省林业厅勘察规划设计院实地测量、设计规划，绘制了林场边界作业图。

9 月 15 日，为方便场部与林区之间的联系，向省林业厅申报了《关于架设田木湾—固县林区电话线路施工计划》，全程 13 千米。

一九六五年

毛集林场属省林业厅直属场，在上级人事部门的安置下，先后有来自镇平移民、鸭河水利施工队、南阳市区社会青年和毛集钢厂、沙子岗牧场等外单位调来人员，共计175人。随着国家工业的发展需要，调出64人，场保留干部职工111人。其中：干部18人、工人93人。

根据上级指示，由省、专、县10位同志参加的联合工作组进驻毛集林场，从1964年12月17日到1965年1月20日共35天的时间，在毛集林场进行了社会主义教育整场运动，撤换了原班子，组成由地、县调配的新领导班子：安庆章同志（原南召县委书记处书记、县长）任支部书记兼场长、赵善元同志（原淅川县副县长）任副场长、刘凤英同志（原淅川县妇联主任）任固县林区主任、王长春同志（原大河公社副社长）任秘书、刘长青同志（原县公安局秘书股长）任派出所所长。派出所于7月正式成立开展工作。

在党支部统一领导下，建立场委会、学习委员会。场部下设两个营林区、三个作业点、一个机务队。采用固定工资与计件、计时相结合的形式，严格执行考勤制度，定时召开党、团、工会会议，制定各项管理规章，采取批评与表扬、奖励与处罚同步进行的措施，激励职工争先创优，在全场同志们的共同努力下，各项任务顺利完成。

一、营林生产

1. 造林：认真贯彻执行造林的各项技术措施，提前做好造林规划设计工作。本着“林权不确定不造、不规划设计不造、交通不方便不造、不整地不造、苗木不合格不造”的五不造精神，在施工前进行林地踏察，绘制施工样图。造林方法上采取带状和穴状相结合的办法，营造松、栎混交林，以减少病虫害的发生。根据几年来的摸索和实践，总结制定编写了技术规程：

（1）起苗前先行浇水，提苗前轻轻搓土，谨防伤根，然后分级蘸浆，用稻草包装，到达工地后再次沾浆放入筐或桶内，栽多少取多少。

（2）严格掌握“栽深、砸实、根伸直”的要求，栽植深度以苗木下部黄叶全部埋住为宜，砸时先远后近，先下后上，防止上紧下松根系悬空；封三次砸两次提一次苗。砸紧后苗木培土，以两手指夹着苗木，提不动为标准，即三封、两砸、一提苗。

造林是全场的工作重心，每年过罢春节，80% 的同志要到生产一线，炊事员等后勤人员也一起转到造林地，保障一日三餐和茶水等及时供应。20% 的人员留在后方，做好苗木供应、看家护场等工作，确保前方物资充足，职工安心生产。到前方去的同志，有民工雇民工，雇不到民工自己干。在牤牛洞至大檀山造林期间，吃住在葛老庄。为了节省劳动力上山栽树，场长安庆章亲自到厨房当炊事员做饭。吃饭时，副场长樊俊德总是最后一个到食堂，然后端着饭碗布置工作，饭后第一个背着工具带头上山。在领导的带动下，保质保量完成马尾松穴状造林 3535 亩的春季造林任务。

根据省委山区会议提出的“三年栽树、五年见林”的要求，采取植树、直播两条腿走路和多树种、长时间造林的办法，开展雨季造林生产。7 ~ 8 月直播马尾松 400 亩，一镢松造油松 450 亩。

2. 幼林抚育：7、8 月份是多雨季节，也是各种植物快速生长期，毛集林场抓住时机，开展幼林抚育 3280 亩。根据不同林龄进行松土、除草、施肥、修枝等，确保林木安全快速生长。

3. 整地：规划为人工块状整地和机耕全面整地共 6000 亩。其中：人工整地 3000 亩，机耕整地 3000 亩。主要集中在固县林区，机耕整地 3000 亩、人工整地 2330 亩；田木湾林区，人工整地 500 亩；毛集河杨树地 100 亩；红卫林区和田木湾桃园地共 70 亩。

二、苗圃生产和病虫害防治

1. 育苗 101.15 亩。为保证造林苗木充足，狠抓苗圃管理，固定 45 名工人，对 101.15 亩苗圃进行松土除草、间苗抹芽、封根培土、施肥补苗、防洪排涝等管理，从而保证了幼苗正常生长。7 月中旬，发生了建场以来特大洪涝灾害，苗圃地被冲淹。22 ~ 23 日，全场干部职工在抗洪排涝中，不畏艰难，冒着酷暑苦战两天，从洪水淹没的泥沙中，扒拢出 200 余亩 3500 株幼树，展现了林业工人不畏艰难的敬业精神和主人翁的光辉形象。

2. 病虫害防治 600 亩。在固县林区采取人工扑打和药物防治相结合的方法防治马尾松毛虫，在轻微受害区用自己做的竹夹扑捉幼虫，重灾区用器械喷撒六六六粉剂。在果树管理上，采用“天牛幼虫孔道注药”的措施进行治理，取得明显效果。

三、开展科学实验

在科学研究工作中，对造林、育苗、防治病虫害等制定具体操作方案，建立卡片。

1. 在造林方面，以五不同（不同整地、不同时间、不同等级苗木、不同土壤、不同龄期的苗木）为内容的实验研究。

2. 在育苗方面， 对种子消毒、不同播种期、立枯病防治、调整茬口等进行分类实验。

3. 开展对马尾松育苗、立枯病防治、造林最佳时间等进行专门课题的实验研究。根据调查数据绘制松毛虫虫口密度调查和药物防治对比实验表。

4. 开展松毛虫防治实验。通过系列实地实验，掌握了第一手的科学研究资料，为今后优化生产提供了技术支持。

四、基本建设

架设毛集至固县电话线 13 千米，修林区道路两条 4.5 千米。在田木湾林区三

固县林区护林房

铁山林区护林房

脚架建造护林房3间、修浇水灌渠一条600米、打饮用水井一眼；固县修河坝100米、建护林房5间（如图）；铁山林区成立（如图），安排职工3人，掘山平地5亩、改田1亩、掘石块2万余千克、修拦河坝一座；在回龙建造了职工宿舍。

五、护林防火

在护林防火工作中，场成立护林防火指挥部，安排专职护林员3人。共产党员葛振生同志积极响应场里“向山区进发，扎根林区护好林”的号召，携家带口住进了田木湾林区三脚架茅草搭建的护林棚，当起首任护林员，给其他林点护林工作起到了积极地带动作用。同时，开割防火道2千米，设义务护林员75人，制定了群众性护林防火公约。动员群众共同参与，实行大队包生产队，生产队包社员，家长包小孩，责任到队，分片包干负责的办法，使护林防火成为了群众性运动，有效预防了森林火灾的发生，在豫鄂两省八县护林防火会议上被评为先进单位。

六、开展政治学习和劳动竞赛

在开展学习运动中，成立学习小组，制定学习制度。学习活动中注重表彰先进，树立样板，创建比、学、赶、帮、超活动，充分发挥共青团、民兵、工会、妇女等组织核心作用和骨干作用，推动全面形成浓厚的学习氛围。在开展政治学习和思想教育过程中，抓住活思想、树立活样板，开展劳动竞赛，表彰先进人物。在日常工作中，经常学习雷锋、王杰同志的英雄事迹，好人好事层出不穷。如葛应保同志在街上拾到一个钱包，内装两丈布票两元钱，主动送归失主；景兴成同志在收工途中看到路上有粪，就用自己的衣服包起带回场里；王文武同志星期日不休息给同志们修鞋；女工孟凡琴同志虽然在病休中，但仍主动帮同志们洗衣服等等，涌现出许多先进典型。全场职工计111人，年终评奖56人，受奖人数占总职工人数的50%。7月份，省、专检查中被评为先进单位。

为改良苗圃土壤结构，全场开展积肥运动。场长安庆章同志带领职工带头拾粪，樊俊德副场长经常到一线参加生产，言教与身教相结合，教育和带动了职工的工作积极性。工人们树立以“为人民拾粪就是支援国家建设，完成任务就是无尚光荣”的革命精神，起早贪黑，不怕脏，不叫苦，向荒山野岗要肥料，争先恐后当标兵，跨越了方圆25平方千米以内的荒山野岭，为65亩苗圃地储备了57.5万千克的肥料，积肥工作受到了省厅表扬。

在打井工作中，场长安庆章不畏危险下井劳动，在他的带动下，不少职工在寒冷的冬天，穿着裤头赤着脚，在水里连续几个小时不换班。刘全山、段长庆等同志还通宵坚持在打井工地，毫无怨言，苦战半个月打出一眼井，用上了自来水（如图）。

1月15日，经场班子研究，制定了《毛集林场基本建设设计书》。

12月31日，南阳专员公署劳动处、林业局经研究请示省林业厅同意，从南召县乔端林场调出10名工人到毛集林场工作。

原林场场部自来水塔

一九六六年

在全国掀起轰轰烈烈的“文化大革命”高潮中，2月21日，河南省林业厅下发了《关于向焦裕禄同志学习的通知》，号召全省林业战线的全体职工，迅速地开展向焦裕禄同志学习运动。毛集林场干部职工积极响应，认真学习《河南日报》发表的“县委书记的榜样——焦裕禄”的报道和《人民日报》、《解放军报》等有关社论。在焦裕禄同志的革命精神鼓舞和场班子成员的带领下，边学习边生产，抓典型树样板，掀起一个你追我赶、热火朝天的竞赛高潮，各项任务顺利完成。

一、突出政治

毛集林场认真贯彻执行党中央的指示，活学活用毛主席著作，学习“老三篇”，改造世界观，参加“文化大革命”的政治活动。通过开展阶级斗争、生产斗争、科学实验三大革命运动，不断促进职工思想革命化，牢固树立无产阶级人生观和“以林为业、以场为家”的事业心，以雷锋、王杰、焦裕禄等为榜样，发扬不怕苦、不怕累，一心为革命的奋斗精神，促使林业生产迅速发展。

植树锹

二、林业生产

1.造林：为了提高造林工效、减轻劳动量，场长安庆章同志利用春节假日期间，带领职工到南召县乔端林场学习使用植树锹（如图）造林新方法，回来后进行了植树工具和造林方式的改革，改镢头造林为植树锹造林。我们以往造林方式比较落后，需两个人合作，一个人用镢头前面刨坑，一个人用手在后面放苗封土，前面回过头再用镢头夯实，再封一层虚土，工序才算完成，费时费力，两个人一天只能栽 300 ~ 500 穴。使用植树锹一个人单独作业，一人一天能栽 600 穴。技术熟练工一天能栽 800 ~ 1200 穴，功效提高 2 ~ 4 倍。每亩栽植成本（以 300 株计）由过去 1.8 元降低到 0.37 元，既轻松省时又节约了成本，而且苗子经过蘸上泥浆后，树根可以直接坠入树穴底部，减少了窝根现象的发生，提高了造林成活率。我们在引进和使用过程中，又在植树锹尖顶部加个三角铁，一是降低了木质锹体同土壤接触的摩擦系数，延长了植树锹的使用寿命，二是在栽树过程中用力往下摁，可以加深树窑 1 ~ 2 厘米以上的深度，弥补了个别树穴在整地时深度不达标的缺点。

老寨山造林期间，安场长带领职工吃住在山上搭建的工棚内，男女一样，各自包片，互不示弱。由于山高草深，大白天的就有狼卧在山头石板上望着人群。女同志每天都胆战心惊地工作，但没一人逃离工地，和男同志一样坚持完成分配的任务。当时，山高风大天气寒冷，晚上气温更低，同志们睡觉把雨衣搭在被子上御寒，早晨起来掀开雨衣，被子表层像洒过水一样，手一碰水成滴。“白天狼声嚎啸，晚上潮水裹身”是当时真实的场景。

为了表彰和鼓励先进，坚定和增强职工的意志和斗志，在施工工地开展了比、学、赶、帮、超运动，把流动黑板报带上山，办起了工地快报，抓先进典型。王聚章带领的小组被选为样板标兵，组织大家参观学习，相互交流经验。坚持政治学习、生产劳动两不误，开展业余文化生活，进一步激发了职工不畏艰难的豪情壮志。大家纷纷表决心、立志愿，主动把定额每天 300 穴的造林任务提高到 600 穴，刘全山同志达到 700 穴以上；赵永先同志在抗旱造林中，将水挑到 60 多米高的山坡上，一天 48 担毫无怨言；张学建同志年少志强，在老寨山造林脚受伤了，疼痛得难以站立，同志们劝他休息，他说：“我跪着也要完成任务”；苏付群同志在大石头上写着“老寨山顶峰，造林逞英雄；不怕苦和累，一心为革命”；不少同志发出“为人民造一辈子林，为革命栽一辈子树”的豪言壮语。

造林期间，恰逢冬春之交，乍暖还寒，恶劣天气时常出现。有一次，天气突变飘起了漫天雪花，瞬间山头被茫茫的大雪蒙盖。若大雪封山，职工有被困山上的危险，领导动员同志们立即下山。当下山的同志和上山送给养的同志相遇时，因相互之间看不清，就大声问：“大伯，去关帝庙，往哪走呀？”，双方搭话后都开心的哈哈大笑起来。多年来成为新、老工人茶余饭后的笑谈。

分工主抓后勤的副场长赵善元，为配合好前线造林生产，带领苗圃组不分昼夜，白天起苗、分级，晚上提着马灯、打着手电，蘸浆、包装，五更运苗，天不亮送到工地。程志广、黄中立等后勤组也积极跟上，提前整理好必用工具，只要前线需要就及时送到工地。

2. 育苗：造林一结束，全场 116 人全部投入到育苗工作中。8 天时间，同时在固县、红卫、田木湾林区育苗 70.31 亩 。

3. 其他生产：全年完成幼林抚育 8230 亩、整地 1535 亩、新建和维修职工住房 199 间、修建田木湾林区灌渠过水涵道 370 米。同时还进行了马尾松直播试验和红松、马尾松育苗试验。

三、建设营林村

根据中国共产党林业部党委关于《在国有林区建立营林村的决定》和省林业厅的指示，8 月 24 日 ~ 9 月 15 日，毛集林场派人参加了省厅组织的参观组，到黑龙江省小兴安岭，参观了带岭林业局的红星营林村和南岔林业局的大青川营林村。通过参观学习收益很大。根据上级精神和要求，经过认真讨论，计划在毛集林场分批建立六个营林村、一个苗圃队。同时申报固县林区为苗圃队，毛集红卫、铁山两个林区（职工、家属）和回龙公社郭庄大队顾老庄生产队、杨集大队周大庄生产队、回龙大队陈老庄生产队、黄楝岗大队中心庄生产队为营林村的报告。第一批是固县林区（6 户、21 人）作为试点先行开展，此项规划因诸多原因影响而未能实施。7 月 16 日 ，为方便造林与管护，向省林业厅申请设立回龙榨楼林区。

四、生产经营方案

10 月 15 日，根据“以林为主，林副结合；综合经营，永续作业”的方针和上级业务主管部门的要求，制订了切合毛集林场实际的（1966 ~ 1970 年）五年生产经营方案。

一九六七年

随着“文化大革命”运动的深入开展，毛集林场和全国各地一样，也在轰轰烈烈地进行着。在毛泽东思想指引下，在“抓革命、促生产”的十条规定（草案）的推动下，掀起活学活用毛主席著作的革命运动和大力植树造林的生产运动新高潮。毛集林场为加强对学习毛主席著作的领导，除了场生产委员会要大力抓学习毛主席著作外，又成立了由生产班子、民兵组织、文革小组、学习辅导员分别选出代表参加的7人组成的学习委员会，专门抓学习毛主席著作工作，坚持一、三、五学习，二、四、六搞生产的学习制度，及时表扬好人好事，树样板、立标兵，争做活学活用毛主席著作的表率。

在党支部的带领下，全场职工纷纷表示一定要把各项工作搞得更好。各队争先恐后，明确任务，制定措施，分工负责。开展比干劲、比功效、比为群众做好事、比钻研技术、比发明创造的劳动竞赛运动，在“学习老三篇，改造世界观”的号召下，边学习边生产，林场取得了学习改造、生产经营双丰收。

一、营林

1. 造林：根据人力、物力和整地面积计划，分春冬两季造林。春季在牤牛洞和大檀山之间完成马尾松一镢松造林3535亩，冬季在葛老庄林班大檀山点麻栎1700亩。期间，实行分组生产，男女搭配三人一组，每人每天20千克点播任务。职工住在红卫林区关帝庙，离大潭山三四千米，60千克种子，男的换着挑种子，女的背着工具、水壶、干粮紧随身后。有的没有搭上组的职工，为操作方便，用裤子装种子扎着裤脚挂在脖子上，自挖穴自丢籽。在十分艰难的条件下，大家忍着泪、流着汗、咬着牙完成每天的任务。为了确保种子出苗率，防止野猪夜里出没，男同志分组值班，在林地内敲锣打鼓、点火把，来往巡护，创造了麻栎造林一次成功的奇迹。

2. 整地：根据上级分配的任务，在榨楼、红卫、铁山林区整地2200亩，回龙林区1500亩，下余1535亩采取随整随造的办法直播麻栎。回龙林区周围宜林荒山面积达 27530 亩，其中枣树庄林班宜林地集中连片，土壤适宜，但战线长，山高坡陡，交通不便，生产难度大，进度迟缓，下达任务无法按时完成，生产、生活、管理受到影响。经向省林业厅申请批准，在陈老庄生产队建立了枣树庄营林点。

整地期间，当时天气炎热，土壤干结，挖穴很费力气，再加上是新建林区，吃住条件差，有些同志当时产生动摇情绪，领导就带着问题组织大家一起学习“为人民服务”和“愚公移山”两篇文章，并开展座谈交流提高思想认识，从而激发起同志们完全彻底为人民服务的思想和完成任务的决心和信心。从而在整地过程中个个精神饱满，干劲十足，按时按量完成了任务。

二、育苗

育苗是造林之首，本着“造多少林育多少苗，造什么林育什么苗”的精神，全场育苗 32.44 亩。为了培育优质高产的苗木，严格遵循以下技术规程：

1. 在选择土层深厚、集中连片的地块上，细致整地捡出杂草和石砾，先用十齿耙子全部耙一遍，然后用划畦器划出一畦畦的行线，按线打畦做床（如图），用木拍板抹平夯实。

播种育苗

2. 为了便于松土除草、施肥管理、充分接受光照和通风，育针叶苗多采用棋行条播，播后立即用筛沙器边走边过滤少带土性的细沙覆盖（如图），再用抚沙器将沙抚赶均匀，然后用镇压器镇压一遍，使种子与沙土紧密接触。

3. 播后苗子从出土到脱壳必须有专人看管，以防鸟类啄食种壳，在此期间经常浇水，保证水分供应。

4. 在幼苗出土达 50% 时，即用 0.5% 的硫酸亚铁溶液喷洒一遍，喷后用清水冲洗，防治立枯病。

5. 松土除草，本着“除少、除早、除了”的原则，在草少、草小时就实行清除，松土以不伤根为宜。

三、科学试验

在苗圃管理同时，开展了科学试验。根据科研项目要求，对 5.37 亩阔叶树苗普遍进行了抹芽和除草对比试验，对 26.47 亩针叶树苗的松土拔草、施药防治病虫害、浇水灌溉、追施偏心肥等，采取不同的样地处理，试验达到了预定的目标。

四、抚育

完成抚育 10000 亩，其中：幼林抚育 9800 亩、成林抚育 200 亩。根据当年林业生产任务，在集中力量搞好造林工作的前提下，分期进行次生林改造，总计完成 4000 亩。

五、种子采收

从 10 月下旬到 11 月中旬，采取自采与收购相结合的办法完成采种任务，共计自采马尾松种子 250 千克，橡子 10000 余千克，收购黑松种子 200 千克，保证了种子自足。

六、护林防火

充分发动群众和依靠群众，建立义务护林队伍，宣传引导广大群众对护林防火的认识，整顿健全林场护林队伍。要求做到“五个好”，即毛泽东思想宣传好、斗私批修开展好、林业政策执行好、护林队伍组织好、革命生产两不误，各项任务完成好。根据管护需求，各林区均有固定专职护林员，在林区内的 78 个生产队，均有义务护林员，群众性的护林队伍逐渐形成。

七、多种经营

在搞好林业生产的前提下，组织农业生产，增加额外收入，加强职工的生活管理工作，保证职工身体健康。

1 月，副场长赵善元同志调南阳地区国社合作林总场任副场长。

6 月 28 日，经桐柏县抓革命、促生产第一线指挥部批准、桐柏县人事劳动部门同意，接收省林业厅、省水务厅介绍的信阳专区淮滨县船工 38 人，签订一年合同，期满后部分人员留下加入了毛集林场林业建设队伍。

一九六八年

根据毛主席“抓革命、促生产”的指示和中央提出的“实现无产阶级革命大联合”的精神，在上级革命委员会领导和关怀下，林场成立了革命委员会，王长春任主任，左丰良、刘全山任副主任。

按照省、专、县林业规划和目标任务，全场召开干部职工育苗、整地、造林动员会，掀起林业生产新高潮。根据生产需要，将人员分为苗圃、营林、后勤三个队，除各林区后勤人员外，集中精力到回龙稻草坡、歪头山整地、造林。为了生产、学习两不误，各林区人员白天生产，晚上步行几十里回到场部参加政治学习，第二天凌晨赶回，不误上班。通过两手抓，全场职工思想觉悟大幅提升，生产积极性普遍提高。出现了“集体活抢着干，任务活坚决干，义务活找着干，同事活帮着干”的新气象。在前线同志们的带动下，炊事员为减少来回吃饭时间，一头稀饭一头馍直接挑到工地，既节省了时间又减轻了同志们往返的体能消耗，受到了大家的赞扬和领导的表彰。

一、造林

歪头山造林点海拔600余米，山顶栽黑松、中部点橡籽、下部植马尾松。这里山高路险，杂灌丛生，职工们饿了啃凉馍，渴了就喝坑里的水。为鼓舞士气，宣传小组编写诗歌“五十天奋战在山岗，荒山野岭当战场；人人心怀英雄志，誓将荒山换新装”。响亮又豪迈的口号，进一步激发了同志们克服困难、力争上游的热情和决心。在场班子的领导和职工们的努力下，完成造林3022.8亩。

二、育苗

育苗80.5亩，其中：固县林区13亩、田木湾林区59亩、毛集林区7亩、红卫林区6亩。主要树种为马尾松60亩、油松5亩、杨树2亩、刺槐3亩、花椒5亩、软枣、棠梨各1亩。

三、以林为主，开展多种经营

通过深入开展学习毛主席著作活动，在突出政治、搞好生产的前提下，依靠群众，自力更生，艰苦创业，勤俭办场，农林牧副全面发展。收获粮食 15599 千克，割山草、养猪、加工等收入 22988 元，取得革命生产双丰收。

10 月 15 日，根据国家工业发展的需要，经上级批准报省林业厅备案，原建在毛集铁矿区的铁山林区苗圃，撤出并入田木湾林区，所经营土地 47 亩、住房 10 间，全部转交给信钢毛集采矿厂，并办理了相关交接手续。

一九六九年

随着“文化大革命”运动的结束，林场在上级革委会的领导下，各项工作逐步恢复正常。为了积极响应毛主席“抓革命、促生产、促工作、促战备”的伟大号召，组织全场干部职工，开展了林业生产大比武、大竞赛、夺红旗、争标兵活动。除苗圃、后勤留守人员外，大部分人员集中投入到榨楼林区的整地、造林生产中。

一、造林

完成造林3254亩，其中：枣树庄林区1324亩、榨楼林区1930亩。榨楼林区东临信阳、北接确山，主峰祖师顶海拔712.5米，山高坡陡，杂草丛生。造林期间，每天都是上山趟露水，下山滴汗水。有的女工们生理期期间仍不休息，下身渗透不叫苦，擦干委屈的眼泪和辛勤的汗水，照样和男同志一样奋战在高山沟壑的造林工地上。恶劣的环境和艰苦的条件没能压垮同志们的斗志，大家不畏艰难，激情高昂的唱着自编的“此山是我开，此树是我栽，摩天岭（祖师顶）树是我们造起来”的豪迈歌曲，以“为革命造林、为人民植树”的坚定信念和大无畏的革命精神，你追我赶，争先恐后，提前完成了当年的造林任务。

二、整地

秋冬时节，组织民工分别在榨楼、稻草坡、双头山完成整地3000亩。

三、育苗

育苗82.5亩，其中：红卫林区10.5亩、固县林区10亩、田木湾林区60亩。

根据国家工业建设的需要，信阳钢铁厂、桐柏县革委会决定扩建毛集采矿厂，将铁山林区耕地78亩划拨给采矿厂使用，双方办理了土地移交手续。

10月9日，在专、县、社联合工作组的协调下，将林场毛集林区苗圃用地15亩（因土壤板结、运程太远征而未用），租借给湖山大队菜南生产队，所有权仍归毛集林场所有。后因诸多原因该土地未能收回而流失。

一九七〇年

在以毛主席为首的党中央英明正确领导下，毛集林场经过三年多“文化大革命”的战斗洗礼，广大革命职工的阶级觉悟、路线斗争觉悟大大提高，一个“赛革命、赛团结、赛进步”的活动普遍展开。全场干部职工响应上级号召，积极开展政治学习和劳动竞赛活动，成立了领导、工人、技术人员三结合的指导小组，轮流到生产一线检查验收，抓典型、树样板，开展比、学、赶、帮、超竞赛，调动了职工积极性和创造性，制定切合实际的人员调配和生产规划。实行封山育林，健全防火制度，加强果树管理，做好病虫害防治，加强劳动纪律，建立健全考勤制度。搞好职工生活，保障菜粮自给。

一、林业生产

根据林业生产季节性强、生长慢、战线长、不易管理等特点，制定了“破三关，打三战”的技术要点，即大破育苗关：年年育苗，常备不懈，打常规战；栽树上：长准备、短突击、集中力量打歼灭战；管理上：栽上就管、管防结合，打持久战。

同时，提出“四好目标”，即备好是前提、种好是基础、管好是关键、活好是保证。形成了一系列的管理方法和措施，为下一步林业生产的开展奠定了基础。

1. 按照上级分配的指标，育苗 31 亩，其中育马尾松 22 亩、油松 8 亩、梨苗 1 亩。为改良苗圃土壤，积绿肥 150 万千克。

2. 造林 5000 亩。马尾松 2000 亩，其中：大龙沟 500 亩、三道庙沟 800 亩、稻草坡 700 亩；直播麻栎 3000 亩，其中：红卫 2000 亩、田木湾 300 亩、固县 400 亩、铁山 300 亩。

3. 采种 23000 千克，其中：马尾松 350 千克、油松 150 千克、麻栎 22500 千克。

4. 标准整地 10000 亩。

由于整地任务大、时间紧，陈楼林区丘陵岗坡用拖拉机犁耕，山中部以上挖鱼鳞坑，总计完成 6000 亩。稻草坡林班山高坡陡，全部人工整地，上部挖鱼鳞坑，平坦地势沿水平线环山带状整地，总计 4000 亩。为了赶时间，大面积任务靠雇民工来完成。对民工实行计件付酬，民工工地与工人住地相距少则三五里，最远处往返有二三十里。为确保整地质量，强化对民工管理，一个施工员负责 20 ~ 30 个民工，20 天或 1 个月达到集中连片要求时，进行查点数量，验收一次就是半边山。为保证验收数量精准，带工员一穴一穴的挨个点，口中查数要唱出声，民工在后边紧跟着听，监督带工员在唱数中是否漏报或误报。在实践过程中，大家总结出查穴顺口溜，即“丢树叶、踩脚印、查够一百薅截棍”。用简单可信的方法保证了整地数量的精准，形象地凸显了带工人员脚踏实地的工作场景、一丝不苟的工作作风，真实的反映了林业职工不畏艰难的敬业精神。

5. 幼林抚育 10500 亩，其中：松土除草 10000 亩（回龙 1500 亩、红卫 2500 亩、田木湾 2000 亩、铁山 2000 亩、固县 2000 亩），修枝抹芽 500 亩（固县 300 亩、田木湾 200 亩）。

二、护林防火

全面实行封山育林。在幼林区设置禁区，禁止放牧、修枝、砍柴、烧荒、挖药等人为活动。建立健全护林防火制度，加强护林人员的政治思想教育，举办业务知识培训班，力促每个人既要做好护林员又要当好林业政策的宣传员，与当地群众搞好关系，订立护林防火公约，协调做好林区防火防盗工作。

三、病虫害防治工作

一是加强全面排查，发现虫情及时上报；二是积极采取预防措施，出现虫情及早施药。三是自力更生，创造条件，做好病虫害防治的科学试验工作。

1970 年，桐柏县境内的树木发生了大面积虫灾。毛集林场马尾松林也遭受到松毛虫害，犹如火烧过一般，严重影响了树木的正常生长。鉴于这种情况，毛集林场积极向上级汇报，在上级的关心和支持下，在全县范围内开展了飞机喷洒农药防治工作，有效地控制了松毛虫害的持续发生和蔓延。

在飞机防治装药过程中，一架次需装数吨六六六粉剂。飞机到达前要将药袋一字排开，用镰刀把装满农药的桑皮纸包装袋子割开，飞机一着地要迅速把梯子推到飞机跟前，四五个人依次站成人梯，一袋一袋往飞机顶部传送。若站在梯子上边的人稍有不慎，抓破或接歪开了口子的农药袋子，站在下面的人就会来个顺头泼撒，浑身上下撒满六六六粉。为防止农药中毒，上岗前还必须把自己裹得严严实实，时值6月，天气炎热，完成一架次装药任务后，个个汗流浃背。即使采取这样严密的防护措施，仍有两位同志因农药中毒，被送往南阳和桐柏医院抢救。明知有危险，依然不畏惧，彰显了林业职工顽强拼搏、不怕牺牲的革命精神。装药工作中出现了许多先进人物和模范事迹，王聚章同志就是其中的代表人物之一。1970年5月下旬，他的儿子刚出生四天，当他得知安棚机场装药人手不够需要增派力量时，就主动要求前往。到机场后和先期到达的同志们一道，担负起为飞机装药的艰巨工作，尽职尽责完成了任务。虽然他满怀对妻子的愧疚，但是却给毛集林场职工树立了榜样，留下了一心为公、无私忘我宝贵的精神财富。

四、响应号召　备战备荒

红卫林区是与信阳交界的东大门，离京广铁路30余千米，南靠淮河，北接确山，

毛集林场原场部道路两旁通道林

属桐柏山支脉，亦是桐柏山系战略要地。根据国家形势发展需要，毛集林场在伟大领袖毛主席“备战备荒为人民”的号召下，加快林业建设步伐，增加育苗面积，扩大造林规模，提高战略质量，多育苗，植好树，护好林（如图），为实现“山岭森林一片片，房屋道路看不见，打起仗来最方便，储备木材送前线”的宏伟目标，全场上下通力协作，顽强奋战，团结一心，在搞好林业生产的同时，积极备战，挖战备地道300米。

1970年春，武汉军区在红卫林区明山举行“301”军事演习，司令员曾思玉、政委刘丰到明山北坡观摩时，看到毛集林场与信阳交界的山岭，感慨地说：“同是一片天，同是一座山，同是党领导，东边（信阳地界）光秃秃，西边（桐柏地界）林遮天”。由衷地赞扬了毛集林场植树造林数量多、起步早、战备工作做得好。是对林场十余年建设成就的肯定和赞誉，有力地激发了毛集林场职工植树造林的积极性，进一步坚定了干好林业的决心与信心。

一九七一年

为了贯彻执行毛主席“绿化祖国，实现大地园林化”的伟大战略方针，尽快实现《全国农业发展纲要》（草案）对林业的要求，在“鼓足干劲、力争上游、多快好省地建设社会主义”总路线指引下，在各级党组织的重视和支持下，依靠广大干部职工，顺利完成各项任务。

一、加强政治学习

随着“文化大革命”的深入开展，根据县革委的指示精神，结合毛集林场具体情况，采用半日制或全日制的办法，加强政治学习，提高思想认识，认真总结“文化大革命”的全过程，深入开展革命的大批判，始终贯彻执行“抓革命、促生产”的方针，以政治带动全面工作。

二、营林生产

1. 造林：全年完成5000亩。在树种搭配上，为了防止火灾和病虫害蔓延，以片状混交为主，其中：马尾松占52%、油松占35%、麻栎占11%、其他占2%。为保证造林质量，严格执行造林技术措施，选用良种壮苗，随时造林随时起苗，及时包装运输。

2. 育苗：种苗是造林的物质基础，根据“造什么林育什么苗、造多少林育多少苗”的精神，全年完成育苗40亩。

3. 抚育：松土除草6000亩。幼林抚育是提高造林成活率、加快林木生长不可缺少的措施。因此，结合毛集林场造林树种、年限、立地条件等，按照“一二一”（栽植后的第二年松土除草一次，第三年松土除草两次，第四年松土除草一次）的技术措施，连续抚育三年，促进了幼林的快速生长。

三、森林保护

为了加强天然林和人工林的保护，建立健全了护林组织。在原有的基础上护林人员增加到10人，采用专职护林员和义务护林员相结合的护林方法，严格防止森林火灾的发生和蔓延，制止乱砍滥伐和毁林开荒，从而保证了林木的安全生长。

原林场场部及生活区

四、经营状况和规划

建场十年中，人工造林 40000 亩，保存 25626 亩，大部分郁闭成林。十年马尾松平均高 5 米，平均胸径 8 厘米，每亩 250 株，生长良好。并将原草房改建为瓦房（如图）。经营范围包括回龙、毛集、固县、黄岗 4 个公社、47 个大队、625 个生产队。全场职工 68 人，其中：干部 6 人、工人 62 人。生产设备主要有汽车一辆、拖拉机一台、汽油机一部、柴油机两部、骡马 3 头、耕牛 4 头。

9 月下旬，根据《全国农业发展纲要》和第四个五年计划的要求，为尽快绿化桐柏荒山，县生产指挥部又划给毛集林场 3.5 万亩宜林荒山。毛集林场迅速组织人员成立调查组，对划给国营林场分布在毛集、固县、黄岗、吴城四个公社的浅山丘陵区的荒山宜林地进行登记摸底，其中：毛集光武、李庄大队 5000 亩，黄岗王庄、刘老庄大队 4000 亩，均在国营林区周围；固县魏岗、新庄大队 4000 亩，距国营林区 5 公里；吴城王宽店、王湾、七里井、郭老庄等大队 22000 亩。这些宜林荒山集中成片，属于荒岗丘陵区，40% 可以机耕，是培育速生林的好地方。

10 月 30 日，毛集林场对勘察的宜林地分林班细致全面地进行规划设计，结合林区特点，拟定了《桐柏县毛集林场第四个五年计划林业发展规划（草案）》及《桐柏县毛集林场 1971 ～ 1975 年造林规划表》，上报省、专、县农林局。

3 月，副场长樊俊德和时任县革委会主任葛敬禄、农工部长孙文权一起到北京参加了林业部召开的工作会议。这是建场以来毛集林场参加的最高级别的工作会议，是上级对毛集林场十余年林业建设成就的肯定和鼓励，极大地鼓舞和坚定了全体干部职工为革命干好林业、为人民献身林业的决心和信心。

12 月 2 日，毛集林场向南阳地革委呈送《关于收回拖拉机的请示报告》，要求退还 1966 年由南阳专署林业局借调给淅川县的东方红 -- 五四式链轨拖拉机和配套设备。

12 月 30 日，经桐柏县革委会批准，新刻“河南省桐柏县毛集林场革命委员会”印章一枚，原“河南省桐柏毛集林场革命委员会”印章作废。

一九七二年

党的"九大"以来，在毛主席"团结起来，争取更大胜利"的伟大号召下，全场广大干部职工，通过认真看书学习，反骄破满，批修整风的深入进行，阶级斗争、路线斗争和继续革命的觉悟有了很大提高，大家深有感触地说："抓住阶级斗争、路线斗争这个纲，革命路上有方向，都像这样抓下去，林场保险能搞好"。并一致表示：为了林场的巩固和发展，心往一处想，劲往一处使，团结一致向前看，誓为林业建设做贡献。

全场共有干部职工 63 人，其中：固定护林员 10 人、行管人员 12 人、农业组 5 人、机务组 5 人、苗圃组 24 人、营林组 7 人。根据上级分配的计划任务和要求，在场革委会领导下全面开展工作。

一、整党建党工作

在县革委党的核心小组的直接领导下，集中 20 多天的时间，按照毛主席建党思想、建党路线和新党章的规定，开展了整党建党工作。1 月 15 日，由党员大会选举出新的党支部委员会，李正谦为支部书记，樊俊德、刘全山为支部委员。成立了新的场班子：由李正谦同志兼任革委会主任、刘方贤、樊俊德同志任副主任，黄金钧同志任技术主管，负责科研技术工作。

二、科学试验

根据《一九七二年全国农林科技重大协作项目》第十三项的要求和全国林木优良品种协作会议制订的《选择和培育速生用材树种的优良品种》协作计划（初稿），南阳地区林木优良品种科研协作会制订了《河南省南阳地区林木优良品种科研协作计划》，共有五项研究课题：

1. 母树林的研究；

2. 选择林木优良单株的研究；

3. 建立林木种子园（采穗圃）的研究；

4. 林木引种驯化的研究；

5. 培育林木新品种及育种理论的研究。

经协作会邀请，黄金钧同志参与林木引种驯化的课题，主要负责对杨树、杉树的研究。按地区分配的计划，毛集林场筹建马尾松母树林100亩，优良单株5亩，种子园10亩。

三、营林生产

全年完成春季造林5384亩，其中：梁老庄3144亩、陈楼685亩、斗称沟901亩、红卫164亩、固县140亩、铁山350亩。育苗49.7亩，抚育3000亩，病虫害防治8000亩。

根据国家分配的计划：1972年须完成育苗50亩，造林7000亩，抚育10000亩。因职工太少，忙不过来，直接影响了林场的正常生产。特别是培育的4万亩人工幼林急需修枝抚育，但由于林子分散在8个林区，施工面积大，战线长，不易管理，别说自己干，就是带工也顾不过来。同时，随着树木的生长，与信阳交界处的红卫林区，乱砍滥伐现象十分严重，急需增派护林力量。为了解决毛集林场人员不足问题，按照国家有关规定，结合林区的实际状况，特写报告向上级申请增加护林、整地、造林、抚育等带班人员30名。

四、病虫害防治

随着全县松林面积的扩大，造成林相单一，松毛虫灾害连年发生。虽然采取了各种防治措施，但未达到理想效果。据调查统计，全县发生面积7万亩，松针已被吃光3万亩。殃及毛集林场近万余亩，松梢被害基本是100%，顶梢被害80%。为确保造林成果，除正常药物防治外，与桐柏县林业局、陈庄林场联合建立“赤眼蜂研究站”，毛集林场固定5～10名技术人员，进行育蜂治虫和研究工作，起到了积极预防和联防共治作用。

一九七三年

在毛主席革命路线的指引下，在批修整风运动的推动下，深入开展革命大批判，提高了广大干部职工为革命造林的积极性和主动性，在毛集林场掀起了植树造林的新高潮，各项工作都取得了新成就。根据上级安排和林场工作需要，原场长安庆章同志重新回毛集林场工作，任林场革委会主任、樊俊德同志为副主任。

一、营林工作

1. 造林：按照规划设计要求，造林5342亩，其中：马尾松4142亩、油桐1100亩、杉树100亩。造林期间，桐柏县生产指挥部在毛集林场榨楼林区召开造林现场会，在县生产指挥部指挥长的带领下，各公社主要领导和林业干事，由林业局长满永武等陪同参加了观摩会，林场领导在会议中介绍了造林措施和先进经验。

2. 育苗：育苗54.27亩。其中：针叶苗33.11亩、阔叶苗21.16亩。

二、病虫害防治

为了落实毛主席“绿化祖国”“同病虫害作斗争”等指示、南阳地区在全区重点单位组织开展综合治虫、科研协作工作，利用赤眼蜂、黑卵蜂、平腹小蜂等生物防治马尾松毛虫和松梢害虫的研究，建立样板林，逐步大面积实验推广。为了加强对“育蜂治虫”工作的领导，以地区林科所为主建立了“利用赤眼蜂防治林园害虫协作组”，由桐柏县林业局、毛集、陈庄、南召县乔端等林场共十个单位参加，在整个育蜂治虫工作中，明确任务，各负其责，定期召开小型协作座谈会，交流经验，及时推广。

河南省《飞机喷洒白僵菌防治越冬代马尾松毛虫试验研究》协作组，为了扩大推广白僵菌的应用范围，探讨飞机喷洒菌药的治虫效果，3月底和4月中旬，先后在毛集林场和信阳罗山县彭新公社的两万多亩的松林内，进行了“飞机喷洒白僵菌防治越冬代马尾松毛虫”的试验研究，共试验12架次，喷菌药面积6000多亩。为取得试验数据，毛集林场组织17人，分编七个组，对红卫、固县、田木湾三个试验林区进行全面调查，最高杀虫率达到85.1%，取得了初步效果和各类试验资料。

4 月 6 日，中国科学院动物研究所发函，委托毛集林场“做好马尾松幼林松毛虫越冬代调查、结茧及采集”，毛集林场迅速开展工作，共采虫茧 100 个和调查数据一起寄送中国科学院动物研究所林业组。

三、科学研究和母树林初建

根据上级“多快好省地发展林业生产，迅速建立自己的采种基地”的要求，结合毛集林场情况，经研究决定，在田木湾林区三角架林班建立生产性马尾松母树林 50 亩。此处马尾松是 1964 年造的林，该林分生长良好，部分林木已开始结实。9 月 12 日，对设置的两亩标准地进行调查：每亩保存 375 株，郁闭度 0.8，平均高 4 米，平均胸径 6 厘米，完全符合建园标准。同时在母树林中，选出 10 株标准木，编号登记；固定专人对其生长发育、结实规律进行详细的观测记载。11 月 30 日，制订了《毛集林场马尾松母树林建立方案》，报至省、地、县林业主管部门。

7 月 16 ~ 21 日，毛集林场参加了由河南省农林科学院直接指导、南阳地革委林业局主持，在南召县召开的《河南省油松良种选育协作会议》，洛阳、商丘、新乡、南阳、驻马店五地区林业局、林科所、国营林场等单位出席会议，共同参与了“河南省油松良种选育课题研究协作组”。

一九七四年

在毛主席无产阶级革命路线指引下，林场积极组织全场职工认真学习《红旗杂志》和《人民日报》元旦社论，踊跃参加各类政治活动。遵照毛主席关于“全心全意依靠工人阶级”的指示，组成了以工人为主体的理论学习辅导小组。深入林区、林点、地边、山头，宣讲时事政治和党的方针政策，边学习边整改。通过组织学习，提高了全场同志阶级斗争、路线斗争、继续革命的觉悟，推动了毛集林场生产建设的快速发展。

一、营林生产

全年完成春季造林5955.9亩。分布在回龙、固县、田木湾、铁山、梁老庄、陈楼、红卫七林区，其中：马尾松3591.5亩、油松2093.7亩、油桐258.7亩、柳杉12亩。育苗48亩，其中：松、杉等针叶树苗28亩，杨树、桐树等阔叶树苗20亩。8～11月，以梁老庄林区为中心完成环山水平带状整地5000亩；病虫害防治25000亩；幼林抚育17000亩，其中：新造幼林松土除草7000亩、平茬麻栎5000亩、松树、刺槐、杨树修枝5000亩。

二、林地管理

1959～1974年，15年来，遵照毛主席“绿化祖国”“实行大地园林化”的伟大指示，大力植树造林，实行封山育林，抓好护林防火。经对造林面积全面调查，总人工造林面积为62079.26亩，大部已郁闭成林，分布在毛集、固县、黄岗、回龙四个公社的34个大队、98个生产队。建场之初接收集体荒山时，虽已办理了手续，但由于时间紧，手续不太完善，为此部分生产队多次到场要求解决，甚至是寻衅滋事，砍毁树木，部分幼林遭到人为破坏。

鉴于上述情况，林场及时上报，经桐柏县革委会研究，由县生产指挥部副部长安庆章、林业局长毛士文，会同林场相关人员，亲临有关社队进行调解。经查实，有林权纠纷的牵涉3个公社11个大队、36个生产队。为防止后患，调查组将详情上报县委，经研究批准做出批示：

1. 对已划给林场的坡上原有树木，按划坡时的大小分别作价付款，并重新办理手续；

2. 对已造超边界而未办理手续的，无偿办理手续划归国家所有；

3. 对造到农田边的树木，对农地确实有影响的，在1米以内的，定期由林场伐掉，地归集体 。

1月28日，毛集林场将《林权纠纷问题的解决意见》报南阳地区林业局备案。

三、科学试验

根据中央“林木良种工作必须以选为主，选、育、引相结合”的指示精神，4月18日～4月25日，南阳地区召开了11个县和地区林科所、部分国营林场及社队林场的林业科研研讨会议。毛集林场应邀参加，会议落实了各参加单位科研项目和任务分配。课题共八项：其中用材林一项、竹子一项、经济林两项、园林病虫害防治四项。

根据上级分配的任务和要求，结合毛集林场具体情况，承担并制定了马尾松育苗技术及松树主要害虫防治和引种造林、育苗等项课题和试验计划。

1. 马尾松育苗：分析马尾松育苗成败主要原因，制定了育苗技术新措施。

2. 引种育苗试验：引育了十二种杉木、八种松树、毛竹等品种，对引育树种观察分析。

3. 新品种造林引种：按照“适地适树”原则，根据地理条件，引造了多种杨树、云南松、茶树和柳杉等。

4. 马尾松毛虫生活史观察记载：设置标准地、放置赤眼蜂、人工摘卵、地面化学农药防治。

5. 在田木湾林区三角架改造马尾松母树林50亩，同时引种国外松。按照计划要求，3月，从湖北省白竹园寺国营林场引进美国原种湿地松种子2.5千克，经过精细管理，出苗合格率达到预期目标，为试验林定植苗木提供了保障。

四、综防工作

在省、地农林科研会议后，根据省、地分配的科研任务，毛集林场将育蜂治虫工作列入重点科研项目，先后采用了人工捕捉、地面化学农药防治和飞机喷洒农药等措施，不同程度地减轻了松毛虫的危害，对林木起到了一定的保护作用。为了搞好以虫治虫工作，自采赤眼蜂 40 张 200 万头，寄生率为 60%。到新县学习育蜂技术，并引进蜂种 18 张 57 万头，寄生率 30%，科研项目取得成效，为下一步松毛虫防治做好了技术准备。

一九七五年

遵照毛主席“保护森林，并有计划的发展林业”的伟大指示，在搞好植树造林生产的基础上，积极开展引种引育试验和松毛虫病虫害防治等科研项目。全场上下，团结一致，齐心协力，营林生产和科研工作均取得新突破。

全场干部职工 61 人，其中：行政干部 4 人、技术干部 6 人、固定工人 51 人。设置七个林区。生产设备主要有汽车 1 辆、链轨拖拉机 1 台、柴油机 3 台、电动机 1 台、动力喷雾机 13 台、变压器 1 台、马车 1 架、猎枪 4 支、骡马 4 头、耕牛 4 头。各类生产工具基本齐全，新建住房 16 间、物资储备库 4 间（如图），为林业生产开展奠定了坚实基础。

一、林业生产

1. 造林：根据上级分配的造林任务，结合毛集林场具体情况，制订了造林施

物资储备仓库

工方案，造林6000亩。其中马尾松3700亩、杉木2000亩、刺槐、泡桐等300亩，具体地点是斗称沟林区2200亩、红卫林区1800亩、陈楼林区1100亩、回龙林区600亩、固县林区200亩、田木湾林区100亩。按照技术要点：马尾松栽在2尺大、1尺深的穴状或带状植点上，栽植时保证不漏黄叶、扶正、挤紧、砸实、穴封平。苗木严格分级，一级苗一穴一株、二级苗一穴两株、三级苗不上山。起苗前先浇水，随起随假植，用黄胶泥蘸浆后包装，苗木运到造林地点再及时假植，并用湿草覆盖，以减少风吹日晒，从而提高造林成活率。栽植杉树采取开明穴，按照“三埋两封一提苗”的方法。栽植刺槐、泡桐，采取截干埋根法，要求“深挖、浅栽、封土包”。

2. 抚育10000亩。其中：松土除草7000亩、修枝抚育3000亩。按照“中间封、周围松”的要求，在幼树根部周围16厘米以内浅锄3 ~ 6厘米，16厘米以外深锄8 ~ 19厘米，为幼林生长创造良好条件。

二、病虫害防治

为了贯彻落实毛主席“同病虫害作斗争”的伟大指示，经场党支部、革委会研究决定，并报上级批准，对全场发生的马尾松毛虫疫情采用了飞机喷药和人工喷药等防治措施，积极消灭病虫害。

全场有人工马尾松林6万余亩，普遍生长良好。但由于越冬代松毛虫的大量发生，使幼树生长受到严重影响。经调查共发生病虫害面积为15000亩，虫株率为84%，平均虫口密度250条，最多的每株1000条，大部分树叶被吃光，像火烧一样，地上不敢坐，遍地都是虫。因虫情严重，逐级向上汇报，省、地、县领导非常重视，根据上级指示和安排，在省民航局等单位大力协助下，调南阳民航大队运五型飞机一架。4月6 ~ 13日，历时8天，在受害严重的铁山、红卫、固县等林区，利用飞机喷洒稀浓度DDT、白僵菌、青虫菌和苏云金杆菌等药剂，共飞行49架次，用时32小时25分，受害松林全覆盖。根据各林区调查显示松毛虫死亡率高达93%，有效地遏制了虫害。

为保证顺利完成这次机治任务，桐柏县委成立了防治松毛虫领导小组，县委副书记郭明朝同志任组长，生产指挥部副部长张礼山、林业局长满永武同志任副组长，主抓松毛虫防治工作。领导小组下设加药、信号、药效检查等小组，分头工作。县委副书记郭明朝、生产指挥部副部长安庆章、郭明山等领导，亲自到机场指导工作，当发现机场需要汽车、潜水泵等物资时，就亲自打电话给有关单位协调解决。特别令人感动的是8169机组空、地勤同志和2424部队的首长及战士，为保证飞机作业节省时间，主动帮助我们过滤、加药，七分钟就加一架次药，最高达到日飞行13架次。信号组的同志们食宿林区，翻山越岭，披星戴月，早上4点起床下午7点下山，每天工作15～16个小时，吃凉馍、喝凉水，任劳任怨不叫苦，认真做到信号排列整齐，目标明显。药效检查组、后勤组、通讯联络组都保质保量地完成了各自的任务。在空字2447部队机场和省民航局的大力支持下，顺利完成了飞治任务。

同时，在固县林区采用地面喷洒白僵菌500亩，经观测其杀虫效果达96%。为把害虫消灭于卵期，在固县五里岗、毛集田木湾五道岗，放置赤眼蜂防治二代，放蜂面积2200亩，经自然采卵剖切法检查效果，寄生率平均87%。经过对比，生物防治比化学农药防治效果好，并结合使用25倍25%DDT大面积进行飞机防治杀虫，效果最理想。

三、引种“两松”试验

（一）“两松”试验

4月3日，河南省林业厅技术推广站分配给毛集林场湿地松、火炬松种子各2.5千克。林场成立试验小组，制订试验方案，开始了大面积“两松”引育试验。

1.浸种、消毒。将种子浸泡于45摄氏度温水加2%兰矾溶液中消毒浸种24小时，捞出后用清水冲去药液。

2.催芽。将捞出的种子装进稀布袋内，每天用30摄氏度温水淋2～3次，待7天后种子破白后进行播种。

3.整地、播种。整地前每亩喷洒4千克六六六粉，消灭地下害虫。经过细致平整土地，做出长10米、宽1.1米、深0.6米的高床畦，平整畦面，畦上撒播种子，然后用筛沙器直接筛含40%的沙土覆盖，再用镇压器轻轻镇压（如图），使种子与土壤充分密接保墒，以达早日出苗。

4. 看鸟。为防鸟害，出土前派专人看鸟，并在畦两旁插杨树枝，起到遮荫保湿作用，确保早日出苗。

5. 灌水。苗子出土后，根据墒情及时灌水，共需 6 次（如图）。

播种后用镇压器镇压

出苗前喷水增加湿润度

6. 喷药。为防治猝倒病，于 5 月上旬开始，用 200 倍的波尔多液喷洒苗子，共 2 ~ 3 次（如图）。

出苗后喷洒波尔多液

7. 施肥。根据苗木生长情况进行两次施肥，7 月中旬施粪水、8 月中旬施尿素，施肥时将尿素和土 1 ∶ 1 混在一起搅拌均匀后，轻轻撒在畦面上。施肥前先拔草、松土，根据“除早、除小、除了”的原则，进行全面中耕除草 6 ~ 8 次。

通过精细试验管理，“两松”引育成功，生长量对比，湿地松比火炬松长势好。

同时，在红卫林区鸳鸯寺水库坝西和大潭山南坡西洼，营造26亩湿地松（1974年在湖北引进的种子）、马尾松对比试验林。8月23日，将引育情况以书面材料上报省林业厅林技站。

（二）柳杉引育

根据省农科院1974年10月在卢氏县召开的松类良种选育协作会议上，分配给毛集林场建造5亩柳杉种子园的任务。场党支部、革委会非常重视，召开专门会议进行研究，落实建园时间和地点。经过讨论，确定在田木湾林区北河边原栽植的杨树防护林地中种植，由科研小组承担建园和管理任务。为了保质保量种植，把原来沙质大的土壤，雇工进行了更换。抽槽整地方式，采取标准是：深2尺、宽2尺、长4.5尺。用二年生高40 ~ 50厘米、地径0.5厘米柳杉一级苗进行造林，以保证良种壮苗，面积5亩，每亩300株，共1500株，造林成活率达95%。为了使苗木迅速生长，5 ~ 8月期间，中耕锄草两次，施化肥一次。经过细心管理，苗木普遍生长良好，试验取得明显成效。

可就在这大好形势下，8月4 ~ 5日，毛集地区连续普降大雨和特大暴雨，出现了历史上少有的特大洪水，河水暴涨，淹没和冲毁了5亩柳杉种子园。洪水退后，经调查有600株被大水冲走，有900株被淤沙埋没。为了挽救损失，号召全场发扬不怕苦、不嫌脏的艰苦奋斗精神，进行了挖淤、扶苗、培土等工作，并对留存的900株柳杉苗进行松土锄草、施肥等后续管理。

12月20日，参加了河南省革委农林局在鄢陵县举办的林木果树病虫害预测预报训练班经验交流会。

一九七六年

在“鼓足干劲、力争上游、多快好省地建设社会主义”总路线指导下，积极响应毛主席“植树造林，绿化祖国”的伟大号召，林场全体干部职工发扬自力更生、艰苦奋斗的革命精神，经过十几年的努力奋斗，从建场到1976年，人工造林面积已达6万余亩，林木长势良好。但由于气候温暖，林相单纯，食料丰富，有利于马尾松毛虫发生。为巩固造林成果，保护好森林资源，全场干部职工在上级党委的一元化领导下，以阶级斗争为纲，积极采取综合防治措施，有效控制了虫灾蔓延，减少了林木损失。1972 ~ 1976年，基本上年年发生松毛虫害，先后采取人工捕捉、摘茧、摘卵、地面人工和飞机喷洒化学农药防治等多种多样的防治办法，不同程度地减轻了松毛虫的危害。但由于连续使用化学农药，也杀死了大量天敌，同时松毛虫又产生了抗药性，出现了年年治虫年年成灾的局面。为汲取经验教训，后改用生物防治和黑光灯诱杀的办法进行治虫，特别是利用赤眼蜂把害虫消灭于卵期的治虫办法取得明显效果。

一、加强领导，建立虫情测报站

在毛主席“保护森林、并有计划地发展林业”的指示下，场党支部、革委会对松毛虫防治工作十分重视，将其作为一项重要工作来抓，除了一名副主任专职主抓外，另外确定两名技术员专抓虫情测报工作。各林区护林员负责本林区的虫情观察、调查和统计，发现虫情及时汇报。场部根据各林区的虫情、地形、林相等情况，进行综合分析，提出防治措施，及时进行防治。

3月中旬，毛集林场举办了一次松毛虫预测预报学习班。学习贯彻中共中央中发（67）305号通知和河南省农林局1975年在鄢陵县举办的林果病虫害预测预报训练班精神，参加培训的测报人员进一步加深了对防治松毛虫重要意义的认识，掌握了测报专业知识和实际操作方法，基本做到情况清、方向明，调查主动、汇报及时、预防效果好。

二、繁殖赤眼蜂

为了抓好赤眼蜂繁育，专门成立了由领导、工人、技术员参加的三结合繁育小组，由一名支委、副主任任组长，亲自主抓繁蜂工作。省、地、县领导不断来毛集林场检查指导繁蜂试验。期间，毛集林场发扬自力更生、勤俭节约的革命精神，全力做好繁蜂工作。没有蜂种，组织职工到林区内去采，一个是解决了蜂种，另一个是解决了部分的寄主卵，同时也减少林区内的害虫。没有繁蜂箱，发动大家废物利用，收集破旧箱板自已做，减少开支；没有蜂室，职工、家属就腾出宿舍、会议室和职工澡堂，当做繁蜂加温室；没有木炭，采用垒火坑的办法，用烂木柴头进行加温，保证了繁蜂所需用的温湿度；没有寄主卵，除林区内自采外，不足部分到外地采购；没有桃胶，采用皮胶代替，并组织职工到桃园内采割桃胶补充不足部分。在地区林科所的直接指导下，在因陋就简的条件下，利用到外地学习获得的经验，结合毛集林场实际情况，实行了两改：一改原来的小房间繁蜂为大房间繁蜂，原来的小房间繁蜂每天接百余张，改为大房间繁蜂，每天能接 1000 张，能繁蜂两亿头，提高功效十余倍。二改是人工洗卵改为机器洗卵，人工每天每人由原来洗卵几十斤到机器洗卵每人每天可洗二百斤，提高功效四五倍。省工、省时，节约劳力、速度快，给大面积防治工作创造了条件。

三、建立样板林

田木湾林区有 5000 亩松林，面积集中，郁闭度好，湿度大、天敌多，越冬虫口基数大，属于严重灾区，但该林区离场部近，交通方便，利于实验和观察。4 月上旬，经研究确定田木湾林区为防治重点，建立样板林。5 月 25 ~ 31 日，架设黑光灯 10 个，诱杀成虫 175 千克，每晚每灯平均诱杀 2.5 千克，其中：5 月 28 日，在白马岭 1 个灯诱蛾 14 千克。5 月 26 ~ 28 日，施放赤眼蜂 10 万头，经对采集卵 3169 粒解剖检查，发现寄生 2298 粒，寄生率 72.5%。8 月 5 ~ 13 日，在虫口密度大的松林内，架设黑光灯 10 个，诱杀成虫 20 千克，基本上消灭了第二代松毛虫的发生和蔓延。9 月 2 日调查虫情时，全林区到处是绿树葱葱、益鸟争鸣，一片生机勃勃的新景象。

四、因地制宜、综合防治

繁蜂是基础，放蜂是关键。

1. 放蜂的时间、次数、数量、方法等，是直接影响防治效果的主要因素。如果施放恰当，防治效果就好，否则反之。因此，我们采用了三次放蜂法：一次放蜂法就是用不同发育期的寄主卵同时放入用防潮纸做的纸袋内，每亩十万蜂；二次放蜂法是分别在卵初盛期放 4 万 ~ 6 万头；三次放蜂法是将寄主卵分别在卵初、盛、末期放 3 万 ~ 4 万头。

2. 在放蜂工具上，我们采用了防潮纸、槲叶和竹筒三种方法，以解决保温、保湿，使寄主卵的蜂完全羽化。

3. 利用生物，发挥天敌作用。红卫林区明山林班，2000 亩松林，虫口密度大，越冬前大部针叶已被吃光，所以确定不用人工防治，而利用自然界中相互制约、相互依存的现象，保护天敌，抑制松毛虫的发生和蔓延。

4. 通过对化学防治与生物防治的效果进行对比、调查和实验，生物防治和黑光灯诱杀比化学防治的好。特别是利用赤眼蜂把害虫消灭于卵期的治虫效果最好，为防治马尾松毛虫的课题研究提供了可靠数据，并总结出“繁蜂有专人，放蜂搞突击”是最适宜的好办法。防治马尾松毛虫工作由人工摘茧、采卵、化学农药防治发展到以生物为主、综合防治的新局面。

一九七七年

认真学习贯彻党的十一大精神，掀起了“农业学大寨”“工业学大庆”新高潮。毛集林场全体干部职工，在场党支部的领导下，紧密地团结在一起，立场坚定、旗帜鲜明，坚持以阶级斗争为纲，深揭狠批“四人帮”。经过“掀盖子，揭帽子”运动，一些被“四人帮”搞颠倒了的路线是非被逐步纠正过来，歪风邪气打下去，革命正气升上来。同志们扬眉吐气，一个抓革命、促生产的群众运动迅速在全场展开，夺取了粉碎“四人帮”后第一个胜利年。

一、松毛虫防治

（一）预测预报是前提，围歼虫源是多快好省防治松毛虫的关键招式。

开春以来，安排4名测报员对全场3万亩松林全面、细致、反复地进行越冬代松毛虫调查，了解到松毛虫分布在6个虫源基地共13700亩。在调查的基础上，我们发动群众广泛座谈，分析虫情，大家感到松毛虫之所以能大面积发生，是由时间数量积累和由点到面逐步发展的结果。正确认识和利用虫情发展这个规律治点保面，及时围歼虫源基地，是有效控制松毛虫发生和发展的最经济、最有效的办法。

（二）以生物防治为主，实行科学治虫是综合防治的重要措施。

1. 适时喷撒白僵菌。在3月下旬～4月上旬喷撒白僵菌1.5万千克。

2. 适时适量施放赤眼蜂。5月下旬施放赤眼蜂5亿头，防治面积10000亩。

3. 利用黑光灯诱蛾。5月26～31日，在固县、红卫等林区架设黑光灯50个。

4. 保护天敌。人工采卵25千克，用于繁蜂试验，利用害虫繁殖益虫。

通过上述各项措施，达到了事半功倍、多快好省的防治效果。

3月10～15日，河南省农林局在信阳地委党校召开全省松毛虫防治座谈会。会议认为：桐柏毛集、信阳南湾林场“加强调查研究，确定虫害发生基地，掌握有利时期，围剿老虫窝，消灭越冬代松毛虫是事半功倍，收效显著，可以普遍应用”，受到与会代表一致好评，对毛集林场松毛虫防治工作取得的成绩和成功经验予以肯定和推广。在省、地、县领导的重视和支持下，调拨给毛集林场一部 M—13 立方米冷冻机一套，为繁殖赤眼蜂提供了基础设备条件。同年，毛集林场发表了《桐柏县毛集林场利用赤眼蜂防治马尾松毛虫的研究》学术论文。

9 月 11 ~ 14 日，全地区林木、果树病虫测报和防治工作会议在南阳召开。毛集林场作为省测报点单位之一参加交流会。会上总结肯定了毛集林场三年来采用“以生物防治为主，配合黑光灯诱杀，点片消灭，人工配合”等综合措施，使松毛虫危害一直没有成灾的经验，并对毛集林场十几年未结果的“公苹果”，通过“土肥管理、虫害防治、叶子保存”等管护后，年产 1.5 万千克的成绩及做法予以表彰，桐柏毛集、南召乔端等国营林场被评为先进单位。

二、湿地松引种试验

毛集林场于 1974 年春从湖北省白竹园寺国营林场引进湿地松种子 2.5 千克，当年育苗。1975 年 3 月 30 日，在红卫林区鸳鸯寺水库坝西岗和大潭山北坡西洼营造 26 亩试验林。10 月 8 日，对湿地松、马尾松造林生长情况对比试验地进行标准株调查，从现场观测结果发现：湿地松平均高 1.68 米，地径 4.8 厘米；马尾松平均高 1.17 米，地径 3.3 厘米。经对比，湿地松比马尾松高出 0.51 厘米，地径粗 1.5 厘米。不论高粗均比马尾松快 40% 以上，而且病虫害少，完全适应本地生长，为桐柏县建立“两松”基地提供了可靠依据。

5 月，根据桐柏县计委、人劳局、林业局、农业局、知青办联合下发《国营农林牧蚕茶增加工人计划的通知》，毛集林场按照政策规定，接收在场职工子女张永记等 12 人（非农户口）为全民所有制工人。

一九七八年

在全国五届人大、五届政协会议胜利召开的强劲东风鼓舞下，根据县革委召开的关于继续揭批“四人帮”的会议精神，林场革委会积极组织和引导全场干部职工，从场部到林区、一直到各护林点，迅速掀起了学文献、批“四害”、清帮派，端正方向道路，大干社会主义林业的新高潮。冤、假、错案得以平反，遭受“四人帮”打击、迫害的老党员、老工人、老模范重新起到了骨干带头作用，广大干部职工的积极性进一步调动起来，一个安定团结、生动活泼的政治局面已经出现，在“抓革命、促生产”进军号声的催动下，林业生产和多种经营取得了可喜成绩。

一、林业生产

1. 整地：11 月，集中营林、苗圃职工到黄岗吴山林区开展整地大会战。全体职工住在小庙生产队民房内，在上至启母顶，下到蚂蚁山，方圆 10 千米杂草丛生的荒山上摆下了战场。按照规划设计，沿山坡走势，高标准环山带状整地。规定宽 1 米、深 0.4 米，穴面外高里低，每人每天 30 米的任务，超 1 米奖粮食 1 两，出全勤每月补助 6 元。部分同志从未亲自挖过树穴，特别是多数女同志第一次参加整地生产，大家戏称到：纺线车摆在当院里，试试小妮本事哩！实践证明：巾帼不让须眉，她们在艰难困苦的条件下，和男同志们一样，连续奋战数月，直到大雪封山，全面完成整地任务，才全部撤离战斗岗位。

2. 造林：在铁山、陈楼林区完成春季造林 2200 亩，其中马尾松 1500 亩、杉树 700 亩。

3. 育苗 52.5 亩，其中：针叶苗 49 亩、阔叶苗 3.5 亩。

4. 间伐 500 亩。通过到信阳南湾学习和认真贯彻森林抚育训练会议精神，设立标准地，树立样板区，培训技术骨干。3 月 21 日 ~ 4 月 25 日，在两个试点林区进行抚育间伐，积累了成功经验，按标准完成间伐 500 亩，生产椽杆 17220 根。

5. 幼林抚育 4500 亩，其中在铁山林区松土除草 500 亩、在梁老庄林区修枝抚育 4000 亩。

农业生产收入粮食 12000 千克，多种经营全年收入 3 万余元。油料、蔬菜基本自足，降低了伙食费用，很好地改善了职工生活。

二、护林防火

大力宣传全国五届人大、政协会议文献精神，认真贯彻执行党的各项林业方针、政策，耐心向群众讲解省、地、县有关护林防火条例、通告等文件。号召每个护林员深入林区相邻的公社、大队、生产队，走村串户到群众家里宣传林业政策，加强护林联防，订立防火条约。同时，加强森林保护，制止乱砍滥伐，严厉打击和处理毁林案事件 20 起。

三、病虫害防治

（一）加强预测预报，围歼虫源基地

通过预测预报，分析虫情，制定措施，充分发挥黑光灯诱蛾的优势，把面上发生的松毛虫诱集到诱杀区，然后进行人工采卵，施放赤眼蜂，喷洒菌药，"适时、合理、防治"，从而缩小防治面积二分之一，提高了治虫效果，节约了劳力，降低了防治成本，抑制了松毛虫的发生和蔓延。从 2 月 20 日至 3 月 12 日，组织 11 名测报员，对全场 3 万余亩马尾松林全面、细致、反复进行越冬松毛虫调查。通过调查，得知松毛虫发生在陈楼、梁老庄两个林区南坡 5000 亩松林内。为了提高黑光灯的诱杀效果，在梁老庄林区架设 50 个黑光灯群，于 5 月 20 日至 27 日，在松毛虫产卵盛期对灯区和无灯区进行了系统调查，其结果显示 5000 亩虫源基地缩小到 2000 亩灯害区，收蛾 25 千克、洗卵 7.5 千克，压低了卵量，提高了防治效果。为了进一步摸清黑光灯的有效距离，于 5 月 24 日晚上 9 点半，架设了五个 PH—20W 晶体管黑光灯，从四个方向、在五个不同距离的位置，释放五百只各有不同标志的雄雌各半的松毛虫成虫。试验得知，黑光灯在平地有效距离为 100 米左右，为以后架设黑光灯的间距及数量提供了参考依据。

（二）积极发展育蜂治虫工作

自 1972 年开始利用赤眼蜂防治松毛虫试验，到 1974 年成立赤眼蜂繁殖小组后，大搞技术革新，共繁殖赤眼蜂 30 亿头，放蜂面积 23181 亩，繁殖功效提高了 10 倍。

在放蜂方法上，根据“适时、适量、均匀”放蜂原则，改过去三次放蜂法为一次放蜂法。即放蜂器内装入不同虫态发育子蜂蜂卡，使卵始期有 30% 蜂量羽化，卵盛期有 50% 蜂量羽化，卵末期有 20% 蜂量羽化。这样一来，解决了林区分散、劳力少、工作量大的困难，提高了防治效率。同时利用松毛虫茧加温提前出蛾的特点，开展了“当代防当代”的试验，为生物防治松毛虫又增添了一个新的途径。

（三）加强党的领导，实行场群联防

经过长期观察得知，松毛虫之所以成灾，有繁殖量大、迁飞远、世代多的特点。于是我们把预测预报扩大到周围社队林区，主动向当地政府反映林区虫情，讲清松毛虫危害的严重性，并在防治过程中给予技术指导，菌药、赤眼蜂种给予援助，采取了“人来菌蜂去”的互利办法：即地方派人员帮助林场放蜂，林场提供菌药、蜂种给对方。总计给固县大石坡、黄岗核桃树、毛集铁山等大队和沙子岗牧场白僵菌两吨、赤眼蜂 3 亿头。同时，以场为中心，同三个公社、七个大队建立了放蜂治虫联防小组，对控制毛集林场及周边社队马尾松毛虫的发生、蔓延，起到了积极的作用。

（四）积极开展新技术的应用研究

随着科学技术的不断发展，新的技术不断创新。林场在“打倒四人帮、科学技术得解放”的新形势下，加快了新技术的应用步伐。针对松毛虫性外激素和利用病毒防治马尾松毛虫进行分析研究，通过试验各项数据取得了预定效果。

3 月 6 ~ 10 日，河南省农林局在新县召开了松杉病虫害防治座谈会，同时下发座谈会议纪要，详细介绍了毛集林场从 1973 年起，扭转单纯使用化学农药防治松毛虫的办法，改变为使用白僵菌、赤眼蜂、黑光灯等综合防治措施所取得的经验，给予高度赞誉并予以推广。

10 月 16 ~ 23 日，南方十三省防治松毛虫科研协作会在安徽省滁县地区召开。毛集林场主抓综防技术工作的黄金钧同志参加了协作会，成为该协会成员，并在会议上宣读了《毛集林场马尾松毛虫综合防治样板林是如何建立的》学术论文（如图）。同时，参与了 1979 ~ 1980 年南方十三省防治松毛虫科研协作课题任务，

黄金钧（中）在南方十三省松毛虫防治会议上宣读论文

主持“提高赤眼蜂生活力及防治效果研究和黑卵蜂、赤眼蜂人工填充寄主及营养和松毛虫测报技术的研究”。

12 月 21 ~ 28 日，中国林学会 1978 年学术年会在天津举行。这是中国林学会遭受“四人帮”摧残破坏、被迫停止活动 12 年以来的第一个年会，是中国林业科技界的一次盛会。出席领导、代表共 263 人。毛集林场黄金钧同志代表桐柏县参加了该盛会，毛集林场同时加入林学会。

12 月 28 日，根据地革委劳动局（77）宛革劳字第 107 号文件精神，毛集林场内招了 20 名农业户口、符合条件的干部子女和知青。30 日即全部开赴红卫林区，参加挖山平地，改建苗圃地大会战。和老同志们一起分编为 10 个组，每组 4 人，3 张锹，1 把两轮架子车。装的装，拉的拉，你追我赶，热火朝天，为林场建设队伍增添了活力。

一九七九年

在党的十一届三中、四中全会和五届人大二次会议精神的指导下，在各级党委的正确领导下，按照实践是检验真理的唯一标准，实事求是地解决了历史遗留下来的一些原则性的是非问题，平反了大批冤、假、错案，落实了各项政策，彻底改变了“文化大革命”十年踢开党委闹革命、领导班子瘫痪的局面，有力地促进了安定团结，形成全国上下一盘棋，积极参与到政治、经济等建设中。在国内形势发生根本性变化的同时，改革的春风吹进了毛集林场。在上级党委的关怀下，恢复了林场党支部，侯金堂同志任支部书记，胡志运、李光钧同志任副场长，黄金钧同志为业务主管；建立了团支部，张勇（女）同志任团支部书记，有团员 16 人；恢复了工会组织，工会会员 32 人，程子光同志任工会主席。

随着全党工作重点转移到四个现代化建设上来和对林业工作的要求，林场认真落实了国营林场“以林为主，多种经营”的方针，一年来完成造林 3330 亩、育苗 56.30 亩、整地 1050 亩、间伐 1500 亩、幼林抚育 8000 亩、病虫害防治 7000 亩，生产粮食 9500 千克，果树（桃、梨、苹果）收入 1600 元。为扩大育苗规模，在红卫林区新改造苗圃地 30 余亩，新建职工宿舍、食堂六间，抽水站房一座，田木湾林区建 60 立方米冷库一座，购置 M-13m^3 冷冻机一套，为赤眼蜂繁育提供了有力保障。护林、森防等工作都达到了预定目标。

一、造林

由于造林面积大，而且分布在几个林区，因此，要求全场干部职工正月初六正式上班，初七即召开造林动员会。根据分工，初八就各自奔赴造林工地。由于带工员人手少，新招的工人也加入到造林队伍中。女职工做饭、卸车、假植苗木，男职工带民工上山植树。施工前对带工人员进行技术培训，现场练兵，新老搭配，两人一组。根据整地规格和地形，划分责任区，分别采用植树锹、镢头等工具，在吴山、大包子、陈楼、固县、红卫、田木湾等林区营造马尾松 1629.9 亩、杉树 1166.1 亩、黑松 50 亩、川柏 84 亩、直播油茶 400 亩、通道林 1000 余株。施工期间小雪不断，为赶任务，大家不顾严寒，生产不停歇。地区、县林业局等领导亲临现场检查指导，并给予鼓励和表彰。

二、育苗

造林结束后，为了使新工人早日熟悉育苗生产技术，新老职工搭配，分别到田木湾、红卫林区参加育苗生产。共育松苗 23.64 亩、杉苗 27.86 亩、桃 4.42 亩、杨树 0.38 亩。在苗圃管理上，固定 27 人，新招女职工全部分配到苗圃队工作。从 4 月 15 日到 9 月 15 日，实行定额包工、分块负责，播种后前期确定专人看鸟。要求看鸟人做到“三勤三不准”，即一是嘴勤、二是腿勤、三是手勤；一不准看杂志小说、二不准打线衣毛衣、三不准聚集闲聊天。同时制定了相关管理措施，采取任务到人，一包到底。对各自分管的 1.5 亩针叶苗，中耕除草、浇水追肥，所有环节均由个人负责，不分上下班时间管理幼苗。为了趁墒松土除草，许多同志不怕烈日酷暑，中午不休息连续作业，苗圃管理工作达到建场以来的最高水平。10 月 6 日，在南阳地区林业局（79）宛革林字 41 号《南阳地区国营林场去冬今春生产检查验收总结》文件中，对毛集林场育苗工作取得的成绩给予肯定和赞扬，称赞“苗圃管理之精细超过历史上任何一年”。

三、整地

根据规划设计，在回龙林区采用穴状整地 600 亩、田木湾林区穴状整地 100 亩、固县林区白马岭林班湿地松母树林基地穴状整地 350 亩。为搞好母树林基地建设，7 月，场成立由业务场长、技术员、工人参加的生产领导小组，组织营林、苗圃等职工 40 余人，集中吃住在当地的民房内。依照设计方案，坚持高标准、严要求，按点开挖，横竖对应，40 天完成 305 亩 18300 个大穴的整地任务。经过夏秋炕垡，10 月底开始回填。回填过程中，原定额男工每天 8 穴、女工 6 穴，由于管理方法不得当，出现消极怠工的现象，造成生产进度缓慢，整地效果质量差。随后采取奖励措施，规定男工每天 15 穴、女工 12 穴，凡超额一穴奖 5 分钱、一两粮票；反之，完不成任务，每少一穴扣 5 分钱、一两粮票，并予以批评。在奖励措施的激励下，职工们早起晚归、废寝忘食，一超再超，虽天寒霜冻，但个个单衣背心、汗流浃背，按质量标准做好每个穴面，使原计划两个月完成的任务，提前一个月完成。经生产小组验收，合格率98%以上，在全地区林业生产检查中，受到了南阳地区林业局的表扬。11月19日，在地区林业局内部简报《林业动态》第二十七期刊登了题为《积极行动起来，掀起国营造林整地高潮》的文章（如图），详细报道了基地建设实况。进一步激发了毛集林场建设好“两松”母树林基地的积极性，为推动全县大力发展“两松”基地起到了积极的引领作用。

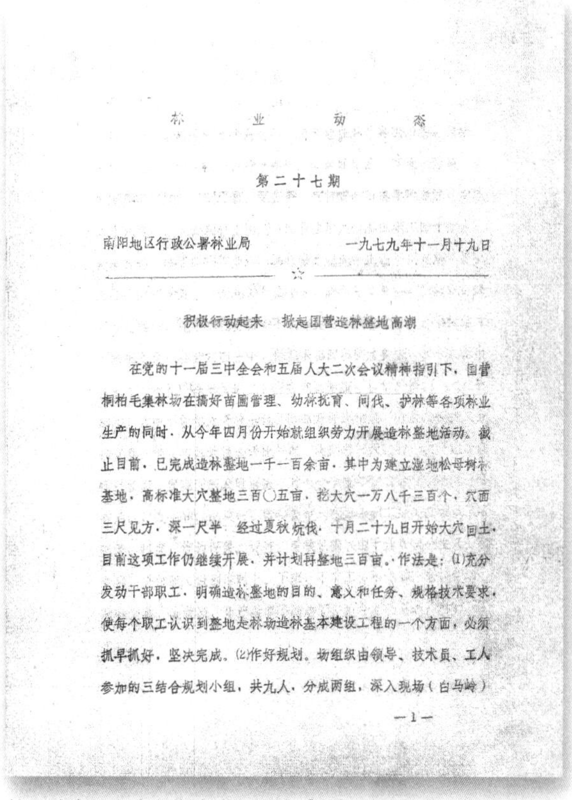

林　业　动　态

第二十七期

南阳地区行政公署林业局　　一九七九年十一月十九日

积极行动起来　掀起国营造林整地高潮

在党的十一届三中全会和五届人大二次会议精神指引下，国营桐柏毛集林场在搞好苗圃管理、幼林抚育、间伐、护林等各项林业生产的同时，从今年四月份开始就组织劳力开展造林整地活动。截止目前，已完成造林整地一千一百余亩，其中为建立湿地松母树林基地，高标准大穴整地三百〇五亩，挖大穴一万八千三百个，穴面三尺见方，深一尺半，经过夏秋炕伐，十月二十九日开始大穴回土，目前这项工作仍继续开展，并计划再整地三百亩。作法是：(1)充分发动干部职工，明确造林整地的目的、意义和任务、规格技术要求，使每个职工认识到整地是林场造林基本建设工程的一个方面，必须抓早抓好，坚决完成。(2)作好规划。场组织由领导、技术员、工人参加的三结合规划小组，共九人，分成两组，深入现场（白马岭）

—1—

林业动态第二十七期发表了题为《积极行动起来，掀起国营造林整地高潮》的文章

四、护林工作

在场班子的重视下，护林队全体成员认真学习贯彻《中华人民共和国森林法》（草案）和党的林业方针、政策，规定每月5日召开护林工作例会，集中学习，总结经验，相互交流。建立场群护林联防组织，并挑选8名年轻力壮的护林员，组成流动巡逻队，不分昼夜的在盗伐严重的林区布防蹲守，协助各林点查处毁林盗伐案事件。在场领导的带领下，多次现场抓获乱砍滥伐林木的违法分子30余人次，处理案件187起，收回林木损失赔偿款971元，林区治安状况迅速好转。

五、开展科学试验

根据桐柏县科学技术委员会文件，桐革科技字（79）第2号《关于桐柏县1979年农业科学技术研究计划》的内容和要求，黄金钧同志承担桐柏县速生松林技术的研究，主要是在毛集林场建立母树林加速繁育的课题攻关。在引种国外松试验工作中，1975年栽植的26亩试验林中的湿地松与同期栽植的马尾松对比，湿

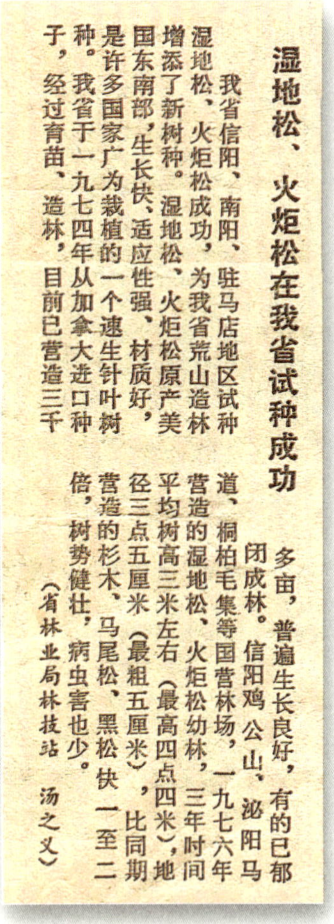
湿地松、火炬松在我省试种成功

我省信阳、南阳、驻马店地区试种湿地松、火炬松成功，为我省荒山造林增添了新树种。湿地松、火炬松原产美国东南部，生长快、适应性强，材质好，是许多国家广为栽植的一个速生针叶树种。我省于一九七四年从加拿大进口种子，经过育苗、造林，目前已营造三千多亩，普遍生长良好，有的已郁闭成林。信阳鸡公山，泌阳马道，桐柏毛集等国营林场，一九七六年营造的湿地松、火炬松幼林，三年时间平均树高三米左右（最高四点四米），地径三点五厘米（最粗五厘米），比同期营造的杉木、马尾松、黑松快一至二倍，树势健壮，病虫害也少。

（省林业局林技站　汤之义）

湿地松、火炬松在我省试种成功

地松比马尾松生长量大 2.5 倍，由此改建的母树林内已结球果 5 个，收籽 1 克。1 月 18 日，《河南日报》刊登《湿地松、火炬松在我省试种成功》的专题报道（如图），为桐柏山造林增添了新树种。南阳地区国营林场工作安排意见中，总结了建设速生丰产用材林基地的成果，文中表彰“桐柏毛集林场红卫林区湿地松速生丰产林等生长生产情况都很令人鼓舞，虽然面积不大，但为我们树立了样板，只要抓下去，就能收到显著效益。”为毛集林场营建速生丰产林起到了积极的促进作用。

6 月 27 日，南阳地区召开林业科学研究会，制定了《南阳地区林业科研十年规划》。其中用材林五项，十个课题；经济林果树两项，七个课题；园林保护两项，四个课题，合计九项，二十一个课题。要求毛集林场参与泡桐种类和白花泡桐种源引种试验、针叶树良种选育的研究、建立松杉母树林种子园的研究、松杉品种引种试验等课题。

六、病虫害综合防治

根据南方十三省防治松毛虫科研协作课题任务的规划，在上级业务部门的指导和黄金钧同志的带领下，毛集林场开展了以下科研工作：

1. 虫源的产生和扩散规律的观察；

2. 松毛虫测报建设的研究；

3. 黑卵蜂、赤眼蜂人工填充寄主及营养的研究；

4. 提高赤眼蜂生活力及防治效果研究；

5. 林业部南方森林植物检疫所“金属卤化物诱虫灯”试验课目等。

以上这些项目均取得了初步成效，林业部把毛集林场采取“黑光灯诱杀虫、赤眼蜂杀卵、菌类治虫、保护鸟类、生物防治”等应用技术，列为全国 22 个样板林之一，在中央广播电台、河南省人民广播电台等新闻媒体上播放，多家报刊转载宣传推广，将毛集林场综合防治工作的研究和应用推向全国。

3月3～11日，河南省林业局在安阳召开全省林木、果树病虫害防治座谈会。按会前要求，我场准备典型材料二百份带到会议上交流。3月8日，黄金钧同志在大会上作了题为《桐柏县毛集林场一九七八年马尾松毛虫综合防治试验方法和效果》的典型发言。8月8～14日，河南省林业技术站在开封市主持召开了省林木、果树病虫害防治座谈会。黄金钧同志前往参加，并带去书面交流材料《上半年总结及下半年防治计划》，受到与会代表的一致好评。

4月2日，南阳地区林业局（79）宛革林字第9号文件《关于转发国营桐柏毛集林场一九七八年马尾松毛虫综合防治试验，希参考，并组织推广，大搞科学试验研究的通知》（如图），给予毛集林场综防工作以充分肯定，并将经验全面推广。

6月6～9日，毛集林场参加了林业部南方森林植物检疫所“金属卤化物诱虫灯”试验课目专题研讨会，并承担了该课题的试验。12月27～28日，该所主持召集了由河南省桐柏县毛集林场、广东省白云山建设管理处及江西省赣州地区林业科学研究所参加的“卤灯试验座谈会”，毛集林场按要求带去完成的相关试验资料，为项目推广应用提供了科学依据。

1月5日，经报桐柏县委批准，宣布为原毛集林场党支部书记兼场长安庆章同志平反。

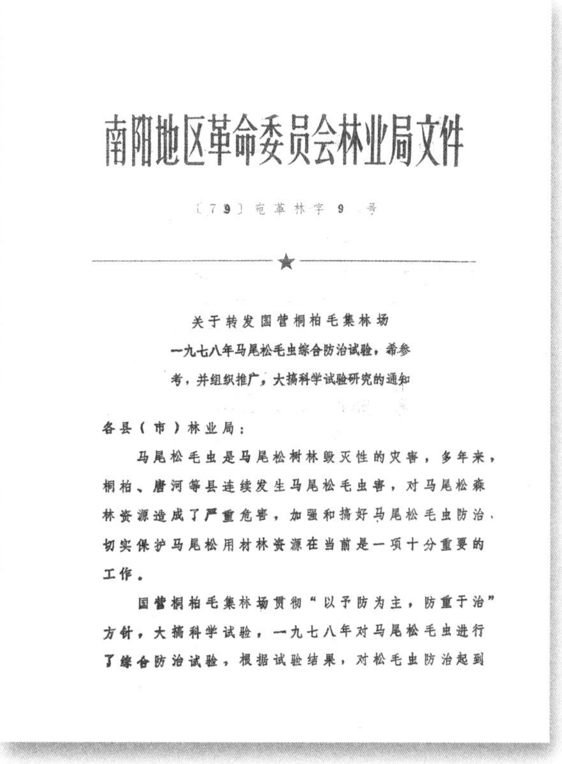
南阳地区革命委员会林业局文件

〔79〕宛革林字 9 号

关于转发国营桐柏毛集林场
一九七八年马尾松毛虫综合防治试验，希参
考，并组织推广，大搞科学试验研究的通知

各县（市）林业局：

马尾松毛虫是马尾松树林毁灭性的灾害，多年来，桐柏、唐河等县连续发生马尾松毛虫害，对马尾松森林资源造成了严重危害，加强和搞好马尾松毛虫防治，切实保护马尾松用材林资源在当前是一项十分重要的工作。

国营桐柏毛集林场贯彻“以予防为主，防重于治”方针，大搞科学试验，一九七八年对马尾松毛虫进行了综合防治试验，根据试验结果，对松毛虫防治起到

关于转发国营桐柏毛集林场一九七八年马尾松毛虫综合防治试验，希参考，并组织推广，大搞科学试验研究的通知

一九八〇年

八十年代第一个春天，在党的十一届三中、四中、五中全会精神指引下，按照中共中央、国务院《关于大力开展植树造林》的指示，深入贯彻林业部等五个单位联合召开的植树造林广播电视动员大会精神，场党支部带领全场党员干部职工，坚定不移地贯彻执行党的方针政策，端正思想路线、政治路线和组织路线，大力发展社会主义现代化建设事业，同心同德，力争上游，多快好省地完成了全年的各项工作任务。

一、营林生产

1. 造林：1月开始造林，至2月底，共造林4540.7亩。其中：马尾松2336.8亩、杉木1478.9亩、黑松50亩、湿地松87亩、火炬松263亩、直播赤松325亩。分布在黄岗小庙林区2829亩、回龙稻草坡林区1092.8亩、固县林区224.9亩、田木湾林区394亩。

在稻草坡点种麻栎，由于大部分是新工人，带工没经验，民工在零星的树林内，像放羊似的满山跑，个别民工趁带工员不注意，偷偷将橡籽倒入隐蔽的树林内或大石下。带工人员看着民工背的种子种完了，却发现林地中只有很少挖种过的痕迹。经老同志提醒指点，随后将民工分组划片，集中并排从山上向山下点种，带工员站在山上往下看，发现有人往一边走就喊他，往大伙边靠拢。如果有人想方便时，把种子放在明显位置不准带出去，杜绝了以前偷懒耍滑的不良行为。为了保质保量完成直播任务，带工人员不停地在山上上下奔波，一天下来大约要走近50千米，虽然非常疲乏劳累，但第二天仍精神振奋地投入到新的一天工作中。

2. 育苗：从3月底到4月底共育苗52.3亩。分成两个苗圃队，其中：红卫林区苗圃队16人，每人1.5亩，共育24亩，马尾松20亩、黑松4亩；田木湾苗圃队16人，育马尾松1亩、黑松5.4亩、杉木9.3亩、杨树1.3亩、泡桐10亩、川柏1.3亩。分别制定了目标和措施，年终评比按照完成任务的结果进行奖惩兑现。

3. 幼林抚育10000亩，抚育间伐1500亩，病虫害防治7000亩。

二、良种繁育及引种试验

（一）引种

1. 在固县林区白马岭定植“两松”母树林基地 350 亩。母树林定植中，质量要求严，标准高，苗子都是挑选的一级苗，带营养钵挑上山。为减少挤压，轻拿轻放。每人每天 100 穴，每穴栽两窑，每窑栽两株，植树锹栽植。其中湿地松 87 亩、火炬松 263 亩，成活率 90%。确定一名技术人员，专职管护、观测、记载生长量。

2. 继续对鸳鸯寺水库坝西处的湿地松母树林改建，划分 4 个试验区，专人逐树测量登记。1979 年结 3 个球果，收种子 21 粒，经精细育苗、精心管护，成活 7 株。1980 年又发现雌花球果 64 个，打破了河南省国外松不结实的怀疑，为河南省引种“两松”试验提供了科学依据。

（二）繁育

1. 4 月至 8 月，林场组织科研人员，以马尾松作砧木，用湿地松优枝作接穗；以湿地松作砧木，用火炬松优枝作接穗；同时采用“撕皮接”法，共嫁接 10 株，成活 8 株。

2. 挑选 10 株已结实的湿地松三年生侧枝，进行木质化枝条环剥后，用奈已酸钠刺激细胞分生，诱导生根，成活 6 株，扦插试验获得成功。在上级主管部门的支持和帮助下，经过积极争取，毛集林场建立了马尾松林木良种基地，成为河南省马尾松林木良种基地之一。

三、综合防治

根据林业部南方森林植物检疫所 2 月 5 日寄来的卤灯试验方案，结合毛集林场具体情况，按照卤灯、黑光灯比对试验计划，进行了两次卤灯与黑光灯对比试验，初步得出灯光诱蛾和益鸟招引相结合，是经济、安全、有效的方法，得到了河南省昆虫学会的肯定。4 月 23 日，河南日报发表了《桐柏县毛集林场生物防治松毛虫效果好》的报道（如图），重点介绍了毛集林场开展生物防治松毛虫的科学实验活动。4 月 27 日，南阳地区林业局组织全区国营林场林业生产大检查，毛集林场与内乡湍河等六个国营林场各项任务完成的好。特别是培植速生丰产林和母树

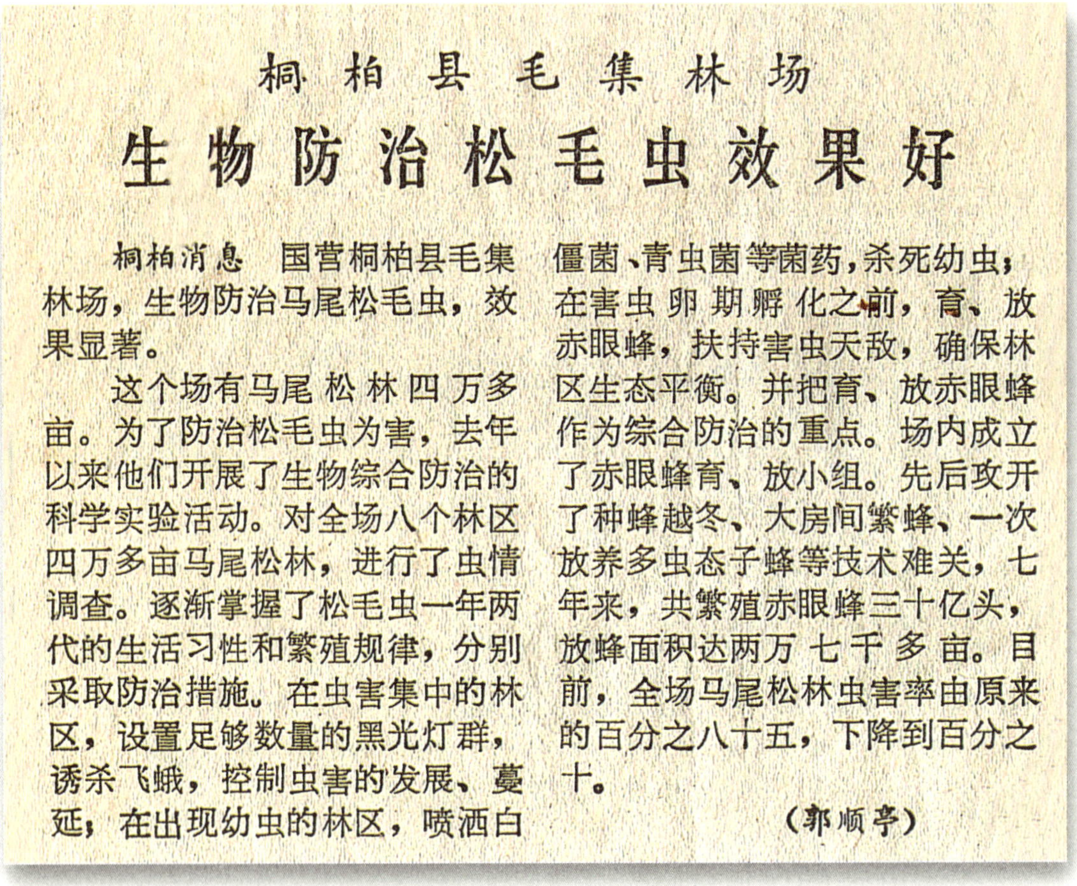

桐柏县毛集林场

生物防治松毛虫效果好

桐柏消息　国营桐柏县毛集林场，生物防治马尾松毛虫，效果显著。

这个场有马尾松林四万多亩。为了防治松毛虫为害，去年以来他们开展了生物综合防治的科学实验活动。对全场八个林区四万多亩马尾松林，进行了虫情调查。逐渐掌握了松毛虫一年两代的生活习性和繁殖规律，分别采取防治措施。在虫害集中的林区，设置足够数量的黑光灯群，诱杀飞蛾，控制虫害的发展、蔓延；在出现幼虫的林区，喷洒白僵菌、青虫菌等菌药，杀死幼虫；在害虫卵期孵化之前，育、放赤眼蜂，扶持害虫天敌，确保林区生态平衡。并把育、放赤眼蜂作为综合防治的重点。场内成立了赤眼蜂育、放小组。先后攻开了种蜂越冬、大房间繁蜂、一次放养多虫态子蜂等技术难关，七年来，共繁殖赤眼蜂三十亿头，放蜂面积达两万七千多亩。目前，全场马尾松林虫害率由原来的百分之八十五，下降到百分之十。

（郭顺亭）

桐柏县毛集林场生物防治松毛虫效果好

林及生物防治松毛虫、松针蚧壳虫方面取得了显著成效，被南阳地区林业局宛林字（80）5号文件通报表彰。毛集林场在总结会上做了《改善经营管理，提高营林水平》的典型发言。12月1日，黄金钧同志发表了《促进森林生态系平衡，综合防治马尾松毛虫》的学术文章，详细介绍了毛集林场生物防治松毛虫的方法措施和管理经验。

10月18日，根据桐柏县计划委员会、劳动局、知青办印发（80）25号、60号、3号《关于招收集体固定工解决我县劳动就业问题通知》，毛集林场开始认真统计返城知识青年和留城社会青年，通过审查评议，按通知要求上报主管部门。

10月22日，毛集林场向南阳地区林业局申请，催讨1966年经专署林业局借调出的东方红—54型链轨拖拉机一台（包括机引农具、随车工具）。

一九八一年

在党的十一届三中全会号召下，全党全军全国人民高举毛泽东思想的伟大旗帜，更加紧密地团结在党中央周围，继续发扬愚公移山的精神，下定决心排除万难，力争早日实现现代化的、高度民主的、高度文明的社会主义强国。全场干部职工积极响应党中央号召，解放思想，鼓足干劲，按照党中央提出的“把工作重点转向国家经济建设方面来”的方针，在上级党委领导和场班子的带领下，努力学习，积极工作，全面完成和超额完成了上级分配的各项计划和任务。

一、场班子建设

5月19～25日，桐柏县第六届人民代表大会常务委员会第一次会议在县政府举行，黄金钧同志当选为桐柏县人大常委会副主任。同期，黄金钧同志由县委书记柳子林介绍，经南阳地委组织部批准，光荣加入了中国共产党，成为毛集林场恢复党支部后第一名新党员。10月8日，根据上级任命，李光钧同志任支部书记，黄金钧同志任场长，桂景新同志任副场长，岳宏伟同志为技术员（主管森防工作）。侯金堂同志调林业局任副局长，胡志运同志调林业局任种子站站长。

二、营林生产

1.造林6740亩，占计划的112.3%。造林实行联产计酬，建立经济责任制。为了提早完成任务，场里组织由营林队、护林队、苗圃队参加的造林突击队，集中职工56人（占总人数的70%），雇用民工260人，分别在回龙孙庄、枣树庄、南金庄三个造林点同时开展春季造林大会战。场里实行经济承包责任制，把任务分包给各造林单位，造林单位根据情况可联产到人，实行多劳多得、同奖同罚的管理措施，保证了质量，提高了进度。施工中严格按照技术要求和适地适树原则，坚持选择优质壮苗，做好起苗和苗子包装工作，精细栽植。造林中，当地住房条件差，同志们大都借住在农村仓库、磨房、牛屋、草料房，没有床的直接在地上铺草，没有门的就用木板、塑料袋挂上去代用。就是在这样的艰苦条件下，同志们仍毫无怨言的坚守在工地上，大干40天，保质保量超额完成任务。9月21日，南阳地区林业局宛地林（81）43号《关于南阳地区国营林场去冬以来生产工作情况检查总结报告》中，表扬了毛集林场“植苗造林保存率高、苗木健壮、幼林抚育质量高、工作主动、各项任务完成得好。生产中充分发挥了业务技术场长的作用，经常深入生产一线，既是指挥员又是战斗员，从而带动了广大职工的积极性”。对技术场长黄金钧的作用给予了肯定，同时，对毛集林场推行经济责任制，将全场划为营林、苗圃、后勤、护林四个生产队的工作方法进行了表彰。

2. 育苗55.6亩，占计划的111.2%，出苗率和生长量均超过了历史最高水平。为了工作方便，在红卫和田木湾分别成立苗圃排，排下分作业组，平时工作由排、组管理，场部组织不定期检查，制定奖惩措施。同时，开展了“比学习、看进步，比干劲、看速度，比质量、看效果，比纪律、看岗位，比团结、看风格，比觉悟、看贡献”的六比六看竞赛活动。领导感觉工作主动，职工感到灵活自由，由衷地总结出顺口溜：“定额管理就是好，任务完成质量高；以前上班哨吹烂，现在上班哨不见；以前上班下班早，现在工作忘时间；以前干活磨钟点，现在干活抢时间；以前来客陪着玩，现在来客一起干；任务紧时加班干，领导阻拦也不站；充分发挥主动性，领导不在同样干”。由于实行了定额管理、建立了生产责任制和必要的奖罚措施，调动了广大职工的积极性和自觉性，大家你追我赶，比质量、比效率，忘我工作，创造了毛集林场育苗工作历史性的突破。8月13日，河南省林业厅（81）豫林森字第17号，关于印发《国营林场生产责任制座谈会纪要的通知》文件中，对毛集林场实行“五定一奖”办法和对后勤行管人员的奖惩办法予以肯定和表扬。

3. 其他生产：间伐2000亩，纯收入18000元；幼林抚育9000亩。

三、良种繁育

根据国家林业部和省林业厅对林木良种基地的规划技术要求，结合毛集林场实际，经研究制订出1981年林木良种繁育计划：

1. 继续对鸳鸯寺水库湿地松马尾松对比试验林做好物候期的观测记录；

2. 对白马岭新营造的国外松母树林派专人管护，观察生长量，做好记录；

3. 改建田木湾三角架处马尾松母树林；

4. 对在鸳鸯寺水库试验林内栽植的七株湿地松幼苗，派人专职进行生长规律的观测记录。

为了加快无性系种子园的建立，在田木湾林区开展了湿地松的嫁接试验。6月16日，采用随心对形成层嫁接法和嫩枝撕皮嵌接法嫁接20株，成活8株，生长健壮，平均长出新梢25厘米。

四、综防工作

随着林业生产的迅速发展及新品种的引进，树木的病虫害种类日益增多，严重地危害着林木的健壮生长。按照林业部（80）林护字11号文件有关精神和全国森林病虫害普查实施要点规定及技术要求，南阳地区森林普查办公室，制订了本区普查方案，组织普查专业队4个32人，分赴西峡、桐柏、南召、南阳4个重点县展开了普查工作。毛集林场黄金钧、岳宏伟同志参加了普查队，从1980年11月开始到1981年11月底整整一年的外业普查，按时完成了任务。

五、护林防火

（一）做好护林防火宣传和社、队联防工作

建立专职的义务护林防火队伍，加强与社、队间联防，广泛宣传林业政策，刷写护林防火标语。为了达到宣传效果，到林区刷写标语时，工作人员一手提着石灰桶或红漆，一手拿着毛刷，一个林区一个村庄地挨个写。农村大部分都是土墙，无法落笔，为了一条标语，有时要在村里转几遍找合适位置。但往往是能写的地方不醒目，醒目的地方够不着。有时为了写一条标语，想方设法，垫凳子或找农民种地的耙当梯子，往上仰脸石灰水或红漆就滴落在头脸和衣服上。有时只好闭着眼一笔一画凭感觉描写，就这样仍是坚持写满全林区。为力争达到护林防火宣传全覆盖，还派出车辆到农村、街道播放林业法律政策，为护林防火增加了良好的宣传效果。同时，做好预防、扑救等应急预案和扑火物资储备等工作。

（二）挖设防火道，建立突击队

利用冬季农闲时节，组织民工200余人，在火灾重点林区回龙开挖防火道10千米（西从万家寨、东至祖师顶），宽10米、深0.3米。各林区除有一名专职护林员外，在固县、红卫两个乱砍滥伐、偷盗严重林区建立 4 ~ 6 人的突击队，不分昼夜集中巡护。7 月中旬某日，下了暴雨，淮河水位迅速上涨，与固县林区交界的湖北、信阳盗伐林木的团伙，趁淮河水涨适宜放木排的时机，大白天成群结队进入国有林区盗伐林木。因林区护林力量薄弱，在无力控制下向场部汇报，场里迅速组织突击队赶往固县。根据护林员汇报发案地点位置，若从正面上去必被盗伐者发现。经商议后，决定从固县街到与湖北交界处的魏家小河过河，从盗伐者背后包抄。该处是与淮河的交汇口，河窄水深流急，同志们为了抓捕盗伐者不顾安危，脱掉衣服顶在头上，手拉手游过河，迅速出击，出其不意地抓捕盗伐者 8 人，没收工具 11 把，截获树木 18 棵，严厉打击和震慑了违法犯罪分子的嚣张气焰。

（三）稳定山林权属，做好边界确定工作

根据县政府林权发证领导小组统一安排，毛集林场抽调 12 名护林员，由一名副场长带队，和当地社队配合开展边界确定工作。在全场辖区内根据原有林权协议认定的范围，坚持谁造谁有的原则，现场确认原定边界。经双方协商，林权纠纷基本解决，维护了国有林场林权的合法权益。

（四）筹建林业公安派出所

根据河南省公安厅、林业厅文件（81）豫公（治）字 70 号《关于在重点国营林场恢复和建立林业公安派出所的联合通知》文件精神，毛集林场开始着手筹备林业公安派出所的恢复工作（如图）。

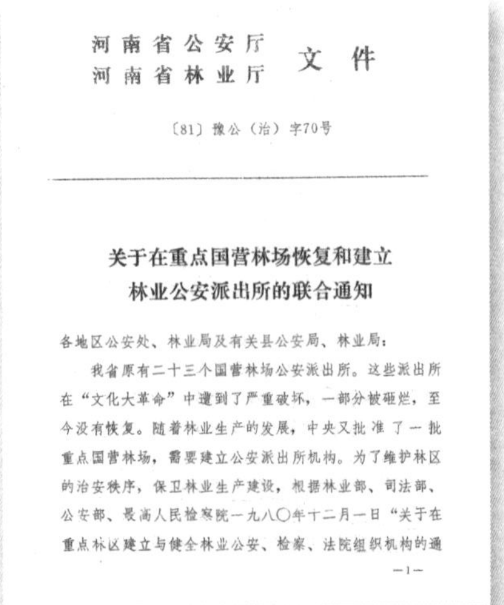
河南省公安厅
河南省林业厅 文件

〔81〕豫公（治）字70号

关于在重点国营林场恢复和建立
林业公安派出所的联合通知

各地区公安处、林业局及有关县公安局、林业局：

我省原有二十三个国营林场公安派出所。这些派出所在“文化大革命”中遭到了严重破坏，一部分被砸烂，至今没有恢复。随着林业生产的发展，中央又批准了一批重点国营林场，需要建立公安派出所机构。为了维护林区的治安秩序，保卫林业生产建设，根据林业部、司法部、公安部、最高人民检察院一九八〇年十二月一日“关于在重点林区建立与健全林业公安、检察、法院组织机构的通

—1—

关于在重点国营林场恢复和建立林业公安派出所的联合通知

3 月 25 日，桐柏县林业局桐革林字（81）第 4 号文件上报《关于安排陈庄、毛集国营林场待业青年增加工人指标的请示报告》，得到上级批复，毛集林场招收了一批集体工，解除了老职工的子女就业问题。

7 月 6 日，河南昆虫学会交流会在郑州召开，黄金钧同志应邀参加座谈会，在大会上代表南阳地区做了典型发言。

一九八二年

在十一届三中全会以来的各项方针政策指导下，在上级党委领导下，响应上级号召，积极开展“创先争优”活动。经过全体党员干部职工的齐心努力，各项生产取得了显著成绩。在县林业局召开的林业系统总结大会中，场支部书记李光钧同志，代表毛集林场作了《加强经营管理，发展国营林业生产》的工作汇报，毛集林场被评为林业系统先进党支部，并出席桐柏县“双先会”。

一、营林

在铁山、吴山、孙庄、歪头山、稻草坡等林区营造“两松”、马尾松、泡桐等 7300 亩，占分配任务的 146%。其中：“两松”3800 亩、马尾松 2464 亩、泡桐 1036 亩，其中试验林 36 亩。在营造泡桐林工作中，由于造林地点不通车，所有的苗木卸在回龙街上，离工地 10 余里，每人每天需要完成 20 棵任务。二至三米的树苗，每捆 10 棵，运往工地全靠人背，每天需往返四次。为了减少女工的劳动量，男女搭配分组，男的背树苗，女的在山上栽，起早摸黑，勉强完成当天任务。一天下来大家累的腿疼腰酸，晚上睡在草铺上也不解乏，但大家不叫苦、不掉队，第二天仍坚持继续上班。为了不影响女工栽树，男同志起五更就往山上背趟树苗，然后回来吃过早饭，又与同志们一起背树苗上山。在大家共同辛苦努力下，按时完成了造林任务。在河南省林业厅 1982 年国营林场工作总结大会上指出：“毛集林场在我省第一次执行造林、幼林抚育合同制的工作中，加强了工作责任心，严格按照技术规程，精细认真，责任心强，质量高，管理的好，经省验收各项任务都超额完成。特别是毛集林场为提高造林质量，造林时提出‘已起的苗不许在阳光下晾晒五分钟，包装不合格不计报酬’的质量要求和严格管理办法好”，对毛集林场造林工作给予充分肯定和赞誉。因造林、幼林抚育等都超额完成了任务，成绩突出，毛集、陈庄、马道等 13 个林场被评为全省农业劳动模范先进单位，光荣地出席了河南省人民政府召开的全省农业劳动模范表彰会。黄金钧同志被评为先进个人，获得省人民政府颁发的奖励证书，并作为劳动模范代表，在大会上做了典型发言，得到了与会领导和同志们的一致好评。

二、筹建泡桐基因库

为打造一流的泡桐基因库，在回龙林区孙庄营造的36亩泡桐速生丰产试验林内，进行了不同密度、不同整地方式、不同施肥种类、不同立地条件、不同混交方式的试验。通过对比，泡桐品种选用豫杂1号、襄樊白河两个优良品种。为弥补苗木不足，采用健壮根条埋根法，以增加试验效果，4月中旬埋根培育。经对比试验阴坡比阳坡出苗齐、生长好，给泡桐基因库建设提供了可靠依据。9月，在南阳市林业局工作的王玉清同志（湖南中南林学院本科毕业）调来毛集林场工作，主管泡桐基因库基地的规划设计、营造与管理。

三、科学试验

1. 无性系嫁接和标准化试验：6月，毛集林场组织人员到泌阳县马道林场参观学习国外松嫁接技术，回来后成立了4人嫁接试验小组。首先进行练兵，然后对湿地松进行嫁接试验，同时，对1981年选中的12棵马尾松优树进行嫁接，经过测验成活率达到80%。按照省林技站组织的苗木标准化调查规划要求，固定一名青年女工，对毛集林场承担的马尾松、黑松、湿地松试验进行不同播种量、不同密度设置标准地。8月下旬，根据对不同苗木质量要求，进行整地、造林试验，为苗木标准化调查提供了依据，达到了技术规划目标。

2. “两松”引种：为了搞好“两松”引种试验，毛集林场应邀参加了省林技站在泌阳召开的信阳、南阳、驻马店三区八个国营林场“两松”引种座谈会。会后成立了由一名副场长负责的科研协作组，按照座谈会议精神和协作任务，精细完成每一项技术程序，为河南省引种“两松”、建设“两松”基地提供了可靠依据和成功经验。试验证明：“两松”是理想的优良树种。引种“两松”获得成功后，开始在全县推广并大面积种植。

3. 化学除草剂试验：根据林业部在江苏省武进县农药厂召开的关于开展化学除草的会议精神。毛集林场制订了以消灭苗圃杂草和林下灌木为主的试验方案，按照上级分配的两公斤调节磷和试验要求，精细操作，认真观察记录数据，为化学除草试验的应用与推广起到重要作用，并于11月底写出试验报告，送交省林技站。

四、森防工作

10月，在河南省林业厅组织的《河南省森林病虫害普查》科研活动中，黄金钧、岳宏伟、张勇（女）、李霞（女）参加了外业普查工作。在全省评比中，南阳市获得河南省科技成果集体三等奖。31日，在南阳地区森林病虫害外业普查总结会上，表彰毛集林场森防工作认真，外业普查细致，完成情况好，在全市获得集体成果奖项中做出了积极的贡献，并对参加的工作人员予以表扬和鼓励。同时根据省、市要求，开展了鸟类普查和昆虫标本的制作。5月13日，在南方十三省马尾松毛虫防治会议上，毛集林场《马尾松毛虫的测报方法及与其有关的因子分析》被评为优秀论文。

7月，根据河南省公安厅、林业厅（81）豫公（治）字70号文件精神，经过近一年的筹备并报上级批准，恢复成立了林场公安派出所。首任所长由县公安局选派的郑兰明同志担任，王聚章、李全录、张永记、王伟、门战帝为林警（如图）。

派出所首任所长郑兰明（右二）和林警王聚章（右一）、张永记（左二）、李全录（左一）在办公室前合影

8 月，根据林业部《关于国营林场、苗圃进行全面整顿的通知》和省委《关于企业整顿安排问题的通知》的时间安排，在地方党委、政府的直接指导下，毛集林场进入全面整顿改革阶段。

12 月 27 日，南阳地区林业局宛地林〔82〕52 号下发《关于为赵善元同志平反决定》，宣布为原毛集林场副场长赵善元同志平反，恢复名誉，挽回政治影响。

一九八三年

在党的十二大精神指导和上级党委的领导下，毛集林场认真贯彻执行党的路线、方针、政策，落实党中央、国务院《关于开展全民义务植树活动》的文件精神，根据《国营林场、苗圃进行全面整顿的通知》的要求，大力进行经济体制和管理体制改革，继续建立完善各种形式的经济责任制，充分调动全场干部职工各方面的积极性，完成和超额完成上级分配的各项生产任务和科研目标。

一、营林

1. 造林 6650 亩，其中：回龙林区万家寨（2 林班）直播麻栎 1000 亩、孙庄泡桐丰产林 250 亩、枣树庄（3 林班）造马尾松 1350 亩、祖师顶（4 林班）造马尾松 1200 亩、双峰山（5 林班）造马尾松 1000 亩、红卫林区大潭山（2 林班）造马尾松 600 亩、田木湾林区三角架造杉树 400 亩、河滩地造桐树 30 亩、铁山林区熊老庄造湿地松、火炬松 500 亩、陈楼林区造马尾松 320 亩。

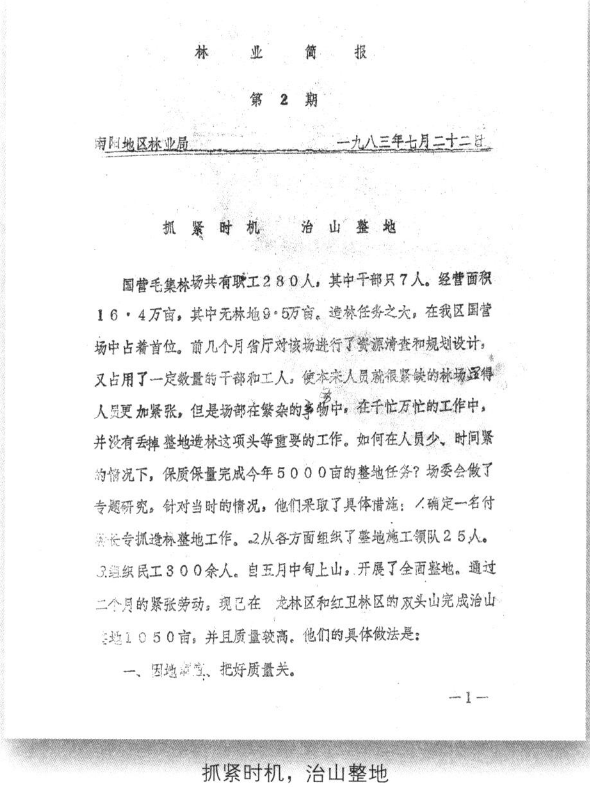

林　业　简　报

第 2 期

南阳地区林业局　　一九八三年七月二十二日

抓紧时机　治山整地

国营毛集林场共有职工２８０人，其中干部只７人。经营面积１６·４万亩，其中无林地９·5万亩。造林任务之大，在我区国营场中占着首位。前几个月省厅对该场进行了资源清查和规划设计，又占用了一定数量的干部和工人，使本来人员就很紧缺的林场显得人员更加紧张，但是场部在繁杂的事务中，在千忙万忙的工作中，并没有丢掉整地造林这项头等重要的工作。如何在人员少、时间紧的情况下，保质保量完成今年５０００亩的整地任务？场委会做了专题研究。针对当时的情况，他们采取了具体措施：1.确定一名付场长专抓造林整地工作。2.从各方面组织了整地施工领队２５人。3.组织民工３００余人。自五月中旬上山，开展了全面整地。通过二个月的紧张劳动，现已在回龙林区和红卫林区的双头山完成治山整地１０５０亩，并且质量较高。他们的具体做法是：

一、因地制宜、把好质量关。

—1—

抓紧时机，治山整地

2. 育苗 70 亩，其中：马尾松 42 亩、湿地松 2.5 亩、泡桐 12 亩、刺槐 11 亩、侧柏 2 亩、柳杉 0.5 亩。

3. 毛集林场幼林抚育 14000 亩，其中：回龙林区 6000 亩、红卫林区 3000 亩、田木湾林区 2000 亩、铁山林区 2000 亩、大包子林区 1000 亩。

4. 整地：5 月 5 日，在场部大院召开整地动员大会，从苗圃、营林、护林队抽调精兵强将，组成了 30 人的整地带工队伍，租住在农村的过道、牛屋、仓库里。5 ~ 11 月，从回龙街到汪大庄，再从栗树到郭庄，用时七个月，完成全年整地3500亩的任务。7月22日，南阳地区林业局《林业简报》第二期发表《抓紧时机，治山整地》的文章（如图），全文报道了毛集林场“因地制宜，根据地形地貌、坡度坡向等立地条件，实行大穴、小穴和鱼鳞坑等不同的整地方式，严把质量关。打破带班职工工资制，实行多劳多得、奖罚分明”等管理措施，以及高标准开展夏秋整地的先进事迹。为方便民工领取施工报酬，安排由技术员曹兴奎、出纳王惠云等财务人员到工地现场结算工资，得到了民工的好评。

二、引种试验

在场领导的重视下，经过科技人员的精心培育，毛集林场引种“两松”获得成功，得到了上级领导的重视和支持，迅速在全县大面积推广。

1月20日，河南省确定桐柏县为发展“两松”基地，毛集林场定为桐柏县“两松”育苗基地，制订并实施了“两松”芽苗移植试验方案。

4月12日，省林业厅成立了信阳、南阳、驻马店三地区“两松”引种试验研究协作组。毛集林场李光钧同志参加了“两松”协作课题研究，同年发表了《国外松引种栽培情况研究》的课题论文，并被定为河南省湿地松、火炬松引种成果鉴定材料（附件之五）。12月22日，河南省林业厅签发了技术成果鉴定书。

三、泡桐基因库建设

经河南省泡桐协作组领导和有关专家的实地考察，将1500亩泡桐基因库落实在毛集林场回龙林区的栗树和歪头山林班，其中：栗树林班海拔较低，地势平坦，面积1000亩；歪头山林班海拔较高，面积为500亩。根据部、省泡桐基因库建设规划和省泡桐协作组技术要求，9月，由技术员王玉清带领7名职工，在回龙林区规划设计，用罗盘仪定点放线，并组织民工进行挖穴整地，规格是1米×1米×0.5米，要求将穴内土全部挖出进行风化，待冬末风化后再回填到穴内，共完成整地3万穴，为泡桐定植奠定了基础。

四、护林防火工作

在党支部的领导下，认真贯彻执行党的各项林业方针政策，坚持“以防为主、

所长郑兰明（左一）带领干警赶赴固县林区，全体警员整装出警

防打并举”的方针，依法严厉打击各类违法犯罪活动，在派出所和护林员的共同努力下，查处毁林、盗伐等案事件104起，涉及224人。仅与信阳相临的红卫林区为例，白天黑夜成群结队、明目张胆鱼贯进入林区大肆哄抢盗伐国有林，多则一天能上20余人。更为突出的是8月上旬，发生连续多日暴雨，淮河水位急速上涨，信阳地区的平昌、高粱店，湖北省随州市的淮河、小林等地的不法犯罪分子窜入紧临淮河的固县林区魏家小河、背荫潭等国有林地内，趁讯期盗伐林木后，拼成木排在水上运输，一时淮河木排如帆船般列队放飞。沿淮群众看在眼里气在心中，那些不法分子还洋洋得意高唱“小小竹排江中游，桐柏山树随我走”的曲调寻衅挑战。为严厉打击违法犯罪分子的嚣张气焰，8月10日，在派出所所长郑兰明的带领下全员出警（如图），兵分两路赶赴淮河沿岸。当地群众主动带路，踏着泥泞的小道上追下堵，沿着河岸追赶往返40余千米，拦截非法盗窃、套购、倒卖木材11起，收回木材24立方米。除少数人闻讯逃跑外，大部分人赃俱获。消息迅

速传遍淮河两岸，震慑了违法分子，打击了歪风邪气，伸张了正义，广大群众拍手称快。在全场干部职工共同努力下，护林防火工作取得新突破，在豫鄂两省八县护林防火联防会议上，毛集林场被评为先进单位。

五、林权边界认定与森林资源勘察

随着全县林业“三定”工作的持续开展，毛集林场与有关社队交界的部分林地在林场不知道的情况下被群众分走，更为严重的是回龙林区板桥林班的“两松”试验林基地也被群众分掉，并正在办理林权证。面对这种严重情况，场领导一边向上级汇报，一边去回龙公社与政府相关人员当面沟通。经双方商议，3 月 18 日，回龙公社管委会、国营毛集林场《关于解决国营林区和集体林区边界问题的请示报告》上报桐柏县人民政府。4 月 3 日，桐柏县人民政府桐政字（83）029 号文件予以批复。按照批复文件精神，双方抽出专职人员成立工作组，在县政府督导组指导下，在原协议的基础上逐队现场认定协商解决，得到了双方认可和理解，稳定了场群关系，确认了林权边界。

3 月 14 日，根据南阳地区计委、劳动局宛计字 (82) 第 19 号；宛劳字（82）第 26 号通知，接收本场职工子女门玉钦等 18 名集体工到林场参加工作。

4 月 8 日 ~ 7 月 8 日，由省林业勘察设计院组织的 14 名技术人员，分 7 个组对毛集林场所辖范围的森林资源进行二类调查，全场总经营面积为 16.4355 万亩（第一次是 1961 年，总面积为 21 万亩），其中有林地 63314.5 亩（马尾松林面积 5.6 万亩，占 88.4%）、宜林地（荒山）92861.5 亩、非林占用地 8179 亩。并绘制了林场基本图、林相图、造林规划图，为林场营林生产和资源管理提供了真实可靠的依据。同年，毛集林场更名为国营桐柏毛集林场。

12 月，根据上级精神，毛集林场在回龙乡栗树村建立了集育苗、整地、造林、抚育、管护为一体的生产责任承包制林区，翻修职工宿舍 16 间、新建食堂 4 间。为加快绿化回龙林区提供了便利条件。

一九八四年

根据林业部《关于国营林场、苗圃进行全面整顿的通知》精神，地区、县确定毛集林场为农林系统第一批企业整顿验收单位。在上级党委的指导下，以党的“十二大”精神为指针，一年来，对毛集林场大力进行经济体制和管理体制的全面改革整顿。11月，按照“四化”标准，调整了领导班子，新班子主要成员由四名组成：支部书记李光钧，场长赵丰璞，副场长金明霞、桂景新，平均年龄38岁，文化程度均在中专以上（三个工程师、一个技术员），既有经验丰富的老同志，又有具备专业知识、精力充沛的年轻同志，形成了一个懂生产、会管理、有事业心，敢想、敢干、敢管、能开拓进取的领导班子。改选了党支部，选举产生了支部委员会（两名为科技人员）。同时对工会进行换届，选出工会委员7名。召开职工大会，选出职工代表21名，推选代表委员5名，产生主任一名，副主任一名。制定了《职工守则》等多项规章制度，建立完善了经济承包责任制。通过一年多的整顿，经营管理水平和经济效益有了明显提高，林场初步呈现出可喜的局面。

11月10日，毛集林场向桐柏县人民政府作了《毛集林场整场情况汇报》，17日，由地、县企事业整顿办公室、县农办、人劳局、林业局等单位组成的检查验收小组，按照林业部制定的“国营林场、苗圃企事业整顿验收标准”，实行千分制，采取听、看、查、访、议、评的方法，进行认真细致的逐条、逐项对照验收打分，结果得957分，百分率达95.7%，一次验收成功。当场颁发了合格证书。全场有职工102人，其中干部6人（技术干部4人）、工人96人。

为方便与外部联系和管理需要，场部于9月迁到毛集镇毛集大道312号。

一、林业生产

2月10日，全场召开春季造林工作动员会，会议部署苗圃、营林、后勤、护林分工负责的事项和规章制度，号召全场积极行动，相互配合，打好春季造林第一仗。2月12日，各队分赴岗位，苗圃队负责保质保量起苗，后勤组保障工具供应和安全运送苗木，营林队奔赴回龙、栗树、郭庄等第一线，组织当地民工300余人，按照造林技术规程和分包范围，抢时间、争速度、严要求、保质量，开始了声势浩大的造林生产高潮。由于使用植树锹造林在许多带工员和民工中，大都是第一次。为使大家使用起来得心应手，组织开展了两天的战前练兵培训。让大家熟练掌握技术要点，加快了造林速度，减轻了劳动量，为按时、保质、保量完成任务奠定了坚实的基础。为保障幼苗安全生长，所属造林区护林员均与林场派出所签订管护目标责任书，不定期巡回检查。在护林人员的积极管护下，年终验收苗木成活率高达 90%，个人管护目标率达 95%。南阳地区在《国营林场八四年度造林检查验收工作总结报告》中指出："毛集林场新的领导班子建立后，采取分工与集中相结合的方法，领导各自分片包队，集中商定规章规划，加强对造林、育苗、护林工作的领导。监督和检查各队目标完成进度，支书李光钧同志深入到各林区苗圃，合理安排起苗，调配运苗车辆，保证苗木供应，加快了造林速度，仅用了 16 天的时间，完成造林面积 7500 亩，占省分配该场任务（4500 亩）的 165.5%，保质保量超额完成"，因此被省人民政府授予"先进集体单位"称号。同时，对毛集林场在突击造林期间"实行浮动工资的作法，推行职工家庭承包、林业生产责任制，积极开展'两松'引种先进技术，实施'两松'针叶束培育苗木获得成功"等事迹做了重点介绍。

河南省"两松"推广现场会议在桐柏县召开。大会上介绍了毛集林场"1974 年从湖北购进在美国直接进口的湿地松原种，通过育苗、整地、造林、管护、观测全过程的试验对比结果，生长很好，优于本地马尾松，且适宜本地种植"。湿地松的试种成功，又给桐柏绿化增添了一个新的速生树种，为全县推广"两松"种植起到了带动促进作用"。

12 月 1 日，毛集林场《湿地松芽苗移栽育苗技术》发表在南阳地区林业局科技简报上。26 日，南阳地区林业局林业技术推广站，将毛集林场湿地松、火炬松针叶束育苗试验获得成功的方法和措施向全区宣传推广。

二、综合防治工作

在国家"六五"期间，为正确掌握马尾松毛虫种群数量的变动规律，搞好预测预报工作，国家科委、经委把《马尾松毛虫种群数量的变动规律及其预测预报的研究》列为全国三十八个科技攻关项目之一。根据项目的要求，南京林产工学院承担了这个项目的研究工作。场长黄金钧（10 月调任林业局局长）、技术员岳宏伟参加了这一研究项目的协作，并共同编写了《河南省桐柏县毛集林场一九八四年对马尾松毛虫种群数量变动规律及其预测预报的研究》论文，该项目获得国家科技进步集体三等奖。支部书记李光钧参加了在南京林产工学院召开的颁奖表彰会。

4 月 7 日，南阳地区林业局宛地林（84）41 号《关于开展桐柏山区马尾松毛虫多年不成灾的主要因子探讨研究的通知》，由省、地、县林业技术部门及毛集、陈庄两个国营林场共组织 8 人参加了探讨研究协作组，场长黄金钧具体负责马尾松毛虫每个虫态期的天敌观察及场区范围内马尾松毛虫的防治、自然因子的资料收集、整理的课题研究。

桐柏山鸟类交流座谈会在毛集林场召开

5 月 10 日，在地区林业局工作汇报会议上，黄金钧同志作了《马尾松毛虫十年不成灾的做法与体会》的典型发言。

10 月，桐柏山鸟类标本制作现场交流会在毛集林场召开（如图）。

12 月 24 ~ 25 日，“桐柏山鸟类资源调查及招引益鸟效果”研究成果鉴定会在桐柏召开，场长赵丰璞带着毛集林场制作的鸟类标本和科研资料参加会议，并在会上作了典型发言。

三、部、省联营林木良种基地

8 月 13 日，林业部林发【种】（1984）395 号文件《关于联合建设林木良种（种子生产）基地设计方案的批复》，同意桐柏毛集林场林木良种基地建设规模为 3250 亩。其中改造马尾松母树林 1000 亩、种子园 500 亩、试验林 1750 亩。在试验林中，种源试验林马尾松 200 亩、马尾松优树收集和采穗圃 50 亩、泡桐基因库 1500 亩，并晋升为部、省联营马尾松林木良种基地。

王玉清同志 1982 年从南阳地区林业局调入毛集林场，分配负责省重点科研项目——1500 亩泡桐基因库基地的营造和管护工作。自接受任务后，根据省泡桐协作组要求，王玉清同志不分节假日整天忙碌在育苗、整地和泡桐科研工作中，兢兢业业、任劳任怨。利用空暇时间向职工传授先进的科技知识，把自己在校学的理论运用于实践中。带领科研小组在回龙泡桐基地奋战近两年，完成了 1500 亩泡桐基因库基地设计、打点、整地、定植、编号、登记、定植图的绘制等任务。基地共收集全国 28 个省、市、自治区 194 个县的 1800 余个家系，规模之大在全国属第一位，基因库各项技术指标均达到设计要求。同时，毛集林场还参与了南阳地区泡桐协作组科学研究关于《泡桐基因库的营造和泡桐速生丰产林栽培措施的研究》课题试验。为表彰王玉清同志的敬业精神和突出贡献，经场班子研究，特向县劳动人事局申请给予王玉清同志享受一级浮动工资的特殊待遇。

四、护林防火

1984 年是争取实现社会治安根本好转的关键一年，如何实现林业长治久安是林业干警面临的新课题。为了更好地完成这一光荣使命，在场领导的支持下，先后召开了四次护林防火专题会议，总结建场以来防火工作的经验教训，重新修订了防范措施和护林防火的奖惩办法，进一步建立健全和完善了各种岗位责任制。全所5名干警分片包区，护林员划段管理。白天走村串户，广泛向群众进行护林防火宣传，巡护在林区道口并观察预防火情的发生，夜晚登高巡查瞭望是否有火情发生。同时，利用农村演戏、放映电影、开大会等机会现场向群众宣传林业方针、政策。由于抓得早、抓得紧、措施得力，有效地控制和降低了森林火灾的发生，防火工作取得新局面，实现了有史以来第一个无森林火灾之年。林场派出所连续三年被评为豫鄂两省八县护林防火先进集体，同时被桐柏县公安局评为公安战线团结战斗先进单位，被桐柏县总工会命名为“积极率领职工进行两大文明建设的先进工会小组”。

五、家庭承包责任制

根据国营林场整顿会议精神，开展试行家庭式承包责任制。经研究决定在固县、田木湾、回龙郭庄等处，率先安排5家18人的承包户，承包所分配区域内的整地、育苗、造林、抚育、管护等任务。同时，在回龙村回龙南队河西处建立了家庭式林场，新建办公室和宿舍5间，厨房、水电等设施一应俱全，为毛集林场家庭式林场、责任制承包的推行树立了样板。

六、职工文化课培训

8月中旬，按照上级指示和县人劳局、林业局通知要求，毛集林场开办了首届青年职工初中文化补习班。成立了以支部书记李光钧为组长的三人领导小组，聘请毛集中学老师到毛集林场辅导，来自生产一线的21名工人参加了培训班。全日制脱产学习，连续20天，于9月底参加全县职工文化课考试，全部通过并领取了合格证。

1月23日，全场动员为桐柏县建设民兵大楼捐款，受到县委、武装部等部门的表彰。

一九八五年

按照国营林场整顿要求和时间安排，毛集林场从1983年9月开始至1984年10月结束，时至一年的全面整顿后，经地、县企业整顿小组验收，颁发了企业整顿合格证书。在整场过程中，建立了新的领导班子，进行了经济体制改革。随着整个经济形势的好转，贯彻“以林为主、全面发展”的方针，根据各项生产活动的特点，建立了八个家庭林场，造林、育苗、间伐、抚育、科研进行了专业承包，同时大胆地对林业生产结构进行了大幅度调整。首先把过去单一的用材林改为用材林、经济林同步发展，其次改过去的单一经营为多种经营。在上级压缩基建投资，林场进行转向的新形势下，及时采取应变措施。在资金困难的情况下，完成造林3000亩，占上级分配任务1500亩的200%；完成抚育10000亩，占上级分配任务9000亩的110%；育苗78亩，产合格苗180万株。通过芽苗移栽的成功，解决了历年来针叶树育苗出苗率低等老大难问题，为针叶树育苗闯出一条新路子。由于商品经济的推动，带动了整个林业事业的发展，促进毛集林场物质文明建设和精神文明建设进一步提升，开创了林场新局面。

一、飞播造林

为加快荒山绿化速度，省、地、县决定在桐柏境内开展马尾松飞播造林。其中，毛集林场规划实施总面积为25327亩，分布在花棚山播区8911亩、启母岭播区8700亩、杨淌寨播区7716亩。在上级领导和相关部门配合下，于5月下旬完成了飞播任务。在飞播造林中领导亲自带队和大家一起翻山越岭，每人自带水壶和干粮，天不亮就往山上走，提前到达指定位置。在飞机工作时哪高站哪，摇动红旗为飞机导航，同时发出信号弹标示位置。在飞机撒播种子过程中，信号员不时受下落种子的击打，虽然眼睛无法睁开，但仍然坚守岗位。经过连续奋战十几小时，圆满完成航播规划设计面积的任务。为巩固飞播成果，6月11日，根据桐柏县人民政府桐政字（1985）87号《关于飞播区实施封山育林的通知》，毛集林场在飞播区增添十余名青年护林员，吃住在播区内，实行全天候巡护。口号是：“封

场长赵丰璞在回龙林区飞机播种造林基地设计样板、调查出苗率

山育林、政策先行，宣传到家、标语上墙，人不进山、畜不进林”等。省、地、县领导高度重视，河南省林科院委派技术专家来场指导，桐柏县副县长谢宗志、林业局局长黄金钧等经常到飞播区协调解决与当地关系，场长赵丰璞等亲自设计样板，调查出苗率（如图），了解管护情况，亲切嘱咐多与群众沟通。在保证幼苗安全的情况下，留出空间给群众放牧拾柴，搞好村民关系，确保飞播区治安稳定、苗木生长安全。

二、林木良种基地

毛集林场从1980年开始进行林木良种基地建设，原为省林木良种基地之一。1984年，在上级主管部门的关怀和支持下，毛集林场被定为部、省联合建设林木良种基地。省、市林业工程师经常到“两松”基地和马尾松良种基地现场指导工作（如图）。为了搞好林木良种基地建设，毛集林场抽出两名副场长和林场派出所所长组成良种培育领导小组，他们亲临现场指导、亲自试验设计、亲自检查验收。并抽出五名具有高中文化程度、身体健康、事业心强的年轻职工组成良种科研小组，专职负责良种基地管理工作。加强思想教育和业务培训，提高了科研人员的责任心和业务水平，圆满地完成了各项任务。11月23日，林业部、河南省林业厅联合

省林业厅林技站魏鉴章高工（右二）、县林业局局长黄金钧（左一）在场长赵丰璞（中）陪同下，在白马岭指导“两松”基地建设工作

省林技站黄金顺（左）、市林技站刘庆霞（右）两位高级工程师由场长赵丰璞（中）陪同在毛集林场林木良种基地指导工作

建设林木良种基地现场会在毛集林场召开，场长赵丰璞同志作了基地建设情况汇报，得到与会领导和专家的好评，为后期的良种基地建设奠定了良好的基础。

三、多种经营

根据上级指示精神，毛集林场积极贯彻落实“以林为主，多种经营”的方针，在以林为主的前提下，除完成上级分配的生产任务外，发展了商品苗圃基地50亩，合资开发锰矿一处，合办开采莹石矿三处，组建白石队一个，开办木器加工厂，成立林产品经销公司，总投资15万元，纯利润4.5万元。

1月24 ~ 26日，毛集林场参加了河南省林业厅组织的全省林、工、商商品展销会，并携带参展的商品清样和木制五斗柜。

11月6日，受河南省林产品公司邀请，毛集林场木材加工厂加工的木制产品参加了林产品展样订货会，并签订了部分合同，为产品的销售打开了渠道。

四、护林防火

1985年是《森林法》正式颁布实施的第一年，毛集林场抓住有利时机，在辖区四个乡（镇）街道、学校、农村等人口密集处开展大小宣讲会180余场，并在主要道口、路旁，采取办墙体宣传专栏、刷写护林防火标语等多种形式，把依法治林的方针贯穿到人们的日常生活中。同时，成立护林防火领导小组，场长赵丰璞任组长（如图），办公室设在派出所。

场长赵丰璞下林区检查护林工作

3月30日下午，郭庄林区杨淌寨周边群林发生山火，一时火借风势，风助火威，熊熊大火向四处蔓延，随时会扑向部、省联营的泡桐试验林基地。在“火光就是命令，行动就是时间”的口号感召下，护林员、当地的干部、群众以及驻村乡干部等，不约而同的从不同地点奔向火场。眼看一场大火要燃进泡桐试验林地时，被赶到的人墙阻挡并迅速扑灭，充分彰显了宣传的效果和群防群治的巨大威力。

森林管护上，林场派出所依照《森林法》认真查办案件，加强巡逻、走访，并鼓励群众举报。12月下旬，红卫林区明山一带树木连续被盗。25日，接到群众举报，信阳邢集乡尖山村村民徐良生家存放有湿松木檩条四十余根。获悉这一情报后，林场派出所随即快速出击，通过数量、树轮、锯口等比对，查实就是在毛集林场林区盗伐的林木。经突击审讯，一举查处该5人的盗伐团伙，并大张旗鼓地做了公开处理，有力地打击了破坏林业的违法犯罪活动。28日，在豫鄂两省八县护林联防会议上，毛集林场派出所被评为护林防火先进单位。

五、科技推广

1月27日，河南省《泡桐种质资源保存与研究》工作年终总结会在郑州中州宾馆召开。场长赵丰璞同志参加会议，详细汇报了泡桐基因库建设状况及管理措施。

5月，毛集林场参加了省林业厅组织的“双膦”推广培训班，加入了“双膦”推广协作会。于8 ~ 10月在回龙泡桐基因库开展了“双膦”喷药对比试验，场长赵丰璞经常到试验区了解试验开展情况，并现场进行指导（如图）。试验获得成效，为“双膦”的推广应用提供了科学依据。

7月28 ~ 31日，根据河南省林学会（85）豫林会字第12号文件《召开林木育种专业会议的通知》，副场长金明霞同志参加了在郑州召开的林木育种专业会议，就林木良种繁育做了专题汇报，毛集林场应邀加入林木育种专业委员会协会，成为该会会员。

11月18日，毛集林场参加了河南省林业技术推广站在驻马店地区确山县薄山林场召开的《省林木病虫害预测预报》座谈会。

场长赵丰璞在泡桐基因库“双膦”除草试验地调查

一九八六年

在党的十二大精神指引下，在上级党委、政府直接领导和业务部门的帮助支持下，毛集林场组织全体党员干部职工，深入学习贯彻中央一号文件和省、地有关林业相关政策，坚持四项基本原则，坚持改革开放，狠抓政治思想教育。认真开展“五讲四美三热爱”活动，建立健全各项林业生产责任制，充分发挥科技人员在林业建设中的作用。领导干部以身作则，和广大职工同呼吸、共命运，团结奋进，以改革为动力，带领全场解放思想，打破铁饭碗，实行责任制，在两大文明建设上取得了可喜成绩，各项工作出现了前所未有的好形势，开创了毛集林场林业建设新局面。

一、不误林时，积极抓好林业生产

1. 造林：坚持“以林为主，多种经营”的方针，抓好林业生产。春季造林期间，毛集林场组织干部职工，集中人力、物力、财力开展造林生产。根据林木良种基地规划完成造林650亩，其中泡桐试验林350亩、马尾松试验林200亩、马尾松

河南省林业厅组织的国外松种苗现场会在毛集林场召开，种子站科长吴理安（左一）、工程师段文锦（右前一）、市林技站刘庆霞（右前二）、林业局副局长王长春（右后二）、场长赵丰璞（右七）等合影

种子园定砧 100 亩，并利用四旁空隙地零星植树 2000 株，成活率达 85% 以上。

2. 育苗：育苗 36.5 亩，其中针叶苗（两松）26 亩、阔叶苗 10.5 亩（经济林 3.5 亩、其他苗 7 亩），可产苗木 225 万株，价值 10 万元。技术产生了效益，“芽苗移栽育苗技术”改变了毛集林场以往育苗成活率低下的局面。在苗圃管理中，采取任务承包办法，不但提高了出苗率和苗木质量，而且增加了毛集林场和个人收入。产量的提高不但满足了毛集林场需求，而且还支援了信阳等外地造林用苗。一跃成为全省育苗最佳单位，省林业厅在毛集林场召开了种苗现场会（如图）。

3. 抚育：计划幼林抚育间伐 5000 亩，实际完成 6400 亩，占计划的 128%，抚育间伐后经上级验收，全部符合规格要求。其中：在黄岗大包子母树林疏伐 1000 亩，固县五里岗母树林疏伐 500 亩，田木湾林区二、三、四、五道岗刺槐低产林改造 500 亩。为增加职工收入，号召职工自己伐树，实行多劳多得的管理方式，在完成当天定额后，每超一立方奖励 5 元。许多同志争先恐后，中午不休息，吃饭后就工作，既增加了收入又提高了生产进度。同时在红卫林区间伐 3000 亩，职工住在凤凰岗。因山岗石头多没有水源，同志们只好轮流到一公里外的村庄去挑水，去时顺带清洗蔬菜，回来挑担水。经常是满满一桶水，等挑到工地只剩半桶，大家洗脸只好共用一盆水，茶水凉了舍不得倒掉加热后接着喝，换下的鞋袜要到二三里外的水库去洗，那真是用水贵如油。在如此艰难的情况下，同志们仍精神饱满地坚守在工地上，无怨无悔地履行着自己的职责。

二、加快良种基地建设步伐

为了保证良种基地建设任务按期完成，根据基地设计规划，毛集林场组织干部职工，自 9 月开始，在田木湾林区二、三、四、五道岗，进行高标准大穴整地和带状整地 500 亩。土壤经秋冬风化后于 12 月全部回填踏实，并完成基地测绘图和资料收集工作，为 1987 年马尾松种源种子园定植备足了基地。同时，安排 12 人分为六组，赴广西、贵州、福建、浙江、四川、江西、湖南等七省地，共采集马尾松优树 12 个种源 181 个家系，同时收集本省种源 6 个，554 个家系。按种源基地规划设计，完成采种任务，育苗 0.6 亩、出苗 7 万株，保证了种源种子园建园

毛集林场马尾松种源试验成果鉴定会现场

河南省林业厅成果鉴定组在大包子母树林基地验收

的需要，为营建试验林打下了物质基础。同年 10 月，河南省林业厅组织专家在毛集林场召开马尾松种源试验成果鉴定会（如图）。

三、森防工作

在上级主管部门的支持下，新建冷冻库 1 处、繁蜂室 1 处、饲养室 1 处、双目解剖镜 1 架、显微镜 1 架、各种玻璃仪器数 10 件、动力喷药机械 10 部、20 瓦黑光灯 30 个、高压水银捕虫灯 4 个，这些设施设备的增添，为松毛虫测报和综合防治提供了技术和基础条件。同时，充分利用社会闲散劳动力，采取捕摘马尾松毛虫茧和成虫，放置敌马烟剂、黑光灯诱蛾、悬挂鸟巢等措施，充分发挥化学、生物、物理等防治作用，防治面积 15000 亩，达到了保护天敌、压低虫口、控制灾害的目的。根据虫情危害程度，在重灾区的陈楼林区实施机械化学防治。因机械喷雾需大量用水，但山上没有水源，需要到很远的村庄去挑水。为了保证施药用水需求，组织 20 余名职工，不间断地往返担运。由于路远坡陡，不少职工磨破肩，崴伤脚，但没有人叫苦，忍着泪水，咬着牙依然坚持工作，直到任务完成。

10 月，毛集林场《马尾松毛虫测报技术》在南阳地区林业局《林业简报》第五期上发表。

11 月，由中国科学院承担的国家科技重点项目，在攻关专项行动中，与毛集林场签订了《马尾松毛虫综合管理主要技术研究》的攻关课题，同时被邀请加入了该协会。

24 日，南阳地区林木病虫害测报工作经验交流会在桐柏县召开。毛集林场作为全区测报先进单位参加，在大会上作了典型发言。

四、多种经营

始终贯彻执行中央关于经济体制改革的精神，走林、工、商综合经营的道路，由单一林业生产结构转为以林为主、多种经营的综合发展模式。采用职工大承包的形式，新建木器加工厂 1 处，新添带锯 1 台、汽车 1 辆、三轮拖拉机 3 部，年上缴场利润 46540 元，改变了毛集林场“一死二穷”的局面，达到了“一活二富”的目的。

五、科学试验

桐柏县为发展桐柏大枣基地，扩大种植面积，确定在毛集林场建立“桐柏大枣采穗圃”，为全县及外地提供优良接穗，并依托毛集林场优势建立大枣优良品种培育基地。成立了以支部书记李光钧为组长，金明霞（副场长）、桂景新（副场长）为副组长的课题攻关研究组。

六、护林防火

（一）深入持久地开展宣传教育，筑起一道依法治林的思想长城

为加大林地林木资源管理力度，除正常加强巡护外，又在林区主要道口刷写言简易懂的标语，召开不同类型的大小宣讲会。在人口密集的学校、集镇等地摆放宣传牌、悬挂法制案例图片等，开展多种形式宣传活动，达到教育群众知法、守法的目的，减少违法犯罪，从而筑起护林防火的思想长城。

（二）加强场群联防，狠抓护林队伍和基础设施建设

积极开展护林联防、群防群治的综合防治工作，加强与周边相邻村组的护林联防，主动与林区内群众订立护林公约，建立情报联络点，成立联合巡逻队。同时增强护林队伍力量，全场设立护林点 24 个，固定护林员 30 人，分片划区，签订合同，配备双管猎枪、手电筒、水壶、雨衣等防护设施。派出所林警采取分片承包的办法，检查验收防护工作。为保证派出所工作主动，快速灵活，新添置长江 750J 公安三轮摩托 1 辆（如图），对讲机 5 部（如图），为保护森林资源的安

长江 750J 公安三轮摩托 1 辆

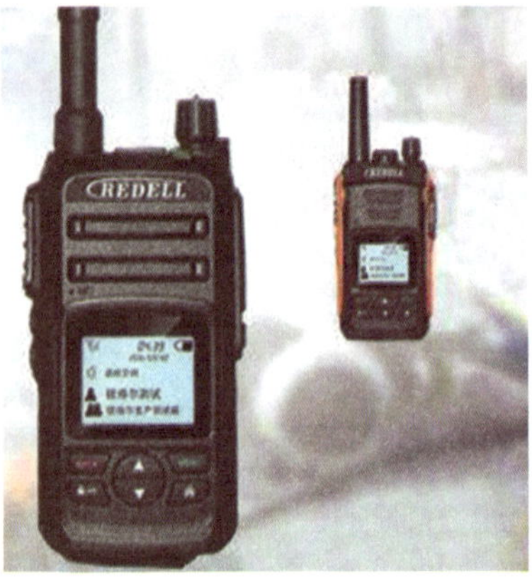

对讲机 5 部

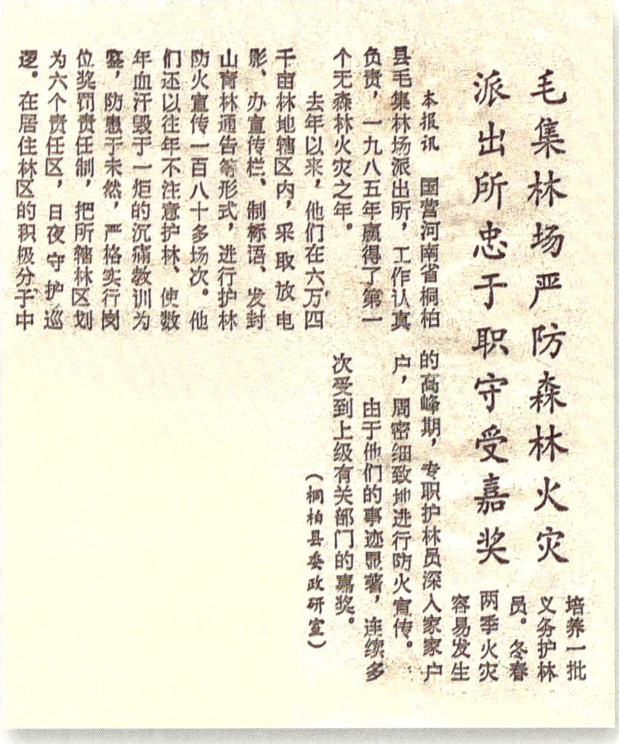

毛集林场严防森林火灾
派出所忠于职守受嘉奖

本报讯 国营河南省桐柏县毛集林场派出所，工作认真负责，一九八五年赢得了第一个无森林火灾之年。

去年以来，他们在六万四千亩林地辖区内，采取放电影、办宣传栏、制标语、发封山育林通告等形式，进行护林防火宣传一百八十多场次。他们还以往年不注意护林、使数年血汗毁于一炬的沉痛教训为鉴，防患于未然，严格实行岗位奖罚责任制，把所辖林区划为六个责任区，日夜守护巡逻。在居住林区的积极分子中培养一批义务护林员。冬春两季火灾容易发生的高峰期，专职护林员深入家家户户，周密细致地进行防火宣传。由于他们的事迹显著，连续多次受到上级有关部门的嘉奖。

（桐柏县委政研室）

毛集林场严防森林火灾 派出所忠于职守受嘉奖
（《河南日报》第四版）

全创造了条件。

3 月 5 日晚上，回龙乡杨集村北侧群林发现了火情。此处北与确山交界，东与信阳相邻，南与毛集林场林地相连，若救助不力，将酿成火灾并会引起地区间纠纷。接到护林员的报警后，在支部书记李光钧、场长赵丰璞的带领下，大家带着干馍和萝卜，紧急驱车直奔现场。在荒芜人烟的山林中，展开了扑火救林的争夺战。我们的行动极大地感动了当地革命老区群众，有 30 多人主动加入到扑火队伍中。待将蔓延数十里的火龙扑灭后已是 3 月 6 日凌晨 1 点。奋战了几个小时，虽然同志们的衣服被汗水湿透了，头发烤焦了，个个脚疼身困，饥渴难忍，但仍然精神抖擞、激情高昂。面对老支书李光钧同志临危不后退、亲上前线的拼搏精神，同志们由衷的佩服，并赞叹说：“有年过半百的老支书做表率，再苦再累我们也顶得住”。正是有这样一支政治觉悟高、思想进步的职工队伍，艰难困苦脚下踩，勇往直前不退缩。在场班子领导下，全体职工同心协力，创造了林场光辉业绩。

3 月 12 日，《河南日报》第四版刊登了《毛集林场严防森林火灾、派出所忠于职守受嘉奖》的文章（如图），对毛集林场护林防火采取的方法措施和取得的成功经验作了宣传报道。

12 月 23 日，南阳地区绿化委员会办公室、南阳地区林业局，在《林果业简报》第四十五期上全文转发桐柏县毛集林场派出所 1986 年工作总结，并发表编者按：“毛集林场派出所认真执行森林法及其实施细则，查破各类林业案件 40 余起，稳定了林业生产秩序，并且实现了毛集林场第二个无森林火灾之年，我们认为其做法很好，现将全文转发各地参考学习”（如图）。上级部门的宣传推广，进一步激发了全体林业干警和职工护林防火的积极性和责任感，认真做好护林防火工作。由于成绩突出，在豫鄂两省八县三届八次护林防火联防会议上，毛集林场派出所再次被评为先进单位。

9 月 15 日，党支部书记李光钧收集、查阅资料，总结毛集林场改革整顿以来经营管理中的经验教训，编写发表了《整顿出成果、改革见成效》的论文。

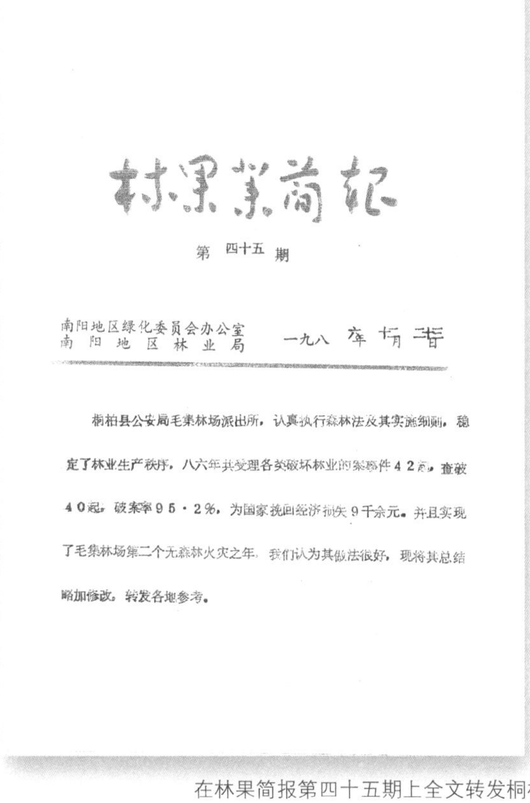
林果业简报

第 四十五 期

南阳地区绿化委员会办公室
南 阳 地 区 林 业 局　　一九八六年十二月二十三日

桐柏县公安局毛集林场派出所，认真执行森林法及其实施细则，稳定了林业生产秩序，八六年共受理各类破坏林业的案件42起，查破40起，破案率95·2%，为国家挽回经济损失9千余元。并且实现了毛集林场第二个无森林火灾之年，我们认为其做法很好，现将其总结略加修改，转发各地参考。

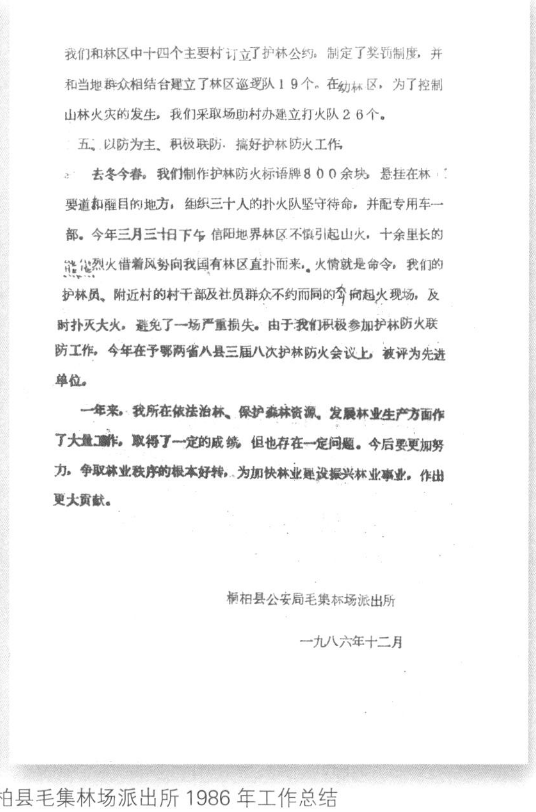
我们和林区中十四个主要村订立了护林公约，制定了奖罚制度，并和当地群众相结合建立了林区巡逻队19个。在幼林区，为了控制山林火灾的发生，我们采取场助村办建立打火队26个。

五、以防为主、积极联防，搞好护林防火工作

去冬今春，我们制作护林防火标语牌800余块，悬挂在林区要道和醒目的地方，组织三十人的扑火队坚守待命，并配专用车一部。今年三月三十日下午信阳地界林区不慎引起山火，十余里长的熊熊烈火借着风势向我国有林区直扑而来，火情就是命令，我们的护林员、附近村的村干部及社员群众不约而同的奔向起火现场，及时扑灭大火，避免了一场严重损失。由于我们积极参加护林防火联防工作，今年在予鄂两省八县三届八次护林防火会议上，被评为先进单位。

一年来，我所在依法治林、保护森林资源、发展林业生产方面作了大量工作，取得了一定的成绩，但也存在一定问题。今后要更加努力，争取林业秩序的根本好转，为加快林业建设振兴林业事业，作出更大贡献。

桐柏县公安局毛集林场派出所

一九八六年十二月

在林果简报第四十五期上全文转发桐柏县毛集林场派出所 1986 年工作总结

12 月 20 日，场长赵丰璞编写了《中国国营林场》“分论”部分（国营河南省桐柏毛集林场森林经营情况）。

12 月 23 日，桐柏县人民政府办公会议在回龙乡政府召开，协商解决回龙乡与毛集林场林区边界纠纷。县委书记曲凡亭、回龙乡乡长张有年、林业局副局长王长春、毛集林场支部书记李光钧等有关部门负责人参加会议。经过多方协调行文六条，同日下发桐政纪字（86）30 号《关于解决国营毛集林场与回龙乡部分村组林区边界问题的决议》纪要，为解决回龙林区边界纠纷制定了依据。毛集林场桂景新、王聚章、李玉国、吴明义、何士喜、韩保成等共同参加边界认定和林权证发放工作，通过这次大规模联合摸底排查，回龙林区边界基本清楚，达到了双方预定目标，稳定了山林权属。

一九八七年

在上级党委、政府的领导下，以党的十二届六中全会决议精神为指导，坚持四项基本原则，围绕林业建设和深化改革这个中心，注重政治思想工作，着眼于干部职工思想道德和业务素质的提高，深入开展“四有”教育和“五讲四美三热爱”活动，积极组织职工业务技能培训和节假日文体活动。以两个文明建设为抓手，推动林场建设事业的快速发展，取得了精神文明、物质文明和林业生产的全面丰收。在河南省林业厅召开的全省87个国营林场年度工作总结表彰大会上，毛集林场获得“先进单位”荣誉称号。

全场共有职工108人，其中：干部12人（技术干部10名）、党员9人、团员6人、工会会员58人。总经营面积16.4万亩（省林业厅勘察设计院1983年森林资源二类调查数据），其中：马尾松人工纯林5.6万亩，下设八个林区、22个护林员；成立了护林队、营林队、苗圃队、森保组、良种组、科研组、后勤组、多种经营组、林业派出所。

一、良种基地建设及管理措施

1. 加强1000亩马尾松母树林的经营管理。对固县林区和大包子林区母树林分别进行了抚育间伐，对目的母树进行了鱼鳞坑松土抚育和施肥。为保证母树林健康生长和早期结实，减少虫情危害，组织职工和当地群众对母树林内的松毛虫害进行了人工捕捉，放置敌马烟剂熏杀，有效地控制了虫害的发生。

2. 加强泡桐基因库基地后续管理。春季对泡桐基因库进行了抹芽除荫，6月底进行中耕除草一次，固定两名专职护林员进行常规管护，生长良好。省、地领导及专家教授等多次现场指导并对取得的成绩予以肯定和赞扬。

3. 扩建马尾松采穗圃20亩。原采穗圃已嫁接79个无性系1997棵，成活1026株，成活率54.1%。新建采穗圃，定植时用的全是挑选的一级苗木，明确专人承包，实施精细管理，达到建园目标，得到省、地领导和专家的赞誉。

4. 马尾松优树育苗。通过对南方七省和本省采集的马尾松优树种子的处理、筛选、育苗0.6亩。外省种子出苗数为10万株。本省种子出苗数为7万株，为种源种子园建园提供了保障。

5. 规划、整地与定砧。春季，在田木湾林区二、三、四、五道岗，完成了100亩马尾松无性系种子园的规划、整地、定砧；400亩种源种子园的全面测绘、设计；830个马尾松单株种源育苗等前期筹备工作（如图）。

6. 省林科所所长陈建仁与谭永润、黄恩隆研究员来毛集林场指导良种基地建设，并出席毛集林场马尾松种源种子园汇报会（如图）。

毛集林场马尾松种源种子园基地

省林科所所长陈建仁（左二）与谭永润专家（右二）、黄恩隆专家（左一）在毛集林场会议室听取马尾松种源试验工作汇报

省林业厅专家在母树林基地测量生长量

二、多种经营

在“以林为主、多种经营”的方针推动下，在搞好林业生产的同时，积极发展经营项目。扩建木材加工厂、引进外资与三门峡市合办桐柏美乐福营养肉食品厂，安排职工 25 人；在田木湾林区开办了食用菌厂，安置职工、家属 20 余人。同时开展袋料香菇种植，安置职工 28 人，项目均取得成功。

三、营养钵育苗

按照上级分配的育苗任务和科研计划要求，毛集林场开展了“两松”营养钵育苗试验。通过到外单位参观学习和业务部门的指导，在场班子的重视和职工共同努力下，试验获得成功，为桐柏县建设“两松”基地提供了优质种苗。

四、泡桐基因库

8 月 6 日，我国著名泡桐专家、河南泡桐研究协作小组主持人、河南农大校长蒋建平等，在县林业局局长黄金钧陪同下，视察了毛集林场营建在回龙林区的河南最大的泡桐基因库，现场指导泡桐基因库的后续管理工作。项目负责人王玉清在基地向蒋校长介绍了基因库建设情况（如图），得到了蒋校长的高度评价和赞誉，并对泡桐发展提出建设性意见。场长赵丰璞经常到泡桐基因库了解泡桐生长情况（如图），收集资料，汇总编写的《泡桐基因库建立与推广》，获得省政

王玉清（项目技术员，右一）在毛集林场栗树泡桐基因库向蒋校长（右二）介绍基因库建立情况

场长赵丰璞在回龙林区泡桐基因库调查泡桐生长情况

府科技成果二等奖。

五、护林防火

（一）依法治林，严厉打击违法犯罪

坚持以宣传教育为主，利用不同场所和不同方式扩大宣传面，对发现的盗伐团伙集中打击，严厉惩处。同时采取放电影、开大会等形式对不法分子公开处理，以达到震慑的目的。

5 月 15 日，铁山林区护林员彭双成发现自己辖区内的一个地段，不断有盗伐林木发生。为了能现场抓获违法犯罪分子，明访暗查。一天深夜凌晨两点，终于发现有两个人在树林内盗伐树木。由于当时正值深夜，加上力量悬殊，他没敢惊动，一路暗中跟踪进村到户，然后连夜直奔派出所报案。所里接报后立即派人一同前往，来到嫌疑人家中，出示搜查证后进屋搜查，未发现被盗林木，但发现院内粪坑内有打截树木留下的锯沫和树皮痕迹。大家分析认为，连夜转移赃物没有足够的时间，断定被盗树木仍窝藏在家中。于是二次进屋仔细排查，在稻谷茓里扒出了被盗树木。在证据面前盗伐者瘫坐在地上，如实供述了父子二人在庄上看完电影后，趁月光到事先踩过点的地方盗伐了两棵松树，背回家中后，怕被人发现，连夜打截后藏在稻谷茓里的违法犯罪事实。派出所按照《森林法实施细则》和《治安管理处罚条例》之有关条款规定，给予当事人行政拘留和罚款处理。同时由林场派出所联系在该村放映电影一场，让其当众做出深刻检查和保证，为依法治林起到了积极的宣传教育作用，达到了“震慑一人、教育一群”的目的。

（二）加强护林队伍建设，做好场群联防

护林员是林业政策的直接执行者。毛集林场利用多种方式进行政治素质、理论水平、业务能力的培训，建立一支训练有素、责任心强的护林队伍，在护林防火工作中发挥了重要作用。按照“打、防、建、管”四字方针，在重点林区及幼林区建立了专职巡逻队。派出所又安排了信息员，保证了信息的及时送达。同时又与辖区的四个乡镇签订了护林公约，形成场群联防。由于措施得力，管理到位，护林工作连续三年实现无火灾发生。

9 月 23 ~ 25 日，由中南林学院发起成立《马尾松经营体系模型的研究》协会，在湖南省株州市召开首届协作会。场长赵丰璞同志应邀参加会议，并参与《森林保护系统》科研课题的攻关，成为该协会理事会成员。

10 月 24 日，《中国林业报》报道了《毛集林场派出所防火连续获奖》及开展依法治林的先进事迹（如图）。

11 月，省林业厅在信阳林校举办首届林业公安干警培训班。在开学典礼上，毛集林场派出所作为全省林业公安先进单位，作了典型发言，受到林业厅厅长的表扬和同期学员的称赞。

12月，在豫鄂两省八县四届一次护林防火联防会上，毛集林场被评为先进单位。

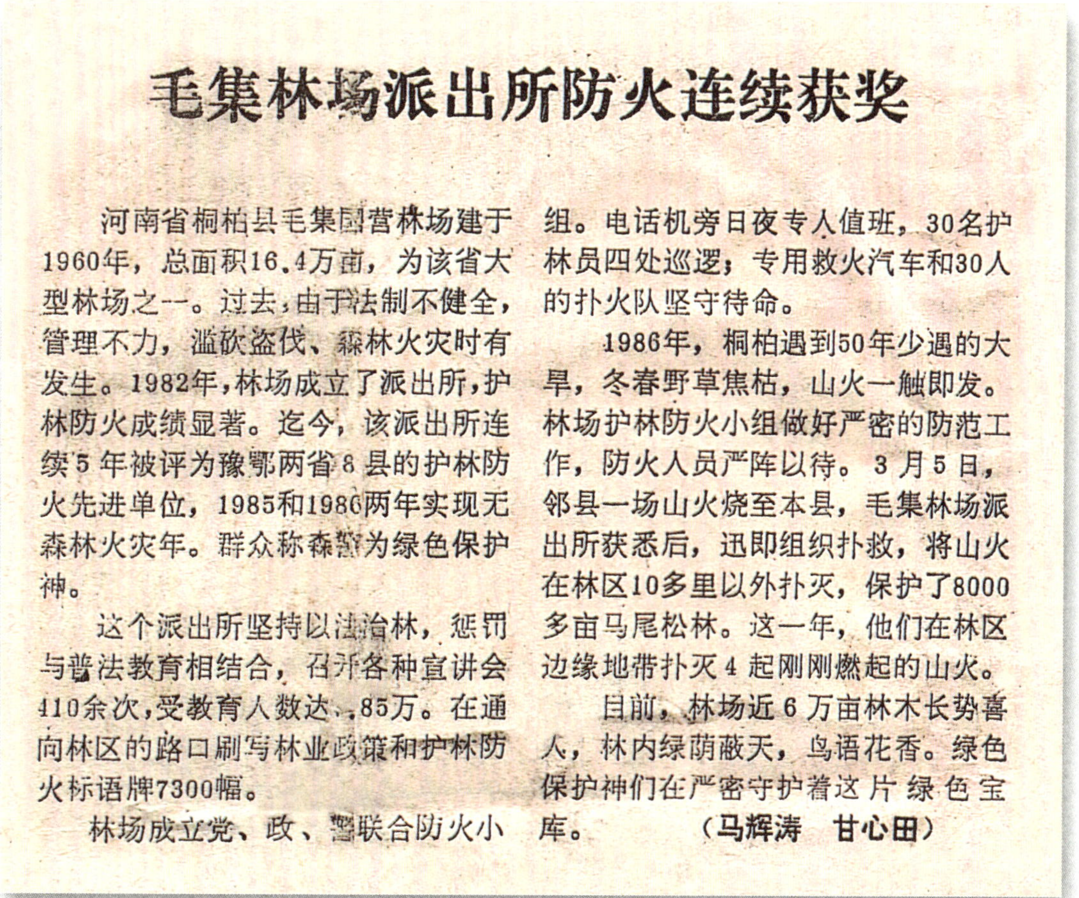

毛集林场派出所防火连续获奖

河南省桐柏县毛集国营林场建于1960年，总面积16.4万亩，为该省大型林场之一。过去，由于法制不健全，管理不力，滥砍盗伐、森林火灾时有发生。1982年，林场成立了派出所，护林防火成绩显著。迄今，该派出所连续5年被评为豫鄂两省8县的护林防火先进单位，1985和1986两年实现无森林火灾年。群众称森警为绿色保护神。

这个派出所坚持以法治林，惩罚与普法教育相结合，召开各种宣讲会410余次，受教育人数达[illegible].85万。在通向林区的路口刷写林业政策和护林防火标语牌7300幅。

林场成立党、政、警联合防火小组。电话机旁日夜专人值班，30名护林员四处巡逻；专用救火汽车和30人的扑火队坚守待命。

1986年，桐柏遇到50年少遇的大旱，冬春野草焦枯，山火一触即发。林场护林防火小组做好严密的防范工作，防火人员严阵以待。3月5日，邻县一场山火烧至本县，毛集林场派出所获悉后，迅即组织扑救，将山火在林区10多里以外扑灭，保护了8000多亩马尾松林。这一年，他们在林区边缘地带扑灭4起刚刚燃起的山火。

目前，林场近6万亩林木长势喜人，林内绿荫蔽天，鸟语花香。绿色保护神们在严密守护着这片绿色宝库。　（马辉涛　甘心田）

毛集林场派出所防火连续获奖 – 中国林业报第三版

一九八八年

在上级党委领导下，毛集林场深入贯彻执行党的十三大精神，以经济建设为中心，坚持四项基本原则，坚持改革开放的总方针，物质文明与精神文明一起抓，全面落实目标管理责任制。以林为主、多措并举，做好营林生产、科学试验、护林防火、综合治理等工作。在全场干部职工的共同努力下，完成了上级下达的各项目标任务。

一、林木良种建设

毛集林场在田木湾林区三、四、五道岗，完成了部省联营建设的林木良种基地400亩马尾松种子园和200亩马尾松试验林的定植及初期建园任务，在二道岗完成无性系嫁接种子园100亩。新建成的马尾松种子园是收集全国马尾松13个种源、189个同胞家系品种而营造的种源基地。这项工作设计复杂、技术性强、投资大、任务重，系全国重点工程项目。场领导非常重视良种基地建设，专门成立良种繁育组，主管该项目生产与科研工作。为保证幼苗健壮生长，组织全场干部职工大打抗旱保苗战。场领导亲自带队分包任务，各负其责。共分两个大战区：一个是以毛集田木湾林区“两松”为重点的苗圃抗旱区。支书李光钧带领50余人，利用车拉、人担、机灌等综合措施，对苗圃“两松”普浇三遍，新建的500亩马尾松种子园进行两次穴灌透浇。另一个是以回龙林区马尾松种子园试验林为重点的幼林抗旱区。副场长金明霞不顾天气炎热和路途遥远，亲自带领5名职工和组织的30多名民工进驻回龙林区，吃住在工地，实行现场办公。他上下奔波，现场指挥，调动了大家的积极性，从而大大提高了抗旱进度，只用9天时间，便完成500亩马尾松种子园抗旱浇水

在”两松“基地和种子园浇水保苗中

任务（如图）。在抗旱过程中，得到了毛集驻军的大力支援，毛集驻军派给油罐车两部，随车驾驶员4名，从离林区十几里的地方装水拉上山去，毛集林场抗旱人员再把水一担担地挑到一棵棵树苗处，保证每株两担水，浇全浇透，保障幼苗安全生长。同时，还开展了劳动竞赛，投票评选出5名抗旱保苗先进个人。

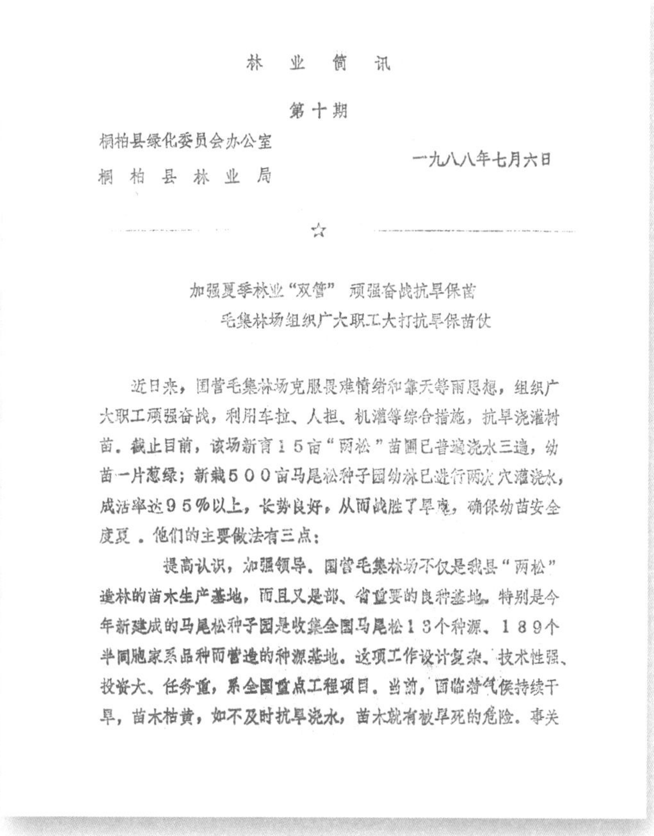

林　业　简　讯

第十期

桐柏县绿化委员会办公室　　　　一九八八年七月六日
桐　柏　县　林　业　局

☆

加强夏季林业“双管”　顽强奋战抗旱保苗
毛集林场组织广大职工大打抗旱保苗仗

近日来，国营毛集林场克服畏难情绪和靠天等雨思想，组织广大职工顽强奋战，利用车拉、人担、机灌等综合措施，抗旱浇灌树苗。截止目前，该场新育15亩“两松”苗圃已普遍浇水三遍，幼苗一片葱绿；新栽500亩马尾松种子园幼林已进行两次穴灌浇水，成活率达95%以上，长势良好，从而战胜了旱魔，确保幼苗安全度夏。他们的主要做法有三点：

提高认识，加强领导。国营毛集林场不仅是我县“两松”造林的苗木生产基地，而且又是部、省重要的良种基地。特别是今年新建成的马尾松种子园是收集全国马尾松13个种源、189个半同胞家系品种而营造的种源基地。这项工作设计复杂、技术性强、投资大、任务重，系全国重点工程项目。当前，面临着气候持续干旱，苗木枯黄，如不及时抗旱浇水，苗木就有被旱死的危险。事关

加强夏季林业双管、顽强奋战抗旱保苗，毛集林场组织广大职工大打抗旱保苗仗

7月6日，桐柏县绿化委员会办公室、桐柏县林业局《林业简讯》第十期发表了《加强夏季林业“双管”、顽强奋战抗旱保苗，毛集林场组织广大职工大打抗旱保苗仗》专题通讯报道（如图），全面介绍了毛集林场的经验做法：“毛集林场不仅是我县‘两松’造林的苗木生产基地，而且还是部省联营的良种基地。为战胜干旱，集中80余人，实施车拉、人担、机灌等抗旱保苗的综合措施。措施得力，动作迅速，大规模突击作战，确保了幼苗安全度夏”。

二、林业生产

（一）种子园定植

根据上级分配的造林任务，完成造林620亩，主要是以良种基地定植苗木为主。按照部省林木良种基地设计规划，在田木湾林区种子园，一方一方的对号排列定植。为保证成活率，在起苗、包装、运输、栽植上均严格要求，精细操作。经检查验收，全部达到设计标准。

（二）其他生产

育苗 21 亩，间伐 2000 亩，幼林抚育 1700 亩。

三、开展马尾松毛虫主要技术研究和防治

（一）抓科研

马尾松毛虫是我国主要森林害虫之一，毛集林场是我国马尾松林自然分布的最北界典型区，也是中国科学院动物所主持的国家“七五”重点攻关项目—《马尾松毛虫综合治理主要技术研究》课题的一个辅助研究点。主要研究马尾松毛虫数变动规律、性引诱监测技术等，在国内具有重大学术实用价值。场领导非常重视该项课题的研究，专门抽出副场长金明霞、技术干部金宝梅负责此项工作。在中科院侯先生和省林科所的具体领导和指导下展开工作，所有程序均按科研要求，外业内业精细操作，各项指标均达到了预期目标。12 月，撰写了《马尾松树木营养与马尾松毛虫种群数量变动》的专题报告，得到了有关专家的肯定与赞扬。

（二）抓防治，做到加强测报，注重调查，掌握虫情，积极防治

（1）烟剂防治：4 月 14 ~ 16 日，在陈楼、梁老庄林区利用敌马烟剂防治越冬代松毛虫，组织 46 人，放烟剂 1110 千克，防治面积 3000 亩。施放敌马烟剂，看似程序简单，如若操作不慎会引起人畜中毒。在施放敌马烟剂前，对操作人员进行现场演练，讲解技术要点和注意事项，特别强调大家要听从指挥，按照施放方法，认真摆放药剂，并记清摆放位置和数量。第二天凌晨，打着手电筒找到事先摆放的药剂，插进引火索，听从号令，统一点燃，确保操作人员的人身安全。

在部分林区悬挂鸟巢

（2）化学防治：4 月 21 日，组织 15 名职工，用背负式喷雾器三部，在红卫林区明山，采用超低量喷洒速灭杀丁，防治面积 200 亩。

（3）人工防治：4 月 28 日，组织本场职工 30 多人，开展人工捕捉越冬代马尾松毛虫幼虫 400 亩。

（4）挂置人工巢箱：在田木湾林区悬挂人工鸟巢 140 个（如图），以招引大山雀等益鸟。经过综合防治，控制虫害，防止蔓延。

四、护林防火

成立以副场长孙长青、派出所长田中明为正副组长的护林防火领导小组，主管全场护林工作。实行领导带班和 24 小时值班制。加强护林力量，增添防火设施。支部书记李光钧、场长赵丰璞等领导经常深入第一线帮助解决护林防火工作的具体问题。组织 20 人的护林扑火专业队伍，配置解放牌汽车一辆（如图）、三轮摩托车一辆，在明山、歪头山建造瞭望台两处，配备对讲机两部、警犬一只、灭火机三组。

春节期间，回龙林区祖师顶发生火情。接到报告后，支部书记李光钧刚从桐柏开会回到场部，立即和副场长桂景新一起到毛集驻军求援，很快组织 80 名官兵、本场职工和当地群众 200 人赶赴火场，迅速将山火扑灭。

坚持依法治林。9 月中旬一个夜晚，支书李光钧、场长赵丰璞带领派出所和职工到林区巡逻，当场抓住两辆无证运输贩卖木材的车辆和人员。依照森林法有关规定进行了没收罚款处理，打击了乱砍滥伐、倒卖木材的违法活动。全年共处理各类毁林案事件 35 起，涉及 95 人，从而有效地保护了森林资源安全，开创了依法治林新局面。

配备的森林防火宣传扑火用车

5 月 15 日，桐柏县农

林经济工作委员会《农村经济简报》第 18 期发表《毛集林场坚持选管并举方针，林业生产开始步入良性循环轨道》的报道，宣传介绍了毛集林场改革开放以来多次受到省、地领导和主管部门的表扬和奖励的先进事迹（如图）。

7 月 30 日，由中南林学院主办的《马尾松经营管理和综合利用》学术报告会在湖南株州宾馆召开。场长赵丰璞参加并发表了《国营桐柏毛集林场最佳产业结构模型的研究》的学术演讲。

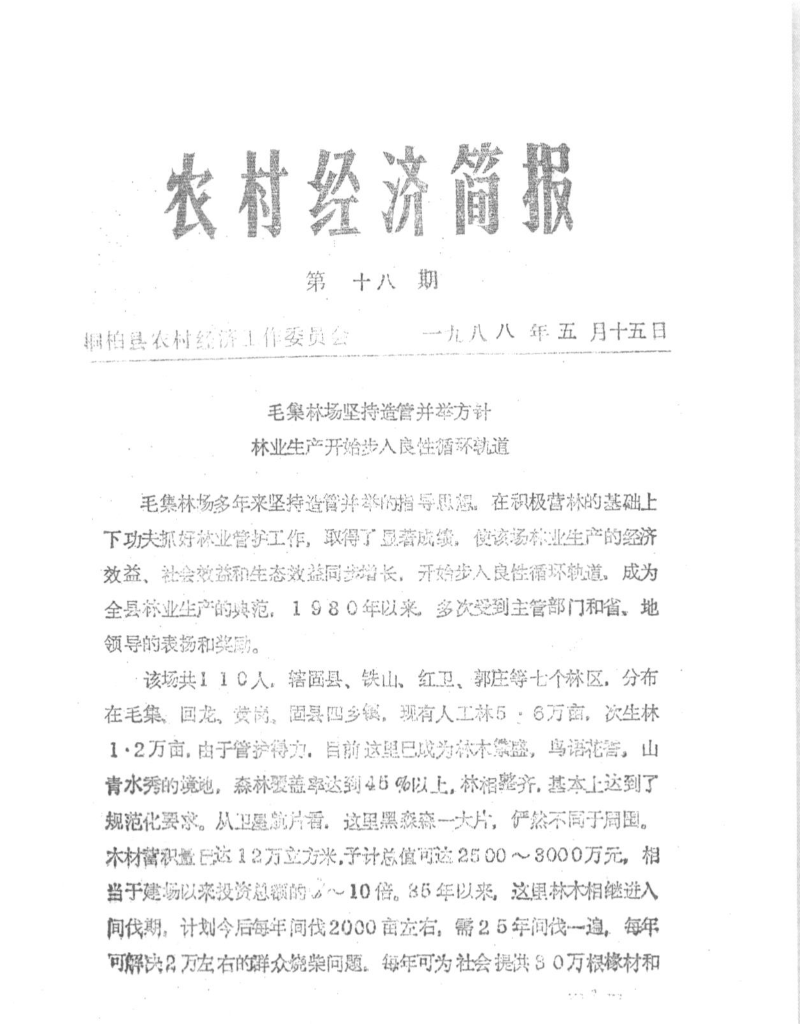

农村经济简报

第 十八 期

桐柏县农村经济工作委员会　　　一九八八 年 五 月十五日

毛集林场坚持造管并举方针

林业生产开始步入良性循环轨道

毛集林场多年来坚持造管并举的指导思想。在积极营林的基础上下功夫抓好林业管护工作，取得了显著成绩。使该场林业生产的经济效益、社会效益和生态效益同步增长，开始步入良性循环轨道。成为全县林业生产的典范，１９８０年以来，多次受到主管部门和省、地领导的表扬和奖励。

该场共１１０人，辖固县、铁山、红卫、郭庄等七个林区，分布在毛集、回龙、黄岗、固县四乡镇，现有人工林５．６万亩，次生林1·2万亩，由于管护得力，目前这里已成为林木繁盛，鸟语花香，山青水秀的境地，森林覆盖率达到45％以上，林相整齐，基本上达到了规范化要求。从卫星航片看，这里黑森森一大片，俨然不同于周围。木材蓄积量已达１２万立方米，予计总值可达2500～3000万元，相当于建场以来投资总额的[illegible]～10倍。35年以来，这里林木相继进入间伐期，计划今后每年间伐2000亩左右，需２５年间伐一遍，每年可解决２万左右的群众烧柴问题。每年可为社会提供３０万根椽材和

毛集林场坚持选管并举方针，林业生产开始步入良性循环轨道

一九八九年

在各级领导和省、地、县业务部门的关怀支持下，积极贯彻执行党的十三大路线、方针、政策，坚持改革、开放、搞活的总方针。走以林为主、多种经营，林、工、商一体化的道路，以经济发展为中心，全面开展生产经营承包责任制。经过全场广大干部职工的共同努力，营林、护林、多种经营等方面都取得可喜成绩，稳步迈上了新的台阶，得到了上级的认可与表彰。为便于生产、生活和管理，经场班子集体研究报上级批准，将原寝办合一的家属院扩建为综合大楼，改善了工作和生活环境，提升了毛集林场的知名度及外部形象。9 月，在河南省国营林场成立四十周年表彰会上，毛集林场被评为先进林场。

一、营林生产

1. 育苗。共完成育苗 18.5 亩，其中：“两松”2.5 亩、意杨 5 亩、泡桐 5 亩、经济林（桃、橘子）苗 6 亩。

2. 为改变林场树种结构单一、龄级结构不合理、用材林多经济林少、慢生树种多速生树种少的现状，林场采取以短养长的方针，营造速生经济林。在固县林区选择土壤深厚肥沃的农田进行高标准整地（1 米 ×1 米 ×0.5 米），每穴施腐熟底肥 25 千克，营造豫林一号泡桐速生丰产林 50 亩；在田木湾林区河滩地采用良种壮苗营造国外松丰产林 100 亩；在回龙林区祖师顶选择背风向阳的坡脚营造红果 50 亩；营建辛夷园 200 亩。对于新造的丰产林和经济林指定专人管理，建立明确的管护责任制，要求每年松土不低于 5 次，追肥 3 次，实行集约化经营。

3. 幼林抚育。坚持“三分造、七分管”的原则，为实现林木速生丰产目标，加强对造林成果管护力度。根据林种林龄抚育标准要求，经场研究从多种经营收入中筹措资金 1.6 万元，分别在田木湾、陈楼、回龙、黄岗等四个林区对马尾松、泡桐幼林松土、锄草、修枝、抹芽 等抚育 2700 亩，经验收，合格率达 95% 以上。

4. 间伐抚育。根据省厅批伐计划和施工方案，严格按照“三砍三留”的原则，在铁山林区陡山崖完成间伐抚育任务 1500 亩。

二、多种经营

1. 木器加工。林场安排职工 15 人，开发有带锯加工、高档沙发、组合柜和办公桌椅等用品，并提供厂房 15 间，流动资金 3 万元。同时，采取定额上缴、超产奖励的办法，仅半年时间完成产值 12 万元，利税 0.8 万元。

2. 商品苗生产。商品苗圃采取定人员、定面积、定投入、定产出，超额比例分成的办法，共育商品苗 10 亩，产合格苗 80 万株，产值达 3.3 万元，获净利润 2.4 万元。

3. 间伐收入。根据省厅计划共完成马尾松中、幼龄林间伐 1500 亩，产值达 12 万元，获净利润 6 万元。

4. 汽车运输。共投资 3 万元，6 个月产值达 2 万元，获净利润 4500 元。

三、护林防火

派出所采取以防为主、主动出击的办法，以预防火灾和打击违法犯罪为重点，在林区内开展了综合治理工作。扩大宣传，联系群众，建立群众耳目 20 多人。根据反馈的信息，甄别线索，细致排查，稳准狠地打击了破坏盗伐林木的犯罪分子，全年没有发生一起森林火灾和大的林木盗伐案事件。有力保证了林业的正常生产和森林资源的完整。12 月 28 日，林场派出所获得豫鄂两省八县（市）护林防火联防第九联防区颁发的先进集体奖牌。

四、良种工作

毛集林场自 1984 年被定为部、省联营林木良种基地以来，经过几年的精心培育，已初具规模，林木良种基地各个项目逐步建成。

1.500 亩马尾松种子园。其中 : 实生种源种子园 400 亩，收集、保存、利用 13 个马尾松种源 189 个优良家系。另 100 亩是马尾松无性系种子园，利用豫南 79 个无性系建园。

2.1000 亩马尾松母树林，大部已结果实，种子采收处理设施也已到位。

3. 新建 1750 亩试验林，其中：泡桐基因库 1500 亩、马尾松试验林 250 亩，按照总体规划设计完成。

在管理上加强了500亩马尾松种子园的抚育管理，追肥一次，并完成带状垦复100亩。在100亩无性系种子园内，采用优良接穗、嫁接单株2047个，成活1934个，成活率94.5%。泡桐基因库1500亩建成后已服务于生产和科研，获得河南省政府二等奖，林业厅一等奖。

五、森防工作

毛集林场是河南省在南阳地区唯一的森林病虫害测报点。多年来预测预报及综合防治取得了显著成绩，特别是采用白僵菌、赤眼蜂、黑光灯、性引诱、化防一条龙的措施，控制马尾松毛虫有虫不成灾方面所取得的成就，在病虫害防治史上是一个创举，多次受到专家教授的称赞和上级部门的表扬。在做好预测预报工作的同时，承担了上级交给的《马尾松毛虫防治与生命表的编制》和《马尾松单株对松毛虫承受力的测定》等课题研究项目。固定专职人员，按照项目内容及技术要求，认真细致地做好每项试验，并详细观测记载。及时发出文字测报七期，很好地发挥了侦察兵的作用。为综合防治松毛虫提供了准确可靠的数据，得到了上级的好评。

8月20日，场长赵丰璞参加了在南阳市林业局召开的夏季工作总结会，会上作了《坚持以林为主的方针 开创林场事业的新局面》的典型发言。

一九九〇年

在各级党委、政府的领导下，认真贯彻执行党的十三届四中、五中、六中全会精神和国营林场“以林为主、多种经营、综合利用、以短养长”的方针，在林业生产、多种经营、精神文明建设和物质文明建设上取得了新成就。

一、营林生产

1. 整地：根据林业局世行贷款项目《桐柏县毛集林场火炬松工程造林施工设计说明书》要求，经过勘察设计，决定在回龙林区栗树林班进行冬季世行贷款整地，规格为株行距 2 米 ×3 米，穴面 1 米 ×1 米 ×0.5 米，每亩 110 穴。成立了以场长赵丰璞为指挥长，副场长王聚章、桂景新为副指挥长的指挥部，组织由职工、家属子弟、专业队 300 余人参加的高标准整地施工队伍，吃住在回龙林区工地。场领导与大家一道早出晚归，同进同出，大家很受鼓舞，施工进度和质量大幅提升。从 10 月 30 日到 12 月 28 日，历时 60 天，整地 2500 亩，顺利完成预定任务。经检查验收，数量和质量合格率达到 97%，为世行造林备足了基地。

2. 造林：在回龙、红卫林区造马尾松 300 亩，火炬松 700 亩。经验收成活率为 87%，保存率为 85%。

3. 育苗：全年育苗 39 亩，占计划面积 30 亩的 130%，其中：新育 32.3 亩，留床 6.7 亩，产松苗 150 万株，产阔叶苗 3.5 万株，创产值 4.5 万元。

4. 抚育间伐：完成幼林抚育 5500 亩次，间伐 2000 亩，出材量 1240 立方米，创产值 15 万元。在间伐工作中实行生产责任制，从间伐到销售等管理各项环节，均签订目标承包合同，从而达到降低消耗、节约成本的目的。

二、良种建设

经过多年的努力，完成了与部、省联营林木良种基地的建设任务。10 月，通过部省专家检查验收，符合设计要求，达到设计标准，验收合格，受到省、地、县三级领导的赞誉。同时下达了《1991 ~ 1995 年续建计划任务书》，继续进行部省联合建设。争取续建任务前期投资 58 万元，并于 11 月初步完成设计任务和配

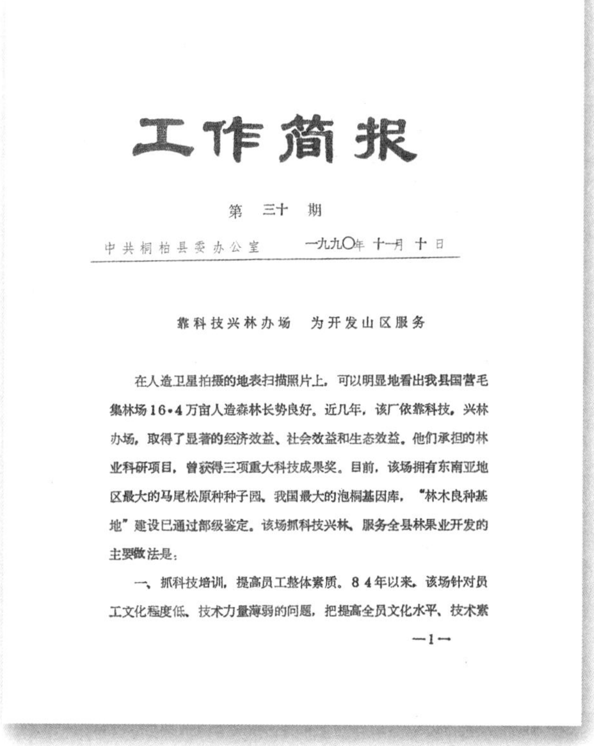

工作简报

第三十期

中共桐柏县委办公室　　一九九〇年十一月十日

靠科技兴林办场　为开发山区服务

在人造卫星拍摄的地表扫描照片上，可以明显地看出我县国营毛集林场16•4万亩人造森林长势良好。近几年，该厂依靠科技，兴林办场，取得了显著的经济效益、社会效益和生态效益。他们承担的林业科研项目，曾获得三项重大科技成果奖。目前，该场拥有东南亚地区最大的马尾松原种种子园、我国最大的泡桐基因库，“林木良种基地”建设已通过部级鉴定。该场抓科技兴林、服务全县林果业开发的主要做法是：

一、抓科技培训，提高员工整体素质。84年以来，该场针对员工文化程度低、技术力量薄弱的问题，把提高全员文化水平、技术素

—1—

11 月 10 日，中共桐柏县委办公室工作简报第三十期

套工程的筹建。该项目在中国林科院顾万春副研究员的直接帮助下，采用二级主区裂区设计，种源采用全国种源试验选出的 14 个优良种源建设了 400 亩种源种子园，这项设计技术属全国先进水平。毛集林场完成的《马尾松优良种源和豫南优良林分的遗传基因收集保存与利用研究》获得地区科技成果三等奖。泡桐基因保存获得省林业厅一等奖、省政府二等奖、国家科委三等奖。

11 月 10 日，中共桐柏县委办公室工作简报第三十期，全文发表《靠科技兴林办场　为开发山区服务》的专题报道：“在人造卫星拍摄的地表扫描照片上，可以明显地看出毛集林场 16.4 万亩人造森林长势良好，该场拥有东南亚地区最大的马尾松原种种子园、我国最大的泡桐基因库，承担的林业科研项目，获得三项重大科技成果奖，为社会提供了显著的经济效益、社会效益和生态效益”（如图）。

三、森林经营方案的编制

根据林业部林函资字（1988）213 号文件精神和省林业厅 1989 年 6 月 13 日豫林资字（1989）第 97 号文件要求，由河南省林业勘察设计院和南阳地区林业调查设计队承担，抽调 12 名技术干部分 3 个组，从 10 月 15 日开始一直到 12 月底，依据《河南省森林经营调查规划技术细则》及有关规程、规定、规范、条例，按照省林勘院制定的《森林资源修正办法》，对 1983 年森林资源成果进行补充调查和室内修正，建立森林资源档案。根据《河南省国营林场森林经营方案编制办法》的要求，由王家田同志执笔编写了《国营桐柏毛集林场森林经营方案》，并通过

了省林业调查规划院和南阳市有关专家的审定。

四、山林权属发证工作

毛集林场建场初期，在征地签订协议中，许多山地地名模凌两可，含糊不清，许多地界以地埂、水渠、山坳、石头等为标记。随着时间推移发生了自然变化，原来标记难以确认，特别是在1983年“三定”以来，与回龙乡相关村组山林权属边界不断出现纠纷。为了正确确定国家、集体和个人之间的山林权界限，解决边界不清的遗留问题。遵照7月25日县政府安排，以县农委彭玉振副主任为组长，以林业局副局长王长春、回龙乡副乡长李清波、毛集林场支部书记李光钧为副组长，带领毛集林场、回龙乡工作人员10余人，深入回龙乡有关村组，进行30余天的走访调查，问题已基本澄清，并现场签订补充协议。这次解决山林权属争议的指导思想和原则是：以“1962年原定协议为基础，以有关林业政策为准绳，参照1983年林场边界图和设计任务书，贯彻执行县政府（83)29号文件和(86)桐政纪字30号精神，坚持重调查研究、重政策、重证据、重思想教育，实事求是。本着有利于群众生产生活、有利于保护和发展林业、有利于安定团结；讲党性、讲风格、讲政策，反对本位主义。依靠乡镇党委、政府通过协商妥善解决，一般维持原定边界，个别适当调整”。通过多次协商沟通，双方达成一致，大部分山林权属边界清楚，协议完整，个别调整的进行了增补协议，纠纷得到正确解决，县、乡、村、群众都很满意。

五、森防工作

根据南阳地区森防工作会议精神，为保证毛集林场预测预报工作顺利完成，专门成立了马尾松毛虫测报领导小组，场长亲自挂帅，并明确一名副场长专职主抓测报工作。严格按照地、县测报方案，在资金紧缺的情况下，增购了烘干箱、标本盒、标本柜、解剖仪等器械。举办测报培训班，人员由原来的20人增加到30人。设立固定测报点30个、固定标准地50块、临时标准地120块、固定样树200株。实行封山育林，为天敌种群繁殖创造条件。积极开展生物防治，在部分林区悬挂鸟巢，放置赤眼蜂。在综合防治的同时，继续对《马尾松单株对松毛虫承受力的测定》和《马尾松毛虫生命表的研制》课题的科研攻关，按照技术规划做好每道程序，取得了初步成效，为综合防治松毛虫提供了准确可靠的数据资料，得到了上级好评。

六、护林防火

在护林防火工作中，大力宣传《森林法》以及省、地、县政府的护林防火通告，刷写标语5000余条，电影宣传10场次，在各种会议、机关、街道、学校等场所宣传达1000多人次。建立健全护林防火机构，成立了指挥部，由派出所长田中明、副场长王明庚为正副指挥长，成立义务扑火队10个170人。同时，新建、修复瞭望台四处、防火道10千米。在场班子的大力支持下，派出所坚持打、防、建、管一齐抓，有效地保护了森林资源安全，稳定了林业生产秩序，争创了又一个无森林火灾之年，被豫鄂两省八县（市）护林防火指挥部评为先进单位。

七、科技兴林和科研攻关

（一）抓科技培训，提高员工素质

场长赵丰璞联系林场生产实际，编写了“苗圃主要害虫与防治”“两松芽苗移栽技术要点”“泡桐速生丰产林的营造”等13份教材，培训技术骨干100人次。通过集中培训，员工素质明显提高，为推广应用新技术、科技兴林兴场奠定了坚实基础。

（二）抓科研攻关，开发高层次生产技术

一是与部、省联合营造了“林木良种基地”。二是与中科院动物研究所联合开展了“马尾松毛虫综合治理”的试验。三是开展了“两松芽苗移栽技术应用研究”，《中国林业》杂志、《河南科技报》作为技术应用曾作专题报道，该项目获南阳地区科研成果二等奖。四是根据中华人民共和国林业部下发林种良字（1990）4号《关于组织应用满果粉（MG）中试协作的通知》，毛集林场参加了该项协作，成为协作组成员之一。随后毛集林场成立中试科研组，在林木良种基地全面开展了满果粉（MG）增产效益的中试工作。

一九九一年

1991 年，是“八五”宏观调整计划实施的第一年。毛集林场认真贯彻落实十三届七中全会精神，各项工作在上级党委、政府的正确领导下，在业务主管部门的大力支持和热情帮助下，坚持“治理整顿、深化改革”的方针，不断完善自我发展机制，努力摆脱“两危”（经济危困、资源危机）困扰，充分挖掘内部潜力，广开资金门路，提高自身“造血”功能，努力实现“两增”（增加森林资源、增强经济发展活力）目标，为毛集林场实现“八五”振兴和经济腾飞开创了新局面。

7 月 10 日，桐柏县林业局文件桐林字〔1991〕第 10 号、桐劳人〔1991〕4 号：赵丰璞同志调任桐柏县林业局常务副局长，王聚章同志任桐柏县毛集林场场长。新班子成员中：李光钧同志任支部书记，桂景新、孙长青、王家田同志任副场长，韩富华同志任办公室主任。

一、林业生产

1. 造林：完成造林 4095 亩。其中：在吴山、郭庄林区 20、21 林班营造马尾松 1350 亩，在回龙林区栗树至南小河 13、14 林班营造世行工程林 2745 亩。夏秋季节进行了松土、割草抚育。九月中旬，经地、县组织检查验收，成活率高达 95%。为保证世行工程造林项目的顺利实施，按项目技术规程要求，由支部书记任后勤负责人，保障苗木数量、质量和苗木供应等，以场长为造林负责人，主管栽植质量、数量等检查验收工作，高标准、严要求，处处把关，保质保量地完成了全年造林任务。

2. 育苗：在“改革、开放、搞活”的方针指导下，实行定人、定产、定投入、定奖惩等措施，结合市场需求，育优质板栗（籽苗嫁接）35 亩、火炬松 15 亩（如图）、杨树 8 亩、海棠、杜仲 2 亩、杉树 1.5 亩。

桐柏县”两松“育苗基地设在田木湾林区

6 月份，桐柏县连降暴雨，洪水之大、

来势凶猛历史罕见，导致毛集林场三间苗圃提灌站房倒屋塌，灌渠冲垮150余米，通向毛集的公路被冲毁。毛集林场一边上报灾情，一边积极组织抗洪抢险。刚有起色，8月5日，特大暴雨再次袭击桐柏县，持续一天一夜，瞬间河水暴涨，紧靠河边的苗圃地成了一片汪洋，苗木被淹，职工住房泡塌7间。经初步统计直接和间接损失达三十余万元。看着自己辛勤劳动的成果被洪灾毁坏，职工们流下了心酸的泪水。面对巨大灾情，场领导及时召开全场干部职工大会，传达省委书记侯宗宾同志发来的慰问电和地、县领导的指示，号召大家树立必胜的决心与信念，积极开展抗洪减灾。大家同心协力把淹没的苗子细心地扶起来，把埋在淤泥下的幼苗扒出来，把冲毁的灌渠和公路维修好。经干部职工争分夺秒的抢救，除容器育苗报废外，其他苗木损失均减少到最低的程度。

3. 整地：根据世行贷款工程林设计规划任务书要求，5月开始在回龙林区11、12、14林班，同时开展世行项目整地8000亩。明穴规格为：株行距2米 ×3米，每亩111穴，穴面1米 ×1米 ×0.5米。暗穴为鱼鳞坑方式排列，穴面0.7米 ×0.7米 ×0.4米。为加强对火炬松丰产林基地建设的领导，成立了以场长为组长，业务场长为副组长，技术员、技术工人为成员的项目领导小组，组织全场职工、民工400余人参加夏秋施工。经夏炕冬冻后，于12月底全部回填踏实。经场组织检查验收，质量和数量均达到工程规划设计标准。

4. 幼林抚育和间伐生产：完成幼林抚育4500亩、间伐2000亩（如图）。在

间伐杉木檩条

间伐的马尾松坑木材

间伐工作中，毛集林场引入竞争机制，采取任务招标承包，实行任务、质量、销售、收入、支出一条龙管理，把增收节支同个人经济利益直接挂钩，从而大大调动了职工的责任心和积极性，使间伐工作完成的既快又好，达到了预期目的。

二、森防工作

根据综防工作的需求，有计划地新建测报点 4 个、固定标准地 12 个、设临时标准地 50 个、固定样株 300 株。确定专人，对各代马尾松毛虫的各个虫态进行了全面调查，为适时有效地防治林木病虫害提供了可靠依据。

同时，在上级领导、业务部门的大力支持和工作人员积极努力下，圆满完成了《马尾松毛虫生命表的研制》和《马尾松单株对松毛虫承受力的测定》两个试验课题，各项数据均达到标准，为部、省下达的马尾松毛虫三年（1989 ～ 1991 年）综合防治工程画上圆满的句号，并经国家林业部和省林业厅验收合格。综防工作保持了连续十年有虫不成灾的好成绩，受到各级领导的表彰。12 月，毛集林场发表了《马尾松毛虫预测预报办法》的学术论文。

7 月 17 日，地区林技站站长王帮磊、森防科王春常等在县林业局长黄金钧、森防站长段霞的陪同下来毛集林场指导森防工作。

10 月 9 日，地区林技站森防科科长李富学、县林业局局长黄金钧、森防站长段霞等，到毛集林场固县林区察看三年综合防治的试验基地和效果，肯定了毛集林场三年来综防所做出的成绩，表示非常满意并予以高度赞扬。

三、科学实验

1991 年进行的“ABT”生根粉试验项目，通过在育苗、营林生产中进行化学除草，幼林抚育等试验，取得了明显成效，为该项目的推广应用提供了可靠的研究数据。

四、开展向灾区人民献爱心活动

8 月 21 日，桐柏县委、县政府召开全县抗灾救灾动员大会。23 日，接到桐柏县林业局“关于向灾区人民捐献棉衣、棉被”的电话通知后，党支部立即召开场部机关干部职工大会，传达上级指示和林业局电话精神。会后领导各自包队，派出所包林区，上门入户进行宣传动员，仅三天时间全场就捐各类实物 52 件。在此活动中，值得表扬的是出纳员王惠云同志，听完报告后慷慨激昂地说：我们是社会主义国家，灾区人民有困难，我们应该做到一方有难八方支援。我是预备党员，带头捐物是我的责任和义务，王聚章（其爱人）出差不在家，我替他也捐一份”。回家立即带头捐出棉被、棉裤、毛衣、西服等物品。护林员吴明义同志长期坚守在回龙深山区，离场部三十多里地，当他听到向灾区人民捐物的消息后，立即电话通知其女儿吴亮勤代捐最好的棉裤两件。惠大云同志得知捐献的消息后，专程回到场部家里，拿出新发的棉大衣和新买的秋衣、秋裤等送到办公室。在这些优秀同志的模范带领下，大家纷纷捐款捐物，受到了各级领导的表彰。

五、护林防火

始终贯彻执行“以防为主、积极消灭”的方针，坚持依法治林，抓好宣传和群防群治工作。进入防火期间，由场长王聚章（如图）、副场长桂景新、派出所副所长门战帝等组成护林防火指挥部，办公室设在派出所，订立值班守则，制定各项制度，实行目标管理。坚持打、防、建、管一起抓，把治表和治本融为一体，从而有力地打击违法犯罪，稳定了林区的治安秩序，为毛集林场连续六年实现无森林火灾提供了可靠的法律、组织保障，多次受到上级的表彰和奖励。

场长兼派出所指导员王聚章（左）与林警张永记（右）在林场大门前

11 月 25 日，派出所应邀到省林业厅公安处在洛阳举办的全省林业公安会议上介绍依法治林先进经验，受到省厅领导的表扬，得到与会代表的一致好评。

12 月 27 日，豫鄂两省八县（市）护林防火第九联防区二届三次联防会议在毛集林场召开，十一个单位和应邀的驻军代表参加。会议以党的十一届三中全会以来的路线、方针、政策为指导，以改革开放为动力，以保护森林资源、稳定林业生产秩序、加快绿化步伐、调整林业内部结构等为主要议题，认真总结成绩，交流经验，表彰先进。党支部书记李光钧致开幕词，场长王聚章在会上作工作报告（如图），副场长桂景新致闭幕词。会中评出了先进单位和个人，毛集林场再次被评为豫鄂两省八县（市）护林防火先进单位。

六、新、老职工业务技能培训

5 月 30 日，根据桐柏县劳动人事局桐劳人（1991）32 号文件《关于招收全民劳动合同制工人的通知》，接收了上级分来的 18 名新职工。8 月 27 日，在林业局的主持下，毛集林场在县城接管了桐柏县综合服务站（原林业局属下林产品公司）的两栋楼和八亩大院等固定资产。并办理了房产、土地使用相关变更手续。原单位刘合法等 16 名人员转毛集林场工作。为了使这两批职工适应新的环境，尽快投入林场工作岗位，党支部安排了隆重的新、老工人技术交流活动，支部书记李光钧作“白手起家、自力更生创业史”的报告；场长王聚章作了“身在林场、志为四化、干林业大有出息”的报告；技术干部作“科技兴林、知识先行”的报告，传授林业科技知识，为新、老职工上了一场生动活泼的入门课。

支部书记李光钧在豫鄂两省八县（市）护林防火第九联防会议上致开幕词

场长王聚章在豫鄂两省八县（市）护林防火联防会议上作报告

一九九二年

1992年是我国改革开放经历的极其不平凡的一年。毛集林场在各级党委、政府和业务主管部门的领导支持下，以邓小平同志南巡讲话和党的十三届八中全会精神为指针，坚持改革开放的方针不转向，面对各种困扰不动摇，一张蓝图绘到底。在场班子带领下，全场干部职工团结奋斗，始终朝着使林场尽快富起来、活起来、绿起来的目标奋进，开创了精神文明建设和物质文明建设的新局面，各项工作圆满完成，受到上级领导的好评（如图）。

一、林业生产

1. 造林：造林8100亩，其中：在回龙林区13林班完成补植补造500亩；在12林班、马大庄11林班完成飞播造林7600亩。由于造林面积大，战线长，不易管理，为保质保量完成好这项任务，专门成立了以副场长桂景新、技术员杨云洲、技术工人李玉国为一线领导小组。严把质量数量关，与带工人员签订责任书，制定目标管理措施，检查指导每道工序，保证了造林工作零失误。经上级检查各项指标均达到验收标准。

2. 育苗：完成育苗40.5亩。其中育板栗苗25亩（采用籽苗嫁接新技术）、育火炬松10亩、其他苗木5.5亩，容器育苗70万袋。为加强对容器育苗造林工作

地区林业局领导（右一）、县林业局局长黄金钧（中）在场长王聚章（左二）支部书记李光钧（左一）等陪同下到毛集林场指导工作

排列整齐的容器育苗

的领导，成立了以支部书记李光钧为组长、副场长王家田为副组长的容器育苗领导小组，与苗圃职工签订目标责任书，严明奖惩办法，从而大大调动了从事容器育苗职工和造林职工的责任心和积极性（如图）。因激励措施到位，排列整齐的容器袋幼苗，如雨后春笋破土而出，苗木键壮，长势喜人，是建场以来从未有过的。到场洽谈购苗合同的客户络绎不绝，生产的板栗苗远销到淅川、湖北省十堰市、房县等地，为缓解毛集林场经济困境找到了出路，充分展现了国有林场基地优势和龙头作用。

3. 抚育和间伐：完成幼林抚育 15000 亩。间伐 2000 亩，创产值 8 万余元。经省林业厅组织检查组进行全面检查验收，技术指标、作业质量和管理水平均给予充分肯定和赞扬。

二、良种建设

加强部、省联营林木良种基地的建设工作，发动职工在种子园和板栗隔离带（如图）内套种花生、药材，争取逐步实现以耕代扶，增加基地“造血”功能。为促进种子优质高产，毛集林场筹集资金 1 万元，增添了良种基地病虫害防治的基础设施，并对母树林喷洒满果粉一遍（如图），把建园、防治、试验、科研融为一体，创造了良好的生态环境，确保良种优树健康、安全、生长、结果。毛集林场发表的《火炬松、湿地松引种与推广研究》，评为国家科技进步三等奖，林业部科技进步二等奖。通过多年培育，五道岗种子园内，1986 年冬从广西采集的马尾松优树种子，经育苗、定植，精心管护，部分已经结果（如图）。

板栗隔离带

对母树林喷施满果粉

在广西采集的马尾松优树种子培育的苗木已结球果

三、综合防治

在综防工作中，部、省下达的马尾松毛虫三年综防任务已经完成。为巩固防治成果，加强了与省级测报网点的联系，及时对虫情的发生期、发生量、发生趋势和危害程度做了预测预报，发简报七期，为顺利开展综防工作提供了科学依据，各项指标和参数均属行业榜首。省林业厅森防站在毛集林场召开南阳地区森林病虫害网站建设现场会议，组织与会代表实地参观、座谈交流。主抓测报工作的高明丽同志被评为省级先进测报员。

四、多种经营

3月，根据河南省南阳地区林业局宛林字〔1992〕第25号《关于上报兴办经营实体规划的通知》文件要求，积极开展多种经营工作。利用在桐柏县城接管的林业综合服务站为平台，经改建整修后办起了林业招待所，于8月8日正式开业，承揽了停车和林产品购销业务。为扩大木材加工厂规模，缓解资金周转困难，对其投放6万元，扶持其发展香菇450棚，年创产值8万元。9月份，场里组织干部职工筹集资金3.5万元，开展林业专用化肥的经营活动，当月盈利万余元。10月，场投入资金8万元，发展椴木香菇500棚（如图）。11月，投入2万元，种植天麻400平方米。随着产业的发展，毛集林场生产经营迈上新台阶。

五、护林防火

毛集林场始终把护林防火工作摆到重要位置，成立了以场长、派出所长为正、副组长的领导小组。要求各林区认真做到“一年四季经常抓，火险天气突出抓，火灾死角重点抓”的工

林业局局长赵丰璞（左二）在椴木香菇基地现场指导工作

作目标。特别是在高火险天气里，领导轮流亲自带班，坚持24小时昼夜值班制度。各护林员坚守岗位，严防死守，发现火情及时上报，并第一时间组织群众进行扑救。由于措施得力，全年无森林火灾发生。同时，开展严厉打击各类毁林违法犯罪活动，受理各种林业案事件51起，查处48起，涉及101人，其中：盗伐林木的11起14人、滥伐林木的9起19人、毁林开荒、采石的12起21人、无证运输木材的6起9人、毁坏林木的4起7人、哄抢林木的2起23人、违犯《森林防火条例》的4起8人。没收非法所得木材22立方米，为国家挽回直接经济损失12000元。全年辖区未发生特大、重大毁林案件，维护了毛集林场林区治安的持续稳定。

12月5日，毛集林场被豫鄂两省八县（市）护林防火联防指挥部评为护林防火先进单位荣誉称号。

一九九三年

在党的十四大精神指导下，按照国家“八五”总体规划方案和“跳出林业抓经济、振兴经济促林业”的发展战略，抢抓机遇，深化改革，在积极搞好林业生产的同时，转换职能，着重狠抓经济指标的提升。经济的振兴，增强了毛集林场自我发展的活力和后劲，为毛集林场完成“两手抓”的目标任务奠定了良好基础。

一、林业生产

1.营养钵育苗：采用营养钵芽苗移栽技术成功育苗10万袋(如图)，分六次重复，共13个种源311个家系，满足了建设马尾松加密渐进汰劣种源种子园和子代试验林用苗需求。芽苗移栽不仅防止了苗木立枯病的发生和传播，而且种子发芽率高，抗病力强，苗木生长健壮，并安排专人专职精心管护、观测记载，为试验林提供科研数据。

2.种子园整地：园址选在固县林区蒋坡，林班面积235亩，距离场部3千米，

营养钵育苗正在装配的复合营养土

紧靠桐柏—毛集公路，交通便利，立地条件好，地势平坦。6月，开始林地清理，地形测量，绘制出1 ∶ 1500地形图，并据此区划、规划设计施工。秋末开展大穴整地，规格1.5米×1.5米×1.0米，株行距6米×6米。12月，在中国林科院顾万春副研究员亲自指导下，设计种子园为丛状定植，每丛5株15个种源5个家系，梅花形布局，家系完全随机排列，绘制了家系配置图，为种子园定植做好了前期筹备工作。

3.试验林整地：在铁山林区40林班新建马尾松三因素子代试验林50亩。按照区划、规划设计方案，于10月开展整地，规格为沿水平阶按行距2米抽槽，宽0.7米、深0.5米，保质保量地完成了高标准整地任务。

二、良种工作

在上级业务部门的指导帮助下，部省联营马尾松林木良种基地续建的种子园、试验林，按照规划设计方案，正在积极的筹建中。准备新建的马尾松加密推进渐进汰劣种源种子园园址选在固县林区蒋坡，面积235亩。新建的马尾松三因素子代试验林50亩，设在铁山林区40林班，各项工作均在同步进行中。同时，对马尾松母树林进行疏伐改造、松土施肥、人工辅助授粉、病虫害防治等综合管理；对500亩种子园松土、割草、抚育三遍，施肥两次；对250亩试验林除草两遍，施肥1次；100亩板栗隔离带以耕代抚，套种花生、药材等。另外，在铁山林区新建马尾松三因素子代试验林内，按株行距1米×2米定植营养钵苗17493袋，共3个种源109个家系。

三、多种经营

为增加林场产业经营项目，在县委、县政府大力支持下，毛集林场发挥资源优势、招商引资。3月8日，与广西梧州林产工业公司签订协议，合办“桐柏县淮源松脂厂”，进行松脂生产加工。厂址设在毛集镇南0.5公里处，临近明毛铁路和公路，是场部去田木湾林区必经之处，靠近集镇，交通便利，方便松脂加工与销售。4月筹建，6月投产，安排林场职工、家属20余人，社会劳力300余人，既解决了当地剩余劳动力，又扩大了林场家属子女就业门路，为毛集林场多种经营增加了利润可观的新项目。

四、护林工作

在护林防火工作中，坚持“两手抓、两手都要硬”的基本方针，广泛宣传林业法规、政策，严厉打击各类毁林违法犯罪行为。场领导非常重视护林防火工作，在林场经济十分困难的情况下，仍拨出专项资金15000元，用于基础设施建设。同时成立护林防火领导小组，实行目标管理，分区包片，责任到人。由于制度完善，管理到位，再次创下无森林火灾之年的好成绩，受到省政府护林防火电话会议的表彰。

11月，桐柏毛集林场被河南省人民政府护林防火指挥部收录在河南省森林防火先进单位光荣册内（1990 ~ 1992年）。

12月22日，在豫鄂两省八县（市）护林防火联防会议上，国营桐柏县毛集林场被评为先进单位。

五、森防工作

在森防工作中，广泛宣传松毛虫的危害及防治的重要性，进一步提高对马尾松毛虫的认识，统一“防患于未然”、不可稍有懈怠的思想，采取“送出去、请进来”等途径，对测报人员进行技术培训，熟练掌握马尾松毛虫的系统测报办法及防治措施。积极推广应用高新技术，在虫情调查上，根据马尾松毛虫空间聚集分布的特点，采取平行线或对角法取样调查虫口数量，取样株数按温绍生推算的公式计算确定；在幼虫数量调查中，应用南京林业大学林机研究室研制的TZZ—500型采种振动机机振推算法和树冠最底层枝条推算法；对虫情级别的确定，根据松树树冠级和马尾松毛虫口密度发生期测报，运用物候法、期距法和数理统计法；对发生量的测报，分别运用生命表观测法、黑光灯诱测法和性激素诱测法等。另外，将生命表汇总整理，为长期系统测报提供准确依据，为实施综合防治提供直观信息，保持了毛集林场多年来有虫不成灾的良好局面。

一九九四年

在上级党委、政府的正确领导下，以市场经济改革为契机，按照“八五”总体规划方案，提升高度、优化结构，采取“工作安排超前抓，遇到大事一把手抓，常规工作分管领导具体抓，目标承包专职抓”的新举措，分解责任，严格把关。振奋精神，开拓进取，圆满完成各项目标任务。

一、良种工作

按照“八五”总体规划和施工设计方案，在固县林区蒋坡马尾松种源种子园，高质量超前完成良种基地家系配置定植工作。并安排专人管护，观测记载，建立数据档案。同时，对改建的10000亩马尾松母树林基地，采取人工辅助授粉、加强土肥管理和综合防治病虫等措施，确保林木生长茂盛（如图）。11月下旬采摘，共收松球果43300千克，净收种子700千克。

二、营林生产

全年营造辛夷丰产林100亩，板栗丰产林50亩。育火炬松容器苗110万株，火炬松大田苗160万株（如图），板栗实生苗200万株，银杏苗6万株。中幼林抚育2.1万亩，间伐2012.5亩，主伐100亩。

母树林基地林木茂盛

苗圃火炬松大田苗培育基地

三、综合防治和预测预报工作

认真贯彻“预防为主、综合防治”的方针，严格执行《河南省马尾松毛虫预测预报办法》，实行目标管理。做到定期、定时、定点、定量测报，按时发出虫情测报。在松毛虫结茧期，发动群众近百人上山进行大规模人工摘茧活动。经过10余天奋战，摘茧4500余千克，防治面积5000余亩，有效控制了病虫害的发生，确保有虫不成灾，圆满完成综合防治各项任务目标。

四、多种经营

采取“派出去，请进来”外引内联多方合作的办法，通过外出参观，了解市场，发掘人才，吸引资金等超常规、大跨度发展，增加林场产业经营项目。先后与韩国长安商社模式，韩国南阊商事株式会社合作投资650万元，承办了中外合资南阳丰茂农产品有限公司，并在大连、威海设了分公司。在桐柏县城创办葛根、橡仁等四个淀粉厂，又在大连、威海、郑州办理了自营通关手续。这是一个以农林产品加工、中药材购销等自营出口贸易为主的外商投资企业，是全市乃至全省国营林场第一家拥有自营出口权的林场，也是全省以农产品出口命名的唯一一家。它的诞生，实现了河南省林业系统对外合资项目零的突破。

为解决南阳丰茂农产品有限公司发展资金缺口，积极争取政府资金支持。9月20日，桐柏县政府召开办公会议，副县长王长勋主持，办公室副主任葛应勇、黄岗乡党委书记卢康新、林业局林政股股长王聚章、毛集林场场长马文晓等参加会议。在县政府的主导下，毛集林场与黄岗乡经过认真研究，双方签订了合股经营的协议。26日，桐柏县人民政府办公室（1994）24号下发《关于黄岗乡政府与毛集林场合股经营南阳丰茂农产品有限公司的会议纪要》，以利于双方遵照实施。

同时，与长沙珠宝工贸公司合作投资20万元，承办毛集林场珠宝公司；与福建福清食用菌开发公司合作投资10万元，承办毛集林场食用菌开发公司；新发展椴木香菇500棚，袋栽香菇、猴头15000袋。进一步巩固稳定了松脂加工厂，调整木器加工品种和管理，扩大林业大酒店的规模，增加服务设施，提高服务质量，加强经营管理，促进林场产业创新稳固发展。

五、护林防火

毛集林场始终把护林防火工作摆到重要位置，做到警钟长鸣、常抓不懈。签订目标合同管理责任书，落实目标管理责任制，扩大宣传范围，加大打击力度。全年共写标语800余条，放电影18场次，组织宣传车、义务宣传30余天，查处各类毁林案件48起，处理违法犯罪127人，为国家挽回经济损失数十万元，稳定了林区的正常工作秩序。

9月，王聚章同志调任林业局林政股股长兼林业保卫股指导员，马文晓同志接任毛集林场场长，李光钧同志任支部书记。

一九九五年

在党的十四届四中、五中全会精神指导下，林场继续以经济建设为中心，深化体制改革，狠抓经济管理，全场上下安定团结，艰苦奋斗，干事创业的劲头蔚然成风，在上级党委政府领导和干部职工的共同努力下，圆满完成了各项生产任务和经济指标，取得了两个文明建设和林业生产双丰收。

根据上级领导安排考核，调整了林场领导班子，任命张永记为支部书记，副场长王家田主持全面工作。原支部书记李光钧调任县苗圃场工作，场长马文晓调离原岗位，另行安排工作。新领导班子多次召开场办会议，经研究决定，陆续下发了《关于激励职工干事创业奖惩的试行办法》《关于场区内综合治理的有关规定》等 4 份文件。在廉政建设、林业生产、政治学习、劳动纪律等方面制订了一系列完善的相关规章制度，张榜公布。职工守则，人手一册。

一、林业生产

1. 整地：9 ~ 11 月，在回龙郭庄林区，开展了大规模、高规格的世行“两松”基地整地工程。场组织职工、民工 200 余人，明穴开挖，规格 1 米 ×1 米 ×0.7 米，株行距 2 米 ×3 米，面积 4000 亩，于 11 月底完成整地任务。

2. 造林：为增加林场后备资源，增强发展后劲，在固县林区新造板栗经济林 100 亩，在回龙、铁山林区补植补造火炬松、马尾松 1000 亩。

3. 幼龄林中耕除草抚育 8000 亩，中幼龄林间伐抚育 2000 亩，封山育林 10000 亩。

4. 苗圃：育火炬大田苗 20 亩，容器育苗 6 亩，在保证本场造林需用苗木外，积极投入市场经营。为打开销路，场抽出精兵强将 5 名，成立了专职销售队伍，实现了产、供、销一条龙。外销板栗苗 15 万株，火炬松容器育苗 120 万袋，大田苗 25 万株，创产值 20 余万元。林业局长赵丰璞多次到林场指导板栗籽苗嫁接和容器育苗工作（如图），并积极帮助推广，为毛集林场苗木顺利售出起到了重要作用。

7 月 31 日，桐柏县委、县人民政府下发《关于大干两个月，实现全县造林灭

林业局局长赵丰璞在林场精品园指导工作

改接的板栗砧长出新芽

荒的决定》，号召全县从8月开始，9月底完成雨季造林任务。毛集林场抓住桐柏县提前一年灭荒这一造林高潮机遇，在林业局的大力支持协助下，不失时机地主动与各乡镇联系推销，两个月内共销售马尾松容器育苗170万袋，火炬松容器育苗130万袋。经销售人员的积极努力，不仅为桐柏县灭荒造林提供了优质壮苗，同时，也为林场净创产值17.1万元。

二、良种基地建设

通过“七五”“八五”建设，累计完成各项良种繁育基地3800亩。种子园全部垦复，套种花生、药材，实现了以耕代抚。母树林喷施满果粉两遍，获得持续稳产丰产，采收球果10万千克。经过积极争取，毛集林场被纳入省重点良种繁育示范场。

三、综防工作

由于气温升高等多种原因，马尾松毛虫东山再起，局部暴发成灾，发生面积7000余亩。毛集林场及时向上级业务部门汇报，争取扶持资金5000元，自筹资金1.5万元，购买多种防治药剂，对重灾区进行综合防治。4月中旬施放敌马烟剂150箱，5月上旬施放林丹烟剂130箱，6月上旬挂黑光灯80灯次，防治总面积达3000余亩，有效控制了松毛虫的蔓延。

四、护林防火

12月底，全省公安系统正规化建设经验交流会在桐柏召开。毛集林场派出所作为先进单位参加会议，并代表先进单位应邀作了《抓队伍正规化建设 推动工作顺利开展》的典型发言，介绍了派出所连续 12 年被评为豫鄂两省八县（市）护林防火先进单位的经验和措施。

根据上级指示精神，毛集林场公安派出所按照公安队伍正规化建设要求，新建了单家独院，办公楼 13 间，增设了办公室、会议室、接待室、档案室、车库、宿舍等基础设施。建立健全各项制度，配备办案车辆和常用工具，实行正规化管理。并对院落地面进行硬化和绿化，完善了基础设施和内部管理，在河南省公安系统正规化建设验收中各项指标均达标合格。

10 月，根据省政府〔1995〕59 号文件精神，结合毛集林场林区治安状况，及时成立了林业公安巡警队，有力地配合了派出所工作的开展。护林防火工作布置精细，工作严谨，巡护到位，扑救及时，无大的森林火灾发生。

11 月 28 日，在豫鄂两省八县（市）护林防火第九联防区会议上，国营毛集林场被评为先进单位。

9 月 1 日，中共桐柏县委组织部桐组〔1995〕32 号通知：张永记同志任中共桐柏县毛集林场支部委员会书记。

一九九六年

认真学习贯彻党的十四届五中全会精神，坚持“以林为本、综合开发”的办场原则，在上级各级领导和业务部门指导下，全场干部职工艰苦奋斗，干事创业，稳步推进。在做好营林生产、良种建设、科学试验的同时，全方位、多渠道地发掘资源。招商引资上项目，提升经营水平，增加经济效益，以发展经济促进林场快速发展。在大家的共同努力下，各项任务和经济指标达到了预定目的。

一、营林

在回龙、郭庄林区进行火炬松世行造林 4100 亩，在回龙、铁山林区补植补造马尾松 370 亩。新封山育林 11000 亩，幼龄林中耕除草抚育 8000 亩，中龄林间伐抚育 2000 亩。

二、苗圃

在田木湾等林区培育容器育苗火炬松 100 万袋、马尾松苗 150 万袋、火炬松大田苗 300 万株。育苗前与确山、淅川等地签订了供苗合同。苗木销路有了保障，解决了后顾之忧，既增加了职工收入又提高了大家的工作热情，促进了毛集林场苗圃工作顺利开展。

三、森林消防队

5 月 15 日，桐柏县人民政府护林防火指挥部印发桐护防字〔1996〕9 号文件《关于组建桐柏县第二森林消防队的决定》，批准以毛集林场为基础挑选事业心强，热爱森林，具有初中以上文化程度，年龄在 18 ~ 30 岁（周岁）的青年职工，组建 30 人的“桐柏县第二森林消防队”。聘任县林政股长胡长甫同志为队长，县武装部干事胡宗义同志为指导员（如图），林场派出所副所长门占帝同志为副队长，林场支部书记张永记同志为副指导员。负责吴城、固县、黄岗、毛集、回龙等东片区森林火灾的监控和扑救，推动桐柏县森林消防工作再上一个新台阶，为桐柏县东片区和毛集林场森林防火提供了强有力的保障。

7 月 26 日，南阳市人民政府护林防火指挥部办公室，在《森林防火简报》第

桐柏县第二森林消防队聘请的队长胡长甫（左一县林政股股长）、指导员胡宗义（右一县武装部民兵训练股长）与县领导和武装部负责人到支队指导训练

以毛集林场为基础成立的桐柏县第二森林消防队全体成员

6期《我市专业森林消防队喜忧参半》的简报里，通报表彰了毛集林场“认识到位，行动快捷，精心组织，安排周密，队伍整齐，设备齐全，可喜可赞”。自7月7日县护林防火指挥部下文成立桐柏县第二森林消防队开始，毛集林场聘请县武装部选派的骨干到消防队当教练，帮助培训、演练，实行军事化管理，队员统一服装（如图），集中食宿。冒着酷暑，连续训练一个月，个个精神抖擞，斗志昂扬，熟练掌握了扑救森林火灾的基本常识。在全省检查评比中，顺利通过验收。

为帮助消防队增加创收源，毛集林场将田木湾林区板栗丰产园、食用菌厂、红卫林区辛夷经济林，作为生产基地交由消防队经营管理，收入归森林消防队所有，作为经费用于购置消防设备。同时，在回龙榨楼设立防火检查站一个，新建祖师顶瞭望台一处，整修瞭望台五处，架设了电台，配备了望远镜和对讲机，实现了通信设施的配套，从而使毛集林场对辖区山林火灾的监控形成了网络。

四、林业产业

为开创职工就业渠道，增加多种经营收入。3月，收回松脂厂，安排职工18人，自己生产经营。6月，在田木湾林区种植食用菌30000袋。10月，扩建原木材加工厂。11月，在回龙林区发展椴木香菇300棚，总产值70万元。

22～25日，毛集林场参加了在南阳召开的全省林业产业工作会议和河南省林业产业协会成立大会，成为该协会团体会员单位，王家田同志在会上作了《以林为本综合利用，大力发展林业产业》的交流发言。

五、良种工作

11月，良种基地建设项目，经省专家小组验收合格。并超前做好了“九五”良种基地规划工作，集中人、财、物建设名、特、优经济林良种基地。其中：新建板栗丰产园200亩、采穗圃30亩、良种苗圃20亩、大枣丰产园200亩、采穗园50亩、辛夷丰产示范园100亩、改建生物防火林带50余千米。马尾松林木良种基地被中华人民共和国林业部授予全国林木良种基地先进单位，被河南省林业厅授于1996年度先进林木良种基地。

1月19日，撤销毛集林场林产品公司。

5月12日，桐柏县人事劳动局文件，桐劳字〔1996〕29号：聘任王家田同志为毛集林场场长，免去马文晓同志毛集林场场长职务。

一九九七年

在上级各部门的正确领导和大力支持下，认真学习贯彻十四届六中全会精神，坚持“以林为主、合理开发、综合经营、全面发展”的办场方针，以培育森林资源为重点，以提高综合效益为中心，紧紧依靠全场干部职工，上下一心干事业，取得了林业生产和文明建设双丰收。

全场干部职工 106 人，其中：干部 16 人（技术干部 11 人、工程师 3 人、行政干部 2 人），职工 90 人。场下设八个林区、林业派出所、巡警队和良种森保科研组、营林队、苗圃场及以创办的松香厂、木材加工厂、食用菌公司、林业招待所、林业大酒店等实体产业。

一、营林

1. 造林：在固县林区五里岗新造火炬松丰产林 600 亩，蓝晶石矿周边新造火炬松、麻栎混交林 700 亩，并对郭庄林区世行造林进行了补植补造。

2. 抚育：在回龙、马大庄林区封山育林 8000 亩，幼龄林中耕除草抚育 6000 亩。为提高林木生长量和抵抗病虫害，夏秋季节，加强了对各林区马尾松林分内的中幼林麻栎修枝抚育，逐渐形成了松栎混交林。

3. 在固县林区 47 林班、郭庄林区 26 林班完成抚育间伐 2000 亩。

二、育苗

为大力发展苗木生产，场组织安排 19 名职工和 15 名家属子弟，育火炬松营养袋 55 万袋，大田苗 100 万株。同时，与南阳市林业局合作育沙兰杨、中林杨 30 亩 12 万株；与唐河县林业局合作育优质梨苗 16 亩 15 万株，创产值 45 万元。

三、良种

通过多年来逐步扩大良种基地建设规模，各类良种繁育林分增至 3800 亩。其中新建辛夷经济林 100 亩，板栗、大枣收集区、采穗圃、良种苗圃丰产示范园共 750 亩。1000 亩马尾松母树林，通过花粉喷施管理，种实病虫害防治，喜获丰收，收球果 7.5 万千克，产种 1250 千克。在河南省林业厅 1997 年度全省林木种苗工作先进单位表彰大会上，毛集林场马尾松良种基地，再次获得“先进林木良种基地”荣誉证书。

四、护林防火

坚持“以防为主、积极消灭”的方针，认真贯彻执行林业法律、法规及有关规定，严格依法履行执法职能，打击违法犯罪，保护森林安全。以森林消防队和护林员为骨干，雇用义务护林员28人，全天候巡护，在火险等级高的区域严防死守。6 ~ 12月，在信阳与桐柏交界的红卫林区改建生物防火林带4.7千米，为护林防火筑建了一道牢固的屏障。

五、森防工作

毛集林场是省级测报站之一，根据《河南省马尾松毛虫预测预报办法》，在马尾松重点林区设立固定标准地15个，样株480株。结合松毛虫发生发展规律，测报人员深入林区全面调查，按要求准确地作出预测预报，及时发出虫情简报。同时在红卫林区的重点区域，采取综合治理的方法防治马尾松毛虫。其中，人工摘茧1500余千克，黑光灯诱杀成虫75灯次，施放林丹烟剂100箱，达到了预定的防治效果。

3月5日，河南省林业产业协会正式邀请通知：经该协会秘书处批准，毛集林场自1997年1月1日起为“协会团体会员单位”。

一九九八年

一、良种工作

“九五”期间，为适应社会主义市场经济和林业迅速发展的新形势，适应调整林种结构，发展“一优双高”新的林业管理体制的需要，根据省林业厅主持的《1998年林业新技术新产品中间试验项目计划表》安排，毛集林场承担营造黑核桃良种试验示范林300亩。并在原来的基础上，新建板栗、大枣、辛夷良种繁育基地850亩（如图），毛集林场逐步形成了一个以名、特、优经济林良种繁育为中心，选育、试验、示范、丰产、推广等统筹安排、合理搭配的良种繁育基地。

在良种基地建设中，由场长挂帅，业务副场长和8名技术人员成立良种基地管理小组，专职此项工作，保证每一项生产均有专人专职负责，人员实行目标管理。在项目建设中科学规划，严格施工，精心管理，确保持续丰产稳产。

二、综合防治

为了保证森防工作的顺利开展，场里从资金、人员、车辆等方面都优先保证，以提高工作效率。同时，在每月召开的测报工作会中，聘请专家、教授到场讲课，进行技术培训，提高森防人员的业务水平，切实做好综合防治工作。发挥自身技能，及时发布虫情预报，为领导决策和防治提供科学依据。对测报的各种数据、资料进行系统收集，及时整理，分类造册，为建立中长期数学模型预测式奠定基础。

市林业局副局长张宏宪（右二）在板栗基地指导工作

县林业局局长赵丰璞在大枣基地查看嫁接情况

河南省森林病虫害防治检疫站〔豫林防（1998）4号〕《关于省联系测报站发送林木病虫害情报情况》的通报中，对毛集林场森防工作予以高度赞扬和充分肯定。

三、护林防火

（1）加强领导，落实岗位责任制。一是成立了以场长、派出所长、林警、护林员等8人组成的护林防火领导小组。二是实行领导包片，各自负责本片区的防火工作。三是实行防火办公室24小时值班制，接到火警，及时上报，并迅速通知消防队。

为加强林场公安派出所和森林消防队的领导，8月3日，中共桐柏县委组织部桐组〔1998〕19号《关于中层干部职务调整请示的批复》：门战帝同志为桐柏县毛集林场公安派出所所长、张永记同志为指导员。同时分别兼任第二森林消防队队长、指导员。

（2）加强防火宣传教育，提高全民防火意识。一是利用新闻媒体加大宣传力度，联合其他单位在县电视台多次播放护林防火宣传教育主题。二是和各乡（镇）中小学联系，利用节假日组织中小学"红领巾"义务宣传队30余次。三是在各要道路口等人流量多的地方设置防火标志，刷写标语，发放宣传单。

（3）加强森林消防队伍和基础设施建设。为建设消防队训练基地和保证消防工作经费，场划拨松脂厂、辛夷示范园、香菇厂、板栗园作为训练基地和创收来源。并筹措资金10万元，新建一幢10间小楼，并配备了防火服、电台、车辆等。

消防队员正在进行业务知识培训

扑火队员严阵以待

营建的板栗防火林带

消防队员全部集中食宿，加强学习（如图），严格训练。做到严阵以待（如图），及早发现，积极扑救，为桐柏县森林资源安全和森林消防工作做出了积极的贡献。

（4）营造生物防火林带。2月14日至4月初，毛集林场改建了150千米的用材林防火林带，营建了12千米的板栗（如图）、辛夷经济林防火林带，改建了80多千米的防火道，为主要火险区穿上防护服。同时，又在红卫林区改建完善了5千米长、一主四副八个不同类型的试验林带，林带宽10～20米不等，控制面积2000余亩。通过试验，挑选出适合本地区的林带结构类型，为全省生物防火林带推广应用提供科学的依据。

除此之外，在火险等级高的回龙杨集林点派出8名职工9名雇用人员，吃住在山头全天候巡护。在榨楼林点与信阳交界处的祖师顶和黄岗林区与泌阳交界的高乐山等制高点新建固定瞭望台两座，临时瞭望台3处，由4名职工、12名雇用人员驻守，24小时监控。

1998 年的天气变化多端。夏天发了洪水，而冬季持续干旱，给护林防火造成极大的威胁。由于农民在经济利益的驱使下，烧地边、烧田埂、烧荒坡开荒种地，引发山火不断，几乎每天都有发生，甚至发生多起。

大年三十下午 5 点左右，黄岗吴山林班发生山火，当时人们都沉浸在过年的温馨气氛中，突然接到火警，立马放下手里的家务，大家不约而同地带上水果等食物，全副武装到场部集合奔赴火场。当分别把大、小银山的林火扑灭后，已是晚上 7 点半钟，可安子岭处群林还有山火，如果回去吃过饭再来，恐怕火势会蔓延扩大，同志们不约而同地说，干脆一鼓作气打完再回去，于是纷纷赶往火场。当路过吴山组村民张永立家门口时，被他热情地拦住，邀请去他家吃年夜饭，大家实难推辞就答应说，“那就麻烦先做着，等火扑灭再回来吃”。扑灭火后返回他家里 ，同志们围在火盆边吃了有生以来最令人难忘的年夜饭，既有扑灭山火的成就感，又真实感受到林区乡亲们给予的关心、支持和帮助，值得一生回味。大家回到家里，1999 年的迎新钟声刚好响起。

一九九九年

在县委、县政府的正确领导和各级业务部门的大力支持下，认真学习贯彻党的十五大和十五届三中全会精神，坚持改革创新，把振兴市场经济，发展林业生产放在首位。以发展“高产、高效、优质、持续”林业为目标，开拓进取，加压奋进。经过广大干部职工的共同努力，圆满完成各项生产任务和经济指标，获得了河南省国有林场先进典型荣誉称号。

一、林木良种及育苗工作

在继续管好原有良种繁育林分的基础上，本着“因地制宜、适地适树、规模发展”的原则，加大科技投入，集约管理各类良种繁育林分，生产良种5000千克，遗传增益17.5%以上，逐步实现了造林良种化，良种繁育基地化。根据苗木市场供求状况，组织30名苗圃职工和6户家属，育枣苗10万株，火炬松大田苗150万株。夏天对枣苗全部进行了嫁接，成活率达85%以上。另外，还培育有市场行情看好的银杏、板栗、木瓜等优质经济苗木，年创产值48万元。

二、打造精品工程

为贯彻落实南阳市《行动计划》和桐柏县《发展纲要》，场班子经认真研究，反复讨论，制订了毛集林场《持续高效林业发展行动计划》。为顺利启动实施《行动计划》，9月，从各林区抽调生产人员70人，集中在田木湾林区转山小班，开展高效银杏经济林基地前期150亩的治山整地工作；11月份，又完成了固县林区名、优、特、稀经济林基地100亩的整地抽槽任务。同时，以河南农大、中国林科院等大专院校为技术依托，利用有利条件，在田木湾林区高标准营建了包括喜树、美国黑核桃、桐柏大枣、板栗、珍株花在内的高科枝精品示范园600亩。为增加精品园的科枝含量，又从北京林科所引进全光照喷雾育苗设备三套，年增加育苗30万株，使该精品园成为集生产与科研、示范与观光为一体的科技园（如图）。

三、深化内部改革

6月，在上级主管部门的指导下，毛集林场召开深化改革促进动员会（如图），

县林业局局长魏诸清在视察全光照基地

县领导参加毛集林场深化改革促进发展动员大会

宣读了内部结构调整实施办法。根据毛集林场林区分布和生产的需要，把场分为场部和林区两大块，划小核算单位，压缩非生产人员，实行定岗、定员和一人多责制。分解责任和利益，建立了统分结合的经营管理新体制。为了便于管理，在场部设置书记办、场长办、综合办、财务办、业务办、生产防火办、督查办、开发办、派出所、测报站、种苗站。下设六大林区，林区设主任、核算员、护林员、生产员，逐步树立平等竞争、择优上岗，能上能下、合理流动的用人新机制。

四、森林普查

7 月，根据市、县国营林场二类调查工作统一部署，毛集林场对辖区的森林资源进行清查 。先后组织技术人员到市、县分别进行业务培训，同时成立以场长为组长的森林资源清查领导小组。下分两个工组进行作业，于 7 月 8 日开始外业调查，10 月底外业结束，11 月底完成内业汇总。通过调查，摸清了林场家底，为编制森林经营方案，确定合理的采伐限额，对林业进行分类经营和林业区划规划提供了科学依据。

五、综防工作

始终执行“预防为主、综合防治”的方针，积极开展森林病虫害的预测预报和综合防治。认真做好越冬前后及危害期各虫态的虫情调查工作，准确发布虫情简报，及时掌握病虫害发生的规律，有效地控制了松毛虫的发生和蔓延，为适时采取防治措施提供依据。同时抽调专业人员依法对林区生产的良种、苗木及木材进行产地检疫和调运检疫，加大对危险病虫害的检查力度，严格控制了危险病虫害的传播。

六、营造林工作

1. 造林：为增加林场后备资源，增强林场发展后劲，自筹资金在马大庄、榨楼等林区营造经济林和速生丰产林 3000 亩，在固县、栗树林区补植补造火炬松、马尾松 1500 亩。

2. 在回龙、铁山等林区中幼龄林中耕除草、修枝抚育 5000 亩。在马大庄、红卫、榨楼等林区封山育林 5000 亩。同时加强各林区马尾松林分内的麻栎栽植、管护、修枝抚育，逐渐使其成为松栎混交复层林，以提高林分质量，增强林分抗性。

3. 为调整林分密度，促进林木快速生长，在田木湾林区的 47 林班、红卫林区的 44 林班、固县林区的 50 林班同时开展抚育间伐工作。按照采伐计划，严格执行技术规程进行施工。共计完成面积 2000 亩，总蓄积 1600 立方米，出规格材 1050 立方米，薪材 50 吨。收入 26 万元，实现利税 5 万元。在省、市、县组织的检查中，作业设计和操作规程均达到验收标准。

七、护林防火

认真贯彻执行《森林法》和《森林防火条例》，坚持“以防为主、积极消灭”的护林防火方针，加强领导，明细责任，齐心协力，强化分级管理，扩大宣传范围。投入人力、物力、财力，加强扑火队伍和基础设施建设，努力提高控制和扑救火灾的综合能力。

1999 年春，天气持续干旱 40 余天，打火场次不计其数。其中，最艰苦的是黄岗林区高乐山发生的火情，下午两点接到报告，当时一队已前去老寨山扑火，场内预备二队迅速集结奔赴火场。高乐山山势陡峭，杂灌横生，没有道路可寻，全靠攀爬而行。由于山高风大，火随风势迅速蔓延，经两个多小时扑打仍未控制火情，当时已是下午 5 点，如果不能扑灭，夜里更是难以行动。经协商迅速用对讲机与值班室联系请求支援。老寨山灭火后，正在路上返回的一队，接到指令来不及回场吃饭，直接开往高乐山，在两队共同的奋战下扑灭了山火。这时天已完全黑暗下来，就在大家看守火场就地休息时，突然发现高乐山与泌阳交界的北坡火光冲天，估计相距 5 千米左右。带队领导边向上级汇报边带领扑火队员向火场进发。此刻，同志们已是口干舌燥，疲乏无力，但在火情面前毫不退缩，义无反顾地向火场奔去。高乐山南坡是从黄岗镇向北进入，而北坡的火场本应坐车从黄岗绕回毛集再向北到回龙，从黄栋岗上去，若走这条路需多绕行几十千米，还要从山下往山上徒步，最快也要 2 小时。火情紧急，只有走捷径，于是大家忍着饥渴和浑身的疲累，借着微弱的手电光从杂灌丛中艰难地穿插而行。经过连夜奋战，山火扑灭后已是第二天凌晨一点钟，下到北坡山下，饥渴疲累难忍。当拖着疲惫的身躯走到来接的消防车前，个个都是你拉我拽才坐上车，但人人脸上都洋溢着胜利的喜悦。

经过全场干部职工的共同努力，积极认真做好护林防火工作，取得可喜成绩，分别被桐柏护林防火指挥部和豫鄂两省九县（市）护林防火指挥部评为“护林防火先进单位”，仝云东等 8 人获得先进个人荣誉称号。

同时，加大林地林木资源的保护力度，充分发挥林场派出所的执法职能，依法治林，重拳出击，严厉打击了乱砍滥伐、乱采、乱挖、乱捕、乱猎、乱烧、乱牧等破坏森林资源和侵占、蚕食国有林地的违法犯罪活动。

一年中，派出所共受理案件 47 起，结案查处 46 起，处理打击违法犯罪人员 52 人。其中盗伐林木的 14 起 17 人、滥伐林木的 7 起 9 人、毁林开荒的 5 起 5 人、非法运输木材的 9 起 9 人、非法在林区内开矿采矿的 11 起 11 人、违反森林防火条例的 1 起 1 人。收缴木材 34 立方米，为国家挽回经济损失 5 万元，有效地保护了辖区内森林资源的安全。

二〇〇〇年

在上级党委、政府领导下，认真贯彻党的路线、方针、政策，深入落实上级有关指示精神，制定年度工作总体规划、工作重点和奋斗目标。全场干部职工同心同德、真抓实干，在抓好营林生产和良种繁育、护林防火的前提下，积极培育速生丰产用材林和高效经济林木，实现了经济效益的长足发展，两大文明建设和林业生产随着国家“九五”规划的实施，稳步有序地向前发展。

一、良种繁育

按照部、省良种基地建设项目要求，加强了林木良种繁育工作的领导。由一名业务场长主抓，选配 8 名技术工人，专职管护 5000 亩马尾松种子园等各类良种繁育林分，以确保良种基地项目的正常稳定发展。通过积极努力，争取到上级投资 200 万元，规划三年内完成建设 2000 亩马尾松、国外松采种基地项目（如图）。

二、种苗生产

按照省种苗站的会议精神，本着“因地制宜、适地适树规模发展”的原则，着重抓好育苗工作。通过对苗木市场供需的考察，制订苗木品种和数量的规划方案，派出销售小组，发挥自身优势，签订供苗合同。动员职工子弟和家属共同参与育苗生产。全年共育喜树苗木 125 亩 45 万株，大枣苗 12 万株，火炬松大田苗 100 万株，黑核桃、板栗、栀子等苗 10 万株，各类苗木均达到出圃标准。除本场生产用苗外，按照预先签订的供苗合同，全部推向市场，既解决了职工就业，增加了经济收入，又实现了稳中求发展的预期目的。

马尾松良种基地优良林分

三、营林工作

1. 造林：为保障林场资源持续健康发展，在田木湾、红卫林区补植补造火炬松、马尾松 1000 亩；在田木湾林区转山营造优质、高效、多功能林业精品园1000亩。包括板栗、桐柏大枣、喜树、黑核桃、美国黑樱桃等名优特稀树种的收集圃、采穗圃、繁育圃、丰产园等项目和200亩高效银杏经济林。为保证苗木成活，分别五次从桐柏环卫公司、园林处、市林业局等单位，请来洒水车拉水浇苗。组织40余名职工，肩挑手提，人日均浇水2000千克，保证了苗木在天气异常干旱的情况下健壮安全生长。银杏成活率达到98%（如图）。

2. 抚育间伐：在固县、回龙等林区中幼龄林区中耕除草、修枝抚育4000亩，抚育间伐2000亩。在陈楼、回龙等林区封山育林2200亩。同时加强各林区马尾松林分内的麻栎补植、清杂除草、修枝抚育等管理，逐渐使其成为松栎混交复层林。为加快林业结构调整，逐步实现林业经济增长方式由粗放经营向集约经营转变创造前提条件。

银杏基地一角

银杏基地浇水中

银杏栽植中

借用的园林洒水车

3. 整地：10月，从各林区抽调生产人员和苗圃职工共50余人，集中在田木湾林区毛旦坡小班，展开了冬季整地大会战。场领导亲临一线指挥，抓质量、促进度，大家每天在完成定额任务的基础上，主动增加任务，早出晚归，你追我赶，比数量、比质量、赶时间、超任务、比贡献，提前完成了200亩的抽槽整地任务，为建设精品园备好了基地。

四、开展生产自救，发展多种经营

由于春季持续干旱，旱灾严重。夏天则连降暴雨，秋天又阴雨连绵，涝灾不断。自然灾害对毛集林场的各项生产造成了极大破坏，直接经济损失达30多万元。

为克服灾害，走出困境，毛集林场召开抗灾增收动员大会。分析灾情，商讨措施，增强干部职工战胜灾害的信心和决心，齐心协力渡难关，充分利用自身各种条件开展生产自救。夏秋时节，通过与县茶叶公司、林业局等单位联系，承包他们在月河镇徐寨村建立的经济实体——茶叶基地，利用茶垄空闲地块，套种花生、大豆、萝卜等农作物200余亩，创收6万余元。同时，在各林区苗圃地边和林下空间，套种三鹰椒60亩，扦插金银花20亩180余万株，各类经济收入23万元，保障了各项生产和多种经营的正常运行。

五、护林防火

森林消防队采取集中与分散的管理办法，夏秋季节充实一线生产，冬春集中在场部食宿，统一管理。利用空闲时间学习扑火常识和扑火工具使用演练（如图）。加强基础设施建设，努力提高控制和扑救火灾的综合能力，多次受到省、市、县

消防队员扑火演练中

防火指挥部的表彰。在场领导的高度重视和大家的共同努力下，全场没发生一起森林火灾，分别被桐柏县护林防火指挥部、桐柏山护林防火指挥部、豫鄂两省八县护林防火联防指挥部第九联防区评为先进单位，韩涛等 3 人获得先进个人荣誉证书。

六、综防工作

在开展森林病虫害的预测预报和综合防治工作中，认真贯彻执行“预防为主、综合防治”方针，积极采取防治措施，做好预测预报等工作。同时，依法对林区生产的良种、苗木及木材进行产地检疫和调运检疫，加大对危险病虫害的检查力度，严格控制了危险病虫害的传播。由于成绩突出，毛集林场测报站被评为河南省先进测报站。

二〇〇一年

在各级政府的正确领导和支持下，毛集林场继续深化内部体制改革，坚持以林为本，抢抓机遇，分解落实各项重点工作。大打科技攻坚战，以科技兴林、兴场为动力，逐步实现了森林面积和林木蓄积逐年递增、森林资源得到有效保护、经济效益和生态效益同步发展的目标。

一、林木良种繁育及营造林工作

根据上级分配的种苗任务，毛集林场在抓好营林生产、管好原有良种繁育林分的同时，充分发挥林场的行业技术优势，大力培育大枣、银杏、杨条、泡桐、辛夷、陈刺等经济林苗木140亩，扦插金银花80万株，繁育喜树苗木40万株。

春季，在天气干旱的情况下，组织全场干部职工70余名参加突击队，分赴铁山、陈楼两林区，奋战近一个月，胜利完成2400亩38.7万株喜树工业原材料林的栽植任务。为保证苗木成活，在保证质量的前提下，组织50多名职工对铁山、陈楼的喜树进行抗旱浇水、培土等后续保苗工作。同时，抓住退耕还林这一有利契机，依法收回群众蚕食侵占的荒地500余亩，栽植了油茶、陈刺、金银花等经济苗木，为培植新的经济增长点奠定了基础。

二、继续抓好精品项目工程

在发展200亩银杏高效经济林的基础上，先带状整地200亩，然后在带上挖规格为1.5米 ×1.5米 ×1.0米的大穴8000余个，栽植美国黑樱桃7000余株，黑核桃500株，金丝球500株。实现了精品园多样化、规模化。

为增加后备资源，促进毛集林场林业持续发展，分别在郭庄、马大庄林区补植补造“两松”200亩，田木湾、红卫等林区中幼林中耕除草、修枝抚育2000亩。回龙、陈楼、铁山、田木湾林区封山育林10000亩。同时，组织苗圃职工在田木湾林区毛旦坡整地200亩，挖穴9000余个，标准为1.5米 ×1.5米 ×0.8米。为培植新的经济增长点，在转山银杏、黑樱桃等林带内栽植金银花46万余株，套种药牡丹20亩、白术10亩、小银杏苗25亩，套种西瓜10亩，实现了重点培育，全面开发的目标。

三、加强采种基地建设和分类经营

组织毛集林场职工按照作业方案进行施工，严把质量关，先后进行了松土除草、割灌清杂、浇水施肥等工作。在林木良种基地建设过程中，收集、保存和利用优良种质资源，以确保采种基地项目的正常开展和良种繁育的连续性。

在国家分类经营政策出台后，根据上级精神，毛集林场专门成立了分类经营规划小组，对林地、林木资源进行清查摸底，对各类林分进行科学分类，为全面实行分类经营打下良好的基础。

四、深化林地产权制度改革

为贯彻落实“发展立体林业，深化林地产权制度改革”的方针，毛集林场召开由领导班子、中层人员、职工代表参加的座谈会，广泛征求意见和建议，在经过充分论证的基础上，于9月召开了竞标会，首先对田木湾林区的竹园、板栗园，进行现场公开拍卖（如图）。随后部分林区内部的宜林荒山、荒地也通过拍卖、

板栗园、竹园公开竞标现场会

租赁的方式由本场职工承包经营，以逐步改变毛集林场以往单纯的国有、国营、一大二公的经营管理体制，从而提高了职工参与市场经营的积极性。

五、森林资源保护

（一）护林防火

在防火工作中，坚持“以防为主、积极消灭”的护林防火方针，建立健全防火组织和严格的管理制度，扩大宣传范围和规模，加强扑火队伍的培训和基础配套设施的建设，力争做到防范于未然，提高控制和扑救火灾的综合能力。在全场干群的共同努力下，无一起森林火灾发生，再次被桐柏县、桐柏山、豫鄂两省九县（市）护林防火指挥部评为护林防火先进单位，王联营等6人获得先进个人荣誉。

（二）林木林地保护

坚持依法治林，充分发挥林场派出所执法职能，加大巡查力度，严厉打击破坏森林资源和蚕食侵占林地等违法犯罪活动，全年共受理案件28起，结案查处28起，处理打击违法犯罪人员35人，收缴木材23立方米，为国家挽回经济损失4万余元，有效地保护了辖区内森林资源的安全。

（三）综合防治

加强领导，积极防治，认真做好各个时期和各虫态的虫情调查，加强对病虫害的预测预报，及时发布虫情简报，提供准确信息和真实数据，积极采取防治措施，做到“早发现，早防治”，防止松毛虫的发生和蔓延，确保有虫不成灾的良好局面。

六、精神文明及党建工作

在党支部的领导下，全场干部职工紧紧团结在以江泽民同志为核心的党中央周围，高举邓小平理论的伟大旗帜，认真贯彻执行党的方针、政策，加强领导班子和党员工作作风建设。充分发挥党支部和班子成员的政治核心和党员的模范带头作用。提高干部职工的文明意识、敬业意识和集体主义观念。同时，培养入党积极分子5名，发展新党员3名。在综合治理、财务管理、计划生育、廉政建设等方面，均无违法违纪现象发生，被桐柏县直工委评为先进党支部。

二〇〇二年

在各级党委、政府领导下，认真学习贯彻十五大、十六大精神和“三个代表”重要思想，坚持“以林为本、深化改革、全面发展、开拓创新”的办场方针，立足本场实际，充分发挥自身优势，争资上项，招商引资，着力发展精品工程，培育新的经济增长点，增加社会生态公益效能。在全场干部职工努力下，圆满完成目标任务。护林防火被评为2002年度豫鄂两省九县（市）护林防火先进单位、市森林防火先进单位；经营管理获得市AA级信用单位称号；党务工作获得县林业系统2002年度先进党支部荣誉称号。

一、良种繁育及种苗生产

为加强林木良种繁育工作，抽出10名职工专职管护原建的5000亩马尾松各类良种繁育林分，确保良种基地项目的正常运行。由于领导重视，管理到位，施工精细，操作规范，种子生产获得大丰收。共采收马尾松球果17.5万千克，产优良种子3000千克，遗传增益均在10%以上(如图)。

种苗是林业生产的物质基础。毛集林场抓住退耕还林的有利时机，充分发挥林场的行业技术优势，发动全场干部职工及家属积极参与育苗工作。根据市场需求，培育板栗80亩70万株，速生刺槐100亩100万株，107、108、2001等品种杨树120亩50万株，枣苗30亩20万株（如图）。各类苗木长势喜人，均达到出圃标准。

母树林球果采摘

市、县种苗站专家视察田木湾林区苗圃基地

同时，成立花卉苗木培育销售公司，与市、县园林单位签订了销售协议，大力培育各类花卉及绿化苗木，苗木销售总产值突破 100 万元，年利润 20 万元。

二、　营林生产

（一）造林

在抓好育苗工作的同时，积极开展退耕还林工程。为了高质量搞好这项工程，场里决定由职工自己干。于是召开了全场职工大会，动员职工 70 余人，奔赴铁山、陈楼、田木湾等林区，营造林木 3000 亩，其中栽植刺槐 2000 余亩、杨树 400 余亩、板栗 200 亩、金银花 200 亩、杉木 100 亩、泡桐 100 亩，成活率均在 90% 以上。

（二）抚育间伐

继续加强各林区马尾松林分内的麻栎补植、管护、修枝抚育等工作，逐步培育为松栎混交林，以提高林分质量，增强林分抗性。并对良种基地的采种林分进行中耕松土、施肥、修枝清杂，仅磷酸二铵、尿素等肥料就施 14 吨（如图），目前采种基地的马尾松、国外松郁郁葱葱，长势良好，已初见成效。

为调整林分密度，促进林木成长，严格按照上级批伐面积和采伐技术规程对红卫、铁山、回龙 3 个林区的马尾松人工幼林进行了抚育间伐，出规格材 1200 立方米，收入 40 万元，实现利润 28 万元。

三、申报林业项目　积极争资上项

在上级的大力支持下，毛集林场加大争资上项力度，申报了省级自然保护区、

林木良种基地施肥

种子园中耕松土

国家级良种基地、中央级贫困林场补助 3 个大项目、7 个小项目。

（一）自然保护区

毛集林场地处淮河源头，为了更好地保护和利用辖区内丰富的野生动植物资源和自然景观，逐步实现经济效益和生态效益双递增目标，通过考察论证，决定以高乐山为中心，划出回龙、黄岗林区部分林地建立高乐山自然保护区。4 月 9 日，申报了《关于建立桐柏高乐山省级自然保护区的请示报告》，经桐柏县人民政府审批同意，报至南阳市人民政府。5 月 14 日，南阳市人民政府宛政文〔2002〕41 号文件《关于建立桐柏高乐山省级自然保护区的请示报告》报至河南省人民政府。各项考察工作正在有条不紊的进行中（如图）。

（二）采种基地

为收集、保存和利用良种基因资源，经过积极努力，争取到国家投资 200 万元，用于改建 2000 亩的采种基地项目。前期投资 65 万元国债资金已经到位，各项生产工序按照技术规程全面展开。

省级专家翟文元（左一）教授等在保护区考察

（三）贫困林场补助项目

毛集林场通过多方努力，申报并争取到中央级贫困林场资金补助项目20万元，用于改善和提高林场生产条件和职工生活水平。其他7个小项目按照规划要求全部完成。

四、扎实推进“二次创业”　广泛开展招商引资

根据县委、县政府出台的有关“二次创业”的政策精神，为加快毛集林场林业结构调整，培育新的经济增长点，解决富余人员再就业，毛集林场通过考察、走访、座谈等方式，在多方论证的基础上，在红卫林区培育观赏药用木灵芝两万袋。党支部书记张永记同志主抓该项目生产，亲自带领10余名职工，吃住在林区，不分昼夜地轮流值班，在种植、管护、销售等各个环节，严格把关。短短几个月，收入达20余万元。同时创造有利条件，让一批有胆识、有能力的职工，走出县门“二次创业”。第一批人员共有12人，他们从事服务、建筑、营销、运输等行业，人均月收入1000元以上。既减轻了林场的就业压力，同时也增加了职工的个人收入。

在招商引资上，坚持以资源招商、以资源联姻、靠资源突破市场的方针，用良好的环境和诚信的态度招商。由于林业政策的改革，造林任务渐少，红卫林区的苗圃地基本处于荒芜状态。为了充分利用毛集林场土地资源，通过市场运作，在互惠互利的基础上与上海奉植园林绿化公司合作育苗，林场以苗圃土地入股，上海方以资金、苗木入股，引入资金500万元共同发展绿化苗木。同时又与上海另一家公司签订合作意向，拟利用毛集林场黄岗万亩红叶林区建设开发旅游景区，初步计划该项目将引入投资1000万元，各项程序正在积极筹备中。为解决部分人员就业问题，将闲置多年的松香厂租给了南阳一家生化公司，从事松脂加工生产，每年收租金及管理费5万元，安排5名职工进入该企业工作。

五、改善工作环境，提升外部形象

为改善毛集林场职工办公、生活条件，多方筹措资金，在原基础上改建职工住宿楼一栋1200平方米，改造门面房26间，新建办公楼一栋450平方米，职工的居住条件大为改善，办公基础设施全新改观，林场面貌焕然一新。

3 月 18 日，桐柏县机构编制委员会桐编〔2002〕）02 号文件《关于桐柏县毛集林场升格为正科级规格的批复》：“经研究决定，同意将桐柏县毛集林场升格为正科级规格”，原性质、编制、隶属关系及供给方式均不变。

3 月 27 日，中共桐柏县委员会桐文〔2002〕112 号、113 号分别下发王家田同志任桐柏县毛集林场场长（副科级）。张永记同志任中共桐柏县毛集林场支部委员会书记（副科级）的任职通知。

12 月 9 日，桐柏县林业局文件，桐林字〔2002〕第 59 号通知，经局党组研究，决定聘任：韩涛同志为毛集林场副场长（正股级）、王联营同志为毛集林场综合办公室主任（正股级）。

12 月 28 日，毛集林场被国家林业局、中国农林水利工会全国委员会授予（2000 ~ 2001 年度）全国林业系统合理化建议和技术革新先进集体。

二〇〇三年

以党的十六大精神和“三个代表”重要思想为指导，全面贯彻落实《中共中央关于加快林业发展的决定》和省委《实施意见》，以退耕还林工程建设为重点，深化林业体制改革为动力，全方位扩大对外开放，建设开放型的大林业。在场领导班子带领下，全体党员干部职工凝心聚志，开拓创新，奋力拼搏，圆满完成各项目标任务。

一、发挥行业优势，联合繁育苗木

随着国家退耕还林连续补贴优惠政策的实施，为当地种植大户带来了新的发展机遇，市场苗木需求量加大，林场苗木供不应求。毛集林场抢抓机遇，充分发挥土地、技术优势，利用县财政局的资金优势联合育苗。共育“两松”50亩500多万株，板栗80亩40多万株，速生刺槐100亩100万株，品种杨条120亩50多万株，枣苗30亩近20万株，其他苗木50亩40万株。各类苗木长势喜人，优质苗在80%以上。苗木产值突破200万元，实现利税50万元。达到了互利共赢的目的，为职工就业创收找到了稳定的门路。

二、强化森林资源保护，促进林业健康发展

认真贯彻执行《森林法》和相关林业法律法规，由林场公安派出所、林政稽查队等执法单位负责，在全场辖区内联合开展严厉打击破坏森林资源违法犯罪行为的专项活动，加大巡查力度，提高案件查处率。全年共查处打击违法犯罪人员45人，收缴木材40余方，为国家挽回经济损失10余万元，有效地保护了辖区内森林资源的安全。

三、护林防火

始终坚持“以防为主、积极消灭”的方针，成立护林防火领导小组，以火源管理为重心制定各项措施，分解责任，层层落实。扩大宣传范围，加大巡护力度，加强森林消防队伍和基础设施建设。严明组织纪律，提高整体素质。确保不发生大的森林火灾，切实做好辖区内森林资源的安全保护工作。

1. 健全组织，加强领导。森林消防队由场派出所所长任队长，支部书记为指导员。下设两名副队长、两名班长，24 名队员组成。队伍中有党员 6 名、转业军人 8 名，队员具有较高的政治觉悟、强健的身体素质和专业的业务技能。

2. 健全规章制度，强化队伍训练。为提高队伍整体实力，切实抓好队伍建设，加强组织纪律，按照省防火办的统一要求，森林消防队实行军事化管理。制定了《队员守则》《队长职责》《学习制度》《训练制度》《值班制度》和《扑火制度》等各项管理制度。不仅打印上墙，而且人手一册，队员熟记于心，并严格遵守执行。

3. 坚持政治学习和技术培练，不定期进行扑火演练。每年防火期前一个月，消防队全体人员集中住宿，按照部队作风管理，严明组织纪律、严格实战训练。在加强队列训练的同时，强化消防知识培训，扑火模拟演练和扑火安全教育（如图），并坚持每周两次理论学习。通过训练，大大提高了队伍素质和扑火技能。

4. 基础设施建设。森林消防队组建以来，省、市、县领导十分重视，多次到场检查指导，在基础设施方面给予扶持。毛集林场按照上级指示精神，对防火工作做出统一布置，尤其是在队员办公、休息房舍相当紧张的情况下，千方百计地筹集资金，新盖了 10 间两层楼房，供消防队员使用，其中队员宿舍 3 间、会议室 3 间、值班室 1 间、消防器材库 1 间、食堂 2 间。

二号扑火工具使用演练

风力灭火机演练

排列整齐的扑火物资

二号扑火工具

储备库

依据《河南省森林消防队建设标准》要求，配备森林消防指挥车一辆、摩托车两辆、风力灭火机 5 台、对讲机 5 部、电话 1 部、电台 1 部、一号灭火工具 300 把、二号灭火工具 300 把（如图）、一个报警器、两个扩音喇叭；为每个队员购置 1 套作训服、一套阻燃眼镜、一床被褥，解放鞋、挂包、水壶、手电筒、毛巾各一套。11 月中旬，市防火办余乐献主任等到毛集林场检查防火工作（如图），对设施建设予以肯定和赞扬。由于领导重视，制度完善，工作到位，管理严格，成绩突出，护林防火工作分别被桐柏县和桐柏山、豫鄂两

南阳市防火办余乐献主任（左二）等在毛集林场检查指导工作

省九县（市）护林防火指挥部评为护林防火先进单位。

四、森防工作

在森林病虫害的预测预报和综合防治方面，采取重点防治和一般防治相结合的办法，分别对马尾松毛虫、板栗象鼻虫等虫害进行全面调查和综合分析，加强预测预报，把虫害控制在最小范围，确保毛集林场多年来有虫不成灾的好势头。同时做好植物及种子检疫工作，有效地防止林木病虫害的发生和传播。

五、加强良种基地建设，确保良种繁育的连续性

根据良种基地总体规划设计和年度作业施工方案，对良种基地先后进行了松土锄草、中耕抚育、营建生物防火林带和花粉隔离带，对良种林分进行了疏伐和卫生伐（如图）。购买采种器具、建晒种场和种子处理室等基础设施。通过积极努力，在上级的帮助下，争取到良种基地补贴资金 95 万元。抽出 8 名职工成立良种繁育小组，专职管理良种基地。通过抚育、施肥、施药等措施，母树林生长旺盛，硕果累累，收采种子 1200 千克。除留足自己育苗外，销往湖北、安徽等地，良种基地初具规模（如图）。

六、大打营造林攻坚战，确保世行造林项目圆满完成

为加强林场后备资源建设，在没有上级拨款的情况下，自筹资金在铁山、陈楼、马道岭等林区补植补造“两松”、板栗、柏树、辛夷等 1000 亩；在田木湾、红卫等林区中幼龄林中耕除草、修枝抚育 2000 亩（次），逐年增添后备资源，以使毛

卫生伐施工

卫生伐后整齐的林相

集林场森林资源永续利用。

为圆满完成第四期世行造林目标，毛集林场规划在回龙林区的杨竹园进行。10月，组织技术人员，通过多次调查和对地形、土质等分析，按照世行造林项目要求，规划建立火炬松速生丰产林基地，面积3000亩。为做好这项工程，成立整地领导小组，组织80多名职工上山整地，吃住在山上。采用大穴整地，规格1米×1米×0.7米，株行距2米×2米，经过50多天奋战，高标准完成整地任务。

七、扎实做好“二次创业”的坚强后盾

为贯彻落实县委、县政府召开的“二次创业”的会议精神，毛集林场出台相关政策，提供便利条件，进一步动员一批有胆识、有能力的职工外出创业。为此，场专门成立了“外出人员服务中心”，为职工就业搭建平台。尤其是“非典”时期，“服务中心”每周给外出务工人员联系一次，解除他们的后顾之忧。同时成立防“非典”领导小组，制定防范措施，排查外来人员，细致登记劝返，保证了我场生产稳定、人员安全。在全县防非工作总结会上，毛集林场被县政府评为“防非”先进单位。

9月25日，中国林场协会林场协字〔2003〕13号文件，批准毛集林场为协会会员。

二〇〇四年

坚持以党的十六大精神为指导，解放思想，实事求是，开拓创新，与时俱进。针对新时期林业生产工作的新特点，紧紧围绕林业经济建设为中心，艰苦创业、踏实工作，圆满完成了县委、县政府和上级林业主管部门下达的各项目标任务。

一、抓住市场行情，培育经济苗木

借助国家退耕还林政策的发展机遇，发动全场干部职工，积极参与繁育苗木生产。通过对市场调研，制订了育苗方案。选育“两松”5亩50多万株、板栗20亩12万株、速生刺槐30亩30万株、品种杨条60亩30多万株、桅子20亩200万株、其他苗木50亩40万株。苗圃产值将突破100万元，实现利税50万元。

坚持以短养长、长短结合的原则，培育绿化苗木300亩。品种有无患子、杜英、雪松、马褂木、重阳木、观赏竹等大苗15万株、小苗50万株。绿化苗木的培育既解决了林场职工就业，又增创了良好的经济效益、成为林场新的经济增长点。

二、加强森林资源保护力度，严厉打击违法犯罪行为

为确保造林成果，长期以来，毛集林场坚持“一手抓造林、培育，一手抓科研、管护”的“两手抓”措施，加强宣传教育，制定防范措施，强化森林资源保护和林木病虫害防治，促进了毛集林场林业健康发展。

在场领导班子的关心和支持下，林业公安派出所、林政稽查队等执法单位，认真贯彻执行有关法律法规，坚持依法治林，加大执法力度，在辖区内集中开展严厉打击乱砍滥伐、乱采乱挖、乱捕乱猎、乱烧乱牧等破坏森林资源的违法犯罪活动。依法处理打击违法犯罪人员51人，收缴木材60余方，为国家挽回经济损失30余万元。

护林防火中，坚持领导带班制和24小时值班制度，成立了以场长为组长的护林防火领导小组。制定有效措施，层层细化责任。扩大宣传范围，设立防火检查站。狠抓森林消防队伍和基础设施建设，认真落实以火源管理为中心的各项措施，做好周边市（区）县护林联防和当地政府的协调工作。在天气极端恶劣的环境下，没有发生一起大的森林火灾，分别被桐柏县和桐柏山、豫鄂两省九县（市）护林防火指挥部评为“护林防火先进单位”，5 人被评为“护林防火先进个人”。

在森林病虫害的预测预报和综合防治方面，由于领导重视，同志们工作努力，各项措施到位，确保了毛集林场连续多年来有虫不成灾的良好局面。

三、马尾松、国外松良种基地通过验收，毛桃、山杏良种基地申报成功

为收集、保存和利用林木良种基因资源，实现造林良种化、繁育基地化、管理专业化，对马尾松、国外松良种基地先后进行了全面改造升级，改建成良种林分 2000 亩，建造种检设备楼一栋 500 平方米，建设了晒场、储备库等，基础设施逐步完善，8 月份顺利通过省林业厅检查验收，良种基地再上新台阶。为扩大良种基地规模，毛集林场又通过多方努力，争取到毛桃、山杏良种基地国债资金 300 万元。基地各项工作正逐步展开。

四、积极做好高乐山省级自然保护区总体规划的评审、机构编制等工作

毛集林场地处淮河源头，为了更好地保护和发展丰富的野生动植物资源，充分发挥森林资源生态效应，经过反复论证，毛集林场以马大庄林区、回龙林区和黄岗林区高乐山为核心区，申报了高乐山省级自然保护区，保护区面积 9060 公顷。通过层层申报，省政府豫政文〔2004〕33 号文件给予批准公布。随后又聘请省林业厅勘察设计院进行了总体规划设计，桐柏县机构编制委员会核准了人员机构编制设置。

高乐山省级自然保护区的成立，不仅调整了毛集林场的人员结构和生产管理结构，完成了毛集林场向高乐山森林生态综合自然保护区职能的转变，而且还将为保护淮河上游的生态平衡以及人民群众安居乐业起到积极的推动作用。

五、积极完成世行造林和淮防林项目

根据世行造林项目的规划和时间要求，春季在回龙林区杨竹园栽植“两松”等世行工程林 3000 亩；在铁山、陈楼、马道岭等林区栽植“两松”、板栗、柏树、辛夷、木瓜等淮防林 1450 亩。按照淮防林造林技术规程，采用高规格整地（规格 1 米 ×1 米 ×0.7 米，株行距 2 米 ×2 米）、高标准造林的方法，全部挑选优质壮苗，精心栽植，严把质量关。尽管天气持续干旱，由于措施严谨，后续管理得当，苗木成活率在 95% 以上，顺利通过省、市、县检验组的验收。

六、完成了国家重点公益林区划申报和辛夷经济林项目的申报

为实施林业分类经营，毛集林场专门成立了分类经营规划小组，场长任组长，组织专业技术人员，对毛集林场的林地、林木资源进行全面的摸底清查，并对各类林分进行科学分类。通过认真区划，共划分为重点公益林 13.8 万亩、商品林 2.6 万亩。

为加快林业结构调整，逐步实现林业经济增长方式由粗放经营向集约经营的转变。毛集林场经过多方运作，成功申报了辛夷经济林项目，争取到国家投资 30 万元。在项目施工中采取大穴整地、栽植优质苗木、浇水松土等措施，高质量完成了项目建设任务，基础设施配套工程也已基本就绪。

七、狠抓招商引资，扩大产业规模

进一步扩大与上海植物园合作规模，合资成立了园林绿化公司，培育大规格

河南省人民政府文件

豫政文〔2004〕33 号

河南省人民政府
关于建立桐柏高乐山省级自然保护区的
批　　复

南阳市人民政府：

《南阳市人民政府关于建立桐柏高乐山省级自然保护区的请示》（宛政文〔2002〕41 号）收悉。经研究，现批复如下：

一、同意建立桐柏高乐山省级自然保护区，保护区面积为 9060 公顷，省林业厅为主管部门。

二、你市要严格按照《中华人民共和国自然保护区条例》等有关法律法规的规定，加强对自然保护区工作的领导，妥善处理自然保护区与当地经济建设和群众生产、生活的关系，尽快建立健全管理体制，制定严格的管理措施，切实做好保护工作。

— 1 —

三、自然保护区总体规划应在保护区批准建立一年内报省政府审批，经批准的总体规划及设计方案报省环保局备案。

此复。

二〇〇四年二月二十六日

主题词：环保　保护区　批复

抄送：国家环保总局，国家林业局。

河南省人民政府办公厅　　2004 年 3 月 1 日印发

— 2 —

关于建立桐柏高乐山省级自然保护区的批复

多品种绿化苗木。根据市场调查，在原基础上又增加苗木用地 300 亩，共培育大苗 15 万株、小苗 50 万株。该绿化苗木基地总资产达 300 多万元，苗木远销湖北、浙江等地。既增加了经济效益，又解决了职工就业，成为林场的绿色银行。

同时，跳出行业求发展，吸引外资 150 万元，在固县林区建成日产 150 吨的多功能选矿厂一座，在创造经济效益的同时，为林场解决职工就业 5 人；与湖北一家香菇经销商合作在林产品公司院内成立桐柏县唯一一家木耳香菇交易市场，仅房租一项年收入 2 万元，并且解决了 3 名职工就业；通过签订协议，将林场近万亩荒山出租承包给四川一家公司种植中药材无患子及生产加工，安置协管护林员 5 人，林场年获租金 10 万元。

2 月 26 日，河南省人民政府豫政文〔2004〕33 号《关于建立桐柏高乐山省级自然保护区的批复》：同意建立桐柏高乐山省级自然保护区，面积 9060 公顷，省林业厅为主管部门（如图）。

7 月 7 日，河南省林业厅豫林计〔2004〕134 号文件《关于河南省国有桐柏毛集林场毛桃、山杏采种基地建设项目可行性研究报告的请示》，经考察论证，同意呈报国家林业局。

7 月 12 日，根据桐柏县林业局桐林字〔2004〕第 19 号文件《关于在国营林场建立林政稽查办公室的通知》精神，林场成立了林政稽查中队，编制 5 人（如图）。

林政稽查办公室

二〇〇五年

一、提高党员素质 保持党的先进性

按照桐柏县委的统一部署，毛集林场在上半年进行了为期半年的党员先进性教育活动。在党员先进性教育期间，尤其是在集中学习期间，党员实行半日工作半日学习制度。边生产边学习，做到工作、学习两不误，场班子成员带领广大党员，集中学习党的十六大精神、邓小平理论、“三个代表”重要思想、胡锦涛总书记的重要讲话，树立党员模范典型，利用身边的人和事教育广大党员。使广大党员在学习和工作中提高了认识，增强了党性观念。学习期间，组织党员到黄岗吴山林区营造党员“先锋林”300多亩。积极开展“争先创优”“比、超、赶、帮”竞赛活动，取得明显成就。在学习评比中，毛集林场被县委评为“第一批党员先进性教育先进单位”，4人被评为“党员先进性教育先进个人”。

二、增加培育品种 扩大育苗规模

根据上级种苗分配指标和市场苗木需求，毛集林场动员干部职工、家属子弟积极参与育苗生产，大面积、多品种培育用材林和经济林苗木。共繁育苗木225亩，其中：“两松”20亩200多万株、板栗30亩18万株、速生刺槐35亩32万株、品种杨条70亩38万株、桅子20亩200万株、其他苗木50亩40多万株。同时培育绿化苗木600亩，通过开拓市场，签订了无患子、杜英、雪松、马褂木、重阳木、辛夷、观赏竹等绿化苗木销售协议，大苗16万株、小苗50万株。多种苗木价格高且供不应求，给职工带来真正的实惠，激发了职工育苗的热情和信心，促使更多职工家属纷纷加入到育苗队伍中。

三、护林防火和综合防治

护林防火中，坚持“以防为主、积极消灭”的方针，认真落实以火源管理为中心的各项措施。根据桐柏县人民政府护林防火指挥部通知，原桐柏县第二森林消防队更名为“桐柏县第二森林消防纠察中队”（如图），督促检查护林人员组织纪律、上岗情况等。防火期间坚持24小时值班制度，并在主要交通要道设立护

桐柏县第二森林消防纠察中队办公室

桐柏县森林公安局与林场联合开展林地清查

林防火检查站。人群密集的地方，刷写墙体标语和发放宣传单。同时积极申报防火项目，争取项目资金 40 万元，用于更新和改善防火基础设施及设备，提高了扑火队伍的战斗力。

在森林资源保护工作中，认真学习贯彻执行党的林业方针、政策，强化动植物保护与林地资源管理。场属林业公安派出所、林政执法队，与县森林公安局联合执法，在全场辖区内开展声势浩大的打击乱砍滥伐、乱采、乱挖、乱捕、乱猎、乱烧、乱牧、蚕食林地等破坏森林资源和破坏野生动植物资源的违法犯罪活动（如图）。从重处理违法犯罪人员 53 人，收缴木材 70 余方，放生青蛙 20000 余只（如图），为国家挽回经济损失 36 万元。

联合执法队在毛集李庄水库放生青蛙

四、良种基地调整与防护林建设

根据国家高速公路（沪陕高速毛集段）建设的需要，经国家有关管理部门批准，取道需占用毛集林场种子园基地面积0.66公顷。1月25日，毛集林场《国家项目种子园母树移植可行性报告》上报市林业局，同时邀请有关林业专家，按照有关技术规程，对信南高速公路毛集林场段《国家项目种子园马尾松母树移植可行性报告》进行了评审。专家认为："信南高速公路占用毛集林场林地已经国家有关管理部门批准，占用马尾松种子园0.66公项内的300株马尾松母树，应当移植保护，建设单位应予补偿"。

2月4日，南阳市林业局关于《桐柏毛集林场马尾松种子园母树移植的请示》报送河南省林业厅。3月29日，河南省林业厅豫林种批〔2005〕23号，关于《桐柏毛集林场马尾松种子园母树移植的请示》的批复："该基地收集了全国各地的马尾松优良基因资源，是国家林木种质资源，属国家重点工程，占用林地已经国家林业局和国土资源部门审核批准，对林地内0.66公顷的马尾松种子园母树应进行移植保护，并制订移植方案，确保成活"。

5月11日，中国林科院种质资源室主任、教授、国家林木品种审定委员会技术委员会主任、国家生物种质资源核心专家顾万春在《关于国家级马尾松强化种子园部分占路移植可行性报告再评审意见》中作出评估建议："根据毛集林场《国家项目种子园马尾松母树移植可行性报告》评审意见，逐步审核表明：20年生马尾松母树移植换地技术难度大、费工、费时，后续管理周期长，评审每株母树移植补偿费2619元是充分必要的款额，累计0.66公顷300株母树移植及管护补偿78.57万元，应由建设单位提供补偿"。建议得到各方认可，并予以顺利实施。

2000年改建的2000亩马尾松、国外松良种基地建设项目，经过三年的认真作业施工符合技术规程，得到中国林科院顾万春研究员的充分肯定，顺利通过了国家林业局的联合检查验收（如图）。

根据国家林业政策的转变，为加快高效用材林和经济林建设，毛集林场申请国家贴息贷款280万元，发展以金丝球、马褂木、无患子为主的速生林1980亩；

以刺槐、柏树、辛夷为主的淮防林1450亩；以木瓜、板栗、杨树为主的高效经济林2000亩。同时争取公共支出10万元，营造桅子、麻栎生物防火林带15千米。经上级主管部门和专家组成的验收组检验，各项指标合格，毛集林场被评为生物防火林带建设先进单位。

五、自然保护区建设

经过积极争取和多方协助，顺利完成了高乐山省级自然保护区的挂牌和人员机构的编制工作。为了更好地发挥森林生态综合效益，使淮河上游生态保护形成一个完备的综合体系，由毛集林场牵头联合淮河上游的太白顶自然保护区和信阳天目山自然保护区，申报淮河源国家级自然保护区，共同完成了该自然保护区的总体规划及前期申报工作。

5月25日，桐柏县人民政府下发桐政〔2005〕32号《县林业局关于对毛集镇田木湾组组长王长政等人侵占毛集林场苗圃地调查处理的请示》的批复，文件中，对该案作出公正裁决，依法维护了毛集林场的正当权益，林地完整收回。田木湾林区苗圃生产恢复了正常秩序。

7月，河南省林业厅给毛集林场调拨15辆林海牌125型森林消防两轮摩托车，为毛集林场森林防火快速机动作战提供了保障（如图）。

林业部首席育种专家顾万春（右一）等在种子园指导工作

林海牌125型森林消防两轮摩托车

二〇〇六年

在上级党委的正确领导下，坚持以“三个代表”重要思想为指导，以科学发展观统揽全局，毛集林场严格按照县委、县政府的工作布署，从解放思想、转变观念入手，以改革开放为动力、以调整产业结构为主线、以安置富余人员为核心，扎实苦干，奋力拼搏，全面发展。在抓好营林管护的同时，开辟争资上项新渠道，多措并举，全方位提升林场新形象，努力完成各项工作。

1. 继续抓好良种繁育工作，确保良种规模化、规范化生产。

2. 抓住退耕还林机遇，发展市场需求苗木，解决职工就业。

3. 加大自然保护区管护力度，认真做好动植物鉴别登记工作。

4. 加强护林队伍和基础设施建设，提高整体素质和业务水平。

5. 做好病虫害预测预报和种子、植物检疫。

6. 开展精神文明建设，展现林场整体形象。

根据上级公益林规划要求，积极开展公益林界定工作。通过勘察区划报上级批准，划定国家级公益林 13.8 万亩、省级公益林 3.8 万亩。

加强森林资源保护工作，认真贯彻落实林业法律法规和相关的方针、政策，积极做好林木林地保护、护林防火和综合防治工作。

2 月 26 日，南阳市发改委、南阳市林业局联合印发宛发改农经〔2006〕60 号《关于解决桐柏毛集林场优质木瓜防护林基地项目建设的请示》，上报省发改委、省林业厅，得以批复。选址在铁山林区袁岗小班，面积 1500 亩，大穴整地，规格 1.0 米 ×1.0 米 ×1.0 米，每亩定植 111 株。聘请河南农大、省林科院有关专家为顾问，对项目进行细致的论证，并编制了项目设计规划方案，项目基地建设有序展开。

公益林

二〇〇七年

在全国人民喜迎党的十七大胜利召开之际，在上级党委正确领导下，在各级有关部门的大力支持下，坚持科学发展观，以共产党员先进教育为契机，全力推进党的思想建设、组织建设、作风建设和制度建设，努力解决职工就业、经济增收的切身问题，把振兴林场经济，发展林业生产推向新的高潮。

一、转变机关作风。一是党支部认真做好党员干部的学习和思想教育工作，积极培养先进分子；二是发挥党员的骨干带头作用，全力做好林业生产秩序稳定工作；三是强化措施，及时排查、梳理、分化、解决存在的矛盾纠纷；四是坚持“两手抓”，一手抓学习，一手抓生产，转变工作作风，提高工作效能；五是以改善民生为重点，加强基础设施建设，改善职工生产条件、生活环境和最低生活保障。

二、抓好两大建设。林场坚持“两手抓，两手都要硬”的方针，把精神文明贯穿到物质文明建设中，以创建文明单位、文明家庭为载体，深入开展社会公德、职业道德、家庭美德教育，开展爱国主义、集体主义、社会主义教育和林场艰苦创业精神教育，实现林场经济又好又快发展。

三、狠抓管理促林场经济效益，抓好营林生产促进林场后劲。在没有上级投资的情况下，自筹资金，开展造林、护林等营林生产，以形成良性循环，真正做到青山常绿，后继有树。

四、加强护林防火工作。成立防火指挥部，下设办公室，坚持24小时值班制。积极宣传贯彻《森林防火条例》等文件精神，认真做好森林保护工作。

6月，毛集林场马尾松种子园种子被河南省林木良种审定委员会审定核准，并命名为“毛集林场种子园种子”。

11月23日，河南省人民政府豫政〔2007〕81号下发《关于印发河南林业生态省建设规划的通知》文件，毛集林场认真讨论、积极筹划，与桐柏县林业调查规划设计队，共同汇编设计了《河南省桐柏县油桐能源林基地建设项目可行性研究报告》，并逐级上报。

二〇〇八年

认真学习贯彻执行党的十七大路线、方针、政策，坚持以科学发展观为指导，把振兴林场经济、改变林种结构、发展高效林业作为首要任务，其他工作同步推进。

一、以合作育苗为契机 开拓市场经营

毛集林场始终坚持“以林为本、持续经营、全面发展”的方针，在培育用材林的基础上，加大成本投入，大面积发展速生丰产林和经济林，打造精品工程。通过纵向联合与省林业厅签订了合作育苗合同，以此为契机，发动干部职工、家属子弟共同参与苗木市场运作，扩大种植面积，开拓经营范围。

在育苗工作中，我们注重科技投入和新技术的运用，实行育苗市场化、规模化。

1. 加大新技术的运用和推广。育苗过程中，普遍采用沙藏催芽、ABT 生根粉处理和植物生长调节剂的运用，提高苗木成活率，保证苗木后期生长的需要。

2. 制定育苗管理新举措。按不同的苗木管理难度分配任务，承包到人，签订协议，把出苗率、田间管理、苗木质量等与工资挂钩，极大的提高了职工的育苗积极性。

二、因地制宜 适地适树

为发挥森林规模生态效益，确保林场可持续经营，因地制宜，针对荒山、荒坡、荒沟等生态脆弱区域，采用不同的造林树种和不同的造林方式分批、分区造林。从树种的选择，树种的栽植配置、规划设计，都是高标准、严要求、精雕细刻，按照生态县的建设标准创新造林。根据地形、土壤等条件，分别在郭庄、吴山林区，营造淮河源生态防护林 2000 亩，栽植有无患子、泡桐、青桐、欧美杨 107、108，马尾松等树种。采用大穴整地明穴栽植的办法，挑选优质壮苗，按照技术要求精心施工，造林成活率在 98% 以上，顺利通过省、市验收。

三、强化管理 重视宣传 加大森林资源保护力度

（一）护林防火

认真贯彻执行《森林法》和《森林防火条例》，严明组织纪律，严格值班制度，

配备森林消防运兵车一辆

与各个林区签订《护林防火目标责任书》，完善各项管理措施。加强防火队伍的学习和训练，普及防火知识，掌握扑火技能。始终坚持“打早、打小、打了”的火灾扑救原则，做到早发现、早扑救、灭彻底。12 月，河南省林业厅给桐柏县第二森林消防队（毛集林场森林消防队）配备森林消防运兵车一辆（如图），保障了物质供应，提高了防火的快速作战能力。因工作扎实，防护到位，全年无森林火灾发生，在河南省桐柏山护林防火联防委员会年度总结会上被授予 2008 年度护林防火先进单位。

（二）病虫害防治

坚持“预防为主、综合防治”的方针，积极开展森林病虫害的预测预报和综合防治工作。认真做好各个时期的虫情调查和防治，不断加强对病虫害的预测预报，及时掌握病虫害发生的活动规律，适时采取防治措施，有效地控制了辖区内松毛虫的发生和蔓延。同时做好种子、植物调运、检疫等防范工作，杜绝了病虫害的发生和传播。

（三）公益林区管护

为加强重点公益林的管护，毛集林场专门成立了公益林管理办公室，制定了《毛集林场公益林护林员管理办法》和《护林员岗位职责》，对重点公益林实行划片管理，定岗定员，责任到人，签订目标责任书，确保国家重点公益林林分资源的安全。

（四）生物防火林带建设

2008 年，毛集林场选择了火险等级高的红卫、回龙等重点火险区，进行生物防火林带建设，共设计生物防火林带 5 条，宽 30 米、长 15.45 千米，投资 18.05 万元。申请省公益林公共管护支出 15 万元，场自筹 3.05 万元。项目得到了省公益林办批准建设后，组织职工和民工在专业人员指导下，高标准高质量地完成生物防火林

栀子生物防火林带

带的工程施工（如图）。8月份，在全省公益林大会上，毛集林场向全省介绍推广了“全面规划、突出重点、因害设防、量力而行、科学施工、保质保量”的建设生物防火林带的经验方法，得到与会领导、专家和同行的认可和赞同。

四、加强思想建设 创建精神文明

坚持以人为本，加强思想教育，以共产党员先进性教育为契机，把党员思想建设作为首要工作，抓细抓好。制订学习计划，建立学习园地。采取集中与自学相结合的办法，积极开展对党员干部的思想政治教育，树立党员干部队伍新形象，提倡和发扬爱岗敬业、无私奉献的林场精神，为林场精神文明建设工作作出努力。

大力开展“讲学习、讲政治、比奉献、献爱心、送温暖”等一系列活动，广泛发动党员干部积极参与扶贫济困送温暖、助残、助学、捐书、献血等多种公益活动，增强了党员干部勤政为民的观念和公仆意识，促进精神文明建设步入新的台阶。

5月12日，四川省汶川等地发生里氏8.0级地震灾害。为大力弘扬中华民族“一方有难，八方支援”的优良传统，举国上下展开了向灾区献爱心募捐活动。毛集林场积极响应，主动参与，第一时间召开动员大会，号召党员、干部、职工踊跃参加。在党员的带动下，大家自觉地捐款捐物，及时送交相关组织，受到上级的表扬。6月30日，中国林场协会向毛集林场颁发了捐款荣誉证书。张永记同志以缴特殊党费的方式缴纳现金200元，受到县委组织部的表彰（如图）。

2月，经过精心开展科研工作培育出的“桐柏毛集林场马尾松种子园种子”通过了河南省林木品种审定委员会评审，并颁发了林木良种证书。

2月20日，中共桐柏县委员会桐文〔2008〕70号通知：王家田同志任毛集林

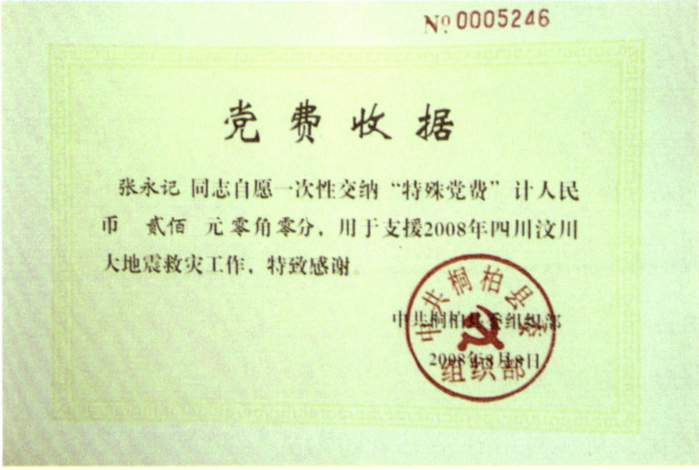

№ 0005246

党费收据

张永记 同志自愿一次性交纳“特殊党费”计人民币 贰佰 元零角零分，用于支援2008年四川汶川大地震救灾工作，特致感谢。

中共桐柏县委组织部

2008年6月8日

张永记同志以缴特殊党费的方式缴纳现金的收据

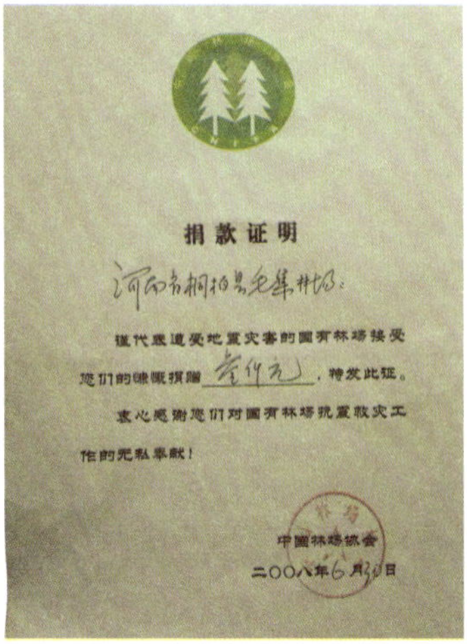

捐款证明

河南省桐柏县毛集林场：

谨代表遭受地震灾害的国有林场接受您们的慷慨捐赠 叁仟元 ，特发此证。

衷心感谢您们对国有林场抗震救灾工作的无私奉献！

中国林场协会

二〇〇八年6月30日

毛集林场向灾区捐款凭证

场场长（正科级），张永记同志任中共桐柏县毛集林场支部委员会书记（正科级）。

3 月 27 日，中共桐柏县委组织部桐组干〔2008〕106 号任职通知：韩涛同志任桐柏县毛集林场副场长。王联营调离毛集林场到固县镇政府任综治办主任。

7 月 17 日，桐柏县林业局桐林字〔2008〕第 40 号通知：聘任郑国辉同志为毛集林场办公室主任、赵磊同志为毛集林场营林股股长。

8 月，由河南省林业调查规划院承办，桐柏高乐山省级自然保护区管理局协助，联合编制了《河南省桐柏高乐山省级自然保护区总体规划》，龚爱玲同志参与了规划编写工作。

12 月 27 日，国有桐柏毛集林场申报《河南林业生态省建设优质林木种苗培育资金扶持项目》，通过上级评审，同意项目资金扶持。结合本场实际情况，决定培育生态用材树种马尾松、火炬松苗木 80 万株，枫香 10 万株，生物质能源树种黄连木等 75 万株。

12 月底，毛集林场危旧房改造项目工作开始运行，入户调查，统计为 138 户，上报省林业厅。

二〇〇九年

在县委县政府的领导下，认真学习贯彻党的十七大、十七届三中、四中全会精神，坚持以邓小平理论和“三个代表”重要思想为指导，全面落实科学发展观，牢固树立以林为本的观念。以加快林业生态建设步伐、大力推进跨越式发展为重点，以林业结构调整为主线，推动各项工作迈上新台阶。

一、深入开展学习实践科学发展观活动

根据县委、县政府统一安排，从3月份开始，全场党员干部职工深入开展学习实践科学发展观活动。依照活动方案，认真开展了学习调研、分析检查、整改落实三个阶段的活动。在活动期间，采取集中学习和自学的形式，每月召开两次座谈会，交流心得体会，树立先进典范，按县委制订的学习方案完成整个教育活动。

二、发挥林木良种基因资源优势，积极开展科研工作

充分发挥林木良种基因资源优势和人才技术优势，做好良种基地各项生产。通过努力并积极争取，毛集林场马尾松林木良种基地被国家审定为“国家马尾松林木良种基地”（如图），国家规划投资780万元。通过应用已有的先进科研成果和生产管理手

国家马尾松林木良种基地

省、市林业专家在北非雪松试验基地考察

段，采用现代化的生产、经营管理模式，以技术革新带动产业化发展，力争把毛集林场国家马尾松林木良种基地建设成为全国林木良种生产先进基地，迅速提高全国马尾松品种遗传的优良品质，充分发挥示范、带动、辐射和推广作用。

同时，积极开展科研工作，在省林业厅的组织下，毛集林场参与了北非雪松营造的课题研究。试验地设在田木湾林区（如图），分四个重复小区，逐株进行观测。通过试验，该树种在田木湾林区生长良好，是一具有很高经济价值、生态价值的多功能生态经济型树种，适宜大面积种植与推广。在开展科研工作的同时，积极引进和培育名、优、特、稀林木品种，先后培育无患子、黄连木等优良品种 12 个，实施了生态能源林油桐、黄连木等科技支撑项目，均获得初步成效。申报的《马尾松新品种选育技术研究》和《板栗丰产栽培技术研究》两个科技成果，分别荣获南阳市科技成果二等奖和三等奖，为科技兴林、创新发展奠定了良好基础。

4 月 15 日，《南阳日报》以《女护林员朱桂霞》为题，简述了朱桂霞同志在平凡的岗位上，为林场建设艰苦奋斗三十年，走遍辖区山岗，洒下辛勤汗水，爱

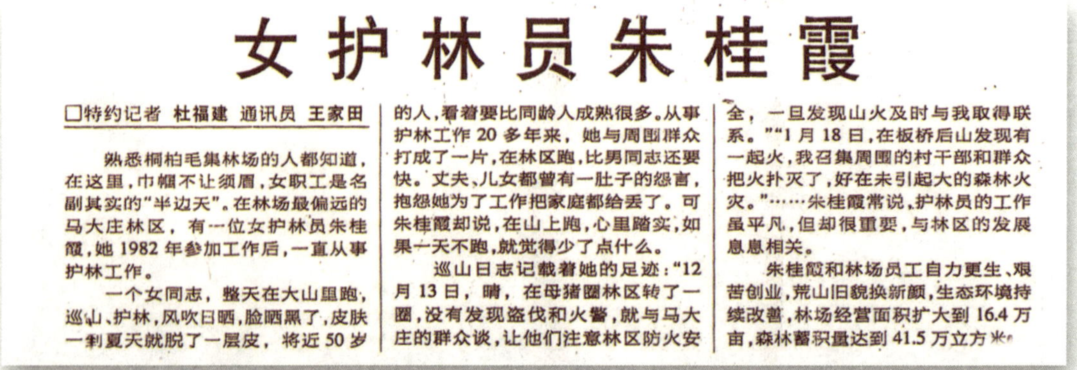

女护林员朱桂霞

□特约记者 杜福建 通讯员 王家田

熟悉桐柏毛集林场的人都知道，在这里，巾帼不让须眉，女职工是名副其实的"半边天"。在林场最偏远的马大庄林区，有一位女护林员朱桂霞，她1982年参加工作后，一直从事护林工作。

一个女同志，整天在大山里跑，巡山、护林，风吹日晒，脸晒黑了，皮肤一到夏天就脱了一层皮，将近50岁的人，看着要比同龄人成熟很多。从事护林工作20多年来，她与周围群众打成了一片，在林区跑，比男同志还要快。丈夫、儿女都曾有一肚子的怨言，抱怨她为了工作把家庭都给丢了。可朱桂霞却说，在山上跑，心里踏实，如果一天不跑，就觉得少了点什么。

巡山日志记载着她的足迹："12月13日，晴，在母猪圈林区转了一圈，没有发现盗伐和火警，就与马大庄的群众谈，让他们注意林区防火安全，一旦发现山火及时与我取得联系。""1月18日，在板桥后山发现有一起火，我召集周围的村干部和群众把火扑灭了，好在未引起大的森林火灾。"……朱桂霞常说，护林员的工作虽平凡，但却很重要，与林区的发展息息相关。

朱桂霞和林场员工自力更生、艰苦创业，荒山旧貌换新颜，生态环境持续改善，林场经营面积扩大到16.4万亩，森林蓄积量达到41.5万立方米。

女护林员朱桂霞事迹报道

岗敬业、勇于奉献的先进事迹，成为林场护林队伍的标兵（如图）。

6月16日，桐柏县发展和改革委员会桐发改〔2009〕61号下发《关于对国有桐柏毛集林场（油桐能源林建设项目可行性研究报告）的批复》，同意毛集林场立足于本地油桐优势树种和市场需求确定的油桐能源林建设项目。批准面积3000亩，总投资300万元。

9月，由韩涛执笔，王家田、龚爱玲、郑国辉共同编制了《河南省桐柏县毛集林场国家马尾松良种基地发展规划（2010 ~ 2015）》。

二〇一〇年

1960 ~ 2010 年，通过全场干部职工五十年的艰苦奋斗，人工林面积达到了 10 余万亩，主要经营树种为松、栎、泡桐、杉树、杨树等用材林和防护林，分布在固县、毛集、黄岗、回龙四乡镇。全场现有干部职工 162 人，下设 5 个股室、8 个林区及森林公安派出所、苗圃场、营林队、护林队、桐柏县第二森林消防纠察中队、省级病虫害测报站、市级野生动物疫情监测站等机构。建有国家马尾松、国外松种子园、银杏精品园等特种用途林 5000 亩，以国外松、金丝楸等为主的速生丰产林 25000 亩，以板栗、桐柏大枣、木瓜为主的高效经济林 2000 亩。是一个集营林生产、良种繁育、科研试验、资源保护于一体的生态型营林场。

一、重点林业生态建设

1. 继续扩大种苗生产规模，大力培育优质苗木。为顺利完成育苗任务，发动全场干部职工积极参与，在时间紧、任务重、季节晚等不利因素影响下，抢时间、提速度、保质量，圆满完成省种苗站下达的包括马尾松器盘育苗在内的 500 亩育苗任务。同时还培育冬青、栀子、黄连木、枫香、青檀等多种绿化苗木。

2. 发挥森林规模生态效益，确保林场可持续经营。在田木湾、固县林区营造北非雪松 500 亩；在铁山、固县、陈楼林区营造油桐、黄连木能源林 2000 亩；在吴山、马大庄林区营造两松生态省项目造林 5000 亩，在田木湾林区转山林班营造皂荚、青檀、臭椿、枫香、黄连木、木瓜、油桐等种质资源林 150 亩。

二、项目建设

1. 国家林木良种补贴试点项目，国家马尾松种子园补贴 65 万元；

2. 国债中幼林抚育项目 7000 亩，扶持资金 50 万元；

3. 贫困国有林场扶贫非经营项目资金 30 万元；

4. 高乐山省级自然保护区基础建设项目资金 30 万元；

5. 国家救灾项目 21 万元；

6. 国家级公益林项目 13.8 万元；

7. 省级公益林项目 2 万余亩，补贴资金 18.2 万元；

8. 马尾松良种示范林项目 10 万元；

9. 按照《国家林业局中幼龄林抚育补贴试点作业设计规定》的要求，申报了《2010 年度中幼龄林抚育实施方案》。经过努力争取，毛集林场被列为全国首批中幼龄林抚育试点单位，试点面积 2.25 万亩，补偿资金 225 万元，成为河南省第一批补贴试点仅有的五个单位之一。

三、森林防火

（一）加强领导，抓好落实

为加强领导，成立了森林防火领导小组，下设防火办公室，协助领导小组抓好具体工作。制定了《森林防火预案》《森林防火工作制度》《森林火警、火灾扑救方案》等文件。同各林区签订了森林防火目标责任书，具体到林区和每个护林员，人手一份。同时在林区主道旁悬挂横幅，书写标语，树立警示标志，在重点林区建立防火宣传牌，并组织护林员在林区内广泛宣传，力争做到森林防火人人皆知。进入森林防火高险期，进行 24 小时巡护，严防重守。

为搞好森林防火联防，防火期前，主动与周边相邻乡镇、村组建立防火联络网，做到早发现、快扑救、相互支援，共同受益。

充分发挥毛集林场森林消防队的职能，对国家级重点公益林区和火险等级高的林区，进行不定期巡查。在火险等级高的时段保证 24 小时守候，并随车携带灭火器具，发现火情，按照“打早、打小、打了”的方针及时扑救，防止蔓延和复燃。做好安全防护，定期检查维修扑火工具。

（二）营造生物防火林带

为巩固和发展重点公益林区生物防火带建设项目，在原来营造林带的基础上，又新营造林带面积 1350 亩，苗木成活率为 96.7%。6 年来共建造 3 个区域的生物防火林带 35 千米，其中：主带 20 条，副带 70 条，先后有效地遏制了境外引发的森林火灾 6 起，为区域间火灾蔓延起到了有效的隔离作用。

四、林木良种工作

在抓好林业生产、护林防火工作的同时，积极开展林木良种基地建设，经国家林木良种试点补贴项目审核，同意毛集林场的2795亩马尾松良种基地得到持续补贴，为良种培育、采集、处理、检验、储藏以及调查设计、技术支撑等生产和管理提供了资金保障，为林木良种持续经营奠定了良好基础。

二〇一一年

认真贯彻落实党的十七大及十七届五中、六中全会精神，努力学习实践科学发展观，坚持改革创新，深入落实林场确定的总体工作思路、奋斗目标和重点工作，全场上下同心同德，各项工作有条不紊、突飞猛进，抓管理促效益，把振兴林场经济、发展高效林业推上新的台阶。

一、队伍建设

针对新时期林业生产工作的新特点，认真学习党的十七大会议精神，以“转方式、正风气、提效能”活动为载体，解放思想，实事求是，开拓创新，与时俱进，坚持以科学发展观为指导，努力把毛集林场创建成一个学习型、竞争型、创新型、实干型的战斗集体。

一是抓班子建设。增强干事创业的凝聚力和战斗力。班子成员始终团结协作，勤奋敬业，务实廉政，并在各自的分工中尽职尽责，自觉开展批评与自我批评，做到团结互助、坦诚相待、形成合力、共谋发展。

二是抓队伍建设。促进工作制度更加规范。从思想教育入手，结合日常考勤、监督、检查、奖惩等相关措施，让全体职工充分认识到提高执行力的重要性，以达到思想理论有新突破，业务水平有新提高，工作作风有新改进，制度创新有新进展，打造一支务实强干的职工队伍。

三是抓党风廉政建设。在强化党风廉政建设教育的基础上，认真贯彻落实党风廉政建设的各项规定。重点抓好党员的思想建设和工作作风建设，特别是党员干部要切实做到身体力行，率先垂范地发挥好先锋模范带头作用。

四是开展政治思想教育活动。采取自学和集中学习相结合的方式。定期召开职工大会，组织大家交流学习心得，提高思想认识，增进团队意识，树立模范党员干部的新形象。

五是充分发挥工会、职代会等团体组织的作用。针对大事、难题召开座谈会，广泛征求意见和建议，改进工作方法和措施，促进林场各项事业快速发展，各项工作稳步推进。

二、项目建设

毛集林场中幼林抚育补贴项目试点面积是全省最大的，试点的成效代表着河南的形象。为做好这项工程，毛集林场从创新思想观念、领导体系、内部管理、技术措施等方面入手，加强对施工人员的岗前培训，组织精兵强将，实施科学合理作业，针对省厅指导组指出的问题和建议，及时整改。按照中幼林抚育林班、小班逐一确边定界，抓质量、提速度。在省市领导、专家组的指导下，圆满地完成了抚育任务。在同项目评比中，各项指标均达到技术规范，维护了河南形象，也为毛集林场今后中幼林抚育工作积累了经验。

10 月，毛集林场编制的《河南省桐柏县毛集林场国家马尾松林木良种基地 2011 年林木良种补贴试点作业设计》，顺利通过河南省林业厅组织的专家审查委员会的审定。

三、重点林业生产

1. 完成火炬松容器育苗 500 万株，马尾松、板栗、栀子、黄连木、油桐等各类良种壮苗 200 万株。

2. 在铁山林区营造油桐、黄连木能源林 3000 亩；在固县、铁山林区营造“两松”生态省工程造林 5000 亩。

3. 在省、市业务部门的支持下，完成了 22500 亩中幼龄林抚育试点任务。

4. 在与信阳、驻马店市交界处完成防火林带 20 千米，争取公益林公共管护支出项目—生物防火林带项目资金 20 万元。

5. 在省种苗站的指导下，完成了 2795 亩的国家级马尾松种子园良种补贴试点任务。

6. 在省林业厅的支持下，通过精心培育建设了 10500 亩的黄连木、麻栎速生丰产林的木材战略储备基地。

7. 成立分类经营规划小组，对毛集林场的林地、林木资源进行了全面的清查摸底，并编制了经营方案。

四、关注民生 改善工作、生活环境

毛集林场职工住房和办公楼都是20世纪70年代、80年代建造的，久经风吹雨淋，大都破旧不堪，亟待改建，由于资金问题一直未得到解决。根据国家保障性安居工程政策规定，经争取，毛集林场被确定为国有林场危旧房改造工程补贴试点。通过仔细的摸底调查，报有关部门审批，规划建设危旧房改造工程138套，总建筑面积15000平方米，共投资276万元。其中：中央投资138万元、省政府配套138万元。毛集林场严格按照国家、省、市有关政策，积极与国土、城建、规划等部门协调沟通，落实承建单位，抢时间、抓工期，确保职工早日住进新居。

同时，新建了林场办公楼，购置了健身器材和体育、文化用品，办公条件得到改善，场风、场貌焕然一新（如图）。部分林区护林房也进行了翻新改造。

原来的林场办公室

现在的林场办公楼

原来的林区职工宿舍

现在的林区职工宿舍

五、加强森林资源保护

（一）护林防火

积极贯彻“以人为本、预防为主、积极扑救、有效消灭”的森林防火方针，增强防范意识，预防火灾发生。按照宣传有广度、教育有深度的要求，通过发放宣传单，在交通要道书写防火标语，悬挂宣传横幅等方式，广泛开展森林防火宣传，进一步增强全社会森林防火意识，使护林防火观念深入人心。

（二）林地管理

结合全县清理整顿林地工作会议精神，组织林地清理小组认真宣传贯彻《森林法》和《森林防火条例》等林业法律法规。加强护林队伍的思想教育和业务培训，提高自身素质，积极配合县林业执法部门做好林地整顿工作。同时，坚持依法治林，加大管护力度，制定完善措施，确保毛集林场林地资源安全。

（三）森林防火队伍建设

除各林区增加专职护林人员外，森林消防队员集中食宿，统一管理。配置防火器材、防火服装，储备方便面、矿泉水等应急物资。

（四）防火林带建设

新增和巩固防火隔离带 3 千米。同时对原建防火道、生物防火隔离带内的枯枝杂草进行清理，以提高防火阻燃效果。

六、保护区工作

在自然保护区的管理上，严格按照《森林法》和《自然保护区条例》等法律法规要求，建立健全各项管理制度。对重点保护的动植物挂牌树标，加大对乱捕、乱猎、乱挖 、滥伐等破坏森林资源行为的打击力度，提高人们对建立保护区重大意义的认识，做好宣传教育工作。形成了一个完整的森林生态保护体系，确保森林和野生动植物资源得到有效保护。

3 月，由河南省林业调查规划院、毛集林场共同完成的《河南省桐柏县毛集林场国家马尾松良种基地建设项目可行性研究报告》，获得国家发展和改革委员会、国家林业局的审定批复。

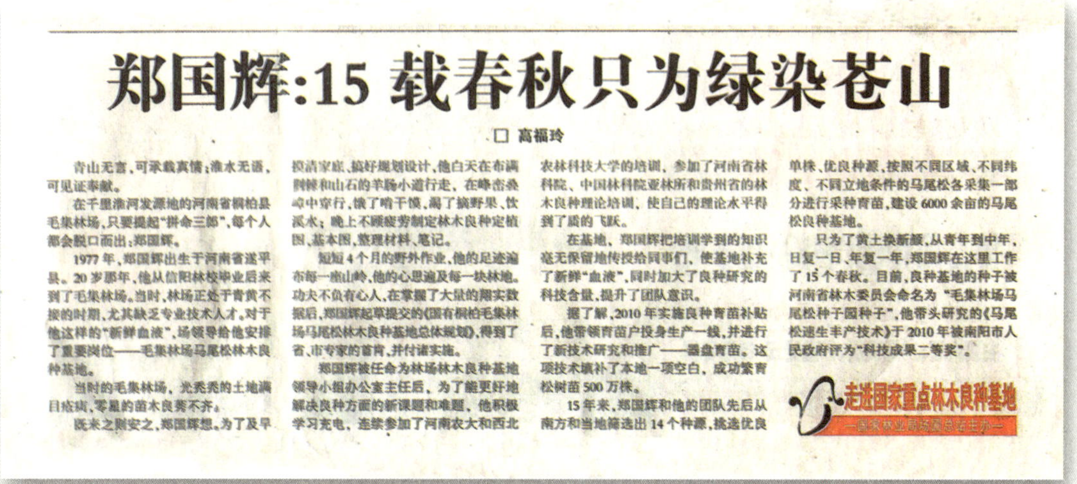

郑国辉:15 载春秋只为绿染苍山

□ 高福玲

青山无言，可承载真情；淮水无语，可见证奉献。

在千里淮河发源地的河南省桐柏县毛集林场，只要提起“拼命三郎”，每个人都会脱口而出：郑国辉。

1977 年，郑国辉出生于河南省遂平县。20 岁那年，他从信阳林校毕业后来到了毛集林场。当时，林场正处于青黄不接的时期，尤其缺乏专业技术人才。对于他这样的“新鲜血液”，场领导给他安排了重要岗位——毛集林场马尾松林木良种基地。

当时的毛集林场，光秃秃的土地满目疮痍，零星的苗木良莠不齐。

既来之则安之，郑国辉想，为了及早摸清家底，搞好规划设计，他白天在布满荆棘和山石的羊肠小道行走，在峰峦叠嶂中穿行，饿了啃干馍，渴了摘野果、饮溪水；晚上不顾疲劳制定林木良种定植图、基本图，整理材料、笔记。

短短 4 个月的野外作业，他的足迹遍布每一座山岭，他的心思遍及每一块林地。功夫不负有心人，在掌握了大量的翔实数据后，郑国辉起草提交的《国有桐柏毛集林场马尾松林木良种基地总体规划》，得到了省、市专家的首肯，并付诸实施。

郑国辉被任命为林场林木良种基地领导小组办公室主任后，为了能更好地解决良种方面的新课题和难题，他积极学习充电，连续参加了河南农大和西北农林科技大学的培训，参加了河南省林科院、中国林科院亚林所和贵州省的林木良种理论培训，使自己的理论水平得到了质的飞跃。

在基地，郑国辉把培训学到的知识毫无保留地传授给同事们，使基地补充了新鲜“血液”，同时加大了良种研究的科技含量，提升了团队意识。

据了解，2010 年实施良种育苗补贴后，他带领育苗户投身生产一线，并进行了新技术研究和推广——器盘育苗。这项技术填补了本地一项空白，成功繁育松树苗 500 万株。

15 年来，郑国辉和他的团队先后从南方和当地筛选出 14 个种源，挑选优良单株、优良种源，按照不同区域、不同纬度、不同立地条件的马尾松各采集一部分进行采种育苗，建设 6000 余亩的马尾松良种基地。

只为了黄土换新颜，从青年到中年，日复一日、年复一年，郑国辉在这里工作了 15 个春秋。目前，良种基地的种子被河南省林木委员会命名为“毛集林场马尾松种子园种子”，他带头研究的《马尾松速生丰产技术》于 2010 年被南阳市人民政府评为“科技成果二等奖”。

走进国家重点林木良种基地

—国家林业局场圃总站主办—

郑国辉同志先进事迹报道

4 月，编制了《河南省桐柏县高乐山自然保护区科学考察报告》。

9 月 9 日，《中国绿色时报》第二版发表了《十五载春秋只为绿染苍山》的文章，报道了郑国辉同志扎根林场、无私奉献的先进事迹（如图）。

12 月，毛集林场被桐柏山护林防火联防委员会授予 2011 年度护林防火先进单位。

二〇一二年

在县委、县政府的正确领导和上级业务部门的支持下，贯彻落实十七届六中全会精神，以科学发展观为指导，紧紧围绕林业经济建设工作重点，以加快林业生态体系和林业产业体系建设步伐、大力推进林业跨越式发展为重点，以林业结构调整为主线，以发展现代林业、建设生态省为目标，以创建国家林木良种基地为抓手，积极工作，奋斗拼搏，在营林、管护、依法行政、党风廉政建设等方面都取得了丰硕成果。

一、党建工作

林场党支部按照上级党委安排，认真开展党员创先争优活动，积极创建学习型党组织。围绕党建工作中心，努力抓好党的理论学习和党员队伍建设。通过系统的理论学习，党员干部思想觉悟得到明显提高，队伍整体素质有了明显变化，大家团结互助，坦诚相待，在党支部的带领下，全场上下形成合力，很好地发挥了党支部战斗堡垒作用。

二、营林生产

一是围绕生态省建设，在育苗上下功夫。全年完成国外松器盘育苗500万株、马尾松、板栗、栀子、黄连木、油桐、油茶等各类良种壮苗200万株的生产任务。

二是拓展空间培育优质绿化苗木。培育面积300亩，品种有无患子、女贞、雪松、马褂木、重阳木、合欢、喜树、观赏竹等大苗15万株、小苗50万株。

三是以林为本抓营林。为发挥森林规模生态效益，确保可持续经营，分别在固县、铁山林区营造“两松”生态林5000亩，油桐、黄连木能源林3000亩，油茶、栀子经济林500亩，北非雪松试验林120亩（如图）的生态省建设任务。

苗圃施肥中

四是完成森林资源加入林木保险。2012 年元月起，将 14.84 万亩公益林纳入保险保障，与中华联合财产保险有限公司签订了林木财产保险合同，每亩保险金额为 500 元，总保险金额为 7420 万元。

三、项目建设

根据全县林业工作会议精神，结合本场自身环境和实际条件，调整工作布局，加大力度，全方位、多角度开展重点项目建设和政策性项目资金争取工作。

在主管部门的大力支持下，通过采取对口联系，争取到森林生态效益补偿金、中幼龄林抚育资金、林木良种补贴试点资金、生态省建设优质林木种苗扶持资金、贴息贷款、危旧房改造补贴资金和保障性安居工程等项目 10 余个。

在中央财政森林抚育补贴试点项目中，毛集林场争取到非天保区国有林场抚育计划指标，面积 9000 亩，配套资金 90 万元。同时还争取到国家实施公益林省级支出道路维修项目，完成先期林区道路路面硬化 3 千米。

根据县委、县政府“发展林下经济、调整农业结构、增加农民收入”的精神，结合毛集林场地理优势和环境条件，在田木湾林区种子园内发展林下经济，散养土鸡 4000 余只，种植金银花、夏枯球等中药材 100 亩。为林场职工就业致富带来了机遇。

四、森林资源保护

在森林资源保护工作中，以桐柏县开展的“全县森林资源综合整治专项行动”为契机，毛集林场大力宣传贯彻《森林法》和《河南省森林保护条例》等林业法律法规。加强护林队伍建设，提高执法队伍素质，加大打击破坏森林资源和野生动植物资源违法犯罪活动的力度，有效地维护了森林资源安全，确保毛集林场林业生产持续稳定发展。同时，积极开展防火林带建设工程，先后在火险等级高、边界结合部，建设以栀子、板栗、油茶等为主的生物防火林带 20 条，长 25.45 千米。由于工作扎实，措施得当，取得显著成绩，分别被南阳市林业局、桐柏山护林防火联防委员会授予 2012 年度护林防火先进单位。

7 月 25 日，《中国绿色时报》第四版刊登了《“护林包公”：护林路上永不停步》

中国绿色时報 CHINA GREEN TIMES 4版 2012年7月25日 副刊·务林人

"护林包公"：护林路上永不停步

——记河南省南阳市国有桐柏毛集林场护林员苏清建

○ 韩涛 郑国辉 文/摄

"我愿意一辈子守护山林！"

"为护林丢掉性命也值得！"

"护林员的责任比天大！"

护林员苏清建先进事迹报道

的文章，详细报道了毛集林场护林员苏清建同志的先进事迹（如图），极大地鼓舞了职工们的工作激情。

9月，毛集林场关于《河南省桐柏县毛集林场国家马尾松良种基地2012年度良种补贴试点作业设计》，通过了河南省林业厅组织的由河南农业大学、河南省林业科学院等单位有关专家组成的审查委员会的审查。

10月，四川西部文献编译研究中心《关于召开坚持科学发展观，构建和谐社会学术研讨会暨优秀学术成果颁奖大会》发出邀请函，函告毛集林场龚爱玲、郑国辉、韩涛同志编写的《浅谈马尾松的育种与管理》一文，评为"科学发展与构建和谐社会理论实践成果一等奖"，并邀请毛集林场参加了在昆明、南宁等地分别召开的学术研讨及成果颁奖大会。

10月15日，中国科学院院士、中国林科院首席专家唐守正一行13人，赴南阳市调研林业生态建设。10月19日，来到毛集林场考察，对公益林、防护林及茶产业等项目的建设，给予高度赞誉，并提出指导性意见和建议。

10月26日～11月1日，毛集林场应邀参加由国家项目申报工作指导中心，在云南昆明举办的《国有林场资源管理与生态景观项目申报》第一期培训班。

11月23～28日，毛集林场参加了国家林业局管理干部学院在海南省海口市举办的《自然保护区可持续发展与生态旅游的培训班》。

12月19日，陈庄、毛集林场危旧房改造工程同时举行开工仪式。仪式由副县长黄登科主持，县国土局、规划局和林业局等部门领导为项目开工奠基，标志着危旧房改造工作正式启动。

二〇一三年

在县委县政府的正确领导下，坚持以科学发展观为指导，认真贯彻落实党的十八大会议精神，按照“服务旅游大局，狠抓争资跑项，建设生态林业，促进和谐发展”的工作总体思路，坚持以保护和培育森林资源为中心，加快推进生态桐柏建设，较好地完成了各项工作任务。

一、林业生产

（一）国家马尾松林木良种基地建设

毛集林场是河南5家、南阳唯一一家的国家马尾松林木良种补贴试点场，每年国家补贴65万元。作为补贴试点，五年来，毛集林场坚持“高标准、严要求、精细操作、保证质量”的原则，做好每一项工作（如图）。第一期验收期间，在省林业厅种苗站裴站长、河南省农大苏金乐教授为主的检查小组的验收中，经过综合测评，毛集林场得到99分的高分，名列全省第一名，继续享受国家补贴五年，为林木良种基地持续建设打下基础。

（二）种子园建设

以林木良种基地为依托，开展二代种子园的筹建工作。规划在铁山林区建立优质马尾松良种基地450亩。基地建成后，可实现年产优质良种1140千克，种源接穗18万个。国家拟投资880万元，已经被河南省发改委和省林业厅立项，前期工程正在积极筹建中。

对种子母树测量评估

在河道公路两旁杨树林下建立的油用牡丹基地

（三）大力发展林下经济

结合本场区域优势，积极贯彻落实中央提出的“大力发展油用牡丹”的决定，在田木湾林区育油籽牡丹苗2.5亩；在河道公路两旁杨树林下种植油用牡丹50亩(如图）。同时完成了2012年度国家林木良种苗木（油茶苗）补贴项目建设。并顺利通过省级检查验收。

（四）新增项目

申请中央财政补贴森林抚育项目8000亩，申请省级森林抚育项目23000亩。项目实施中，严格按照抚育技术规程，精细作业，在全省抚育生产检查验收中，得到了各级领导的肯定和好评。

二、编制经营方案

根据国家林业局文件精神，依照《森林法》《国有林场管理办法》《森林经营方案编制与实施方案》和《森林经营方案编制技术规程》，在有关主管部门的指导下，毛集林场与桐柏县林业调查规划设计队，组成专业技术勘察组，在2012年全县开展的林地落界和林场森林资源自查的基础上，于3～8月，对毛集林场森林资源开展新一轮的规划设计调查。按照森林分类经营管理的有关政策和技术要求，结合毛集林场实际状况和年度安排，重新修订了《河南省国营桐柏毛集林场森林经营方案十年规划（2013～2022年）》。

国家林业局专家叶永忠教授等在保护区考察

三、自然保护区建设

在国家、省、市、县的大力支持下，毛集林场国家级自然保护区晋升工作，经国家林业局专家学者、河南农大叶永忠教授等带头设计完成了科考、专题片的制作、环评等总体规划（如图）。

12 月 5 日，桐柏县人民政府桐政文〔2013〕47 号《关于建立河南省高乐山国家级自然保护区的请示》报至南阳市人民政府。南阳市人民政府宛政文〔2013〕114 号《关于河南桐柏高乐山省级自然保护区晋升为国家级自然保护区的请示》上报河南省人民政府。同月，由国家林业局申报了《建立国家级自然保护区申报书》，报至国家环境保护局评定。

同时，由国家林业局调查规划设计院，主编绘制了《河南高乐山自然保护区总体规划（2014 ~ 2023 年）》。

四、危旧房改造工程

2013 年，经报省林业厅批准，县发改委批复，新增危旧房改造 63 户。在县委、县政府领导和相关部门的大力协助下，经过一年多的积极筹备，危旧房改造工程初显轮廓，各项工作按照国家政策和建筑标准要求有序展开。在保证工程质量的前提下，进入紧张施工中。

4 月 7 日，中共桐柏县委员会桐文〔2013〕78 号任免通知：张永记同志任桐柏县森林公安局正科级侦查员，免去其中共桐柏县毛集林场支部委员会书记职务。张小河同志任中共桐柏县毛集林场支部委员会书记。

11 月，河南省人民政府、南阳市人民政府，分别授予毛集林场 2013 年度森林防火工作先进单位，同时获得桐柏县人民政府护林防火指挥部森林防火工作三等奖，奖金 20000 元。

二〇一四年

一、开展政治学习 加强班子建设

在县委、县政府的正确领导下，深入贯彻党的十八大精神，以科学发展观为指导，坚持把政治理论学习、加强领导班子思想政治建设和提高干部素质结合起来；坚持把学习同贯彻省、市、县重大决策部署结合起来，认真学习党的十八大和十八届三中、四中全会精神，按照每周制订的教育实践活动学习计划，做到教育实践活动与林业生产两不误、两促进，所有人员都能利用业余时间搞好自学，并记好学习笔记。通过学习，全体党员干部工作作风明显转变，思想认识进一步提高，为林场建设发挥了骨干和模范带头作用。

二、林业生产

（一）国家马尾松林木良种基地建设

多年来毛集林场在林木良种选育、培育和遗传增益等方面进行了积极探索，自被确定为国家马尾松林木良种基地以来，每年国家补贴 65 万元。作为马尾松分布的最北边缘，基因保存显得尤为重要。毛集林场组织技术人员对良种基地进行了更全面的作业设计，将先进的生产设备、先进科技成果应用于基地建设全过程，实行集约化管理，提高马尾松种子生产力和遗传增益，取得明显成效。同时，在此基础上进行科学试验，为发展更高世代种子园提供科学依据。

（二）森林抚育

森林抚育补贴是毛集林场近年来的支柱项目。2014 年是开展森林抚育的第五年，申请中央财政森林抚育项目面积 13000 亩，补贴资金 130 万元，省级森林抚育补贴面积 9000 亩，补贴资金 90 万元，毛集林场已累计抚育森林面积 6 万余亩。通过森林抚育工作，不仅改善了林分结构，增加了森林资源总量，同时，对生态省建设和生态环境保护起到重要作用。

（三）国家木材战略储备基地建设

在省林业厅速生丰产林办公室的指导下，按照国务院《关于构建木材安全保

国家木材战略储备基地

障体系》要求，毛集林场利用林木资源优势，在红卫、固县、回龙等林区建设木材战略储备基地5万亩（如图），省林业厅拨付100万元用于储备林的建设工作。通过科学经营，着力培育大径级用材林，构建结构优化的木材后备资源体系。

在此基础上，毛集林场成立木材战略储备基地领导小组，重点开展国家储备林政策保障、运行管理、机制体制等相关理论研究。通过借鉴世行项目先进的管理模式和运行机制，统筹内外资金融合发展，努力实现总量增加、结构优化、持续经营的木材安全战略目标。

三、项目工程

（一）容器育苗

根据河南省财政林业项目申报标准，毛集林场申报了《桐柏县油用牡丹容器育苗科技兴林项目》。项目建设地点在田木湾林区，建设面积35亩。项目计划总投资合计45万元。其中：申请省级财政补助资金35万元、单位自筹投资10万元。通过项目主审专家评审，项目审核专家审核，审报项目顺利通过。

（二）林区道路

依据《河南省国有贫困林场扶贫资金非经营性项目标准》规定，毛集林场申报了《桐柏县国有林场扶贫资金护林道路修建工程项目》，经桐柏县财政局、林业局报请市财政局、林业局审核批准，同意该项目建设。项目拟建设地址：田木湾林区精品园，道路总长5千米、宽2米，总预算投资40万元。

四、森林资源保护

1. 加大宣传贯彻《森林法》和林业有关法律法规的力度，张贴标语到村组，发放传单进学校，大型标牌立路口，警示标语挂主道，切实营造全民防火氛围，提高广大人民群众的森林防火意识。

2. 强化火源管理，严格落实野外用火有关规定。防火期内，在林区要道口设立检查站，加强对入山人员的检查和监督，尽力将火种堵在林外。

3. 加强护林防火的各项工作纪律和管理措施，每月5日，召开各林区和森林消防队工作例会，认真做到勤巡护、早发现、快扑灭、排隐患的目标。

4. 严厉打击破坏森林资源和野生动植物资源违法犯罪活动。做好森林病虫害防治的宣传、预防、测报、调查以及种子、植物检疫工作。

五、自然保护区管理

为有效地保护好高乐山省级自然保护区这块绿色资源宝库，提高保护管理层次，在国家林业局规划设计院院长唐小平的建议下，省、市、县各级政府和业务主管部门达成共识，在做好省级自然保护区建设的基础上，由河南省林业厅主持，相关部门配合，申报国家级自然保护区。

根据环保部、国家林业局的指示精神和自然保护区建设管理的有关规定，申报必须要有完整的总体规划，科学考察报告及电视专题片、风光图片册等文字资料，更要做好保护区标牌标识等基础设施建设。为此，桐柏县成立了由发改委、财政局、环保局、林业局等13个局委和回龙、黄岗、毛集三个乡镇参加的“桐柏县申报国家级自然保护区工作领导小组”，并向各参与单位分配了各自承担的目标任务，保护区申报工作紧锣密鼓地全面展开。

申报小组成立的当月，在河南农业大学专家、教授的指导下，顺利完成了外业调研任务。在各级领导的大力支持下，邀请国家林业局调查规划设计院承担保护区的总体规划任务，中央电视台承担电视专题片、风光图片册的摄制工作。国家林业局调查规划设计院完成了《河南高乐山国家级自然保护区总体规划》，河南农业大学完成了《河南高乐山国家级自然保护区科学考察集》的编撰工作。

10 月，由国有桐柏毛集林场承担的 2008 年度国家林业局 948 项目《北非雪松育苗和丰产栽培技术研究》，获得河南省林业厅颁发的技术成果鉴定证书。

11 月，河南科学技术出版社出版发行了由河南农业大学教授叶永忠、王家田、韩涛主编的《河南高乐山自然保护区科学考察集》。

二〇一五年

一、党建工作

1. 严格按照基层党建工作责任书的任务要求，进一步加强基层服务型党组织建设，完善了各项工作制度和活动室的整体布局，成立党员志愿者服务队，建立相关工作台账和制度，及时帮助解决贫困党员生活困难。

2. 积极配合县委和上级党组巡视工作，对巡视组反馈的问题，及时研究讨论，并拿出整改措施，逐一分解落实。

3. 抓好民生工程，促进林场协调发展。

4. 狠抓安全稳定，促进林场和谐平安。

二、营造林生产

按照生态省建设规划和要求，在回龙林区板桥林班补植、补造二年生营养袋“两松”450亩。在原梯状带的基础上，采用2尺穴面，边整地边造林，穴面为1.0米×1.0米，里低外高。6～7月进行松土抚育，浇水一次，9月在带面上割灌清杂，保存率达95%，苗木生长良好。同时，在铁山、回龙林区营造两松生态林4000亩、泡桐2000亩、油用牡丹120亩。生产中，严格要求、科学施工，成活率达到90%以上，顺利通过省、市检查验收。

三、森林抚育

割灌抚育

根据国有桐柏毛集林场《2015年中央财政补贴森林抚育作业设计》和省林业厅森林抚育安排和要求，7～9月，毛集林场组织本场职工和社会劳力组成专业施工队，按照森林抚育管理和施工技术规程要求，对红卫林区中幼林抚育进行透光伐和卫生伐，总抚育面积 20000 亩（如图）。并于 10 月通过省、市检查验收，达到技术标准和规程要求，合格完成了森林抚育任务。

四、良种基地和二代种子园

（一）良种基地

按照国家林业局对国家良种基地管理要求，毛集林场编制了《河南省桐柏县毛集林场国家马尾松林木良种基地发展规划》（2016 ~ 2020 年）。基地建设以中国林科院亚热带林业研究所、河南农业大学、河南经济林和林木种苗工作站等单位为技术依托，建立了完善的科研推广体系和技术服务体系。应用已有的先进科研成果和生产管理手段，把该基地原有良种林分逐步改建成代表河南省林木良种生产较高水平的基地（如图）。

（二）二代种子园

积极筹建二代马尾松种子园、木瓜良种基地、麻栎良种基地。拟利用五年时间，将国内外采种技术、先进科技成果应用于基地建设全过程，力争良种基地年产达到马尾松种子 4500 千克、木瓜种子 680 千克、麻栎种子 1.5 万千克的规模，逐步实现良种生产专业化、采种基地化、造林良种化的目标。同时，完成了 2015 年度国家林木良种苗木（油用牡丹）补贴项目工程，并顺利通过省级检查验收。

马尾松母树林

优良单株

五、自然保护区建设

在保护区管理中，严格按照《中华人民共和国自然保护区条例》和相关法律法规，采取规范的管理措施，建立健全各项管理制度，形成了一个完整的森林生态保护体系。积极推进高乐山国家级自然保护区晋升工作，在省、市、县的大力支持下，在国家林业局专家学者、河南农业大学叶永忠教授带领下，完成了科学考察、专题片制作等总体规划。经国家级保护区评审委员会专家组组长、厦门大学博士生导师李振基教授等资深专家到保护区实地考察评估（如图），顺利通过评审，并呈报国务院。

六、危旧房改造工程

经过近两年的紧张施工，林场危旧房改造工程竣工。5 月 6 日，经职代会投票推选，成立了毛集林场危旧房改造工程分房领导小组。在广泛征求多方建议的基础上，经职工代表投票表决，确定一个最佳分房方案，并于 9 月全部落实到户，172 户职工如期住进了盼望已久的新居。解决了多年来新老职工就医、子女上学等难题，让在山里干了一辈子的林业职工感受到了党给予的温暖和幸福（如图）。

李振基教授（左一）等在保护区考察

职工如期住进了盼望已久的新居

二〇一六年

在县委、县政府的领导和上级业务部门的大力支持下，认真学习贯彻执行党的十八大会议精神，以邓小平理论、“三个代表”重要思想、科学发展观为指导，深入开展“党的群众路线”主题教育，积极开展各项林业生产，圆满完成了规划目标任务。

一、国有林场改革

根据《中共中央、国务院关于印发〈国有林场改革方案〉和〈国有林区改革指导意见〉的通知》（中发〔2015〕6号）、以及《中共河南省委、河南省人民政府关于印发〈国有林场改革实施方案〉的通知》（豫发〔2016〕15号）精神，毛集林场结合实际制订改革实施方案，于8月10日上报桐柏县人民政府。经县政府研究同意，于9月23日以桐政文〔2016〕55号文件，将方案呈报南阳市国有林场改革领导小组。

二、自然保护区建设

依据河南高乐山自然保护区建设管理要求，毛集林场为加大对保护区的管理力度，在黄岗、回龙等重点区域成立保护站（如图），将原分散在林点的护林员集中分配至各站、区，购置床被，增添基础设施，吃住工作在站、区（如图），并制定了相应的管理措施和工作制度。自保护区成立以来，因管理到位，人员守岗，未发生一起森林火灾和大的刑事案件，保护区建设稳步展开。

黄岗林区保护站

回龙林区保护站

吃住工作在林区、保护站

马尾松种子球果处理晒场

母树上结的球果

三、营林生产

1. 为发挥森林规模生态效益，确保可持续经营，在铁山、固县林区补植补造生态林 5000 亩。

2. 申请森林抚育任务 20000 亩，补贴资金 200 万元。

3. 良种基地建设：经过多年来的精心培育和管理，年采收马尾松穗条 30000 条，采收球果 5000 千克（如图），实际生产马尾松种子 1300 千克，继续享受国家级马尾松林木良种基地资金补贴。

4. 争取到农业综合开发国家储备林建设项目 2000 亩（其中含造林 1000 亩、修枝抚育 1000 亩），总投资 364 万元。

5. 争取到国家储备林建设项目 600 亩，投资资金 30 万元。在田木湾林区大坡寨实施。

为保证以上各项目顺利验收，毛集林场成立领导小组，由业务场长主抓，技术小组主管，组织专业施工队，并进行了业务培训。在施工过程中，技术人员跟踪指导，严格按照规划设计方案操作，确保了各项工作规范、有序开展，圆满完成了任务，顺利通过检查验收。

四、森林资源保护

（一）护林防火

为进一步加强护林队伍和基础设施建设，规范各项管理措施，决定继续实行护林员例会制。每月 5 号召开护林工作会议，理论学习，总结经验，布置工作。以林区为单位，各司其职，加强宣传，强化管理，充分调动护林人员的积极性，发挥森林消防队伍的机动性和战斗力。

同时建设板栗、栀子、油茶等综合防护林带网，积极构建人工防火与生物防火链。

（二）综合防治

贯彻执行“预防为主、综合防治”的方针，认真做好马尾松毛虫和板栗象鼻虫的调查分析和预测预报工作，加强植物检疫，严防森林病虫害的发生和蔓延，确保林木安全健壮生长。

4 月 16 日，中共桐柏县委员会桐文〔2016〕108 号任职通知：孙永凡同志任桐柏县毛集林场场长。

4 月 16 日，中共桐柏县委组织部文件，桐组干〔2016〕54 号通知：郑国辉同志任桐柏县毛集林场副场长。

5 月 2 日，国务院办公厅国办发〔2016〕33 号关于公布辽宁楼子山等 18 处新建国家级自然保护区名单的通知：批准河南省高乐山晋升为国家级自然保护区（如图）。

000675

国务院办公厅文件

国办发〔2016〕33 号

国务院办公厅关于公布辽宁楼子山等 18 处新建国家级自然保护区名单的通知

各省、自治区、直辖市人民政府，国务院各部委、各直属机构：

辽宁楼子山等 18 处新建国家级自然保护区已经国务院审定，现将名单予以公布。新建国家级自然保护区的面积、范围和功能分区等由环境保护部另行公布。有关地区要按照批准的面积和范围组织勘界，落实自然保护区土地权属，并在规定的时限内标明区界，予以公告。

自然保护区是推进生态文明、建设美丽中国的重要载体。强化自然保护区建设和管理，是贯彻落实创新、协调、绿色、开放、共享新发展理念的具体行动，是保护生物多样性、筑牢生态

— 1 —

……然生态系统安全稳定、改善生态环境质量……和部门要严格执行自然保护区条例等有关……院办公厅关于做好自然保护区管理有关工……10〕63 号）要求，严格落实生态环境保……协调配合，加大对涉及自然保护区各类……执法力度，妥善处理好自然保护区管理……生活的关系，确保各项管理措施得到……保护区建设和管理水平。

2016 年 5 月 2 日

新建国家级自然保护区名单

（共计 18 处）

辽宁省

楼子山国家级自然保护区

吉林省

通化石湖国家级自然保护区

黑龙江省

北极村国家级自然保护区

公别拉河国家级自然保护区

碧水中华秋沙鸭国家级自然保护区

翠北湿地国家级自然保护区

安徽省

古井园国家级自然保护区

福建省

峨嵋峰国家级自然保护区

江西省

婺源森林鸟类国家级自然保护区

河南省

高乐山国家级自然保护区

二〇一七年

以国有林场改革和河南高乐山晋升为国家级自然保护区为契机，在县委、县政府的正确领导和业务主管部门的支持下，认真贯彻落实习近平新时代中国特色社会主义思想和十九大精神，坚持以科学发展观为指导，以林业经济建设工作为重心，以加快林业生态体系和林业产业体系建设步伐、大力推进林业跨越式发展为重点，积极做好各项工作，实现上级分配的任务目标。

一、加强党的建设

深入开展“两学一做”学习教育活动，每周一开展一次集中学习活动，班子成员带头讲党课，采取集中学习和自学相结合，充分发挥党支部和班子成员政治核心及党员的模范带头作用。加强党员政治理论学习与实践教育，将“两学一做”制度化、规范化、常态化。自觉履行各项规章制度，大力加强反腐倡廉工作，充分发挥工会、职代会等团体组织的作用，提高干部职工队伍的思想水平、文化素养、业务技能、创新意识和敬业精神，力争把毛集林场创建成为一个学习型、竞争型、创新型和实干型的新型林场。经培养，新发展正式党员 2 名，入党积极分子 1 名，为党组织注入了新鲜血液。

二、林业生态省和公益林建设

高标准完成田木湾、铁山、固县林区生态建设林 5000 亩的任务。营造的主要树种有水杉、麻栎、“两松”等，通过精造细管，成活率高达 90%，7 月顺利通过省、市检查验收。

为加强重点公益林分的管护，场专门成立了公益林办公室，对重点公益林实行划片管理，制定护林管理办法和岗位职责，签订目标责任书，确保国家重点公益林分资源的安全。

三、马尾松林木良种基地及二代种子园建设

根据国家马尾松良种基地规划要求，在回龙林区板桥林点，以原“两松”试验林基地为依托，开展二代种子园筹建工程，前期高标准带状整地 450 亩，然后

在带上挖明穴，规格1米×1米×1米，经过夏炕、冬冻，于年底完成回填，为发展更高世代种子园打好了基础。9月，《河南省桐柏县毛集林场国家马尾松林木良种基地补贴作业设计》，获得审批，同时展开作业。

在林区内巡护

四、森林资源保护

按照省林业厅等6厅（局）联合下发《关于开展河南省“绿盾2017”国家级自然保护区监督检查专项行动的函》文件精神要求，由县政府牵头，公安、国土、林业、环保等部门成立联合执法组，在当地乡（镇）政府的配合下，对高乐山国家级自然保护区及林场范围内的违法乱挖、乱采、滥伐现象进行了集中整治。林场林政稽查中队长期在林区巡回检查（如图），有效地打击和震慑了破坏森林资源和野生动植物资源的违法犯罪活动。

同时，在保护区道路主要路口、学校、街道等醒目的场所悬挂横幅、张贴告示、刷写标语、竖立警示牌、发放宣传单、圈拉防围网（如图）。

圈拉防围网

竖立警示牌

植被恢复工程

在依法收回和关闭的矿、厂原址上栽植两松、桅子，撒播草籽，点种橡籽、油桐等，全力进行植被恢复工程（如图）。

五、护林防火与综合防治

（一）护林防火

在护林防火工作中，始终坚持“以防为主、积极消灭”的方针，大力宣传《森林法》和《森林防火条例》，实行领导带班制和24小时值班制，建立健全各项规章制度，做好与周边区县、乡镇、村组护林联防的沟通与联系，加强森林消防队伍和基础设施建设，增强扑火队伍的快速反应能力和机动灵活的战斗力。由于制度完善、措施得力，全年未有大的森林火灾发生。

（二）综合防治

在病虫害防治上，严格贯彻“预防为主、综合防治”的方针，采取重点防治和一般防治相结合的办法，在各林区进行全面排查，认真预测预报，及时发布测报信息。同时，加强植物检疫，从根本上防止和控制森林病虫害的发生和传播。

7月31日，中共桐柏县委桐文〔2017〕119号下发任职通知：付明常同志任中共桐柏县林业局党组成员、桐柏县毛集林场场长。

8月，中国林场协会会长姚昌恬、省林业厅保护处副处长郑红卫来毛集林场视察指导工作（如图）。

12月7日，桐柏县机构编制委员会下发桐编〔2017〕46号《关于国有桐柏毛集林场（河南高乐山国家级自然保护区管理局）主要职责内设机构和人员编制规

中国林场协会会长姚昌恬（左二）、秘书长付光华（右一）、林业厅保护处副处长郑红卫（右二）到林场视察工作，场长付明常（左一）陪同

定的通知》：原桐柏县毛集林场更名为国有桐柏毛集林场，与河南高乐山国家级自然保护区管理局一个机构两块牌子。正科级规格，隶属林业局领导，为公益一类事业单位，经费实行财政全额预算管理。

12 月，通过争取，在田木湾林区硬化道路 3 千米，改善了林区的交通条件。

二〇一八年

在县委、县政府正确领导下，深入贯彻党的十八大、十九大会议精神，紧紧围绕年度工作目标，科学规划、认真落实，开拓进取、攻坚克难。坚持以林场项目建设和生态环境保护为重心，稳步推进各项事业健康发展。通过全场干部职工的共同努力，各项既定目标任务圆满完成。

一、国有林场改革顺利完成

依据中共中央、国务院和河南省委、省政府《国有林场改革实施方案》等文件精神，在县委、县政府的高度重视下，结合毛集林场实际情况，制订了切实可行的改革方案。经报上级审核批准，毛集林场定性为公益一类事业单位（财政全额预算单位），核定编制 74 人，全年经费 514 万元，五险二金全部缴存到位，其中医疗保险报销比例由改革之前最高报销 80%，提高到改革完成后最高报销比例 95%。

国有林场改革之后，给林场带来了巨大变化。为了适应新形势的变化，制定了十二方面的规章制度，规范全体干部职工的政治学习、组织纪律、业务管理等行为，并加强督查落实，整体队伍素质得到明显提升，林场形象焕然一新。

二、资源管护工作实现新突破

（一）做好《河南省高乐山国家级自然保护区总体规划》评审工作

高乐山自然保护区 2016 年晋升为国家级自然保护区后，毛集林场聘请国家林业局调查规划设计院，编制《河南省高乐山国家级自然保护区总体规划》，2017 年顺利通过省级评审，报至国家林业局，2018 年通过专家评审，有望 2019 年获得批准。

（二）成立林场林政稽查中队和资源保护股

随着国家级自然保护区的晋升，成立了资源保护股等多个股室，依托林业局成立林场林政稽查中队（如图）。在资源保护股和稽查队的配合下，依法行政，重拳出击，共查处破坏森林资源行为案件 46 起，其中查处盗伐案件 2 起，刑事案

林场林政稽查中队在保护区内踏雪巡查

林场资源保护股在林区巡护

件移交1起，移交这起案件中的10人已抓捕归案。关闭拆除矿、厂14个，处理滥伐林木案件29起，收缴违法所得30余万元。有效遏制了犯罪分子的不法行为，保护了林场森林资源的安全。

（三）生态恢复成效显著

加大补植补造力度，2017年争取资金200万元，在场领导的现场指挥和科技业务股技术指导及保护区管护人员的积极参与下，全年共补植补造荒山荒地690亩，植树100万株。在此基础上，2018年又争取资金120万元，全年共补植补造荒山荒地200亩，植树29万株（如图）。

（四）加强自然保护区日常管理

1. 建立健全巡查巡护制度。各林区，尤其是涉及保护区的三个林区（保护站），加大了巡查密度，由原来一天一次增加到两次，重点区域和关键时段，要求进行三次巡查。如半拉山、西大岭林班，除上、下午巡查外，晚上必巡查。实行视频签到制度，强调上下班

回龙林区蒸馍山植被恢复工程

请销假制度的落实，做到有规必遵。

2. 加派力量。涉及保护区的重点林区（保护站）由原来三个增加到四个，护林员由原来的 11 人，增加到 24 人。壮大了护林力量，加大了巡查力度，各项工作管理步入正常化、制度化、规范化。

护林防火检查站

3、重点关口和地点，设立固定巡查关卡（如图）。在马联寺沟和西大岭林班分别设立了两个巡查点（房），派驻 6 人（西大岭 4 人、马联寺沟 2 人），实行 24 小时值班，全天候守护。

（五）保护区勘界立标工作

依照《保护区设施标识规范》和《南阳市自然保护区绿盾专项行动整改工作方案》要求，进行了保护区勘界立标工作。在保护区范围内安装大型警示牌、宣传牌 30 余块（如图），安装功能区界牌 500 个、界桩 2100 个（如图）；在遥感监测点的重点区域及生态恢复区设置围栏 1500 米。勘界立标工作的开展，使保护区的界线更加清晰，同时也加强了保护区周边群众对成立保护区的了解认识和对野生动植物的保护意识，为今后更好地开展生态环境保护和科学研究奠定了良好

大型警示牌

保护区界桩

保护区管理宣传牌

保护区公约

基础。

（六）护林防火工作

毛集林场设立 8 个护林区（保护站），45 名护林员，15 名专职森林消防员，人均防火面积 4600 亩。为强化管护责任，要求护林员和消防队员坚守岗位，特别是防火期间，周末、节假日实行全天候巡护。为明确防火职责，对森林火灾的发生实行属地管理，哪个林区发生火灾，由哪个林区负责扑救。如发生大的火灾，相关林区扑救不了的，由林场派专职森林消防队救援，但需扣除该林区防火经费。由于管理到位，连续五年无大的森林火灾的发生。

（七）森林病虫害的防治

根据《桐柏县 2018 年飞机施药防治美国白蛾实施方案》要求，毛集林场及时召开班子、股、站、林区等中层以上成员紧急会议，成立由专业技术人员和林区负责人参加的白蛾普查小组，规定每天汇报制，要求护林人员巡回于林区的山头沟壑，全方位认真观察，并协助相关乡镇、村组联合巡查，发现虫情及时通报，把出现的微小虫情消灭在萌芽中。通过细致排查，辖区内未有虫情发生。在普查工作期间，帮助群众在飞机未喷到的群林区进行了机械补药，圆满完成了上级部署的美国白蛾普查和预防任务（如图）。

防治美国白蛾

三、建项目、促发展，林场各项事业取得新成就

（一）森林抚育工作取得新成就

森林抚育补贴是毛集林场近年来的支柱项目。2018 年，完成森林抚育 1 万亩的任务，争取到中央财政补贴资金 200 万元。通过森林抚育工作改善了林分结构，增加了森林资源总量，促进了单位面积产量，对生态建设和环境保护起到了重要作用（如图）。

（二）国家储备林项目建设完成

2018 年，争取到国家木材战略储备林基地建设项目 3000 亩，建设资金 150 万元，采用高标准的卫生伐、修枝、割灌等改培措施，全面完成项目要求，为实现森林

中幼龄林抚育

国家储备林基地

面积和蓄积的双增长奠定了基础（如图）。

（三）国家级马尾松林木良种基地建设取得新突破

一是发挥优势开展种子园建设。多年来，通过在林木良种选育、培育和遗传增益等方面进行的积极探索，提高了马尾松种子生产力和遗传增益，年采种 1 万千克，很好地发挥了良种基地的作用。

二是开展二代种子园的建设。在回龙林区新建国家马尾松林木良种基地 450 亩，目前基地管理房已建成（如图），整地工作按设计标准全部完成，有待下年定植。基地建成后，将实现年产优良种子 200 ~ 300 千克，种源结穗 11 万个。

三是持续得到国家马尾松林木良种补贴项目资金 55 万元。根据国家林业局国有林场和林木种苗工作总站《关于开展国家马尾松林木良种基地树种结构调整的通知》，毛集林场国家马尾松林木良种基地优良母树种质保存林面积由 1545 亩调整为 800 亩，初级种子园由 700 亩调整为 600 亩，50 亩采穗圃不再保留。改建麻栎母树林 500 亩，新建麻栎种质资源收集区 80 亩、试验示范林 200 亩。根据省林

国家马尾松林木良种基地

业厅批复的作业设计，新建麻栎种质资源选择来自安徽、湖北、陕西等省内外及周边的优良种源作为建园材料。9月下旬，派出5个采种小组，赴安徽、湖北、陕西等地进行采种，分别采集麻栎种子共2000个，并按预定目标完成采种任务。

四、党的建设再上新台阶

一年来，毛集林场严格按照县委要求，以“两学一做”学习教育活动为抓手，加强党员学习教育，促进党风廉政建设，转变工作作风，提高综合素质。

（一）“两学一做”教育活动实现了制度化、常态化

一是建章立制。为加强党的建设，依照党支部标准化建设提升标准，完善了《党员学习制度》《三会一课》等一整套党建制度，并放大上墙，为毛集林场开展党建工作标准化、规范化提供了制度保障。

二是“两学一做”工作有声有色。年初，结合林场实际，制订了详细的学习计划，采取集中学习和自学相结合等形式，确定每周一为党员集中学习日。领导班子带头及党小组长领学讲党课、讲时事政治；场领导班子成员及支部委员、党小组长以党的十八大、十九大精神和习近平新时代中国特色社会主义思想作为学习重点轮流宣讲，加强党员政治思想教育。2018年共讲党课48次，学习心得13篇，学习笔记48篇。通过学习，引导党员干部牢固树立“四个意识”，始终在思想上、政治上、行动上同党中央保持高度一致。

三是丰富学习形式，实现了学习上走出去的突破。10月组织全体党员干部，分两批次前往山东原山林场学习，大家被原山林场倡导的“一起吃苦、一起干活、一起过日子、一起奔小康”的“一家人”精神所感动，纷纷表示，在今后的工作中将以个人品德、家庭美德、职业道德、社会公德作为规范个人言行的行为准则，形成建设新时代林场的强大精神力量，为毛集林场今后的健康快速发展奠定了坚实的基础。

（二）党风廉政建设取得新成就

一年来，毛集林场以党的十八大、十九大精神为指导，加强党风廉政建设。制定并完善、规范了各项管理制度和工作程序。充分利用党员大会、护林员例会

等形式，加强廉政勤政学习警示教育，并结合“以案促改”活动，对照党风廉政建设规定，找不足、查问题、促整改，以身边的案例，时刻警示、规范各自的言行，指导自己的工作。同时实施“三亮三评”活动，全体党员干部，公开个人基本信息及工作职责，配制座签和胸牌，接受群众监督。通过一年来不断的学习教育，全场党风廉政建设呈现出新局面。

（三）积极培养先进分子，壮大党员队伍

按照党员发展标准，2018 年，新培养入党积极分子 2 名，新发展党员 1 名，为毛集林场党组织注入了新鲜血液。

五、精神文明建设有新发展

1. 为迎接毛集林场成立六十周年，铭记历史、弘扬精神、激励后人，5 月 4 日，经场领导班子研究，决定成立《毛集林场志（1960 ~ 2020）》编纂委员会，着手编纂场志。至年底，大部内容清样已出，基本完成了场志的轮廓。

2. 秉持“绿水青山就是金山银山”理念（如图），广泛宣传自然保护区相关法律政策，增强群众对环境保护观念的认识，引导群众建立保护绿水青山就是保护自己家园的意识，并逐步深入人心。

2 月 23 日，是 2018 年春节后上班的第二天，县委书记莫中厚、县长贾松啸、常务副县长徐文磊、副县长焦运付、县环保局局长李勇、国土局局长严克杰等一行，

保护区宣传牌

县委书记莫中厚（中）、县长贾松啸（右四）、常务副县长徐文磊（右三）、副县长焦运付（右一）、县国土局局长严克杰（左二）、在县林业局局长袁德海（右五）陪同下，在高乐山自然保护区视察工作

省森林公安局刑警支队长冯松（右一）在场长付明常（中）陪同下，在保护区巡查遥感监测点

国家林业和草原局安丽丹处长（前右一）、省林草局卓卫华处长（前左一）在林场场长付明常（后右二）陪同下到自然保护区考察调研

在县林业局长袁德海的陪同下，来毛集林场考察高乐山自然保护区工作。当天大部地面还被积雪覆盖，考察组领导不畏天寒路滑到保护区重点区域回龙、黄岗调研，场长付明常现场向领导做了详细工作汇报，得到考察组的肯定（如图）。

6 月，省森林公安局刑警支队队长冯松等，到毛集林场巡查高乐山国家级自然保护区遥感监测点，对整改结果表示满意，并提出指导性建议（如图）。

11 月 1 日，国家林业和草原局安丽丹处长、李迪强教授、张宇科长、省林业和草原局卓卫华处长等一行（如图），到高乐山国家级自然保护区考察调研，对保护区的管理工作给予高度评价并提出了指导性建议。自然保护区总体规划，经国家林业和草原局实地考察，评审顺利通过。

二〇一九年

在县委、县政府的正确领导及上级林业主管部门的关怀和支持下，毛集林场以习近平新时代中国特色社会主义思想为指导，认真贯彻落实党的十九大精神，按照“加强党风建设，创建精神文明，建设生态林场，促进和谐发展”的工作方针，以党的建设和作风建设为统领，以加强管理、提高效率为全线，以保护管理和建设为核心，以项目建设为重点，以精神文明建设为引领，着力抓好森林培育、争资立项、资源管护等工作，搞好增收节支，营造稳定的工作环境，着力推进林场各项事业健康发展。

一、党建工作再上新台阶

毛集林场严格按照县委要求，继续深入开展“两学一做”学习教育活动，并以“不忘初心、牢记使命”主题教育活动为载体（如图），加强党员教育，促进党风廉政建设，切实转变工作作风，提高为民服务能力。

一是领导带头，深化学习。建立了毛集林场支部学习制度，制订并严格遵守学习计划，定于每周一为集中学习日，采取集中学习和自学相结合等形式，班子成员轮流领学，讲党课。

二是学用结合，争做合格党员。带领全体党员以合格党员为标杆，深入系统学习党章、习近平新时代中国特色社会主义思想重要论述及重要讲话精神，以“守初心、担使命、找差距、抓落实”为原则，

深入开展“不忘初心、牢记使命”主题教育

将学习与工作相结合，通过学原著、读原文、悟原理，加强理论学习。重温入党誓词，接受爱国主义教育，向先进典型学习，广泛开展调研等活动，切实转变了工作作风，提升了业务能力。经组织培养，发展正式党员 1 名，入党积极分子 1 名。

三是加强廉政教育，健全体制机制。坚持学习制度，充分利用党员大会，护林员例会等，把学习贯彻党的十八大、十九大精神和习近平新时代中国特色社会主义思想作为加强思想政治建设的重要内容，引导党员干部增强“四个意识”，坚定“四个自信”，做到“两个维护”，始终在思想上、政治上、行动上同党中央保持高度一致。把学习贯彻《关于新形势下党内政治生活的若干准则》《中国共产党党内监督条例》列入学习和教育培训内容，并通过召开组织生活会、民主生活会等形式，教育引导党员开展严肃认真的党内政治生活。

四是创新党员学习方式。要求全体党员安装并利用好“学习强国”软件，督促大家利用闲暇时间搞好学习，全方位多角度开展学习活动。如在精神文明建设先进典型学习会上共同学习先进事迹、交流学习心得体会，赴桐柏县革命纪念馆进行革命传统教育等。通过微信建立“学习交流群”，及时推送相关会议文件精神、应知应会知识和先进典型事例等，切实提高了党员干部的学习教育质量。

二、资源管护更加规范

（一）加强自然保护区管理

以“绿盾”专项行动为契机，采取有效措施，切实加强保护区的管理。

1. 科学划分林区，定岗定责，建立更严格的管护巡护制度。责任到人，强化督查。要求全体护林员加强巡护（如图），每天进行巡护路线报告，详细记载巡查工作日志，一旦发现情况及时上

护林员正在林区巡护

国外松植被恢复区

报给相关部门进行处理。做到早发现、早汇报、早扑救，严防森林火灾和破坏森林资源行为的发生。

2. 制定切实可行的治理方案，大力开展专项治理活动。按照“绿盾”专项行动精神要求，在保护区管理中，林场班子主动作为、靠前指挥、不惧风险、不畏权横，始终冲锋在资源保护的前沿阵地上，对保护区实行拉网式排查、对违章建筑和设备大胆拆除、对违法行为严厉打击，保护区管理已步入制度化、规范化，各项治理工作有序展开（如图）。

3. 依托执法部门的力量，进一步加强保护区的管护，重击非法破坏森林资源的行为。在县森林公安局的协助下，场稽查中队查处案件线索 46 起。其中失火刑事案件 3 起，挖野生植物刑事案件 1 起，刑事处罚 8 人，盗伐滥伐、毁坏林地行政案件 34 起。有力地维护了保护区的森林资源免受进一步侵害。

（二）公益林区管护日益规范

为了使公益林更好地发挥生态效益，进一步加强重点公益林林分的管护，我场专门成立了公益林管理办公室，制定了《国有桐柏毛集林场公益林护林员管理办法》和护林员岗位职责，对重点公益林实行划片管理，每片林分都责任到人，

火源不入山
森林才平安

严守生态红线，实
施天然林修复，为子孙
后代留下碧水蓝天！
河南高乐山国家级自然保护区管理局
二〇一九年二月

（二）国家马尾松良种基地取得新进展

按技术标准和具体要求，逐步落实完成国家马尾松林木良种基地 2019 年度建设任务，同时在回龙林区开展马尾松二代种子园建设，4 月上旬完成苗木定植工作（如图）。为保证苗木健康生长，购置了水罐车（如图），及时浇水保苗。8 月中旬进行了割草、松土抚育（如图），苗木长势良好。基地内主道路面实现硬化（如图），马尾松二代无性系种子园的建园任务圆满完成。

马尾松二代种子园全貌

浇水保苗

细致栽植

精心养护

对二代种子园实施割草抚育

割草抚育后苗木生长旺盛

基地内主道路面实现硬化

国家木材战略储备基地

修枝抚育中

（三）国家储备林建设稳步推进

继续实施 2019 年度 2000 亩国家储备林建设任务，不断加大森林资源培育力度，提升森林质量，总结经验技术，为 2020 年的国家储备林建设项目任务提供技术保障。通过现有林改培，采用高标准的间伐、修枝、割灌等改培措施（如图），使基地建设类型合理，树种、林分径级和林龄结构得到不断优化，林场森林经营水平得到有效提升。

（四）森林经营方案编制工作

根据《森林经营方案编制与实施纲要》《森林经营方案编制与实施规范》和《简明森林经营方案编制技术规程》等文件的要求，搞好林场森林资源外业调查、数据整理工作，完成《国有桐柏毛集林场的森林经营方案(2019 ~ 2029 年)》编制工作。

四、精神文明建设呈现新面貌

2019 年，毛集林场全面开展了县级文明单位创建活动。年初召开 2019 年精神文明创建专题大会，全面安排部署 2019 年文明单位创建目标、具体方案和实施措施。专门成立创建工作领导小组及办公室，具体负责方案的制定和实施。经过一年的精心组织与实施，各项指标全面达到创建要求，顺利通过验收并予以命名（如图）。

3 月 8 日，国有桐柏毛集林场 2019 年工作会议隆重召开，全场在职干部职工参加会议（如图）。会议由党支部书记张小河主持。会上对 2018 年优秀共产党员、先进工作者、优秀护林员进行了表彰，公布了毛集林场工作纪律和规章制度，总

中国共产党桐柏县委员会

桐文〔2020〕19号

中共桐柏县委　桐柏县人民政府
关于命名2019年度县级文明单位文明村镇称号的决定

（2020年4月8日）

2019年，全县各级各部门以习近平新时代中国特色社会主义思想为指导，以培育和践行社会主义核心价值观为根本，紧紧围绕县委县政府中心工作，解放思想、实事求是，与时俱进、求真务实，扎实推进群众性精神文明创建活动，努力提高公民道德素质和社会文明程度，各项工作取得了新进展、新突破，涌现出一大批精神文明建设先进典型，有力地促进了“文明桐柏”建设。

为充分展示全县精神文明创建的丰硕成果，进一步调动全

附件

2019年度县级文明单位文明村镇名单

一、文明单位（12个）

桐柏县市场发展服务中心　桐柏县水稻原种厂
桐柏化工产业集聚区管理委员会　桐柏县赵庄灌区管理所
桐柏县水帘水库管理所　桐柏县科学技术协会
桐柏县建设投资有限责任公司　国有桐柏县毛集林场
桐柏县房产管理中心　桐柏县环卫处
桐柏县教师进修学校
中国人民财产保险股份有限公司桐柏支公司

二、文明村镇（14个）

新集乡杨湾村　新集乡新集村　新集乡张堂村
平氏镇小河塘村　平氏镇杨庄村　平氏镇和庄村
黄岗镇枣树岗村　黄岗镇刘庄村　埠江镇付楼村
埠江镇水湖流村　大河镇田口村　大河镇黄庄村
吴城镇邓庄村　吴城镇朝城村

国有桐柏毛集林场国家马尾松林木良种基地
李 冰

附表1：建场至今历任主要领导一览表

任职时间	支部书记、场长	班子成员
1960 ～ 1962年	李良灿（支书）	樊俊德（副场长）主持工作、陈本有（老红军）参加班子会议
1963 ～ 1964年	郑庭周（支书）、卢和勇（场长）	杨炳文（副场长）、樊俊德（副场长兼办公室主任）
1965 ～ 1971年	安庆章（支书兼场长）	赵善元（副场长）1967年1月调出、樊俊德（副场长）、王长春（秘书）
1971 ～ 1972年	安庆章（支书兼场长）	樊俊德（副场长）、王长春（秘书）
1972 ～ 1973年	李正谦任林场革委会主任、樊俊德任副主任	
1973 ～ 1974年	安庆章任林场革委会主任、樊俊德任副主任	
1974 ～ 1977年	魏荣宽任林场革委会主任	
1977 ～ 1979年	李光钧 任林场革委会副主任、主持工作	
1979 ～ 1981年	侯金堂（支书）	胡志运（副场长）、李光钧（副场长）、黄金钧（工程师）、桂景新（工程师）
1981年10月～ 1984年7月	黄金钧（场长）、李光钧（支书）	桂景新（副场长）、韩富华（办公室主任）、岳宏伟（技术员）、王玉清（技术员）、曹兴奎（技术员）
1984年8月～ 1991年	赵丰璞（场长）、李光钧（支书）	金明霞（副场长）、桂景新（副场长）、孙长青（副场长兼办公室主任）、王明庚（副场长）
1991年5月～ 1994年	王聚章（场长）、李光钧（支书）	桂景新（副场长）、孙长青（副场长）、王家田（副场长）
1994年5月～ 1995年4月	马文晓（场长）、李光钧（支书）	桂景新（副场长）、王家田（副场长）
1995年5月～ 2013年3月	王家田（场长）、张永记（支书）	朱西献（副场长）、韩涛（副场长）
2013年4月～ 2014年5月	王家田（场长）、张小河（支书）	韩涛（副场长）
2014年6月～ 2016年3月	张小河（支书）	韩涛（副场长）
2016年4月～ 2016年10月	孙永凡（场长）、张小河（支书）	韩涛（副场长）、郑国辉（副场长）
2016年11月～ 2017年7月	张小河（支书）	韩涛（副场长）、郑国辉（副场长）
2017年8月～	付明常（场长）、张小河（支书）	韩涛（副场长）、郑国辉（副场长）

附表2：建场至今历任派出所长一览表

任职时间	姓名	职务	备注
1965 ~ 1968年	刘长青	所长	桐柏县公安局选派
1983 ~ 1985年	郑兰明	所长	桐柏县公安局选派
1985 ~ 1987年	邢　重	所长	桐柏县公安局选派
1987 ~ 1990年	田中明	所长	桐柏县公安局选派
1990 ~ 1994年	门战帝	副所长	毛集林场选培
1994 ~ 1998年	禹功亮	所长	桐柏县公安局选派
1998 ~ 2001年	门战帝	所长	毛集林场选培
2001 ~ 2003年	李学义	副所长	主持工作
2003 ~ 2013年	张国朝	所长	桐柏县林业公安分局选派

统作风。其他的小项目，如每年的贫困林场项目、科技兴林项目、自然保护区管护项目等，凡有的都争取了过来。通过系列项目的实施，林场面貌一年一个变化，年年都有进步，同时职工的工资待遇等问题也得到了基本保障。

近年来，国家林业政策不断向林场倾斜，毛集林场在抓好生产造林类项目的同时，积极争取其他重点工作在林场落地实施，全场各项事业得到全面发展。2013年，毛集林场危旧房改造工程在桐柏县城东风桥东头原林场林产品公司旧址动工建设。2015年9月建成并全部分房到每个职工，大大改善了林场职工住房条件，有效解决了职工子女上学难的问题，充分感受到党和国家给予林场职工的温暖和关怀。同年，按照生态省建设的要求，省林业厅决定着手申报晋升高乐山国家级自然保护区工作。在县委和县政府的领导下，经过多方努力，2016年5月2日，由国务院审定并予公布批准，这在毛集林场发展史上具有里程碑的意义。高乐山国家级自然保护区的批建，有效地推动了管护标准水平的提升，特别是2017年，国家6部委实施“绿盾”行动以来，高乐山国家级自然保护区通过关停矿山、植被恢复治理、依法打击破坏森林资源违法行为等措施，使自然保护区的管护工作走向制度化、规范化的长效管理轨道，为地方生态环境改善，促进桐柏县生态县创建作出了重要贡献。

2015年，中共中央国务院印发《国有林场改革方案》，在全国启动国有林场改革工作。林场人迎来了盼望已久的大喜事。2017年12月，经积极争取，毛集林场改革最终落定。自2018年1月起，全场事业编制人员全部纳入县财政全额预算，工资、五险二金全部纳入县财政规范管理，捧上了“铁饭碗”，彻底解决了全场职工的后顾之忧，林场人员终于扬眉吐气了一回，彻底告别了每月700元工资的历史。

国有林场改革完成后，各项工作都走向正规。为加强全场精神文明建设，改善提高职工工作、生活条件成为林场工作的重要部分。2019年，经场领导班子研究，决定开展精神文明创建工作。首先成立机构，新成立党务办公室，将文明单位创建办公室设在党务办公室，积极开展文明单位各项创建工作。依照《河南省文明单位测评体系》，召开全场大会，对全年工作进行动员部署，先后开展“学雷锋、树新风”“文明用餐、文明旅游”倡议、举办业务技能比武、庆祝国庆70周年文体比赛、关爱未成年人、尊老敬老等系列活动，不但丰富了职工业余文化生活，提高了工作业务能力，而且凝聚了人心，林场上下精神面貌焕然一新，并顺利被桐柏县委、县政府命名为县级文明单位。

岁月不居，时节如流。回望林场七年来的发展，是不平凡的七年，是林场跨上新台阶的七年。这七年里，经历过起伏，陷入过低谷，但在场领导班子的带领下，全场党员干部职工攻坚克难、团结奋斗，林场各项事业稳步发展，特别是近三年来，更是取得跨越式的进步。我们充分相信，在习近平新时代中国特色社会主义思想的指引下，在场领导班子的正确带领下，毛集林场必将有一个更加灿烂的明天！

2020年4月

一、整地

毛集林场是省林业厅直属营林场。在那计划经济时代，林场生产基建费用都是由省厅直接下达任务和直接拨付资金。初期每年造林任务平均在5000亩左右，如果要提高造林质量，保证成活率，首要工作是提前备好造林基地，其次是挑选优质苗木，再次是加强后期管护。为了完成整地任务，一般情况下采取职工自己干和雇民工干两种方式。

（一）集中本场劳力自己干。每年10月底，苗圃和抚育等生产结束后，组织全场干部职工除留守人员外，不分男女齐参与，集中1 ~ 3个月时间开展冬季整地大会战。领导亲临一线，与同志们一起同吃同住同劳动，现场解决疑难问题，做好后勤保障，制定劳动规划，督促检查质量。整地中，采取定任务、定奖惩、树标兵等方法，以确保质量，提高进度。同时，鼓励宣传先进人物和事迹，以带动全场工作顺利开展。

（二）组织民工干。由于各项生产都是按照事先规划的设计方案上报主管部门审批，因此每年的任务就必须坚决完成。如果遇到任务大、战线长、地难整等状况时，需要雇民工来完成，大都是实行计件付酬。为强化对民工的管理，场里安排带工员，每人带20 ~ 30人。要求每天到施工现场督促检查进度和质量。工地离村庄少则三五里，多则达十余里，上山一身露水，下山一身汗水，每天往返无数遍，即使下小雨小雪仍然出工。为保证质量，随身携带验质铁尺，跟在民工身后，不定时抽查检验，发现不合格的穴及时纠正返工。在验收树穴数量时，怀里抱着树枝一穴一穴的丢，查够一百穴薅根棍装在口袋里，查完穴再统计口袋里的树棍总数，以确保数量精准。整地工程结束，由带工员开出施工验收单，经主管技术员签字后，就是民工领款的凭证。因此，要求场里带工员的思想觉悟和个人品质是第一位的。如果出现质量数量问题，场里受损失，责任人也要受到严肃的纪律处分和经济制裁，所以，在施工前严格挑选带工人员，加强思想政治教育，通过技术培训后方可上岗。由于管理到位，措施得力，几乎未出现过重大失误。在长期的工作实践中，培养和造就了一批批技术骨干和中层管理人员，在林场的基础工作中作出了积极的贡献。

二、造林

一年之计在于春。春季是造林的最佳时间，机不可失。每年过罢春节，全场的首要任务就是开展突击造林生产。80% 的同志都要参加，炊事员和运输车辆也一起同行，保证后勤供应。20% 的人员留守后方，做好苗木供应和场区保卫工作。留守后方的大多是带小孩的女职工，主要任务是负责起苗。苗子要做到随起、随分级、随假植。为提高造林成活率，缩短苗子路途中转时间，每天清晨四五点就要起床，冒着刺骨的寒风，将苗子蘸稀浆后用稻草包装打捆装上车。天不亮，一线同志还没起床，后勤同志就提前将苗子送到了工地。

为提高造林质量，林场先后数次组织人员外出开展参观考察交流活动。我和部分同志曾一起到过南召乔端、方城大寺、驻马店地区板桥、薄山、马道，信阳地区鸡公山、天目山等林场，学习兄弟单位的先进技术和管理经验，每次都收获颇丰。其中印象最深的是 1965 年春节过后，去乔端林场参观的所见所闻，至今老同志们相聚谈起时还赞赏有加。我们在参观中看到他们栽树使用的植树锹甚是新颖，那工具做工简单、轻便好用，速度快，效果好，当时便有了仿造的想法。于是便虚心请教使用方法和技术要领，并如愿带回一些植树锹。我们在模仿原工具的基础上又进行了改造，将植树锹尖顶部加了三角铁，既减少了木制锹尖的磨损，延长了使用寿命，又减轻了在往下摁时所需的力度，同时也加深了树窑的深度，弥补了个别树窑在整地中深度不达标的缺陷。植树锹的引进、改造和使用，大大提高了造林进度和质量，节省了劳力，减少了劳动强度。一直以来，成为毛集林场造林的主要工具，至今仍在沿用。

1965 年冬，在红卫林区大檀山点橡籽。人住在关帝庙，距工地足有 7 里的路程，每人每天 20 千克种子的点播任务，分组包片包任务。我和门洪久、伊淑玉（女）三人为一组，两个男同志轮换挑 60 千克种子去山上，女同志背着三个人的水壶、工具和食物一起同行。虽然工作艰苦，但大家都坚持不掉队。苦战二十天完成了点播任务。那时都年轻，没啥思想包袱，虽苦虽累，但乐在其中。

早春寒意还正浓，天气瞬息万变难稳定。有时浓雾弥漫，相互咫尺看不见；有时大风肆虐，吹得人站不稳，眼睁不开；有时还夹带着零星雪花，断断续续飘落高山沟壑，气温骤降冻得大家浑身打颤。领取的苗子虽提前用稻草裹得严严实实藏在避风的草丛里，但用时去取还是冻成冰疙瘩，难以分开。可为了赶任务，大家手脚并用，忙得浑身冒汗也不敢停歇，稍一休息，冷风嗖嗖，吹得透骨寒。

1966 年春季造林，驻扎在老寨山，场长安庆章和同志们一样吃住在工棚。晚上天气寒冷，有的同志把雨衣盖被子上御寒，早晨起来掀开雨衣，被子表面像洒过水一样，用手一抹水珠直滴，潮湿不堪，每天都要晾晒晚上才能盖。有一天，天气突变，东北风连续呼啸 2 天后，鹅毛大雪漫天飞舞，瞬间山头被大雪覆盖，地上一片白茫茫。若大雪封山，大家有被困山上的危险。为预防不测，领导动员同志们迎风踏雪立即下山。途中上山迎接的同志和下山的同志相遇，相互之间都看不清，问："大伯，去关帝庙路咋走？"双方搭上话茬才认出对方，不由得都哈哈大笑起来，至今仍成为老同志间茶余饭后的笑谈。

造林期间，男女职工一样，分包山头、包任务、包成活率。按照顺序从坡角排着散开，在指定位置上往山顶延伸，每人每天 600 窑植树任务，超额不限。有专人负责统计日生产进度，对超额的同志进行口头表扬和板报宣传等鼓励方式，并当做生产标兵号召大家学习赶超。8 月后，场组织检查验收成活率，85% 以上为优，50% 以下为不合格。工作绩效作为年终评先的重要条件，对成绩差的提出批评，并要求在会议上口头保证，以此调动和发挥职工劳动的积极性，促进了林场建设快速发展。

三、育苗

每年的造林工作 3 月底或 4 月初结束。造林人员回场后稍作休整立刻又投入到育苗生产中。育苗工作程序复杂，季节性强。苗圃地通过深耕细耙后，先是要人工用铁耙并排平整，达到地面水平一致，以利浇水和排涝。然后用划行器划出标线，起沟做畦打步道。用木板将畦边拍光夯实，保持畦面稳固，以利松土除草，抹平苗圃床面，喷洒农药消毒后，播撒种子，然后抬着筛沙器在畦面两旁边走边筛，不匀的地方用复沙器平赶一遍，再用镇压器全部撵压一遍，以增加种子与土壤的密合度，利于种子早发芽、快出苗、出苗率高。这一套工作流程环环相扣，缺一不可，必须按技术规范认真操作，才能为苗圃后期管理打好基础，为生产更多的优质壮苗提供保障。

苗子育完后，苗圃管理大都由女职工来承担，每个人分管 1.1 亩（每一方地块是平均划分固定的）。从苗子育后（4 月底）接手到苗木出苗前（10 月底），看鸟、拔草、浇水、松土、打药、间苗等全部由分管的职工自己负责。所有工序和时间安排自行掌管，一旦失误，费工费力，造成苗木伤害。拔草看似简单，但操作起来相当麻烦。苗子刚出土时很脆弱，草拔晚了一不小心都会带出一撮苗子。三伏天是杂草生长旺盛期，一星期至少需要拔两遍，为赶时间同志们到苗圃地后屁股不敢沾凳，人一窝几褶，头上晒、地下蒸，稍微迟缓杂草根深蒂固了就会造成苗木更大的损失。为此，要求苗圃职工必须做到拔早、拔小、拔了，确保苗子正常生长。苗圃生产虽然艰辛，但大家仍然能够坚持做好自己的本职工作，她们所付出的努力大家有目共睹，赞赏有加。郝玉珍、雷胜芝、王惠云、周淑芳、方玉荣、孟凡勤等同志是苗圃队中典型代表，她们默默无闻，埋头苦干，几十年里为林场造林所需苗木贡献了自己的青春年华，立下了不可磨灭的功绩，理应受到赞颂，彪炳史册。

田木湾林区是场部驻地，是最早的育苗基地。苗圃用地多属碱性土壤，雨水或水浇后育苗床面板结严重。为改变这一现状，1965 年入秋，组织全场干部职工，在干好本职工作外，开展为期一个月上山拾牛粪等积肥活动。东起毛楼、钟庄、向老庄；西到新庄、沙子岗；南到白马岭、大坡寨；北到牤牛洞、大檀山，方圆几十里的山岭上、坡角下到处都能见到林场干部职工拾牛粪的身影，一时成为场内外人们议论的中心话题。行走间每当看到有牛粪时喜出望外，不惜用手捧。同志们争先恐后，早出晚归，生怕落人身后。那些天，大家见面后相互交流最多的是如何能拾到更多的牛粪。有一次，场秘书王长春和会计朱学亭曾开玩笑地说“你在前面走没看见牛粪，我在你身后咋就能拾到那么多呢”。这一幽默风趣的玩笑，至今老同志们还当嘴边笑谈津津乐道。二十天后，周边的牛粪渐渐减少，大家都走出原范围到很远的地方拾，集中后派车去拉回来，场里有专人负责验收称重记数，并天天张榜公布战绩，一个月时间完成积肥 57.5 万千克，有效地改良了苗圃的土壤结构。

四、抚育

育苗工作结束后，正是春末夏初时，场里工作重心转向抚育生产。营林队人员划成几个班，分别下到不同林区，根据树木生长周期的不同，采取不同的方式进行抚育作业。当年新栽下的幼苗根未扎稳，动土容易伤根，只选择割草抚育；2 年以上的幼林适时除草抚育；10 年左右的中龄树进行修枝抚育；生长 20 年左右的成林渐渐进入间伐期。通过疏伐、渐伐等方法，增加林间通风、透光。间伐过程中，严格按照“三去一留”操作技术规程开展作业，循序渐进，合理采伐，促进林木健康快速生长。间伐人员大多时候都是搭工棚住在山上工地，炊事员需要到坡角堰塘或山根稻田沟边挖的蓄水池挑水吃。同志们风餐露宿不叫苦，昼夜坚守在施工工地上，为林场建设义无反顾地昂首挺胸、大步向前、挥洒着自己的辛勤汗水。他们当中涌现出许许多多的先进事迹和模范人物。刘金山、张明跃、张顺合、王保玉、孙景春、段长庆、崔万聚、何玉成、王文武、苏敬堂、苏付群、李玉国、杨炳洲等同志，如同大海中溅起的朵朵浪花，随波一路前行。正是有他们这样一群吃苦耐劳、勇于奉献的优秀代表，在营林生产中起着重要的骨干作用，带动营林队人员奋战在高山丘陵，吃住在穷乡僻林，为林场的营林生产做出了可歌可泣的贡献，他们的模范事迹将载入史册，他们的敬业精神将永远传承和发扬。

1970 年春，武汉军区司令员曾思玉到红卫林区明山北坡观摩“301”军事演习，在高山顶上，往南看到钟庄、向老庄；往北看到双峰山、大檀山；向西能看到田木湾、铁石凼，在这可视的范围内，看到处处是郁郁葱葱、生机盎然、郁闭成林的树木，不无感慨的说：“同是一片天，同是一架山，同是党领导，向东看（信阳地界）是荒山，向西看树满山”。这真实的评价，是对毛集林场干部职工艰苦奋斗，十年建设成就的肯定和赞誉，也为林场绿化荒山起到了积极的鼓舞作用。

五、飞机防治

1970年前后，林场受周边地区虫情影响发生了大面积的虫灾，松针被松毛虫蚕食，犹如火烧过一般，树木发黄变枯。在上级的支持和组织下，全县开展飞机喷洒农药防治作业，我场更是首当其冲。在飞防作业中，明港李新店机场、桐柏安棚机场我都参加过。不去机场时曾数次和其他同志一道在飞机防治区内打着信号旗来回穿梭为飞机导航，其工作艰辛程度这里就不多说了。主要叙述一下在安棚机场装药的事情，那是1970年5月下旬，当时我大儿子出生才4天，安棚机场需要人，我是营林队长，有任务必须前往，一走就是数天，留下了对妻子的终生愧疚。到达机场后，迅速和同志们一道承担为飞机装药的任务，一架次需装六六六粉数吨。飞机抵达前要提早将药袋的桑皮纸包装口割开，按顺序排列好，飞机一着地，大家快速地把梯子推到机舱前，五个人一组依次站成人梯，一袋袋地往机舱内倒装，站在梯子上边的人稍有不慎，抓破或接歪袋子，袋内药物将洒落在下面的人身上，从头到脚，浑身上下沾满农药。时值近6月，气温渐高，为预防中毒，大家都把自己裹得严严实实，完成一架次任务后，个个汗流浃背，就是这样防备，期间仍有两位同志因意外中毒被送往南阳和桐柏救治。尽管这样，大家仍毫不畏惧，继续顽强奋战，直到完成任务才怀着胜利的喜悦回到家中。

自1963年进场当通讯员、任营林队长到1982年去林场派出所当林警，近20年里，从春到夏，从秋到冬，周而复始，大都奋战在林场生产第一线，奉献着自己的青春，挥洒着辛勤的汗水。野外工作生活地点离场部近则十里八里，远则四五十里，我在林场住过的村庄有近40个，住工棚的次数更是无法计算。少则住一个月或两月，多则住半年以上。有时在同一地点整地、造林、补植、抚育，每个工序都是几进几出，风餐露宿，踏泥蹚水，在艰苦中打拼，在困境中前行。虽然艰苦，但从未叫苦怕累，因为这是一份责任和担当。

在野外生产，远离集市，通讯不便。若工作和生活遇到困难，就派个工人或民工回场捎个口信给领导，汇报需要解决的难题和物资供给。领导不在就给在场里的干部讲，没干部在场就给苗圃队长说，总之是有求必应，从不推诿扯皮，尽力做到应前方之所急，办前方之所需。汽车在派汽车，汽车不在派马车，实在都没空就用人力架子车拉，以确保前线物资保障充足，运输及时。吴国庆、黄中立、程志广前后三任保管的努力付出功不可没。现在回忆起来当时那场景仍感人至深。

六、护林

林业生产“三分造、七分管”。树苗栽上马上就得派人巡护。一是预防山火，二是防止畜牧践踏，三是严防乱砍滥伐幼林。林业效益周期长，见效慢，正所谓“前三年不见苗，后三年不见人”。管理稍有松懈，林木损失将不可估量。因此，搞好护林防火是非常重要的，也是必要的。

随着造林面积的不断扩大，护林员队伍也逐渐庞大起来，他们大都住在偏僻的山林里。有的同志是携家带口住进简易的草房内，昼夜与林相伴。在那计划经济年代里，全家人的米、面、油等物资，每月都需要从场部领取背回到山里边。有的同志长年累月驻守在高山之巅的防火瞭望台中，与大山为伍，工作和生活中遇到各种困难无以言表，但他们都能乐观面对，安心工作。随着树木渐渐成材，当地农民上山砍柴的人也多了起来，护林员与农民间的矛盾也越来越突出。林区内砍柴放牧和吸烟等事件不断发生。护林员在管护中挨打受骂是常有的事。场里曾派一名干部主抓护林工作，加强对护林人员的业务培训和指导，帮助协调解决与当地群众的矛盾与纠纷。可在实际工作中，调查和处理十分棘手，往往是公说公有理，婆说婆有理，常常是久拖不决，极大地挫伤了护林员工作的积极性，同时对场群关系也造成了不良影响。直到 1982 年林场恢复林业公安派出所后，护林员交由派出所领导和管理，在调查处理中有了法律依据和行政执法权，并积极与当地政府汇报沟通，取得他们的支持和协助，问题处理起来得心应手，违法犯罪行为受到应有的打击处理。护林员心里有了底气，工作起来昂首挺胸，士气十足，场群关系也得到极大改善，从此林场生产和护林防火秩序步入良性循环的法制轨道，依法治林在林场扎根壮大。

护林员是森林保护的忠诚卫士，是林场建设发展的一支重要力量。他们常年累月奔走在森林管护的山林间，朝夕与农民相处，相互间非常融洽，熟知林区内林情人情，是林场派出所基层的管理员和宣传员。这支队伍归属派出所管理后，每月 5 日召开护林例会，组织学习《森林法》和一系列林业方针政策及各级政府出台的相关法律法规，增强护林员的法律意识和工作能力，规范执法行为，提高执法水平；认真听取护林员汇报各自辖区治安状况和需要协助处理的案件，对提供已发生的和有苗头的案件线索进行梳理；及时查处、总结成绩、表扬先进、查找不足、批评教育；安排布置下阶段工作，划分具体任务，签订目标责任书。

通过加强思想教育和技能培训，逐步培养和打造了一支能文能武的护林队伍。他们常年与大山为伍，与森林作伴，默默地守护着林场一草一木，奉献着自己艰辛的汗水。在长期的护林工作中涌现出许多值得赞赏和铭记的模范人物。他们是葛振生、彭双成、葛应保、门胜先、刘三德、惠大云、赵英才、吴明义、王遂章、逯发道、李玉国、马玉龙，朱桂霞，吴亮勤、仵文成、韩保成、吴亮明等同志。人人都有讲不完的战斗经历，个个都有说不尽的生动故事。在平凡的岗位上，谱写着不平凡的人生篇章。

1982 年，由林场推荐经主管部门考核批准，10 月当上林场派出所林警，在所里任内勤。工作岗位、角色、任务变了，但建设林场干好工作的初心、使命、责任与担当没有变。我虽然分管内勤，由于派出所刚成立，工作量大，人员少，便义无反顾地主动参加一线案件调查与处理，和同志们一起进入林场森林保卫战前沿阵地。

1983 年，在全国范围内开展了“三年严打”高潮，我所响应上级号召，积极投入严打活动中。9 月中旬，接护林员报告，田木湾大队上康冲组黄保金盗伐林木后，藏匿在牛屋草堆下，已联系好下家准备出售。得知这一情报后，所里分工由我来承办，我深知自己没有受过正规业务培训，这又是派出所成立以来承办的第一个较大案件，对我来说是极大的考验和挑战，但也是自己业务水平和工作能力锻炼提升的机会。于是，我毫不犹豫地接受了任务。在工作中，不耻下问、虚心向内行求教。同时向领导及时汇报进展情况，和同志们交流沟通。从立案、侦查、审讯、整理案件、终结报告到提请逮捕，做到了犯罪事实清楚、证据扎实可靠、运用法律条文准确、各项程序合法、法律文书合规，卷宗报送从检察院到法院，均未提出任何异议。经法院判决对黄保金依法判处三年有期徒刑，彻底转变了林区群众自认为“砍棵树不犯法”的糊涂观念。用真实事例警示大家，盗伐树木就是犯法，就会受到法律的严惩。同时，我们借此机会张贴布告、放映电影广泛宣传，达到了处理一案教育一片，判刑一人震慑一群的目的，受到了广大人民群众的广泛认可和赞同。我个人在案件侦办过程中经受了考验，得到了锻炼，工作方法和能力大幅提升，为以后的工作奠定了良好的基础。

根据桐柏县公安局每年制定的工作规划要求，派出所每半年一小结，一年一总结，均以书面文字整理上报。我在内勤期间，按照局里部署，认真收集汇总，按时整理报送省、地、县林业公安主管部门。同时，向场领导详细汇报年度目标完成情况，及时掌握和了解派出所工作时事动态，取得场领导在护林工作的指导和支持。

在上级主管部门和林场班子领导下，在同志们的共同努力中，因成绩突出，12 年里数次被评为桐柏县公安系统先进单位，受到局党委的表彰和奖励；连续 12 年被豫鄂两省九县市区护林防火指挥部评为护林防火先进单位，多次受邀在大会上作典型发言，介绍交流护林防火先进事迹和管理措施。1987 年，省林业厅林政处奖励派出所公安三轮摩托一辆。1991 年，林业厅公安处下拨派出所办案专用警车一辆。林场公安派出所因工作成绩显著，在全省林业公安战线评比中，数次名列前茅，得到上级的表彰和奖励。

我在林场派出所民警岗位干了 12 年，县公安局先后委派郑兰明、邢重、田中明三任所长。在他们的领导下，和李全录、张永记、门战帝等同志一道团结奋战。在保卫林场生产稳定、维护林区治安秩序、坚持依法治林、促进社会和谐的战斗中，创造了骄人的业绩，留下了永不磨灭的功勋。

1991 年 5 月，经主管部门推荐报上级党委批准，我接任林场场长。那时正是国家经济体制整顿改革攻坚期。正所谓临危受命，就任于危难之时。

20 世纪 80 年代初期，国营林场实行“事改企”。林业主管部门不再硬性下达大型营林生产任务，逐年减少对林场的经费投入，逐步实行“断奶”，号召林场面向市场寻求新的出路。毛集林场属于公益事业单位，几十年里，领导和工人熟知并习惯了计划经济时期的经营模式，“干集体活、吃大锅饭”，突然要“打破铁饭碗”自谋生路，领导不习惯、不适应，没了主张，工人们更是急得六神无主，整天围着领导讨主意。为了摆脱困境，打开局面，场里也作过尝试，如开矿、办商店、建小型加工厂等，一是不懂行，二是缺资金，三是缺乏管理经验，四是没有市场销路，小打小闹利润甚微，有些项目反而做成亏本生意。场里多次召开动员会，鼓励大家下海经商。可职工们习惯了大集体生产生活，认为铁饭碗端着保险，不敢冒险走出去闯市场。大家过着缺米少面的日子，生存在艰难的困境中。之前全场职工月工资发放总额不足5000元，到了1990年前后，全场职工月工资发放总额增加到50000元以上。就在这时，上级终止了对林场的基建投入，彻底“断了奶”，每年只有县财政拨付的3万～5万元事业经费。争取到的林业建设项目也一律以“拨改贷”方式进行。无米下锅的困扰，对于我这个刚上任的场长来说，压力之大可想而知。

为了尽快扭转这一被动局面。我凭借前任领导在省、地、县各有关部门建立的人脉关系网，到处跑项目，寻求增收渠道，争取资金支持。我在林场工作的前27年，从通讯员、营林队长到派出所副所长、指导员，一直奋战在林场建设的前沿阵地上，始终属于被领导者，一下子走上领导岗位，心里不免有顾虑，只怕有负上级的信任和重托。为了尽快适应和担负起场长的重任，在工作中主动与老同志们沟通协商，处处尊重爱护他们，充分调动和发挥他们各自的长处和工作积极性，主动配合和支持我的工作。责任和使命，逼迫自己义无反顾地带领干部职工大胆闯、勇敢行。坚定信念，时刻提醒自己，后退和畏缩没有出路，只有勇往直前，才能走出困境，收获硕果。

在上级领导的关心支持下，一是进行大刀阔斧的改革，及时调整战略布局，重新分配班子成员主抓的专项工作，签定目标管理责任书，各司其职，各负其责；二是召开职工大会，动员大家走出林场下海经商，林场提供平台和资金扶持；三是掌握和了解全县林业发展规划信息，改良培育新品种，成立苗木销售小组，走向市场，横向联营；四是成立苗木繁育公关小组，由支部书记李光钧任组长，开展板栗嫁接和芽苗移栽等科研工作。同时在田木湾林区建立了板栗、火炬松繁育基地。全场迅速掀起一场人人学习繁育板栗、个个参与培育“两松”的热潮。在科研组和苗圃队同志们积极努力下，实现了当年繁育板栗成功，“两松”苗木合格率达 95% 的目标。

为了苗木顺利销售，毛集林场及时向毛集镇党委政府汇报，请求帮助推销，并承诺在管理技术上给予帮助。我们诚恳的态度和优质的苗木得到了党委政府的认可，经研究“不舍近求远”，当场决定全镇造林苗木全部由林场供应，很快各类苗木销售一空，连续两年苗圃这一单项年创产值达 25 万元。在此基础上，我们扩大种植规模，增加经济林树种。根据市场所需培育群众喜欢，经济效益好的苗木。通过跑市场、抓信息，销售人员与内乡县、淅川县、湖北省十堰市和房县等各地签订了板栗苗供销合同。苗木出圃后，迅速销售完毕。

在苗木销售中，我亲自带着仝云东、周道凤等销售组成员前往湖北、淅川等地。在栽植和管理上跟踪服务，现场讲解技术要点，受到种植户的赞扬和好评。这也是促成苗木销售顺利的重要因素之一。

在育苗管理中，采取责任承包制。甘献平、仵桂平、董玉芝、仝霞、李雪霞、景建明等十多位同志，发挥自己育苗技术优势，不辞劳苦，精心管护，个人年创产值均超万元以上。他们较高的收入不但给自己带来喜悦，也进一步带动了大家参与繁育苗木的积极性，同时，为林场苗木繁育闯出了一条新途径。

1991 年，我刚上任伊始，响应上级号召申报了《世行贷款造林项目——火炬松工程造林》，带领全场干部职工、家属子弟、民工等，在回龙林区栗树开展大规模、高标准大穴整地生产，吃住在工地。参战的近 300 名民工遍布山岗丘陵，声势浩大，热火朝天，一派热闹景象。仅 40 余天就完成了 2000 亩整地任务。1992 年春季，营造火炬松工程林，经市、县检查验收，成活率高达 95%，创造了建场以来造林质量最高纪录，圆满完成了世行造林项目目标任务。

在抓好苗木增产提效的同时，狠抓多种经营。毛集林场在桐柏县城紧邻312国道的林产品公司院内，利用两座小楼和宽敞的大院等地理优势条件，开办了林业招待所，承揽过往旅客的食宿和停车业务。由于地理位置优越，生意十分火爆。既增加了经济收入，又解决了十多位同志的就业问题。同时，优质的服务和优良的环境提升了招待所的知名度和信誉度，许多客人慕名而来。一次，原南阳地区林业局局长赵国志同志来桐柏指导工作时，放弃设备齐全的县招待所，坚持住进条件比较简陋的我公司招待所，以实际行动表示对毛集林场工作的鼓励和支持。林产品公司招待所、停车场的发展与成绩，是许多同志付出辛勤劳动的结果。其中王慧云、付书端、葛淑华、刘玉强、胡伟、马玉保等同志，在林产品公司经营管理工作中做出了突出贡献，成为多种经营战线上的模范标兵。

1993年，毛集林场利用自身森林资源优势，通过政府招商引资平台，从广西梧州地区引进资金和技术，合资开办了淮源松脂厂。通过协商拉动桐柏陈庄林场、泌阳马道林场、信阳天目山林场的资源，也加入到毛集林场的行列。松脂厂的建立既拓展了职工就业渠道，又增加了林场经济效益。同时，还鼓励支持职工停薪留职，独自承办了毛集林场林业大酒店，规格品位在毛集街独树一帜，对繁荣和推动毛集市场经济起到积极引领作用，也为职工分流就业提供了良好平台。

毛集林场的综合防治工作起步早，成绩显著。特别是在黄金钧同志主持带领下，赤眼蜂繁育、黑光灯引诱、菌药治虫等科研项目获得了多项科技成果，发表了多篇论文。黄金钧同志还被命名为南阳地区优秀共产党员，写进光荣榜册。同时还进入省管有贡献科技人才名录，至今仍享受国家给予的生活津贴。1992年，由于毛集林场森林病虫害测报工作成绩突出，档案和标本管理规范有序，省林业厅在毛集林场召开了省、地、县、场等森防单位参加的森林病虫害网站建设现场会，组织与会代表现场观摩、相互交流、分享成果。在会议评比中，毛集林场森防工作再次得到上级领导的表扬和同行们的赞誉。主管该项工作的高明丽同志被评为省级先进测报员，受到省林业厅通报表彰。

1994年9月，我调离毛集林场。在场长位置上干了近四年，有骄人的成绩，也有过失的教训，更是留下无奈的遗憾。但我无怨无悔，用自己真诚的心和一名共产党员的责任和使命，带领全场干部职工过激流、渡险滩，勇往直前。在探索中创新，在困境中发展。保证了职工有活干，基本生活有保障，稳定了职工情绪和生产秩序，实现了由计划经济向市场经济平稳过渡和转换的目标，得到了省、市、县三级林业主管部门领导的肯定，多次受到表扬和奖励。

斗转星移，不知不觉我已经从少年到老年。在林场奋斗的岁月里，见证了14任领导班子的升职变迁，接受过25位正副职同志的直接领导，领略了他们各自的领导艺术、才华和人格魅力。林场前期发展经历了风风雨雨、起起落落的历程。在那多变的年代里，由建场初期的处级，“文化大革命”后变科级，由科级自动降为股级。十一届三中全会后，形势稳定了，林场股级也定型了。随着林场发展，2002年重新恢复为正科级单位。不管职位和级别如何变换，毛集林场人干事创业的意志和决心永不变。

毛集林场成立当初为省林业厅直管机械化林场。规模之大、规格之高当排全省林场前列。上级非常重视林场发展和人才培养。几十年过去，林场培养和造就了许多优秀人才，走上社会多阶层领导岗位。这些同志中晋升为副厅级领导的是原支书、场长安庆章；正处级的是原场长赵丰璞；副处级的是原副场长刘方贤、技术干部田光合（省林业厅）、陈翠云（洛阳林学院）、曹兴奎（政协副主席）；副科级以上同志是李良灿、郑庭周、卢和勇、樊俊德、翟凤祥、裴建鹏、左凤良、王长春、李正谦、魏荣宽、侯金堂、胡志运、黄金钧、张有年、王伟、王玉清、岳宏伟、高广梅、张永记、王联营等。他们奋战在全县不同的领导岗位上，为促进桐柏社会稳定、经济繁荣、城乡发展贡献着各自聪明才智和领导能力，为毛集林场增了辉、添了彩。

在林场的建设和发展中，安庆章、黄金钧、赵丰璞、李光钧等同志是历届场领导干部中的杰出代表。桂景新、杨玉莲、高明丽等同志成为技术队伍中的典型代表，刘庭发、朱西献、王惠云等成为财务战线上优秀代表，始终得到了大家的认可和好评。

林场建场之初就像一张白纸。现如今，经过几代人的努力奋斗，已绘成一幅幅美丽的画卷。昔日的荒山秃岭变成了一道道美丽的风景线，硕果累累，美不胜收。难能可贵的是，历任领导一任接着一任带，全场职工一代接着一代干，造管并举不放松，始终推动着林场生产步伐不断向前迈进，才有了今日之成就。

毛集林场干部职工爱岗敬业、吃苦耐劳、团结拼搏、乐于奉献的精神，在第一代中培养，在第二代和第三代中传承和发扬光大。他们中有的奉献了青春又献子孙，为初心和理想奋斗终身，成就了林场之辉煌业绩。目前，第三代人正茁壮成长，渐渐成为林场的生力军，将在林场建设蓝天白云的森林生态保卫战中，发展得更高、更快、更好。

我已退休多年，接到编委邀请，让我写篇在林场工作期间的回忆录。做为林场的一名老兵，为林业建设奋斗了 30 余年，亲身经历了太多的人和事，理应珍惜这次难得的机遇，尽力提供真实感人的历史故事。但随着年龄增大，记忆力明显衰退，加上文化水平有限，接受邀请以来，始终诚惶诚恐，深怕不能真实全面地把林场干部职工战天斗地的典型人物和事迹展现出来，有负编委抬爱，让读者失望。为此，我静下心来，放下包袱，积极筹备所需用具，理清思路，以个人的奋斗经历为主线，以老同志座谈提供的线索为辅助，汇集归纳，以回忆录体裁编写，献于《毛集林场志（1960 ~ 2020）》，以飨读者。由于时间仓促，这仅是林场漫长建设和发展过程中展现出的一个侧面、管中窥豹，若能对编纂《毛集林场志（1960 ~ 2020）》起到补充和印证作用，也深感欣慰。

（文稿整理　李玉国）

2020 年 4 月

难忘的岁月　永恒的记忆

李玉国

1978年12月18～22日，党的十一届三中全会在北京举行。这次全会的召开是中华人民共和国成立以来党的历史上具有深远意义的伟大转折，也是共和国历史上的一个伟大转折。随着三中全会的胜利闭幕，改革开放的国门随之打开。12月26日，我怀着无比激动的心情，背着被子拎着包，伴随着改革开放的步伐，充满自信地走进毛集林场，成了一名林业工人。那年，我20岁。

当时，正是全国千万名知识青年上山下乡回城高峰之期，同时也是恢复高考后落榜青年激烈竞争上岗之时。招上工、端上铁饭碗是那代人的追求和梦想，多少人可望而不可即。能招上工也是我一直梦寐以求的愿望，终于如愿以偿了。当接到通知的那一瞬间，我感到无比自豪，暗自抱定“学好技术干好活，听从指挥当好兵”的决心，在举国上下“我是祖国一块砖，哪里需要哪里搬”这个响亮而又激情的口号声中，踏上了建设林场的征程，这一干就是40年。

乘着改革开放的春风，掀开了我人生的新篇章。1979年既是我人生新征程开启之年，也是我加入林业队伍后的第一个收获之年。因为，这一年我参与了林场营林生产的大部分工作，从而学到了多种生产工序和操作经验，领会和掌握了许多林业生产技术要领。

1979年，元旦佳节后，我和同批进场的男女工人一起，从田木湾场部坐上场里唯一的一辆南京嘎斯汽车，来到红卫林区，卸下背包放进住室就被领到正在改造平整的育苗基地上。队长王聚章在工地上召开了简单的欢迎会，他在会上说：这次平整苗圃地就是大课堂，是考验锻炼你们新工人的机会，是英雄好汉还是调皮懒汉，大家生产中见分晓，希望都能当状元。我一听暗暗鼓足了劲，要努力向老工人学习，尽快掌握各项生产技能，挑战自己，超越他人，早日成为一名合格的林业工人。会后编班，我和队长王聚章，女工人葛淑芳、王俊杰分为一组。领取工具后脱去棉衣，甩开膀子，加入了进场后的第一场战斗，与其他组竞赛起来。挖山、装土、推架子车，土满车稳；做方地、打步道，埂直面平。平整苗圃地生产结束评比中，全组赢得了第一名。总结会上，我得到领导表扬和同事们的赞誉，为我以后的工作开了个好头。

2月2日，过罢春节回场上班。3日召开全场职工大会，4日，跟着大队造林队伍（还分有大包子、陈楼、红卫等造林小组）一起开赴吴山林区，参加了进场后的第一场春季造林大会战。队伍里大都是新工人，白天上山生产，晚上大家聚集在农村的稻场上，唱歌、讲故事，逗乐取笑。刚开始上山一切都是那么的新鲜，第一次带10多名民工栽树，千头万绪不知从何做起，发现问题更不知如何处理，既苦恼又无奈，愁上眉梢。队长王保玉了解情况后，就现场传授带工经验，我渐渐掌握了技术要领，很快就扭转了被动局面，随后的质量、数量、进度等均达到规定要求。在那里和大家一起愉快地度过了参加工作离开父母后的第一个元宵佳节。在短暂的一个月里，从老职工和当地民工的介绍中，知道了吴山林区与群林的边界。同时，学会了带民工方法和植树基本要领。下班的路途中若发现有干柴时，再远也尽力背些送到炊事班。造林结束的总结大会上，我再次受到表扬。

3月18日，我被分配到红卫林区苗圃队。第一天上班，队长苏敬堂吩咐叫我们把平地钯、划行器、起沟锄、拍板都带上，可大家在工具房只看到有拍板（在平整苗圃地中已用过），其他找不到，队长一急进到库内，指着铁钯、铁锄和一个好似三脚架的木制品说：这就是我说的工具，我们顿时恍然大悟，原来是队长在考验我们，个个懊悔不已，一时成为笑柄。在接下来的育苗过程中，又使用了筛沙器、复赶器、镇压器等，老工人仔细地向我们讲解这些工具名称的由来和使用方法。这些工具看似简单，但用时真的有技巧。比如复赶器就是个木棍，长度依据自己的个头，长了碍事短了弯腰，手若用劲不匀，沙土要么赶不平要么赶成堆。好在大家都年轻好学，很快就掌握了育苗生产的工序及工具使用要领，为以后育苗工作奠定了基础。

育苗工作结束，赶上“五一”劳动节，场里举办庆祝活动。在团支部的召集下，有的搭木架用柏枝扎彩门，有的上梯子贴标语，我受场团支书张勇邀请，写文章、出板报，虽然忙碌，但心里乐乎。

在欢乐祥和的气氛中愉快地度过节日后，迎来新的任务，去红卫林区大潭山锄草抚育油桐。地点是凤凰岗至牤牛洞一线。吃住在林区，相距最远处约8千米，每天往返4次。一天，为将一块压着树苗的大石掀开，不料脚下蹬滑，手掌和膝盖磕破了皮，胳膊肘被刺划出长长的口子，流了好多血，第一次把鲜血和汗水洒在了林场这片土地上。当时虽然受了伤，但一直坚持工作，直到生产结束也没耽误一天工。除了队长苏敬堂是老工人外，我们都是新工人，为了进步，大家卯足了劲，争先恐后，表现得都非常好。

抚育任务完成，回到场部参加庆祝“七一”建党节活动。全场上下张灯结彩，热闹非凡。7月5日召开全体会议，会上宣布我和安建恒等8人，跟着技术主管黄金钧去固县林区白马岭，在准备建立的“两松”（湿地松、火炬松）基地打树穴点。那里离场远、路难行；任务大、时间紧，为了赶季节挖窑，按时间回填，我们早出晚归，冒着酷暑，背带水壶和干粮，中午在工地吃凉馍、喝凉水，奔走在杂灌草丛中。虽然生产生活条件艰苦，但大家都能做到踏实认真的工作，一丝不苟地在测绳上找准数据，用镢头挖准、挖清每一个标点，便于挖穴时容易找着、找准，连续作战十余天不休息，终于为按时整地赢得了时间。

7、8月的天气风云多变，雨多、风大，酷热而又潮闷。我随着由部分营林队成员和苗圃队全体人员组成的40余人整地大军一起，租住到白马岭山下的南赵庄，在队长韩永亭、副队长苏敬堂的带领下，开始了“两松”基地挖穴大会战。在这40几天里，下大雨在住地开会、学习，下小雨去山上挖穴、修穴，我没有请过一天假。那时没啥娱乐活动，晚上点着柴油灯（那里还没通电），聚在一起听老工人王文武念讲《射雕英雄传》，大家听得津津有味，虽乐不思觉，但都按时休息，第二天照常上班，从未迟到或早退，起早贪黑，奋勇争先，回来的途中我还不忘带点柴，为同志们烧水泡脚提供帮助。

整地结束回场稍作休整后，9 月 15 日，被分配到固县林区间伐。在队长王聚章的言传身教下，学会了打树号、挑选椽杆、分级码垛、装车卸车，胳膊晒脱了皮，手掌磨出了泡。干了近 50 天，熟悉了业务，汲取了经验，锤炼了自己。同时，在他的引领下，又了解并记准了固县林区大部分林权边界。

间伐工作结束，转眼到了 11 月，紧接着又返回白马岭工地，开始了“两松”基地树穴回填生产。为了保证质量，提高施工进度，场里成立一线领导小组，制定生产规划，采取奖惩措施（超者奖、差者罚），现场督导、检查、验收，当月兑现。在此措施激励下，大家早起晚归，干得热火朝天。虽已进入冬季，我则身穿短袖或背心，哪里艰苦哪里干，上班总是冲锋在前，下着小雨别人不干我照样出工，数量一超再超，稳居榜首。工程结束，我成为“一二一”（数量第一、质量第二、奖励粮、款第一）获得者，受到了奖励和表扬。这是我进场后获得的“第一桶金”，并成为营林队标兵。

随着冬季的到来，气候干燥，杂草干枯，农村闲暇，农民上山拾柴、偷树、烧地边、挖荒地等活动格外频繁，护林防火成为冬春季节工作重心。为了加大防护力量，林场又成立了由 6 人组成的护林巡逻队，我负责询问笔录、调查取证、材料整理、撰写报告等，经常和队员们一起，在队长杨春茂带领下，蹲守在路口边，巡护在山林间，为森林保护工作尽着自己的职责。

12 月 22 日的下午 5 点多，当我们在田木湾林区大坡寨巡护时，发现红卫林区大潭山至凤凰岗一带发生了山火，于是就立即返回场部，乘车赶往着火点，和红卫林区护林员葛应保一起扑向火场。那里山势陡峭、杂灌密稠、石头光滑且遍地林立，稍有不慎就会跌倒碰伤。这是我人生中第一次打火，那时没有现成扑火工具，都是就地取材，在老同志们的指导下，拿上薮下的树枝，毫不畏惧地冲向火场。在大家分割扑打下，山火很快被消灭。虽然脸上脏得像“老包公”，但仍露出了灿烂的微笑。

12 月 31 日，接到红卫林区当地群众举报说：林场元旦放假期间有人要偷树。经详细了解情报来源的真伪后，我们连夜去举报线人说的地点“守株待兔”。10

点过后，在红卫林区护林员赵英才带领下，去到老寨山附近的大堰口，埋伏在与信阳交界处的山头上。凌晨三点多，果然听到林中有树倒下时发出的咔嚓声，由于距离远，加上夜不观色就没有惊动。约一个小时后，只见山路下有人背着檩杆从下往上走来。翻过山岗就是信阳，正当他们放下准备休息时，我们迅猛出击，当场捉住盗伐林木的违法分子。经突击审讯，得知是毛楼大队大堰口生产队万文生、万文枝兄妹四人，偷盗的檩杆是卖给信阳县王岗街木材市场一方姓老板的。因为案件牵涉南阳、信阳两地区，场领导随即向县林业局汇报，并通过他们与信阳县林业局取得联系。我和队长杨春茂一起多次去原信阳县林业局和王岗公社，在他们的大力配合下，经过几个月的调查取证，一举打掉桐柏、信阳内外勾结盗伐、收购、贩卖木材的多个违法团伙，有力打击和震慑了乱砍滥伐、盗窃林木的违法犯罪活动，为林场资源保护工作和林区生产秩序的稳定打下了坚实的基础。

进场工作的前10余年，大部分时间冬季护林防火，春夏秋季参与营林生产，始终坚守在林业一线。住牛屋、宿仓库、搭工棚、睡草铺。春天气候变化无常，稍有不慎就会感冒；夏天高温灼热晒得胳膊脱皮；秋季潮湿酷热，衣服厚了浑身闷热惚懆，穿的单薄点儿，一不小心蜂蛰、蛇咬蚊虫叮，刺扎、枝戳磕出血；冬季天气寒冷，冰霜冻得手脚裂口，起早贪黑两头不见太阳。上山露水趟湿衣，干活期间汗湿衣。

1980年春，在固县林区白马岭“两松”基地造林，分工有卸苗组、担苗组、栽苗组，这其中担苗组活最重。因为苗子是带营养钵土的，担的少了供不上栽，担的多时是很吃力的，于是我主动要求往最远栽植点担苗子，虽然天气有些寒冷，我依然身穿单衣，肩上磨出血泡仍然坚持工作，受到领导表扬和同志们的好评。

冬季造林开始，我参加了回龙林区歪头山点橡籽生产，因路不通，种子卸在杨楼，每天从枣树庄林区驻地走到杨楼，担上麻栎种子再返回山上，不停的走，得两个小时才能到达工地。为不误生产，天不亮就起床吃饭，遇上雾天8、9点还看不清路，凭着模糊的感觉摸索前行，好几次跸倒在地，不是布袋摔裂种子流一地，就是袋子顺着路往山下滚去，但我毫不气馁，绑好担子继续蹒跚而上。心里只有一个信念：完成任务，争当标兵。

1981 年秋，在稻草坡次生林改造期间，经常看到蛇在林内窜行，刚开始有点惊，后来见的多也就习以为常了。有一次正在抚育时，不小心镰刀砍在了蜂窝上，瞬间群蜂向我追来，我一愣蹲在地上用草帽盖着头，可扶着帽的两只手露在外面，被山蜂蛰后肿得几天生活不能自理，幸亏穿着厚衣长袖，不然后果更不堪设想。

1982 年春，在枣树庄栽泡桐期间，为提高成活率，经常冒着零星小雨和雪花顽强奋战。那时交通不方便，上山没有现成的路，送来的树苗（泡桐平均 2.5 米）都卸在回龙街，全靠人工背，沿着当地群众赶集上街的崎岖小道往返运输。场里为照顾女同志，采取男女搭配，或两人或三人自愿结合。我为了按时按质按量完成小组当天任务，早上总是第一个起来，去街上背一趟泡桐苗回来吃早饭，然后再和大家一起去背第二次，保证了全组任务的顺利完成。

在枣树庄林区生产时，由于林区房子长期失修，我和大家只好屈居在阴暗潮湿而又简陋的房间里。晚上睡觉，铺下潮润，被子上潮气成水珠。由于天气突然变冷，我的被子薄而且短，夜里睡觉只好将雨衣扎在脚头，早上醒来雨衣蹬落在地上。技术员岳宏伟看到我被子脚头有水，就问我说："咋回事？"我不知所然，上前一看，才知是雨衣包脚产生的潮气造成的。后来，大家将床并在一起打通铺相互取暖。在山上生产，有时工地远，中午不下山，背着干粮和水壶，吃凉馍、喝凉水，水不充足时，趴在石缝里渗出的水坑边喝着冰凉的泉水。林区没有电，偌大的空间只挂一盏马灯，相互让着轮流用，一住几个月。除了劳累，更难耐的是生活的单调。为了活跃工地气氛，闲暇时间，白天组织大家猜谜、掰手腕，拍手点鼻口眼、讲故事等业余竞赛，取笑斗乐。晚上，伴着月光和篝火，光着膀子摔跤、狂舞、引颈高歌，用豪迈粗狂的方式抒发青春的情怀。大家还时不时的拿着手电拎着桶到河沟里捉螃蟹，既调剂了集体伙食又丰富了业余生活。那时，条件虽然艰苦，但大家充满激情，乐在其中。

育苗是林场生产的主要环节之一，劳动强度相当大。苗圃管理大都是女同志，有些工序对于她们来说还有一定的困难。比如播种前耙地、打畦、做步道，特别是播种后需要担沙、筛沙，不但女同志力气跟不上，而且质量要求也达不到。所以，每当育苗时都需要有男同志参加。1979 年，在红卫林区育苗中，被大家评价“年轻力壮干活不惜力、工作细致能吃苦耐劳”的我，首当其冲地被选入，而且连续参加了几年，为我在育苗方面积累了更多成熟的实践经验。

1982 年夏，我和场长黄金钧、老工人苏敬堂等，到原回龙公社相关生产队，在当地政府的配合下，更正、落实场、队林权边界，为了解和确认林场边界奠定了坚实基础。同时，受县政府委托，在黄金钧场长带领下，协助回龙乡政府做育龄妇女结扎工作（那时，黄场长是桐柏县人大常委会副主任）。1981 ~ 1984 年间，经常帮场里抄写总结、报告、试验资料等（那时报送文件基本是用复写纸套写），既开阔了视野、增长了见识，又提高了我的书写水平。

1983 年，在场长黄金钧的举荐下，作为苗圃队长培养对象，直接调入苗圃队，跟着时任队长程志广，到回龙稻草坡造林、田木湾林区育苗、回龙栗树、郭庄整地、固县五里岗间伐（建立马尾松母树林）等。在场里安排下，去洛阳林校学习果树培育与嫁接，去淅川学习柑桔育苗和嫁接，去泌阳马道林场学习“两松”优树嫁接，去省林业厅参加苗木标准化调查培训等等，学到了许多宝贵的林业生产技术和管理经验，充实和提高了自己的理论知识和工作能力。3 ~ 6 月，参加了桐柏县政府组织的林业“三定”工作队，到黄岗、固县、毛集、回龙等多个社队，协助当地做林权证发放工作。

1984 年春，在栗树泡桐基因库造林后被分管该项目生产的技术主管王玉清留在那里，负责泡桐基因库的种源登记工作。这工作看似轻松，其实难度很大。主要任务是对着图纸上标的号，将各树号写在竹签上，分别插在各自对应的树穴上。谁知不长时间经风吹雨淋竹签发黑，字迹就看不清了。经和基地负责人王玉清商议后，我到回龙、毛集、固县、黄岗等卫生院收集带橡皮盖的那种青霉素瓶。那瓶子虽然是废品，但没关系也收不到，因为不是同一天使用，医院随时就丢弃了，为此我没少找熟人、说好话，请他们帮忙收集留存。拿回来后，还需一个个清理干净。在去除瓶塞外铅皮包装时，手背手指多次被戳伤，简单处理后继续工作。把写好的树号装入瓶中盖上橡皮塞，登记造册后，埋在对应的树号下，为泡桐基因库各家系对比试验提供准确无误的依据。通过认真细致艰辛的努力，按技术标准和时间要求，圆满完成登记编号任务，这为我以后进科研组工作创造了机遇。

1985年3月，受场里委派去开封参加省林业厅组织的“双膦”（草甘膦、调节膦）除草学习班，同时受邀参加了南阳地区林科所“双膦”试验课题小组。4月，跟随县林业局刘新庆、李书军等去内乡参加飞播造林培训班。回来后，参加了全县的飞播测绘、本场的飞播造林及播后出苗率的调查与数据登记等工作。6月，和葛新伟等一起到黄岗林区斗称沟，在晚上8～12点时间，抬着电瓶和黑光灯，到离村庄两公里的马尾松母树林内的制高点，悬挂黑光灯诱蛾。为防止诱蛾漏掉数据不准，影响诱蛾试验效果，我在灯光下忍着酷热的气温和蚊虫的叮咬，守在树下放置的收集器旁，连续半个月，完成试验课题任务，受到主管副场长金明霞的认可和表扬。

7～8月，在南阳地区林科所黄文秀工程师的技术指导下，经场长赵丰璞批准，在回龙泡桐基因库和白马岭“两松”基地负责并参与“双膦”除草试验，并多次受邀参加南阳地区林业除草试验现场观摩会，为林业除草施药实验提供精确数据，做出了积极努力，获得地区林科所奖励日记本、钢笔一套，现金100元。

9月，在场长赵丰璞的安排下，我当上间伐队长。带着韩保东、杨炳洲等成员，住到红卫林区凤凰岗间伐。那时恰逢秋燥少雨期，吃水要到很远的村庄挑，遇到下雨下雪就挖坑囤水，离街远买菜不方便，经常吃咸菜、咸饭，条件十分艰苦。那时年轻好胜，能吃苦，不怕事。间伐期间，与当地黑石嘴生产队发生林权纠纷，我曾多次到毛楼大队和生产队协调沟通。在场领导和林场派出所支持下，收回被群众哄抢的62根檩条。并和林场派出所所长邢重一起走访座谈、调查取证，依法拘留了带头闹事主谋魏世军等两人，维护了林场合法权益。通过这次磨练，我也渐渐成熟起来。

1986年5至8月，多次参与了梁老庄、陈楼等处的燃放敌马烟剂和机械喷洒化学农药防治马尾松毛虫工作。特别是在陈楼为机械施药担水过程期间，女同志多男同志少，体力重活都是男同志干。在喷药担水过程中，我的肩和脚都磨出了血泡，但仍坚持不请假，涂上药水继续干，直到完成任务。秋冬季节，田木湾林区马尾松种子园筹备工作开始，我踊跃参加了比干劲、比产量、比效益的伐树、整地生产活动。伐树中，别人两人抬，我都是一人扛的，个人伐刺槐30余立方。整地中，下着雪别人休息我照样出工。这期间，我做了一个小手术，一星期出院后又投入到整地中，取得带状整地（宽1米、深0.5米）300余米的好成绩。由于工作细致认真，整地生产结束，我被分配到良种组工作。

11月，参与了桐柏县政府组织的回龙乡与毛集林场边界协调现场办公会。会后和回龙乡、县林业局、毛集林场组成的联合工作队，分赴相关大队开展林权确认工作，这为了解熟悉林场边界打下了基础。12月，在业务场长金明霞带领下，和11名同志一起，分赴浙江、广西、湖南等省、市，参与了采集由中国林科院在全国筛选的马尾松优树中12个种源181个家系种子活动。以后的几年里，在副场长王明庚带领下，一直在种子园工作，在生产、管护的同时，还参与了苗木生长规律的观察与数据记录等科研工作，为马尾松种子园的成功建立和顺利验收，付出了自己辛勤的汗水。

1990年7～8月，在党支部书记李光钧带领下，参与了由县农委副主任彭玉振为组长、林业局、回龙乡、毛集林场负责人为副组长的联合工作队，深入回龙各相关村组，纠正和完善林权认证工作。11月，在场长赵丰璞的带领下，住到回龙栗树林区，参加了由干部职工、家属子弟、当地农民工300余人在回龙五道沟至南小河一线的冬季整地大会战；和崔挺一起负责整地的质量、数量的验收工作。

1991年5～9月，在新任场长王聚章的领导下，参加了在回龙汪大庄、花棚山、牛屎大顶一线的火炬松世行贷款工程夏秋季整地。1992年3月，在汪大庄到马大庄一线开展春季世行造林。整地和造林期间，参加了由场长王聚章、副场长桂景新任正副组长的一线领导小组，我和崔挺、杨云洲为组员，负责质量与数量的督查和验收。造林结束后，被安排到场部和李学义等一起，负责在桐柏县人民政府发放的林权证上填写原与相关生产队签订的林权边界议定书。用时一个月，将林场所有议定书准确、清晰地转抄在新的林权证书里，对原议定书中混淆的山地名、含糊不清的文字叙述，去实地走访，进行了细致认真的识别和纠正。经报至县政府后，时任县长贺国勤签字并加盖了桐柏县人民政府印章，为毛集林场林权证的使用与管理做出了一定贡献。

1993年5月，林场与广西梧州市林产品开发公司合资开办了松脂生产加工厂，场长王聚章安排我到松脂厂负责内外协调与采脂区治安工作。为扩大采脂规模，我曾多次到桐柏陈庄、泌阳马道、信阳天目山等林场发展争取松脂资源，为林场多种经营生产做出了积极贡献。1997年元月，被桐柏县林业局评为1996年度林业系统两大文明建设先进工作者。

2013年，随着国家天然林保护工程的实施和桐柏县国家重点生态功能区的开展，全县采脂生产停止，加工厂关闭，如今，松脂厂成为我场国家马尾松良种基地生产管理生活区。

1997年冬，毛集林场在回龙马大庄林区间伐时，与泌阳县的大路庄乡发生林权纠纷，场里迅速向上级汇报。同时，集中全体干警和巡警，在派出所长门战帝的带领下，到发生争执的山顶交界处，守护在山头上。与对方村民对峙一星期后，在省林业公安处和南阳、驻马店两市政府和林业部门的协调下，双方维持原状，事件得以平息，解除了一场一触即发的械斗。在此期间，我在派出所巡警队工作，经领导分派，在回龙护林员吴明义的引导下，走访多个村庄和当地多名老人，收集整理证明和证言，为毛集林场在解决林地纠纷中提供了有力证据，保障了毛集林场林权合法权益和林地的完整。

护林防火是林场工作重要环节之一。1990年以前，上山扑火没有现成设备，就地取松枝或阔叶树枝做扑火工具，饿了吃口凉馍，渴了啃口萝卜，有手电筒的场里发电池，没电筒的紧跟着光亮走，一不留神摔跤磕碰是常事。1989年冬的一个晚上，接到榨楼林区驻祖师顶瞭望台的护林员夏玉良报告说：一撮毛那里发生了山火。我和扑火队员口袋里装上馍和白萝卜，坐上汽车匆匆赶往榨楼，下车处离火场还有10余里路程，那都是放牧、砍柴走的路，十分难行，大家随着微弱的灯光攀扒前行。不久前我在上面栽过辛夷树，所以走在前面领路，不料想路上有人下了铁夹子，连鞋带脚被夹住，当时痛得我坐在地上不能动。派出所长田中明要派人护送我下山，我说人员少，我一走加上送我的又少了几个，还可以坚持。随后找了根木棍撑着，忍着痛跟着队伍走向火场，火被扑灭后回到场里已是凌晨1点，叫起场医段立俊到医务室清洗包扎。那场景至今历历在目，记忆犹新。

2014年5月，我从松脂厂回到林场上班，仍兼管松脂厂的财产安全与保护工作。2015，先是到回龙板桥参加春季造林，后来到红卫林区和榨楼林区参加秋季中幼林抚育。这中间，又和赵磊、高永生等到红卫、黄岗、田木湾等林区实地勘察确认边界。2016年5月，随着高乐山自然保护区晋升为国家级保护区后，在黄岗、回龙林区的重点区域成立了保护站。同时，将原分散的护林点合并为8个护林区，我被分配到回龙林区，负责管护回龙南队以北到汪大庄桥以南区域的森林资源。2017年，在新一届场班子领导下，参与了保护区的植被恢复工程、板桥二代种子园整地、美国白蛾的普查与防治、刷写墙体标语、栽立大型警示宣传牌等工作。2018年在全场护林工作评比中，被评为2017年度优秀护林工作者，荣获林场颁发的荣誉证书和现金奖500元。

时光荏苒，一转眼陪伴毛集林场度过了40年。2018年5月，我离开熟悉而又亲切的工作岗位光荣退休。从1978年2018年，漫长而又充满激情的岁月里，在毛集林场的这片热土上，伴随着改革开放的步伐，我以场为家，辛勤耕耘了40个春秋，用实际行动实现了“我是祖国一块砖，哪里需要哪里搬”的初心、使命和目标。

青春无悔40年，奋斗足迹踏遍山。40年，以山岭为伍，与树林做伴。春去秋来，寒来暑往，兢兢业业，默默无闻地从事着育苗、抚育、间伐、科研、管护、边界认定等工作。三伏天顶着酷暑赤着膀子挖窑，三九天冒着严寒甩开棉衣栽树；一年四季奔走在高山上，春夏秋冬穿梭在林地间。在林场摸爬滚打40年，生产不间断，学习不止步，老工人会的我也会，老工人不会的我力争去学会，很多的人生道理，都是在劳动中悟出来的。我从当初的一个普通青年，最终成长为一个业务熟练、技术全面的林业工人。2001年12月，我顺利地领到了河南农业大学签发的《河南省高等教育自学考试（林业生态环境管理专业）专科毕业证书》。2011年，通过自学考试，我和葛新伟成为林场第二批晋升的二级技师。

扎根林场40年，奉献只为绿满山。40年的坚持、执着和拼搏，为毛集林场的建设和发展，奉献了我的热血和青春。劳动带来了快乐，创造了效益；改变了面貌，丰富了阅历；锻炼了强壮的体魄，磨练了坚强的意志。坚守林场40年，我无怨无悔。我的一生是勤劳的一生，拼搏的一生，也是挑战自我、学习成长的一生。一分耕耘一分收获。如今，毛集林场座座荒山林成荫，道道秃岭树成行，山林郁郁葱葱，绿地勃勃生机，已成为淮河上游一道亮丽风景和天然生态屏障。

这一幅幅生动的画面，一件件真实的范例，只是40年来我和众多林场人奋斗历程的缩影。一行行写不完那战天斗地的劳动场景，一页页叙不尽那无私奉献的感人故事。林场的优良传统将辈辈传承和发扬，辉煌业绩将代代铭记和赞颂。

2018年5月，正当我即将退休要离开一起奋斗了40年心爱的林场团队时，受场班子邀请，参加了《毛集林场志（1960 ~ 2020）》编纂工作。两年来，我吃住在林场里，工作在档案室。经过细致查阅，座谈采访，实地考究，收集整理，归纳编辑，幸不辱使命，终于赶在毛集林场成立60年之际，完成编纂并出版，凝聚了编委会共同智慧的结晶。

在此，我真诚地感谢新一届领导班子，给我提供了创作机会和平台，共同参与编纂《毛集林场志（1960 ~ 2020）》工作。能为展现毛集林场建场60年来三代林场人创建的丰功伟绩编书立传，我很是欣慰。虽几经努力，但仍有遗憾，诚请毛集林场新、老领导和职工以及读者多予海涵指正。

2020年4月

知行合一　守正创新
再创毛集林场新辉煌

——在毛集林场成立60周年纪念大会上的讲话

付明常

各位领导、同志们、朋友们

今天，我们在这里隆重集会，庆祝毛集林场建场60周年。

60年前的今天，第一代林场人积极响应党中央和毛主席“绿化祖国，实行大地园林化”的号召，从四面八方汇集毛集，在极其恶劣的自然和生产、生活条件下，发扬“白手起家、勤俭办场、自力更生、奋发图强、踏实肯干、艰苦创业”的精神，以巨大的勇气和“人定胜天”的决心，坚持不懈的开展大规模人工造林，使昔日的荒山秃岭变成了绿色林海，为桐柏人民构筑了一道坚实的绿色屏障。

60年峥嵘岁月，可堪回首。

建场初期，正逢国家建设困难时期，在极为艰苦的环境下，第一代林场人怀着满腔热忱，勇敢地扛起林场造林事业的大旗，凭借肩扛手提在山坡上凿坑种树，绿色的种子就此发芽。进入20世纪80年代，随着国营林场整顿改革的展开，毛集林场成为首批“事改企”单位，由国家财政全额发放的工资没了着落，林场被推向市场，走上了“以副养林”之路。在“以林为主，多种经营”的政策引导下，虽然开发了锰矿、蓝晶石矿、林业招待所、丰茂公司等诸多项目，最终由于信息、资金、管理等方面的困扰，所上项目逐渐停滞。职工工资无保障，生产任务靠上级批准的抚育间伐项目和“拨改贷”勉强支撑。在这样艰难的日子里，林场班子坚定“千难万难，相信党、依靠党，再大困难都不难”的信念，不等不靠、主动作为，在改革中创新，在创新中发展，带领干部职工发扬“艰苦奋斗、开拓进取、爱岗敬业、无私奉献”的精神，闯关过险，艰难地走出困境。在经历了半个世纪的创业、发展、困难、低迷、困惑的历程后，国营林场——这个当初计划经济时代的娇子，终于渡过难关迎来了曙光。国家公益林和中幼龄林抚育、国家马尾松林木良种基地、国家木材战略储备林基地等补贴资金和二代种子园建设、林区主要道路硬化等重点项目工程得以实施；森林结构得到了改善；森林质量得到了提高；人才、资源、技术优势得到了发挥；林业实用技术和现有科研成果得到了应用；科技兴林步伐加快。

生态建设结出累累硕果。60年来，毛集林场始终坚持生态优先，在没有资源优势的前提下，毛集林场全力以赴投入到植树造林、森林防火、病虫害防治、生态保护工作中。从建场时营造2800亩马尾松建立根据地开始，通过六十年的人工造林、次生林的逐步改造和自然生态林的封山保护等措施，到2019年，林木覆盖总面积达13826.8公顷，通过抚育间伐为国家提供了近10万立方米木材，活立木蓄积量达到45.5万立方米，到处郁郁葱葱，一片生机盎然。自1996年成立桐柏县第二森林消防中队以来，实现了林区内连续23年无大的火灾发生，同时，森林病虫害防治自1999年至今，连续20年出现了有虫不成灾的良好局面。毛集林场取得了“双增”和“三改善”的历史性成绩，即森林面积和蓄积量实现“双增长”，累积完成人工造林5334公顷，次生林改造和自然资源林保护8492.67公顷，森林覆盖率由建场初期的12%提高到目前的95%，资源管理、基础设施、基本保障三个方面显著改善。

一任接着一任干，青山蓝图绘到底。历届场领导班子有担当、敢作为，永不懈怠争创一流，成就了毛集林场在每一个时期都走在行业发展前列的荣光。60年代，在以首任场长樊俊德为首的场班子带领下，全力以赴育苗、整地、造林，经卢和勇、安庆章等为首的稍后几任场班子的接力下，秃山披绿装，大地换新颜。70年代至80年代初，在黄金钧任技术员、场长期间，在他和场领导班子的带领下，建立母树林、引种国外松；大力开展菌类治虫、繁育赤眼蜂、黑光灯诱蛾等马尾松毛虫防治研究。特别是采用黑光灯诱虫、赤眼蜂杀卵、菌类治虫等三步一条龙的防治措施，得到了国家有关职能部门、专家、教授的广泛认可，称之为“在病虫害防治史上是一个创举，不仅是对中国的贡献，更是对世界的贡献”。“两松”的引种引育，育苗成活率高、生长快、材型好、抗病虫害能力强，适宜本地环境而且还部分结了种实，打破了国外松在河南不结实的疑惑。“两松”引种引育成功，迅速在豫南大面积推广引种，使“两松”的生长区域由南向北推移了300千米。1992年获得林业部科技成果二等奖、国家科技进步三等奖。

20世纪80年代中期至90年代初，在场长赵丰璞等场领导班子带领下，自筹资金改建了林场综合办公大楼；完成了马尾松良种基地、针叶树育苗试验、马尾松毛虫主要技术研究与防治等科研项目；泡桐基因库建设项目圆满完成，得到了国家林科院等专家学者的认可和高度评价，并由衷称赞道：“世界泡桐数中国，中国泡桐数河南，河南泡桐在毛集”。毛集林场发表的《泡桐基因库建立与推广》获得省政府科技成果二等奖。90年代前期在王聚章场长等带领下，建立板栗籽苗嫁接基地、火炬松营养钵基地，开展世行贷款火炬松造林工程近万亩，吸引外资创办松脂加工厂、林业招待所等项目；90年代后期至2014年，在时任场领导班子带领下，开办食用菌厂，发展天麻、香菇等种植业，打造高端美国黑核桃、黑樱桃、银杏等精品园和北非雪松的引种引育试验等项目，完成了林场由股升科和危旧房改造工程，申报并成立了省级自然保护区，2016年5月，省级自然保护区成功晋升为国家级自然保护区。

进入新阶段，跨入新时代。2017年以来，在新一届场班子领导下，完成了国有林场改革、国家级自然保护区的打造和整顿、国家马尾松林木良种基地改造升级、县级精神文明单位成功创建等，同时毛集林场成功晋升为中国林场协会常务理事，并成为中国林场协会首届林场文化专业委员会会员等。制定了十二个方面的规章制度。乘着国有林场改革和高乐山自然保护区晋升为国家级自然保护区的东风，依托林业局设置了林场（保护区）专职林政稽查中队，保护区成立了专职资源保护股和保护站，森林资源安全有了制度性的保障。各林区连接村村通水泥路，护林房全部进行改造、加固、维修、粉刷，新建保护站（房）三处，解决了饮水、用电和通信网络，硬化道路两条3.5千米，购置消防车和水罐车各一台，提升了防火抗旱的应急能力。完善了森林资源数据档案，健全了各项管理制度，森林资源保护成绩显著，管理纳入更加正规化、规范化、制度化轨道。

林场改革顺利完成。多年来，由于体制等原因，毛集林场虽为事业单位，但实行企业化管理，造成资源培育投入不足，发展缺乏应有的活力，举步维艰。职工情绪低落，人心不稳，林场陷入危困之中。2017年，依据中共中央、国务院《国有林场改革实施方案》和河南省委、省政府《国有林场改革实施方案》等文件精神，在县委、县政府国有林场改革领导小组指导下，毛集林场迅速成立由场长任组长、班子成员任成员、相关科室负责人参加的林场改革工作领导小组。班子成员深入到林区职工中去，走访谈心，调研座谈，广泛征求意见，编制了既符合国家政策、又得到全场职工支持的本场改革实施方案。同时，积极向县委、县政府及有关主管部门汇报，按照“以人为本、转型定位、稳定发展、解决社保、化解债务、整合资源、做大做强”的总体思路，紧紧围绕“定性定编定经费、机制创新、职工社会保障、分离办社会职能、森林资源管理、富余职工安置、社会稳定筹集和使用改革资金、加强基础建设”等九大方面全面推进改革工作，圆满完成了国有林场改革任务。期间没有发生大的破坏森林资源的案件和上访案件，林场改革顺利完成。林场的面貌、职工生活、办公条件得到有效改善，全体干部职工真正享受到改革的成果。

毛集林场改革后各个方面都发生了可喜的变化。改革前：职工每月发放工资400元，2017年在岗在职职工发放2100元，其他职工只发300元生活费；每年发三次工资，“五一”每人借支1000元，“十一”每人借支1000元，剩余年底发放。改革前：林场有干部职工162人，大部分职工在外务工或者创业。改革前五险二金情况：改革前林场只给事业职工缴纳养老保险和医疗保险，医疗保险还是从2012年开始缴纳，致使不少职工退休时因缴纳年限不够还得继续缴纳医疗保险；企业工没有交过养老保险和医疗保险。改革前，林场属于差供事业单位，实行的是事业单位企业化管理。

改革后职工工资方面：自2018年元月份开始，实行财政全额预算管理，与其它县直单位一样，享受全额工资，每月月底发放工资。改革后人员情况：改革后，全员上岗，林场核定事业编制75名（含河南高乐山国家级自然保护区管理局事业编制 18 名）。其中：场长（局长）1 名，副场长（副局长）3 名，中层领导 14 名。企业编制 51 名，退休 50 名。改革后五险二金情况：改革后，五险二金和工资同步，即从 2018 年元月份开始足额缴纳。企业工养老保险和医疗保险开始缴纳。改革后，林场定性为公益一类事业单位，为财政全额预算单位。

近年来，随着国有林场危旧房改造民生工程和国有林场改革的落实，职工告别了简陋、危旧的居住场所，住进了新房，圆了职工们的住房梦、进城梦。家庭私家车拥有量超过 80%，在工资、住房、环境、交通、基础设施等方面发生了翻天覆地的变化，让林场人过上了与全社会同步的幸福生活，成为在社会上令人羡慕的好工作。林场和林场人的社会地位、外部影响、工作作风、精神面貌都实现了巨大的提升。

人心稳，干劲足。改革后的毛集林场，干部职工心往一处想，劲往一处使，造林、护林，齐心协力干事创业。高乐山群岭林木葱茏，空气清新，清澈见底的小溪吟唱着欢快的山歌；白墙红瓦的护林房，与绿树和鲜花相映成趣，构成一幅世外桃源图。

正是一代代林场人的不懈追求，以功成不必在我的情怀和咬定青山不放松的定力，谱写了一曲曲华美的乐章。

60 年来，毛集林场始终坚持以人才为支撑，树立起干事创业的闪亮标杆。六十年来培养高级工程师 10 名、工程师 32 名、助理工程师 9 名，这些当初在林场担任支部书记、场长、高级工程师、工程师、技术员的领导以及技术骨干，不少人走出本行业，走上了各级领导岗位，彰显了他们的领导艺术和水平，挥洒着他们的智慧与才华，为林场增辉添彩，其中：副厅级 1 名，正处级 1 名，副处级 4 名，正科级、副科级 20 名。60 年风雨兼程，林场还涌现出无数的英雄人物和模范事迹，其中获得省级模范和先进个人 10 名，县、市级 20 余名，林业系统 40 余名，他们的典型事迹是林场宝贵的精神财富，是林场新时代奋进的精神脊梁。

60 年党建铸辉煌。自 1960 年 6 月林场党支部成立以来，历经 60 年，至 2019 年 6 月 27 日新一届支部换届，先后在林场工作的党员共有 178 名。先后获县级先进党支部6次，优秀党务工作者4人次，优秀党员9人次。林场党员队伍建设扎实有序，作风建设不断加强，开展活动有声有色，学习教育效果明显。

为国分忧，不曾迟疑。60年来，毛集林场始终坚持以人为本，将改革发展成果惠及全体职工。在国家经济建设困难时期，毛集林场主动响应国家号召安置社会人员就业，让他们感受到社会主义大家庭的温暖。1960年接收来自鸭河水库淹没区移民；1961年接收鸭河水利施工队；1963年接收来自南阳市区的两批青年学生和社会闲散人员；1964年接收从林校分配的多名学生和南召乔端林场失业职工；1965年接收信阳地区淮滨县因淮河浅滩无法摆渡的船民和来自沙子岗牧场、毛集铁矿厂等的职工，接收职工总人数近200余人。后因国家发展的需要，林场又输送60多名职工充实到煤炭、纺织、钢厂等工业一线，十几名专业技术人员调入洛阳林校和省林业厅等多个单位，为多个行业的发展贡献了毛集林场自己的力量。

60年沧海桑田，值得总结。

60年，毛集林场始终牢记神圣使命，坚定理想信念，用心血和汗水践行对党的忠诚、对事业的执着，成就了今天的绿水青山，也铸就了“**顾全大局，甘于奉献的家国情怀；不计得失，团结协作的优良作风；求真务实，努力钻研的科学态度；耐得住寂寞，守得住清贫的君子风范**”的新时代林场精神。可以说，毛集林场60年的发展成就，一是得益于党和国家对生态文明建设的高度重视。特别是党的十八大以来，我国坚持“五位一体”总体布局，生态文明建设步入“快车道”。特别是习近平总书记提出“绿水青山就是金山银山”的林业发展理念日益深入人心，为林场今后的发展指明了方向。二是得益于国家对国有林场发展的有利政策。近年来，国家作出了一系列重大战略部署，在政策、资金上进一步加大了支持力度，为林场发展减轻了负担，增强了发展后劲，提供了千载难逢的好机遇。三是得益于各有关部门和社会各界的大力关心支持。发改、财政、水利、交通、电力等部门积极配合，全力支持，形成推进发展的强大合力；县财政理顺了经费供给体制，不断加大对林场的建设投入；群众的环境保护意识越来越强，对生态环境改善的期盼更加强烈，林场发展得到了社会的广泛支持。四是得益于全体林场人的共同努力。自毛集林场建场以来，历代林场人始终把植树造林和保护森林资源放在首要位置，积极响应“封山育林、绿化祖国”的伟大号召，克服重重困难，前赴后继开展植树造林。经过半个多世纪的艰苦创业、无私奉献，使近140平方千米国有林场已是森林茂盛、溪流潺潺、鸟语花香，毛集林场为全县的经济、社会发展和生态文明建设做出了重大贡献，树起了桐柏生态文明建设的一面旗帜、一个标杆。

60年精神传承，再创荣光。

回顾过去，为林场的辉煌而骄傲；展望未来，为更加灿烂的明天而充满信心。站在新的历史起点，站在林场腾飞的起跑线上，我们坚信未来林场的发展规划更加宏伟、各项规章制度更加完善、工作运行更加规范、工作效率不断提升。未来的林场精神面貌更上一层楼，职工生活更加丰富多彩。全场干部职工的科技素质更强，必将取得更多更大的科技成果。

一是进一步完善改革成果。落实国有林场法人自主权。对公益林日常管护引入市场机制，通过合同、委托等方式面向社会购买服务，鼓励社会资本、林场职工发展森林旅游和林下经济，增强林场发展活力。通过创新国有林场管理体制、多渠道加大对林场基础设施的投入，切实改善职工的生产生活条件，完善社会保障机制，把毛集林场建设成为有社会影响力的单位，林场职工工作变成人人羡慕的职业。

二是进一步加强队伍建设。建立公平公开、竞争择优的用人机制，合理配置人力，营造良好的人才发展环境。加强职工培训力度，提高其综合素质和业务能力，把林场职工培养成“召之即来、来之能战、战之必胜”的刚强队伍。

三是进一步加大资源保护。建全巡护制度，加大打击力度，建立健全国有林场森林资源档案管理制度，实施以提高森林资源质量和材积数量为核心的国有林场森林资源经营管理制度，努力实现国有森林资源“双增长”目标。

四是未来的林场管理更加合理。借助保护区平台，一是监控设备更加完善，运行更智慧；二是基础设备更加配套；三是保护效果更加突出；四是科研成果更加出彩；五是住房、办公、道路交通、生活条件更加优越。

五是未来林场党的建设更加辉煌。一是作风建设更加优良；二是党员的表率作用更加突出；三是党支部的凝聚力、战斗力更加强大。

人不负青山，青山定不负人。毛集林场人将以习近平新时代中国特色社会主义思想为指导，以60周年场庆为新的起点，立足平凡岗位，坚定理想信念，凝心聚力、攻坚克难，用满腔热血践行新时代毛集林场精神，以脚步丈量山川，用汗水滴灌幼苗，持续推进生态建设工程，把绿水青山护得更美，把“金山银山”做得更大。在绿色发展的新征程上，不忘初心、开拓奋进、砥砺前行，继续谱写林场新时代新的篇章，为建设生态富强美丽和谐桐柏做出新的更大的贡献！

2020年4月

跋

毛集林场自1960年建立起如今已走过了六十个春秋，在历届领导和几代职工的共同努力下，秃岭林覆盖，荒山树成荫：各项营林生产、科学实验、护林防火、综合防治、国家级林木良种基地、国家级自然保护区建设等硕果累累。毛集林场的六十年展现了一幕幕艰苦创业、拼搏进取、开拓创新的感人场景，是一部林场建设发展的创业史，更是一部林场职工为林业建设奉献一生的生产、生活史。

白手起家、艰苦创业。建场初期正是国家经济处于困难之时，全场干部职工在“以林为主、相应发展多种经营”方针指导下，发扬了“自力更生、勤俭办场”的奋斗精神，凭着“以场为家、终身干林业”的一腔热血，在生产条件、生活环境极其艰难困苦的日子里，谱写了一部可歌可泣的辉煌诗篇。

昂首挺胸、勇度难关。林场建设中期，经历了体制整顿改革大潮，取消工资制，打破铁饭碗，走上了艰难的创业之路。林场人在艰困的日子里，昂首挺胸，勇于拼搏，取得了生产、经营双丰收。

坚定信念、勇于担当。随着国有林场改革的顺利完成，领导班子团结务实，敢于担当，职工队伍坚定信念、无私奉献。营林生产、森林保护、自然保护区管理等不断加强，森林面积大幅增加，林业生产发展取得巨大进步，形成了生态效益和社会效益齐头并进的良好格局。

本人自2017年8月到毛集林场工作以来，和同志们朝夕相处，时刻被他们的那种艰苦朴素、诚实互助、勇于创新的工作作风和精神风貌所感动。经过深入思考，总结出了新时代毛集林场的精神：即“顾全大局、甘于奉献的家国情怀；不计得失、团结协作的优良作风；求真务实、努力钻研的科学态度；耐得住寂寞、守得住清贫的君子风范”。这种精神也时刻激励着我不畏艰险、砥砺奋进。

为铭记历史、弘扬林场精神、激励后人勇于创新，在毛集林场成立六十年之际，林场领导班子经广泛调研，于2018年5月4日，决定编纂《毛集林场志（1960 ~ 2020）》。从决定编纂《毛集林场志（1960 ~ 2020）》以来，林场高度重视，先后于2019年6月24日，2019年8月28日等多次召开班子会议、专业会、编委会议，研究在编纂过程中出现的新情况、新问题和新难题。经过全场上下共同努力，《毛集林场志（1960 ~ 2020）》第一稿于2019年8月10日出稿。在第一稿的基础上，全场再发动、再动员，又经过4个月再努力，第二稿于2019年12月再出稿，又在第二稿的基础上，对重点部分进行了修改、补充、完善。《毛集林场志（1960 ~ 2020）》终于在2020年8月正式出版。

《毛集林场志（1960 ~ 2020）》的正式出版，凝结了林场全体职工及林场老领导、老员工的心血。特别是李玉国同志，年过花甲，勇挑重任，身体力行，查阅多年的档案资料，多次走访、座谈等收集资料。经过两年的不懈努力，终于在2019年8月初完成了初稿。在整个编纂的过程中，李玉国同志都是骨干力量，为最终成书付出了大量心血。

为了《毛集林场志（1960 ~ 2020）》编纂工作的协调沟通，班子成员做了具体分工，由张小河书记牵头，具体负责；副场长韩涛和郑国辉，结合各自分工，积极查找资料编写相关内容的材料，为场志的出版做出了重要贡献。

在编纂过程中，县政协主席赵丰璞对《毛集林场志（1960 ~ 2020）》的编纂工作给予了大力支持和具体的指导，使编委会在编纂过程中开扩了视野，拓宽了思路。原林场场长、原林业局局长黄金钧同志、原林场场长王聚章等同志不顾年迈，热心指导，对稿件的修改提出了很好的意见。谨代表编委会表示衷心的感谢！

2020年1月4日，毛集林场召开了“国有桐柏毛集林场建场六十年暨《毛集林场志（1960 ~ 2020）》编纂工作座谈会”。现任县政协主席、原林场场长赵丰璞同志；从林业局走出去的现任县人大副主任的李书军同志；从林场走出去的现任组织部副部长、老干局局长王玉清同志和现任科协副主席的岳宏伟同志、林业局副局长王春生、张勇同志，百忙之中应邀出席。座谈会隆重而热烈，回顾了过去艰苦的岁月，奋斗的历程。同时肯定了林场几代人做出的成绩，对林场的未来充满信心。赵丰璞主席在讲话中指出，毛集林场是一个干部的摇篮，走出了很多干部，同时也是出成绩的地方，获取很多科技成果。希望以后发扬成绩，在新的历史时期做出新的贡献。李书军主任热情地总结出那个火红的年代，林场涌现出的四种可歌可泣的精神，即“艰苦奋斗的精神、无私奉献的精神、开拓创新的精神、诚实互助的精神”。王玉清部长和岳宏伟主席回顾了当年在林场工作创业的经历，深感今天的成绩来之不易，对林场的未来充满希望。这里，我谨代表全场干部职工，向各位领导及其他走出去的领导和同志们对林场的关心和支持，表示衷心的感谢！

毛集林场的六十年是风雨兼程的六十年，是红红火火的六十年。在全场140平方千米的大地上，始终坚守着一群不屈不挠的林业人，弘扬着战天斗地、艰苦创业、砥砺前行的精神，用他们的汗水和智慧谱写了一曲优美壮丽的绿色战歌。

2016年5月2日，对毛集林场来说是个不平凡的日子，这天国务院公布了以毛集林场为基础成立的“河南省高乐山省级自然保护区”晋升为“河南高乐山国家级自然保护区”的决定，面积9060公顷。经过几年努力，2017年年底国有林场改革顺利完成，2018年元月毛集林场由差供改为全供，成为公益一类事业单位。国家级自然保护区的建立和林场改革的完成，迎来了毛集林场新的发展春天。随着国家对生态的重视，全社会对习近平总书记“两山理论”的理解和贯彻越来越深入，在毛集林场全体员工发扬新时代毛集林场精神、不断开拓创新下，一定能再度谱写一曲可歌可泣的更加壮丽、更加辉煌的诗篇，毛集林场的明天必将更加美好。

单位之有志，犹国家之有史。研修地方之志是中国史学的重要组成部分，是中华民族的光荣传统。单位有志以录前辈之源流，以记前辈之行哉，以便后世之借鉴。恰逢毛集林场建场六十年之际，本届班子深感有义务有责任完成林场六十年修志任务，故而不自量力，勉强为之，定有许多遗憾之处，但它既无损于《毛集林场志（1960 ~ 2020）》的价值，也无损于历史的尊严，毕竟有了这个开始，为后来重修提供了基础。

付明常　拙笔于2020年8月

编后记

《毛集林场志（1960 ~ 2020）》编纂工作，在场领导班子组织支持下，于2018年6月正式启动。在有关部门和部分前任领导的关心和支持下，经过两年多的梳理汇编，终于赶在毛集林场迎来建场六十周年之际顺利出版了。

毛集林场风雨兼程六十年，有过艰辛，有过甜蜜，经过几代人的奋力拼搏，度过困境，创下业绩，走进新时代。

作为国家林木良种基地、国家木材储备林基地、国家级自然保护区，记录林场建设发展历程，探索林场发展成功经验，既是对林场艰苦创业的追忆和颂扬，也是为后人了解林场发展史和创业史留下的宝贵历史资料。

在《毛集林场志（1960 ~ 2020）》的编纂过程中，场各股、室及全体干部职工给予大力支持和协助，在此，谨向他们表示深切的谢意。

《毛集林场志（1960 ~ 2020）》的出版，是众人辛劳的成果。在这两年的时间里，从搜集资料、整理撰稿、编辑修改到总纂定稿，得到了场领导班子的关心和支持，保证了编纂出版任务的如期完成。在此，谨向他们表示由衷的敬意。

在编纂过程中，由于时间仓促、资料保存不完整，许多真实感人的事迹没能完整记录，又因缺乏经验、学识有限，虽几经努力，仍存遗憾，不足之处恳请领导与读者多予指正。

毛集林场志编纂委员会

2020年8月

图书在版编目（CIP）数据

毛集林场志 :1960—2020/ 国有桐柏毛集林场志编纂委员会编 .—郑州 : 黄河水利出版社 ,2020.8
ISBN 978-7-5509-1064-5

Ⅰ . ①毛… Ⅱ . ①国… Ⅲ . ①国营林场 - 林业史 - 桐柏县 - 1960-2020 Ⅳ . ① F326.276.14

中国版本图书馆 CIP 数据核字 (2019) 第 282138 号

出 版 社：黄河水利出版社
地址：河南省郑州市顺河路黄委会综合楼 14 层　邮编：450003
发行单位：黄河水利出版社
发行部电话：0371-66026940、66020550、66022620(传真)
E-mail：hhslcbs@126.com
承印单位：河南欣达印务有限公司
开本：787mm×1092mm 1/16
印张：29.25
字数：426 千字　　印数：1—2000
版次：2020 年 8 月第 1 版　　印次：2020 年 8 月第 1 次印刷

定价：325.00 元